For You

五十嵐貴久

祥伝社文庫

For You

目次

一章　MY MEMORIES OF YOU

1

料金を支払うのももどかしいまま、タクシーを飛び降りた。五月の抜けるような青空の下を、正面エントランスに向かって走ると、栄進《えいしん》大学付属病院の巨大な建物が目の前にあった。

自動扉のところで、車椅子の老人が立ち往生《おうじょう》していた。孫なのだろうか、Tシャツ姿の男の子が額《ひたい》に汗を浮かべて、後ろから全力で押しているのだが、車輪の部分に何か支障があるのか、なかなか動かない。

すいません、と男の子が目だけで詫《わ》びた。いえ、と反射的に首を振りながらも、私は苛《いら》立《だ》っていた。謝っている暇があったら、さっさとそこからどいて。道を空けて。

数秒の間の出来事だ。だが、焦《あせ》っている時には誰もがそうであるように、その時間は数分にも、あるいは数十分にも思えた。二人が自動扉を通り抜けるのを待って、病院の中に入った。初夏というにはまだ早いかもしれなかったが、外はかなり暑かった。それに比べると、建物の中は空調がよく利いていて、ノースリーブのシャツにジーンズという姿ではむしろ寒いぐらいだった。

広い待合室には四人掛けの青いソファが数十脚並んでいた。そのほとんどが、患者とその家族、見舞い客で埋まっていた。大学病院でよく見る光景だ。

腕時計を確かめると、午後三時半を少し回ったところだった。私は父に言われていた通り、〝緊急〟というプレートが下がっている受付へと進んでいった。

「すいません」

まだ若い女の看護師が、何か、と疲れた表情を向けてきた。叔母が、と言いかけて、患者の身内のものです、と言い直した。

「吉野冬子《よしのふゆこ》の身内です……救急で運ばれて来ているはずなのですが」

こちらにご記入下さい、と看護師が無表情のまま来訪者カードを差し出した。私は自分の名前を言った。

「佐伯《さえき》と言います。佐伯朝美《あさみ》、吉野冬子の姪《めい》です」

「ご記入下さい」

官僚的な口調で看護師が繰り返した。カードに記入するまで彼女は話を聞いてくれないと悟って、私はペンを取り上げた。自分の名前、住所、連絡先。必要な箇所を埋めてから、来訪者カードを返した。

「お待ち下さい」

看護師が手元のマウスを動かし始めた。緩慢《かんまん》な動作で、キーボードに名前を入力していく。パソコンの画面に目を走らせながら、今日の患者さんですね、と確認した。

そうです、と私は答えた。叔母が勤めている東洋《とうよう》新聞社から、静岡の市役所に勤務している私の父の下《もと》に連絡が入ったのは、一時間ほど前のことだ。

自宅で倒れていた冬子叔母を見つけたのは、同僚の女性記者だった。彼女は新聞記者らしく冷静に救急車の手配をしてから、会社の総務部に電話を入れて、近親者の連絡先を確認した。叔母が届け出ていた書類の保証人の欄にあったのは、私の父の名前だった。

彼女は私の母の妹に当たる。私を産んですぐ亡くなった母の代わりに、幼い私を育ててくれたのが冬子叔母だった。二十数年も昔のことだ。

母も叔母も身内の縁の薄い人で、私にとって祖父母に当たる彼女たちの両親は、十年以上前に二人とも亡くなっていた。二人きりの姉妹で、冬子叔母自身も独身だったため、血縁で言えば、姉の子で姪である私が最も近いことになる。

彼女の両親には兄弟がいたし、他に血縁者がいないわけではなかったが、私より彼女との関係が深い者はいないはずだった。新聞社に勤めるに際して、保証人の欄に叔母が私の父の名を書いていたのは、その書類を提出した二十数年前、市役所で働いている親戚がいるということが、会社に対して大きな安心感を与える意味を持っていたからだ、と私は叔母本人から聞いていた。

父は今年五十三歳になる。大学を卒業してからは、静岡市役所で働き続けていた。今は戸籍課長だが、一時は市民からの苦情係を務めており、その意味でトラブル処理には慣れていた。

状況を把握した父は、すぐ私に連絡を取った。この七、八カ月、父と私はある事情のためにほとんど口を利くことさえなかったが、冬子叔母が倒れたという緊急事態に際し、父としても私に連絡を入れるのは当然だっただろう。

私が働いている陽光社《ようこうしゃ》という古い出版社は千駄《せんだ》ヶ谷《や》に社屋を構えている。新宿の栄進大学付属病院にすぐ行け、と父は言った。

「父さんも今夜中には東京へ着くことができると思う」父の声は多少上ずっていた。「だが、どんなに早くても夕方前ということはないだろう。東京にいる冬子叔母さんの親戚はお前しかいない。お前が行くしかないんだ」

「どうすればいいの？」

「病院には緊急受付があるそうだ。そこで冬子叔母さんがどこに運ばれたか確認しろ。栄大病院は広い。勘で病室がわかるものじゃない。病院には父さんとお前の名前を伝えてある」

「待って、どういうことなの。冬子さんが倒れたって、どういう意味？」

会社のデスクで立ったまま、携帯電話を耳に押し付けた。父の言っている言葉の意味がよくわからなかった。

冬子さんが倒れたなんて、そんな馬鹿な。いったい、どうして。何があったというのか。

「詳しいことはわからん。おそらく脳梗塞《のうこうそく》とか、そういうことだと思うが……」

父に連絡をしてきた東洋新聞社の同僚の女性記者によれば、一昨日、頭痛がするといって叔母は会社を早退していた。昨日、連絡のないまま無断欠勤した叔母を心配して、今日、彼女は叔母のマンションを訪れた。そこで倒れていた叔母を発見したのだ。

頭痛というのは、何かの予兆だったのではないかというのがその記者の意見であり、父にわかっているのもそれだけだった。

「とにかく、そんなことは後でいい。今は病院に行け」

間が悪いことに、私が籍を置く月刊誌ジョイ・シネマは入稿の真っ最中だった。私は一緒に作業をしていたライターに事情を話し、必ず戻ってきますので、とりあえず進めておいて下さいと頼み込んでから会社を飛び出した。

そんな時に限って、車は捕まらなかった。やむなく駅まで歩いて、電車で新宿まで出た。そこからタクシーを飛ばし、病院に着いたのだ。

「少々お待ち下さい」

もう一度看護師が繰り返した。何をしているようにも見えなかったが、待つしかなかった。日本でも有数の規模を誇《ほこ》る栄進大学付属病院の中を、病室もわからないまま叔母を捜し歩いたところで、どうにもならないのは父に言われるまでもなくわかっていた。

(どうして)

同じ問いが何度も頭の中をぐるぐると回り続けた。叔母は四十五歳、実年齢よりも若々しく、常に元気な人だった。

半年ほど前、彼女とはちょっとしたことからいさかいを起こし、それ以来連絡を取っていなかったが、それまで二十年以上、私の知る限り病気らしい病気をしたことはないはずだった。それなのに、なぜ。

「患者さんの名前は吉野冬子さん、ですね」

パソコンの画面を指で確かめながら、看護師が言った。はい、と私はうなずいた。

「脳神経外科で術前処置を行っているようです。あちらの方に」受付から身を乗り出して、奥の暗い通路を指さした。「エレベーターが二基ありますので、右側をお使い下さい。詳しいことは、十一階の脳神経外科受付でご確認いただけますか」

「右のエレベーターですね?」

そうです、と看護師がうなずいた。ありがとうございますと礼を言ってから、私は通路の奥へと急いだ。

場所はすぐわかったが、看護師に言われた右側のエレベーターは十階に停まったままだった。何度かボタンを押すうち、ゆっくりと階数を表示するランプが下へと降り始めた。

(早く)

早く降りてきてと怒鳴《どな》りたかったが、代わりにボタンを押し続けた。病院のエレベーターは、どうしてこんなに遅いのだろう。

一、二分ほど待つうちに、ようやく目の前の青い扉が開いた。杖《つえ》をついた老人と、骨折しているのか右腕をギプスで固めた若い女の子が降りるのを待ってから、エレベーターに乗り込んだ。

十一階のボタンと閉のボタンを続けて押すと、ブザー音がして扉が閉まった。動き始めたが、すぐ停まった。二階。思わず舌打ちをしていた。

入ってきたのは数人の男の子たちだった。全員が半袖の白いワイシャツ、濃紺のスラックスと同じ服装だ。高校生なのだろう。

シャツのボタンは上から三つ目まで外され、女の子のように細い腰をシルバーのベルトで縛っていた。会話から察すると、クラスメイトが入院しているようだった。

背の低い男の子が何か言い、周りの子たちが合わせて笑った。それからも大声で会話を交《か》わしていたが、よせよせ、とその中の一人が制した。

睨《にら》みつけている私の視線に気づいたのだろう。急にエレベーターの中が静まり返った。

彼らは八階で降り、そこから先は十一階まで停まらなかった。再びブザーが鳴り、細く開いたドアの隙間から外に出た。

正面に〝脳神経外科受付〟と記されたプレートがぶら下がっていた。その下に、白衣を着た中年の女が座っている。

叔母がどこにいるのか尋《たず》ねようと一歩足を踏み出したところに、佐伯朝美さんですか、と横から声がかかった。振り向くと、立っていたのはやはり白衣を着た少し太った男の人だった。

「増本《ますもと》と申します。こちらの主任です」

「はい」

小声で答えた。こちらへ、と増本医師が長い通路を歩き出した。私はその後に従った。

増本医師が足を止めて、通路の奥に暗い目を向けた。手術室、という表示があったが、よくテレビで見るような赤いランプはついていなかった。

「多少説明をさせていただきます。先ほどCTを撮り終え、そのまま術前の確認をしているところです。先ほど、担当医から連絡が入ったところですが、脳動脈瘤《どうみゃくりゅう》破裂によるくも膜下出血ということです」

「……くも膜下出血？」

不意に足元が頼りなくよろめいた。叔母が倒れたという連絡を受け、病院に駆けつけたが、どうしても本当とは思えなかった。そんなことあるはずがない、と思っていた。信じられなかった。

だが、増本医師が言ったくも膜下出血という病名には、圧倒的な現実感があった。コレハ本当ニ起キテイルコトナノダ。現実ナノダ。

手を伸ばして私の体を支えた増本医師が、通路のベンチに座らせてくれた。大丈夫ですか、とつぶやきながら脂《あぶら》の浮いた顔を手で拭《ぬぐ》った。

「率直に申し上げますが、あまり状態は良くないということです……もう少し早く見つかっていれば、ということでしたが」

「いつ倒れたのでしょうか？」

「出勤用のスーツに着替えていたことから考えて、昨日の午前中と思われます。おそらく家を出る直前に出血が起きたのではないかと……」

叔母はマンションの自室の廊下で、玄関に向かって倒れていたという。私は腕時計に目をやった。夕方四時を回ったところだった。増本医師の言葉が正しいとすれば、倒れてから発見されるまで、少なくとも二十四時間以上経っていたことになる。

「……助かりますか？」

私の問いに、増本医師は何も答えなかった。お願いします、と私は何度も頭を下げた。

「お願いです、冬子叔母を助けてください。助かると思うんです。叔母はまだ若いですし、私の知っている限り、あれほど生命力の強い人はいません」

決して大げさではなく、それは事実だった。叔母はタフで、エネルギーに満ちた人だった。

私は彼女以上に前向きな日々を送っている人を他に知らない。そんな彼女が、簡単に死ぬはずがなかった。

全力を尽くします、と増本医師が掠《かす》れた声でつぶやいた。その声の重さに、私はどう答えを返していいのかわからなくなっていた。まさか、そんなこと。

それから一時間ほど、私たちは黙ったままそこを動かなかった。増本医師が何を考えていたのかわからないが、私は死神を見張っているつもりだった。

大きな鎌《かま》を持った死神が現れたとしても、私が冬子さんを守ってみせる。そのためには、ここを動いてはならない。そう思っていた。

その間に、新聞社の記者仲間が駆けつけてきていた。一人や二人ではない。最終的には三十人ほどだっただろうか。

彼女が働いていたのは家庭文化部といって、東洋新聞社の中でも他と比べればそれほど忙しいとはいえない部署だ。だが、それにしてもまだ勤務中の時間帯であり、普通ならここまでの数が集まってくることはないだろう。それは彼女が会社内でいかに慕われ、頼りにされてきたか、周囲の人たちに好かれていたかということの表れだった。病院に集まってきたのは家庭文化部だけではなく、他部署の人たちも少なくなかった。どこで聞いたのか、警備員の制服を着た男の人もその列に交じっていた。まだ若い男の記者が、目を真っ赤にして手術室をまっすぐ睨みつけている。叔母と同じぐらいの年齢の女性記者が、両手を合わせて一心に祈っていた。その場にいた他の人たちも、気持ちは同じだっただろう。他にできることはなかった。どれぐらいの間、そうしていただろうか。手術室の扉が静かに開いた。出て来たのは白衣姿の男だった。マスクと一緒に眼鏡を取った。

「……お身内の方はいらっしゃいますか」

私はゆっくりと立ち上がった。その横で、二人の女性記者が崩れるようにしてしゃがみこんだ。

それが、ひと月前の出来事だった。

2

「……佐伯」

地の底から響くような、磯山《いそやま》編集長の声が聞こえた。

「はい」

私はゆっくりと立ち上がった。この声のトーンは危険信号だ。

一年半ほど前、販売促進部からこのジョイ・シネマ編集部に異動してきた。それから、何度この声を聞いてきただろう。

向かいの席に座っていたオリビアが、ご愁傷様《しゅうしょうさま》、と唇だけで言った。うるさい、と目で返して編集長席へと向かった。

「……何でしょうか」

尋ねた私の前で、編集長が左手を何度か振った。爪にはきれいにマニキュアが塗られていた。

いつものように、全身を高価そうなオートクチュールの洋服で固めている。彼女にとって、それは戦闘服なのだという。どんなに忙しい時でも、編集長が服やメイクをおろそかにすることはなかった。

「どうなの、これ」

顎《あご》でデスクを指した。そこに載っていたのは、私が昨日提出したばかりの企画書だった。正確に言えば、インタビューのための質問要項だ。

新作映画のプロモーションのため、若手韓流スター、フィル・ウォンが来日するかもしれないという話を、私は親しくしていた配給会社の横川《よこかわ》さんという私より少し年上の女性プロモーターから聞いていた。二カ月ほど前のことだ。

常識から考えて、それはあり得ないことだった。フィル・ウォンはマスコミ嫌い、インタビュー嫌いで知られており、私たちも今まで何度も取材の申し込みをしていたが、許可が下りたことはなかった。

ジョイ・シネマに限らず、他の映画雑誌、新聞、テレビなどもその辺の事情は同じだ。そのフィル・ウォンが、新作映画のプロモーションのためとはいえ、来日するなどにわかには信じられなかった。

フィル・ウォンの過去には謎が多い。映画『黄色いタクシー』の準主役でブレイクしたことはよく知られているが、それまで彼が何をしていたのか、デビューのきっかけ、学歴や出身地さえもよくわかっていなかった。

それが彼の所属する韓国の芸能事務所の情報戦略によるものだということは、マスコミの誰もが理解していた。神秘的なイメージを保つため、過去の経歴を伏せておくのは、世界中のショービジネス界に共通する方法論だろう。

そして、その例にならって言えば、フィル・ウォンの情報が解禁されるのはまだまだ先のはずだった。まさか、そんなはずがない、とやや否定的に聞いていたのは、私だけではないだろう。

だが、その約ひと月後、フィル・ウォンの来日が正式に決定した。現在、最も人気のある若手スターである彼への取材申請を、あらゆるマスコミ媒体が争うように提出した。

幸運なことにジョイ・シネマは他の歴史ある映画雑誌と共にその許可を得ることができた。配給会社のプロモーター、横川嬢の尽力によるものであり、彼女はぜひ私を担当に、と磯山編集長に推してくれた。だから編集者としての経験が一年半しかない私に、この重要な仕事が回ってきたのだ。

ただし、条件もあった。インタビュー内容について、事前に各関係者の了解を取ってほしい、ということだった。

当初横川嬢がくれた資料によれば、プライベートに関する質問は一切厳禁。共演者、監督などスタッフについてのコメントもNG。

質問していいのは、デビュー作『黄色いタクシー』、そして去年爆発的なヒットとなった『あなたの瞳に』と今回の新作『愛についての物語』についてのみ。そしてジョイ・シネマに与えられた時間は七分間だけ。この制約下、いったい何をどうすればいいのか、私にはわからなかった。

「どうなのよ、佐伯」

磯山編集長は、クロワッサン世代最後の生き残りだ。別名ラスト・サムライ。彼女の前に男も女もない。年上の人以外はすべて名字を呼び捨てにする。それが彼女のルールだった。

「どう……でしょうか」

おそるおそる尋ねた私の前で、編集長が音高くマニキュアのボトルをデスクに叩きつけた。

「面白くない」

全然面白くないよ、と吐き捨てるような口調で言った。すいません、と私は深く深く頭を垂れた。

ジョイ・シネマ編集部が磯山体制になってから五年が経つ。その間に二万数千部しかなかった部数は約十万部にまで達しており、陽光社の中でもトップクラスの雑誌になっていた。磯山王朝はその独裁体制をますます強化しており、反抗などできるものではなかった。

「佐伯だって、それはわかってるよね」編集長が長い脚を組んだ。「あんたもここ来て一年半になるんだから、わかってなきゃ話にならないんだけどさ」

確かに、ありきたりの質問内容になっているのは指摘されるまでもないことだった。ただ、それにはやむを得ない事情があるのだ。

まずインタビュー内容の了解を取らなければならない。そのためには妥協と譲歩が必要だった。

この数週間、韓国のフィル・ウォンの事務所にどれだけの数のメールを送ってきたか。それは編集長にもその都度報告していた。

「何度もお話ししたと思いますが」

大きく口を開いたライオンの前で、食べないで下さいとシマウマが頼んだところでどれほどの意味があるだろうかと思いつつ、私は言い訳を始めた。

「フィル・ウォンの件については、かなり厳しい規制が入るとお伝えしたはずです。それでも、とにかく彼のインタビューを取れとおっしゃったのは——」

「それにしてもよ」グロスを厚く塗った唇が素早く動いた。「もうちょっと何とかならなかったわけ？　ねえ、フィル・ウォンなんだよ？　巻頭なんだよ？　これじゃどうにもならないでしょ？」

いわゆる韓流ブームが起きてどれだけ経っただろうか。韓国からは、続々と新しいアーティストが日本に進出してきている。ジョイ・シネマが今の部数を保っているのも、彼らの力によるところが大きい。

そして、今最も注目されている次世代スターの一人が、今回来日してくるフィル・ウォンだった。

公式プロフィールによれば、身長百七十五センチと決して大柄ではないが、完璧なシンメトリーで構成されたその美しい顔は〝パーフェクト・フェイス〟との異名を取っている。黒目がちな瞳はいつも濡れているようであり、深い哀しみがその底にあった。女性の母性本能を強烈に刺激する何かが、彼の中に棲《す》んでいるのだ。

だが彼がデビューしたのは僅《わず》か数年前、公式プロフィールで認められている出演作は、三本に過ぎなかった。そして彼個人に対するインタビューの類《たぐい》は、韓国メディアも含め、ほとんどといっていいほど無い。

露出を極端に制限している彼について、情報を求める読者からの声は他を圧して高かった。その意味で、彼と彼が所属している事務所の戦略は正しかったが、困るのは私たちだ。

その状況下、突如《とつじょ》、といってもいい唐突さでフィル・ウォンの来日が決定した。各マスコミが殺到したのは当然だっただろう。私が横川嬢から直接聞いたところによれば、二百社を超える取材申し込みがあったという。

ほとんどの媒体が断られる中、ジョイ・シネマが生き残ったのは半ば偶然だし、磯山編集長の強運によるものだろう。専門誌という強みがあったことは確かだが、とにかく単独取材ができるだけでも十分というものではないだろうか。

「いいえ」

十分ではありません、と編集長が慇懃《いんぎん》に言った。

「何とかなんないの？　これ。もうちょっと踏み込んだ内容にして、新しい話を引き出さなきゃ、何のためのジョイ・シネマなのよ」

編集長の言いたいことはわかっているつもりだ。私の編集経験はまだ一年半ほどだが、今回、フィル・ウォンのインタビューの持つ意味がどれほど大きいか、部数をどれだけ左右するかは考えるまでもなかった。

これは磯山編集長お得意の教訓だが、雑誌の編集は魚屋と似ているという。鮮度が命であり、それ以上に重要なことはないというのがジョイ・シネマの編集方針だった。

フィル・ウォンのようにまだ情報がほとんど知られていないスターの場合、鮮度の問題はなおさら重要だ。誰もが最新の情報を、あるいはまだ発掘されていない過去の情報を欲している。そしてそれに応えるのが、私たち雑誌編集者の務《つと》めということになるのだろう。

ジョイ・シネマは毎月月初発売で、本来なら今回の取材は間に合わないはずだった。にもかかわらず印刷会社と交渉し、入稿即校了というスケジュールを組んだのは編集長自身の決断だ。

雑誌は読者のためにあり、印刷会社や出版社の都合のためにあるのではない、とする彼女の方針には納得できる部分もある。

だが、でも、しかし。

当初、フィル・ウォンの来日は単なる噂に過ぎなかった。それが確定した事実になったのは約ひと月前のことだ。

取材の許可が正式に下りたのは数週間前、その後配給会社を通じ、彼のエージェントとの交渉を経てようやくまとめたのが、この質問案だったのだ。

最初に提出した質問案は、それなりに踏み込んだものだった。身長、体重、誕生日、血液型、食べ物の好き嫌い、嗜好品《しこう》。

そんな単純なプロフィールに挟み込むようにして、どういうきっかけで映画界に入ってきたのか、その頃のエピソード、子供の頃の思い出、悲恋映画『黄色いタクシー』に引っ掛ける形で、過去の恋愛経験などにも触れ、更に新作『愛についての物語』になぞらえ、本人の恋愛に対する考え方についても聞いてみるつもりだった。

もちろん『愛についての物語』については、きちんとストーリーを紹介し、撮影時の裏話、映画の見所、本人にとって一番印象に残っている撮影のエピソードなど、必要と思われる要素についてもすべて盛り込んでおいた。

だが、韓国のエージェントから返ってきたのは、不可、というひと言だけだった。今までに公開されている以外の話をするつもりはない、というのがその意味するところだった。

修正された箇所を当たり障《さわ》りのない表現に変え、濃度を薄めた質問にし、配給会社の協力も得ながら、交渉を続けた。毎日午前中と夜に一度ずつ、手直しした質問状を送り続けた。

だが、不可、というメールが返ってくるだけだった。律義《りちぎ》なほど懇切丁寧な直しが入っていた。

その繰り返しが延々と続いた。先方にまったく譲歩するつもりがない、と明らかになったのは数日前のことだ。

結果として、ようやく許可が取れたのが、編集長のデスクに置かれている質問内容だった。しかも、事前申請と違う内容の質問があった場合は取材を即中止、当然のことながら掲載も認めないし、今後も一切取材を許可しない、という付帯条項までついて戻ってきていた。これでいったいどうしろというのか。

だが編集長は諦《あきら》めるつもりはないようだった。それからしばらくの間、叱責《しっせき》が続いた。なぜこんな凡庸《ぼんよう》な質問しか出てこなかったのか、なぜ先方を説得できなかったのか、他にやり方はなかったのか。

あんたに任《まか》せたりしなければよかった。最近、ようやく慣れてきたようだし、わかってくれているだろうと思ってたけど、間違いだった。だいたい、編集という仕事を何だと思ってるのか。

いつものループが始まった。会社は大学のサークルじゃない。遊び半分でいられたのでは、こっちが迷惑する。真剣味が足りない。きれいな仕事と思ってるのかもしれないけど、むしろ地味な汚れ仕事なのだ。いつになったらそれがわかるのか。

毎度おなじみのお説教が繰り返された。私に許された返事は〝はい〟だけだ。直立不動のまま罵倒《ばとう》の言葉を浴びせられ続け、ようやく解放されたのは一時間後だった。

席に戻ると、今日は短かったね、と身を乗り出してきたオリビアが囁《ささや》いた。彼女の言う通り、こんなことはジョイ・シネマ編集部において日常的な光景だった。二時間、三時間ということも稀《まれ》ではない。

私が知っている限り、過去二年で編集部から追い出された編集者は四人いた。それ以外にも、出社拒否にまで追い込まれた者が二人。

部数を約五倍に増やしたことについて、磯山編集長に対し会社の評価は高かったが、一度激昂《げっこう》すると止まらなくなる性格は各部署から評判が悪かった。彼女の職級が上がらないのは、そのためだろうと言われている。

気にしちゃダメ、とオリビアのきれいな唇が動いた。彼女は私の同期だが、上智《じょうち》の大学院を出てからうちの会社に入社しているため、年齢は二つ上の二十六歳だった。

祖父がフランス人という彼女は、やや古風な顔立ちの美人で、昔大人気だったという映画スターとよく似ていた。オリビアというのはあだ名ではなく、ミドルネームだ。

「電話、鳴ってたよ」

デスクを指した。置いたままになっている携帯電話を取り上げると、液晶画面に知らない番号が並んでいた。誰だろうか。

「ひがみ入ってんだよ」オリビアが鼻を鳴らした。「ババアのくせに、気分は現役だからさ。いろいろ溜《た》まってんじゃないの？」

大人しそうな顔立ちにもかかわらず、オリビアは毒舌家だ。彼女の言う通り、このひと月ほど磯山編集長の私に対する風当たりは厳しくなっていた。

その理由は、私に見合いの話があり、興信所が身上調査のため上司である編集長に連絡を入れたからであるらしい。直接聞いたわけではないが、飲み会で口の軽くなっていた先輩の一人が教えてくれた。

もうひとつ言えば、興信所が調べているのは会社関係だけではないようだった。高校や大学の同級生からも、〝よくわからないけど興信所の調査員っていうのが来て、いろいろ聞かれたよ〟という連絡が入っていた。見合いの話なんて、まったく身に覚えがないから何かの間違いだろう。いい迷惑だ。

ちなみに、磯山編集長は他の出版社でファッション誌の編集をしている同じ年齢の男との不倫関係が、もう十年近く続いているそうだ。それなりにその関係はうまくいっているようだが、おそらく今後も含め、結婚ということにはならないらしい。そんな彼女が、部下の見合い話に反感を持つのは仕方のないところだろう。

気にすることないって、というように首を振りながら、オリビアが自分の席に腰掛けた。私はかかってきたその電話番号にこちらからかけてみることにした。嫌な予感がしていたのだ。

フィル・ウォンの取材に関する連絡だろうか。急な変更があったとか、取材が中止になったということであれば、編集長は私を頭から丸呑みにするだろう。気分はすっかりネガティブになっていた。

「お電話ありがとうございます」ワンコールで相手が出た。「藤高《ふじたか》不動産でございます」

しまった、というつぶやきが私の口から勝手に漏れ出した。そうだ、今日だった。

「すみません、佐伯と申しますが……」

とっさに担当者の名前が出てこなかった。思い出すまで、しばらくかかった。

「……栗山《くりやま》さん、いらっしゃいますか？」

少々お待ち下さい、という返事と共に保留音が鳴り始めた。マズイ、と思いながら時計を見た。午後四時を少し回ったところだった。

3

磯山編集長が席を離れた隙《すき》に会社を出たのは、それから一時間半後のことだ。

私が向かっていたのは都営三田《みた》線の白山《はくさん》駅だった。ひと月前、くも膜下出血で亡くなった叔母、吉野冬子が借りていたマンションがそこにある。

彼女の死は私にとっても誰にとっても突然のものであり、現実感のないものだった。葬儀の手配は私の父と東洋新聞社総務部によって執《と》り行われたが、その間のことはよく覚えていない。それほどまでに信じられない出来事だった。

私にとって彼女は——いや、ここからはいつもそう呼んでいたように、冬子さんと呼ぼう——冬子さんは、特別な存在だった。

冬子さんは母の妹だ。一歳の私を遺《のこ》して母が交通事故で亡くなった時のことを、私は覚えていない。覚えているには、幼すぎたのだ。

母の死に伴って、当然のことながらいくつか問題が起きた。その中で最も現実的なものは、子供である私のことだった。

古いタイプの人間であるためかあまり話したがらないが、父は大学を卒業後に就職した静岡市の市役所で母と出会ったそうだ。その頃、父は戸籍課で働いていたらしいが、そこへ異動してきた母に、父はどうやら一目ぼれしたらしい。

母は静岡生まれの静岡育ち、短大も静岡で、就職のため一度東京に出ていたが、あまり東京の暮らしが合わなかったのか、数年後に会社を辞めて実家に帰り、親の紹介で市役所に転職していた。

最初は別の部署だったようだが、その後母が戸籍課へ移った。信じられないことだが、父は積極的に母をデートに誘ったりして、その後しばらくしてから交際が始まったのだという。

数年の交際期間を経て、二人は結婚した。父は二十八歳、母は二十五歳だった。それから一年ほどして私が生まれた。

私が生まれてしばらく経った頃、父に辞令が出た。研修を兼ねて、東京の区役所へ出向するように、というものだった。

当然母と私も一緒に行くはずだったが、ちょうどその頃母の実父が今でいうアルツハイマー病を患《わずら》って入院し、その世話を誰かがしなければならなかったこと、もうひとつ、私が小児喘息《ぜんそく》で東京よりも静岡にいた方がいい、という医師の判断があったことから、結果として単身赴任という形に落ち着いた。

父は半月に一度、静岡の実家で当時大学生だった冬子さんや祖母と一緒に暮らしていた母と私のもとに戻ってきては、また東京に帰るという暮らしをしばらく続けることになった。やむを得ない選択だったのだろう。

この時期、父は忙しかったはずだ。これはかなり後になって父自身から聞いた話だが、静岡市役所はさまざまな意味で運営の合理化を図るため、それまでのシステムを改めることを決めていた。

そのために父は最新のシステムを採用していた東京の区役所への出向を命じられ、今後の静岡市役所の改革の参考にするため、通常業務をこなしながら、毎週のようにレポートを書き、静岡市役所に対して新しいシステムの提案を続けていた。

それが、どこまで採用されたのか、私にはわからない。わかっているのは、母が突然の交通事故で死んだのが、それが多少落ち着いた時期だったということだ。

当然、父は東京に私を引き取るつもりだったが、まだ私は一歳かそこらで、小児喘息は完治していなかったためもあり、医師が反対した。多忙な父に私の面倒を見ることはできないだろう、というのが医師の判断だった。その医師は祖父の昔からの友人だったため、父としてもその意見には従うしかなかったようだ。

祖父は入院してから寝たきりで、祖母が看病しなければならなかった。父は三人兄弟の末っ子で、両親は高齢であり、幼い子供を育てるのは無理だというのが、親族などを含めた最終的な結論だった。

父は長兄に私を預け、育ててもらうつもりだったようだが、その必要はないと言い切ったのが、母の妹である冬子さんだった。

自分が姉の娘を育てるのは当然だと宣言し、実際に彼女はそうした。子供だった私は何が起きているのかわからないまま、その当時大学生だった冬子さんに育てられることとなった。

それから約一年、私は静岡で冬子さんに育てられる形になった。これは後で聞いた話だが、大学四年生だった彼女は志望していた新聞社に就職することができなかったため、今でいう就職浪人をしていた。冬子さんが私を育てると言ったのは、そのためもあったのだと思う。

一年後、彼女は念願だった東京の新聞社に就職を決め、大学を卒業し、東京へ行くことになった。私が二歳になった年のことだ。

父はまだその出向期間を終えておらず、相変わらず東京と静岡を往復する生活を送っていたが、その頃には私の小児喘息も治まっていたということもあり、父が私を東京に引き取ることになった。

私はすっかり冬子さんとの暮らしに慣れており、生まれ育った静岡を離れ東京へ行くということをずいぶんと嫌がったというし、自分でもそんな記憶がおぼろげながらある。

だが、冬子さんの方はあっさりしたものだった。父親と暮らす方がいいだろうというのが彼女の判断で、一度下りた結論が覆《くつがえ》されることはなかった。これは彼女の性格的な特徴でもあり、熟慮はするが決断は素早く、意思を変えさせることは誰にとっても難しかった。

とはいえ、冬子さんとの関係性が変わったわけではない。先にも触れた通り、彼女もまた東洋新聞社に入社を決めており、ほぼ同じ頃東京に出てきていたからだ。

冬子さんはシングルファーザーとして苦労の多かった父をフォローし、積極的に子育てに加わった。彼女も忙しかったはずだが、仕事の合間を縫うようにして私と会い、共に遊び、時には母親代わりとして私を叱ったりすることも辞さなかった。

思えば、よく泣かされたものだ。冬子さんには独特の規範があり、その最初に来るのは卑怯《ひきょう》な振る舞いをしてはいけない、というものだった。ただし、これは今になってこそ理解できる話で、その頃は冬子さんの言う〝卑怯〟の意味自体がよくわからなかったのだが。

例えばこういうことがあった。小学校二年生の時の話だ。

クラスにある女の子がいた。彼女は少し耳が不自由で、周囲とのコミュニケーションが苦手だった。

子供は決して天使というわけではない。むしろ残酷な場合もある。その時もそうだった。いつの頃からか、クラス全員が彼女を無視するようになっていた。小さなイジメだ。

言い逃れをするつもりはない。私もそれに加わっていた。ただ、決していいことと思っていたわけではない。むしろ気持ちとしては否定的でさえあった。

だが、みんなを止めることはできなかった。そんなことをすれば、もしかしたら次は私が無視されてしまうかもしれない。それまでも、似たようなことがあったのだ。

ある時、私は冬子さんにその話をした。自分は嫌なのだけれど、仕方がないからしている。積極的ではないから、まだいいと思ってる。イジメとかって、良くないと思うけど、自分にはどうすることもできない。

冬子さんはそれを聞いて、本当に烈火のごとく怒った。大人げないほど真剣に怒った。

彼女の論旨はこうだった。イジメという行為自体は否定しない。それは現実に起こりうることで、あるものを否定することはできないからだ。

問題なのは、私が口先だけの正義感を振りかざして、クラスメイトを非難したことだった。それは一番卑怯なことだ、と彼女は言った。

二十四歳になった今、冬子さんが言いたかったことはわからないでもない。ただ、小学校二年生の子供に通用する理屈ではないだろう。子供にとっては、わかりにくい話だ。私は決してイジメに積極的な形で加担していたわけではなかったのだ。

その時の混乱については、よく覚えている。なぜこんなに怒られなければならないのか。

あまりの怒りの凄《すさ》まじさに逃げ出そうとしたが、冬子さんはそれさえ許さず、説《と》き続けた。問題に向き合うことを命じ、どうすればいいか考えろと言った。

結局私は次の日から、毎朝その女の子の家に行き、一緒に登校することになった。冬子さん自身が私を引っ張っていったのだから、どうすることもできなかった。

周囲の反応は、私が恐れていた通りだった。いい子ぶってると陰口を叩かれ、その子と同じく無視されるようになった。

だが、一年ほど経つうちに、気がつけばイジメはなくなっていた。きれいごとでも、続けていけばいつかそれは本物になるのだ、という冬子さんの言葉は正しかったということになる。その女の子は去年結婚した。今でもときどき遊んだりする間柄だ。

そんなエピソードひとつ取っても、冬子さんの存在が私に大きな影響を与えたことがわかるだろう。過剰なまでに親切で、世話焼きで、その代わり口うるさく、お喋《しゃべ》りで、誤解されることも多かったが、決してめげることはなかった。

誰に対しても真剣に向き合う彼女とつきあっていくのは、エネルギーを消耗《しょうもう》することを意味した。時には大ゲンカすることもあったが、その独特な個性は否定できなかった。いや、むしろ私は彼女のようになりたいと思っていたのかもしれない。私が出版社を志望し、就職したのは、間違いなく彼女の影響によるものだ。

もうひとつ、彼女に憧れていた理由がある。冬子さんは美人だったのだ。

モデルのように、というほどわかりやすくはなかったが、内面からにじみ出るものも含め、女性が憧れるタイプの美しさを持っていた。

単にきれいな女性なら大学にもいたし、今働いている陽光社にもいる。オリビアもその一人だ。

仕事の関係で、この一年半、私はいわゆる芸能人を何人も取材してきた。もちろん、彼女たちは美しい。

ただ、全体的な印象として、冬子さん以上と思える人は何人いただろうか。それほど多くなかったのは事実だ。

遺されたアルバムの頁《ページ》をめくると、母と冬子さんはさすがに姉妹だけあってよく似ていた。残念なことに、私はどうやら父に似てしまったようだ。

身長が百五十五センチと低いのは、母と同じだったが、顔全体のイメージは、やはり母というよりは父に似ている。ただ違うのは、運動音痴である父に対して、私は運動神経がいい方ということだ。

だが、それは女性としてあまりプラス要素とは言えないだろう。冬子さんとは言わないが、せめて母に似ていたかった、と何度も思ったものだ。

不幸中の幸いというべきか、顔の輪郭《りんかく》が細く見えるところと、切れ長の二重《ふたえ》の目が大きいところだけは母に似ていたが、それ以外のパーツは基本的な造りから違っていた。簡単に言えば少年っぽい、あるいは男っぽいということになるだろう。

だから私は髪の毛をいつもショートにしていた。髪を長くしても、似合わない。思えば昔から同級生も含め、男子より女子から人気があったものだ。

そんなことを考えているうち、車内にアナウンスが流れ、ゆっくりと停車した。地下鉄は白山駅に着いていた。

冬子さんは若い頃引っ越しが好きで、いろいろと移り住んでいたが、十年ほど前にこのマンションで暮らし始めてからは、その癖《くせ》も落ち着いたようだった。会社のある大手町《おおてまち》まで約十分と意外に近く、その割に静かな街というのも、彼女の気に入ったのだろう。

私が彼女のマンションを初めて訪れたのは高校一年の頃だ。それから何度通っただろうか。

冬子さんは私にスペアキーを預けていたので、彼女が不在の時に来ることもあった。独身でひとり暮らしだったから、遠慮をしたり気を遣《つか》う必要もなかった。

冬子さんが亡くなってから、ひと月が経っていた。突然の死に対して、大家さんも不動産会社も理解があった。

いずれにしても、死んだのだからすぐ出ていってくれ、とは誰も言わないだろう。父が家賃を払い続けていたために、その意味でも問題はなかった。

ただ、大家さんからは、次の入居者のこともあるから遺品などの整理は早めに終わらせてほしいという意向を伝えられていた。当然の話だし、私としてもそのつもりだった。だが、どうしても踏ん切りがつかないまま、私はそれをずるずると先延ばしにしていた。

何度か催促《さいそく》があり、約束していたのは先週のことだったが、フィル・ウォンの件があって一週間先送りにしていた。そのリミットが、今日だったのだ。

冬子さんの身内は多くなかった。むしろ少ない方ではないか。親類縁者はいたが、血のつながりが決して濃かったわけではない。

葬儀の時、誰が冬子さんの遺産を相続するのか、という話が出たが、積極的に名乗りを上げる人はいなかった。マンションも賃貸だし、資産価値のある不動産を持っていたわけではない。

多少の蓄《たくわ》えはあったが、大金というほどではなかった。過去のいきさつから考えて、朝美ちゃんがもらえばいい、と親戚の一人が言い、全員が同意していた。

私自身に、冬子さんから何かを相続するつもりはなかったが、確かに関係性の強さから見て私がその立場にあることは間違いなかった。いくばくかの保険金を受け取ることとなり、その代わりにマンションのことを託されて今日に至っている。

既に大きな家具などは、業者に依頼して処分済みだった。衣服や身の回りの品については、形見分けも終わっていたし、必要がないと思われるものは施設に寄付したり廃棄していた。

それでも残っているものはまだあった。本当にささいなものばかりだったが、その確認をできるのが私しかいないのも確かな話だった。

駅から白山通りをしばらく歩き、小石川《こいしかわ》植物園の方へ曲がると、そこが冬子さんのマンションだった。スカイハイツ白山、４０６号室。

冬子さんが住んでいたその部屋に着いた。私は鍵を取り出し、鍵穴に挿《さ》し込んだ。

4

２ＬＤＫの部屋だった。

四十五歳にして賃貸マンションに住んでいたことからもわかるように、冬子さんはお金や家に執着のない人だった。せめて分譲にしてくれていれば、と私はため息をついた。そうすれば二十四歳の若さでマンション持ちになれたかもしれなかったのに、という不謹慎な想いが胸に浮かんだ。

「しょうがないけどね」

つぶやきが誰もいない玄関先で空《うつ》ろに響いた。嘘だよ、冬子さん。マンションなんかいらない。だからもう一度会えないかな。

何も起きなかった。私は靴を脱いで、廊下に上がった。

初めてここに来た時、冬子さんは三十代半ばぐらいだったと思う。仕事も忙しかったはずだが、好奇心が旺盛《おうせい》で、今どきの女子高生の生態に興味があると言っては私を呼びつけたものだ。

本当のところそれは言い訳で、冬子さんはただ私と会いたかったのだと思う。実際、彼女と私とは気が合った。年齢は離れていたが、姉妹のように仲が良かった。そして姉妹のようにしょっちゅうケンカをしていた。

廊下のすぐ左側が寝室兼書斎だった。右手はトランクルーム、少し大きめのクローゼットだ。

トイレと風呂場を挟んで、キッチンがある。キッチンとリビングルームは直接つながっていて、食事の時などには便利だった。その奥は和室で客間にしていた。

私はひとつひとつ部屋を回っていった。不動産屋が週に一度、風を入れるために通っていたためもあって、空気が淀《よど》んでいるようなことはなかった。

それぞれの部屋には、まだ冬子さんの気配が残っているようだった。思い出が胸をよぎった。

カウチで寝そべったままテレビを見ていた冬子さん。家事が苦手な人だった。掃除だけはこまめにしていたが、料理と洗濯は大嫌い、たまにパスタを作って一緒に食べたりすることはあったけれど、基本的にキッチンは使わなかった。

時には洗濯機を回すだけのために、私を呼びつけることもあった。自分では認めなかったが、根本的な部分で家庭生活には不向きな人だった。結婚しなかったのは、正解だったのかもしれない、とよく私は思ったものだ。

二人で出前のピザを取り、借りてきたビデオやDVDを見ながら、朝までだらだらと話し続けた。お酒を飲めない冬子さんと、どういうわけか高校の頃からワインが大好きだった私。

借りてくる映画は、ホラーが多かった。一人で見なさいよと言うと、一人じゃ見られないからあんたを呼んだんじゃないの、とつきあわされた。

おかげでずいぶんとホラー映画には詳しくなった。ジョージ・A・ロメロの『ゾンビ』三部作を、二回ずつ見ている二十四歳の女はそうそういないだろう。

大学生の頃は、取材原稿のまとめを手伝わされたこともある。愛煙家で、古い洋楽と甘いものが大好きだった。いつも私たちは笑っていた。

朝美、朝ちゃん、アーちゃん。その時の気分で呼び方が変わった。

私は両腕で顔を強く拭った。今にも冬子さんが、ドアの後ろから現れてくるような気がしていた。

「冬子さん」

口に出して言ってみた。家財道具のない、がらんどうになったリビングに、私の声が吸い込まれていった。

「冬子さん」

バカ、と付け足してみた。どうして、突然いなくなっちゃったのよ。ひどいじゃない、そんなのって。

ねえ、何とか言ってよ。こっちの気持ち、考えてるの？　あたしが今、どんな想いでいるか、わかってる？

さみしいよ。すごくさみしい。悲しいっていうのももちろんあるけど、でもそれより何よりさみしい。

いなくなるなんて、思ってもいなかった。ひどいよ、冬子さん。そんなのずるいよ。

「冬子さん」

もう一度だけ呼んでみた。答えはなかった。この部屋の主は、いなくなってしまったのだ。

強い風が吹いて、アルミサッシの窓を鳴らした。客間の床に〝1kg〟と刻印の入ったダンベルだけが置かれていた。半年ほど前、太っちゃったと大騒ぎした挙句《あげく》、ドン・キホーテで買ってきたダンベルだ。

それを使って、ダイエット体操に励《はげ》んでいた姿を思い出す。すごいよ、朝美。これ、筋肉つくよ。そんなことを言いながら、朝の出勤前にぶんぶん振り回していた。もっとも、すぐに飽きてしまい、数週間ほどで止めてしまっていたのだが。

それをからかうと、あれって疲れちゃうんだよ、と真顔で言った。最初のうちは、それでもリビングに置いていたが、邪魔になったのか押入れの奥深くにしまいこまれていたのだ。

遺品を整理していた時、誰も引き取り手の現れないまま、ダンベルは客間に置き去りになっていた。今もそこにある。うっすらとほこりが積もっていた。ひと月経ったのだ、と改めて思った。

「あんたもやんなさいって」

冬子さんの声が耳の奥で響いた。

「いい運動になるよ」

そうだ、あれは半年前のことだった。それからしばらく後、私と冬子さんは、私たちの長いつきあいの中で何度目かの、そして最大の大ゲンカをした。バカ、と私がつぶやくのは、それも理由のひとつだった。

八つ当たりに近い感情だということはわかっている。冬子さんが亡くなった時、さまざまな感情が私を襲ったが、私には二つの後悔があった。

あの時の大ゲンカについて、私は冬子さんに謝っていない。そして、謝る機会は二度とない。それがまずひとつ目の後悔だ。

もうひとつ、あの時ケンカをしていなければ、もしかしたら冬子さんを死なせずに済んだかもしれない。その想いもあった。

(ゴメンね)

謝って済む問題ではないと、自分でもよくわかっていた。だが、それ以外に言うべき言葉はなかった。

また風が吹いて、レースのカーテンを揺らせた。いつまでも私は、その場に立ち尽くしていた。

5

リビングの整理は終わっていた。冬子さんご自慢の大型プラズマテレビは、今私のマンションにある。

家具の類は、父が引き取ったものもあれば、粗大ごみとして処分したものもあった。いずれにしても、私がしなければならないことはそれほど残っていなかった。

玄関には造り付けの靴箱があり、その上に黒いごみ袋が何枚か載せてあった。このマンションを管理している不動産会社が手配したもので、不要なものはすべてその中に入れておけば、処理してくれるということだった。

私はそのごみ袋の一枚を取って、風呂場に入った。そこにはまだ使いかけのシャンプーやコンディショナーのボトル、石鹸《せっけん》、体洗い用のタオルなどが残っていた。どんどんごみ袋にほうり込んでいった。最後にバスマットもその中に突っ込んだ。

冬子さんが倒れたのは、おそらく火曜日の午前のことだったでしょう、と病院の医師から説明があった。前日の月曜日、彼女は頭痛を訴え、会社を早退していた。責任感の強い冬子さんにしては珍しいことであり、その頭痛はくも膜下出血の予兆だったのだろう。

午前、と医師が推定した根拠は、冬子さんが出勤用のビジネススーツに着替えたままの姿で倒れていたことによる。新聞記者は比較的朝の遅い職種と言えるが、彼女もその例に漏れず、だいたい昼頃出勤するのが常だった。

たぶん、冬子さんは帰宅してからも激しい頭痛に苦しんでいたのだろう。眠れたとしても、それほど深い眠りではなかったと思われた。

それでも、何時かはわからないが、彼女は普段のように起き出し、スーツに着替えた。病院へ行くつもりだったのかもしれないし、そのまま会社へ向かおうとしていたのかもしれない。いずれにせよ、マンションを出ようとした時に出血が起こり、意識を失った。そういうことなのだろう。

会社の同僚で、マンションを訪ね、倒れていた冬子さんを発見した川田《かわだ》さんという女性記者は、葬儀の翌日私と父の下を訪れ、申し訳ありませんでしたと詫びた。火曜日、連絡がないまま欠勤した時、帰りにでも寄っていれば、もしかしたら冬子さんは死なずに済んだかもしれない、と言った。悔《くや》しそうな声音だった。

「らしくないと思ってはいたんです。連絡もしないで休むなんて……でも、まさかって思って……水曜の朝まで放っておいたのは、間違いでした。せめて火曜日の夜に行っていればば……」

申し訳ありません、と川田さんは何度も頭を下げたが、父も私も、むしろ彼女に感謝していた。もし川田さんが水曜の朝、会社へ行く前に冬子さんのマンションへ寄っていなければ、発見は更に遅れていたかもしれなかったのだ。

そして、私には彼女を責める資格などなかった。私さえ気がついていれば、本当に何とかなったのかもしれなかったのに。

だが、悔《く》やんでも遅い。それは考えても仕方のないことだった。

私はひとつ首を振って、浴室のバスタブをシャワーできれいに流した。スポンジできれいに拭っていくと、後悔も同時に流れていくようだった。

浴室を出て、洗面台の脇にあった棚を開いた。上から四段あるその棚は、それぞれきちんと整理されていた。

一番上には、シャンプー、コンディショナー、ボディシャンプー、風呂場の掃除や洗濯のための洗剤などの詰め替え用ボトルがぎっしりと詰まっていた。二段目の棚は、冬子さんが自慢にしていた様々な入浴剤だ。

その中にはヨーロッパのブランド品はもちろんだが、ケニアの空港で売っていたという〝象の香りの入浴剤〟、中国で買った〝赤いマジックインキの匂いの入浴剤〟なども含まれていた。冬子さんという人は、こういう妙な物を探してくることにかけて、天才的な能力を持っていたのだ。

三段目にはアロマフレグランスやキャンドル、石鹸、トイレットペーパーのロール、紙タオル、ハンドタオル、生理用品、歯磨き粉などのデンタルケア製品、ドライヤーが入っていた。何かが挟まっているのか、一番下の棚は開かなかったが、どうせたいしたものが入っているわけではないだろう。

不要なものはごみ袋に捨て、もらってもいいかと思ったものは脇に取り分けておいた。〝南極で取れた氷から作られた入浴剤〟は、なかなか手に入らないもののはずだ。

それからトイレに行き、熊のイラストの入った掃除ブラシと、トイレマット、便座カバーを外して、これは迷わず捨てることにした。便座カバーは私がプレゼントしたものだが、取り立てて執着しているわけではなかった。

ついでというわけではないが、目に付く限りの汚れも拭き掃除しておいた。それが終わると、最後に残ったのは冬子さんの寝室兼書斎だった。

私には、川田さんを責める権利がない。冬子さんの書斎のドアを開いたとき、風呂場に流していたはずの想いが脳裏を過《よぎ》った。

なぜなのか、私はその答えを知っていた。窓際に置かれていた電話の子機が、それを思い出させたのだ。電話。

父にさえ言っていなかったことだが、火曜日の朝、私の携帯に冬子さんからの電話が入っていた。七時過ぎのことだ。

私は入稿中で、会社に泊まり込んでおり、ソファで仮眠を取っていたため、着信音が鳴ったことはまったく覚えていない。気づいたのはその日の午後ぐらいだっただろうか。電話が入ってから、少なくとも五、六時間は経っていた。

一般にマスコミ業界は夜が遅く、午前中に電話がかかってくることはめったにないし、あったとしてもあまりいい内容の電話ではない。入稿でトラブルがあったとか、何かミスがあったとか、そういう類の電話だ。徹夜明けということもあって、私は携帯のチェックをしていなかった。

後で考えれば、おそらくそれは彼女からのSOSだったのだろう。着信履歴によれば、その電話が入ったのは朝七時二分、いくら私と冬子さんが仲が良かったとはいえ、マスコミ人の常識で考えると電話をするには早過ぎる時間だ。何かあったと思うべきだったが、その時はそれがわからなかった。入稿中ということもあり、忙しさに取り紛れて冬子さんからの電話のことはすぐに忘れてしまった。更に言えば、忘れようと意識していたのかもしれない。

物心ついてから今日まで、私は何度となく彼女と大きなケンカをしてきた。冬子さんは私より二十歳も年上なのに、真剣に私と向き合うのが常だったから、意見が違えば衝突し、口を利かなくなることはしょっちゅうだった。

ただ、今回のケンカは確かに長かった。今までなら、ひと月も経たないうちに、どちらからともなく連絡を取り合い、外で食事をして仲直りをするというのが私たちのパターンだったのだ。

冬子さんはとても強い女性だったが、そういう人にありがちなように寂しがり屋で、私を必要としていた。私もそれは同じだ。私たちの間にあったルールはひとつだけ、どちらかが非を認めて謝れば、すべてを許す、というものだった。

今までとは違い、今回のケンカが数ヵ月以上の長きにわたって続いたのはなぜだったのだろうか。そう考えながら彼女の部屋を見渡した。

鏡台、パソコンデスク、さして広くない部屋に、その二つだけがぽつんと置かれていた。ベッド、寝具の類は既に引き取りが終わっていた。パソコンデスクは私がもらうことになっている。

唯一、整理がついていないのは鏡台だった。私の知っている限り、相当昔から冬子さんが愛用していたもので、祖母から譲《ゆず》り受けたと聞いていた。

アンティークという意味ではかなり価値のあるものらしいが、さすがに祖母の代から数えれば数十年以上使われていたため、鏡の内部は黒ずみ、表面には細かい傷がいくつもついていた。

やはり処分すべきなのだろうが、迷いもあった。女にとって鏡台は特別なものだろう。今まで手をつけられなかったのは、そのためだ。

鏡台の上には木製のバスケットがあった。その中には基礎化粧品の瓶《びん》が何本も入っていた。イタリアで買ってきたという愛用のブラシ、小さな手鏡や油取り紙などの小物も、いくつか並んでいた。

最後に彼女がここに座ったのは、いつだったのだろう。月曜の夜なのか、それとも火曜の朝だったのか。

鏡台の引き出しの中は、葬儀の際に確認を済ませていた。冬子さんは警戒心の薄い人で、預金通帳から実印まで、大事なものはすべて一番上の長い引き出しにほうり込まれていた。

それほど高価なものはないが、指輪やアクセサリーなどの宝飾品も同じだ。給与明細、住民票のコピーや印鑑証明の登録カードまでそこにあった。

預金通帳や保険関係の書類は、今、父が保管している。今後いくつかの手続きを経て、私が相続する予定だ。

とはいえ、大金が入ってくるわけではない。冬子さんは決して金遣いが荒いというわけではなかったが、通帳の残高を眺めて楽しむというタイプでないことだけは確かだ。むしろ、預貯金には興味がない方だったろう。

さすがに生命保険には入っていたが、それも大きな額ではない。私のもとに入ってくるのは、数百万円ほどではないか、というのが父の予想だった。

そして、装身具の類も私が譲り受けることになっていた。親戚たちも、それに同意してくれていた。どうせ、高いものなどないのだ。

別に用意していた布製の袋を取り出し、そこにいくつかの指輪、ピアスなどを入れた。使うことになるかどうかはわからない。その他の化粧品などは、もったいないが捨てることにした。

すべてが終わった、と思っていたが、ひとつだけ残っていたものがあった。鏡台の一番下の棚に入っていた写真立てだ。

一枚の写真。そこに写っているのは、冬子さんと私だった。

一年前、強引に休みを合わせ、三泊四日で韓国のソウルに行った。とにかく美味しいものを食べよう、というのが冬子さんの計画だった。

私たちはいったいその四日間で、どれほどの焼き肉を食べただろう。最終日の朝、泊まっていたロッテホテルのレストランでも、朝食だというのに私たちは焼き肉を食べていた。写真はその時に撮ったものだ。

ホテルのレストランには正装で行くべきだ、という冬子さんの提案に従い、私たちは買ったばかりのブランド服に身を包み、気持ちだけはセレブのつもりでテーブルについた。冬子さんはその前日、一人で行ってきたどこかの宝石店で買ってきたという、シルバーのペンダントをつけていた。

ペンダントトップは龍の彫り物の飾りで、意匠としてはちょっと珍しいものだろう。彼女はよほどそれが気に入ったのか、帰国してからもずっとそのペンダントを愛用していたし、倒れているのを発見された際にもそれを身につけていた。

匂いが染《し》みついて、帰国すれば服をすぐクリーニングに出さなければならないことはわかっていたが、それでも冬子さんは得意げに笑っていた。そして私もまた、同じように満面の笑みを浮かべていた。それから半年後に大ゲンカをして、口も利かなくなることになるなど、思ってもいない笑顔だった。

まさか、一年後に冬子さんが突然亡くなることになるなんて。写真の冬子さんが、ぼんやりとにじんで見えた。私は強く目頭を拭った。

6

冬子さんとのケンカの原因は、今私がつきあっている男性についてのことだ。

草壁渡《くさかべわたる》は三十六歳のフリーカメラマンで、干支《えと》で言えば私のちょうどひと回り上になる。主に、陽光社が出している〝オン・ザ・マウンテン〟という隔月刊の登山雑誌で仕事をしていた。

山が好きで、動物が好きで、旅が好きで、カメラが好き。それ以外には何もない人だ。

その意味で彼が今就《つ》いている仕事は、おそらく天職と呼ぶべきなのだろう。

それ自体は、私としても問題ない。ただひとつだけ、その仕事が信じられないほどお金にならないことを除けば、だが。

例えば、こうだ。しばらく前のことだが、彼は槍《やり》ヶ岳《たけ》に入った。風景写真を撮るためだ。

準備に二週間、山に入っていた期間は丸まるひと月、フィルム代や機材関係の費用だけでも二十万円ほどの経費がかかった。そして〝オン・ザ・マウンテン〟に掲載された写真は二枚だけだった。

もちろん、ある程度の費用は編集部からも出ただろうが、費《つい》やした時間や手間と比べれば、彼が手にした金額は僅かなものだったはずだ。逆に言えば、陽光社が彼をうまく使っているということになるのかもしれないが、いずれにしても世渡り下手なのは間違いないだろう。

それだけでは暮らしていけないということもあって、彼は他のいくつかの雑誌でも仕事をしていた。その中のひとつが、私のいるジョイ・シネマだった。私と彼が知り合ったのは、仕事がきっかけだったのだ。

彼とつきあうつもりなど、私にはなかった。とにかく年齢が違い過ぎる。年上というのはいいが、十二歳も違うとなると恋愛の対象にならないのが普通だろう。

しかも、彼には結婚歴があった。私と知り合った頃には既に離婚していたが、それもまたイメージを悪くしていた。

おまけに、六歳の子供までいたのだ。ヒカル君といって、今風の名前だが妙にかしこまったところのある少年だった。お父さんの友達、という名目で何度か会っていたが、今のところお互いに慣れ親しむというところまではいっていない。

彼の元奥さんは医師で、それなりに収入も多かったという。はっきりいって、彼の十倍はあったのではないだろうか。

にもかかわらず、彼は子供を引き取ることを主張し、その通りになった。もともと離婚の原因は奥さんの方にあり、彼女が同じ病院で働いていた外科医と不倫していたためだという。それもあって、草壁が養育権を得ることになったのだ。

年齢のハンデ、離婚歴、しかも子連れ。そんな男とつきあうことになるなんて、考えてもいなかった。それでも、そういうことになってしまったのは、縁としか言いようがない。実際、私と彼がつきあいだしたのは、知り合ってからひと月も経たないうちだったのだ。

とはいえ、長く続くとは思っていなかった。安定した収入を持たない彼との将来が見えないと私が考えていたのは、仕方のないことだろう。

もちろん、彼のことは好きだ。そうでなければ、これだけの悪条件を抱えた男とつきあ

んか、という私の問いには、恋はしております、と答えるのが常だった。矛盾《むじゅん》していませな命令を私にはするくせに、自分自身が男性とつきあうことはなかった。

「誰に恋してるっていうのよ」

そう尋ねると、キムタクでしょ、フクヤマでしょ、オダジョーでしょ、と〃an・an〃の抱かれたい男ランキングから順番に名前を挙げていった。馬鹿馬鹿しいから相手にはしなかったが。

草壁とのことについて、私にはずっと迷いがあった。半年前の時点でもそうだ。彼がもう少し若ければ。バツイチは仕方がないにしても、せめて子供がいなければ。もう少し収入が安定していれば。

「まあ、いいんだけどさ。どうせ長続きするわけじゃないんだし」

冬子さんに聞かれるたび、そんなふうに答えていた。そして、何があったのかよくわからないが、ちょっと不機嫌な声で電話をかけてきたのが、半年前のことだった。

「どうなの、朝美。草壁さんとはうまくいってるの？」

その頃、私と草壁との間には、少しだけギャップが生じていた。先のことを考えたつきあいを望む草壁と、そこまではわからないという私。どうしていいのか判断がつかなくなっていた。

その頃、彼に興信所が見合い話のために私のことを調べているらしいと言ったこともある。試すわけではなかったが、彼がどう反応するか知りたかったからだ。

それを伝えると、途方に暮れたような表情になったことだけはよく覚えている。彼もまた、いろいろと考えるところがあったのだろう。

彼の息子、ヒカル君を初めて紹介されたのもその頃だったが、それも関係があったのかもしれない。それは、はっきりとした彼の意思表示だった。だが、それ以上踏み込んだつきあいを続けていっていいものかどうか、私にはわからなかったのだ。

大学時代の友人たちは、全員といっていいほど草壁との交際に反対していた。少なくとも結婚はないだろう、というのが共通した意見だった。

「向こうはいいけど、朝美が損するだけだよ」

「何でひと回りも年の違う男とつきあわなきゃなんないわけ？」

「朝美に他人の子供なんて、育てらんないよ」

「収入、それしかないの？　あんたの方が多いんじゃないの？」

「それってさ、都合よく使われてるだけなんじゃないの？」

客観的に見て、みんなの意見は正しいだろう。私は草壁を友人に紹介したことさえなかった。彼は典型的な昔風の山男で、外見がいいというわけでもないのだ。

そして、それは父にとっても同じことだった。性格にやや古風なところのある草壁は、つきあうようになってからずっと、私の父に挨拶をしたいと言っていた。私はそれを断り続けてきたのだが、根負けする形で七、八ヵ月前、父が出張で東京に出てきた時に紹介していた。

その場では父は何も言わなかったが、後になって電話を寄越してきて、あんな男とつきあうのはどうだろうか、と言った。あんな男、というのは、バツイチ、子持ち、十二歳も年上で、しかも収入の不安定なフリーのカメラマン、という意味だ。いかにも役所勤めの長い、真面目な父らしい意見だった。

私はそれに猛反発し、それ以来父との連絡を絶った。この七、八ヵ月、私はある事情で父とは口を利くこともなくなっていたと前に触れたが、事情というのはそういうことだった。

父の意見は確かに正論だ。だからこそ、私としてはどうすることもできなかった。周囲の友人などの意見も含め、それは正しいのだろう。

でも、それを認めてしまえば、私は草壁と別れなければならなくなる。だが、男と女の関係というのは、そんなに簡単なものではないだろう。私としては、草壁との交際を止めるつもりはなかった。

私が草壁とつきあうようになったのは、彼と一緒にいると、とても心が安らぐからだ。ただそれだけのことで、それ以外ではなかった。

草壁とのことについて、私が悩んでいたのは確かだ。交際は一年近くなり、順調だったが、その関係を続けていっていいのか、それともどこかで終わらせるべきなのか、それすらもわからなかった。

彼は社員でこそなかったが、常に出入りしているスタッフカメラマンで、その意味では社内恋愛なのだから、二人のことを周囲にオープンにすることもできなかった。言っても構わないじゃないか、と草壁は言うのだが、もし別れることにでもなれば、デメリットを被《こうむ》るのは私なのだ。

あまりに損得ばかりを考えているようだが、将来のことまで視野に入れれば、どうしてもリアルな話になってしまうのは仕方がないだろう。私も草壁もどちらかといえば真面目な性格であり、真剣だったからこそ、あらゆる事情を考え合わせなければならなかったのだ。特に、あの頃はそうだった。

それまでも、私は冬子さんにそんな話をしていた。彼が私たちの将来のことを考えてくれているのはよくわかっているし、嬉しくないわけではない。だが、やはり不安だった。

「どうして?」

いつものように彼女の問いは直線的だった。冬子さんの性格に、侘《わ》び寂《さ》びという要素はほとんどない。彼女の論理で言えば、好きならば何も迷うことはない、ということになる。理屈ではそうかもしれないが、現実はそういうわけにはいかなかった。

「冬子さんにはわかんないんだよ。あたしにだって、わかんないんだし」

「お父さんとはどうなの？」

「どうって……前にも言ったと思うけど、反対されてる……それもわかんなくはないし……」

「あんた、つまんないこと言うようになったね」

ぽつりと冬子さんが言った。おそらく私はあの時期、かなり情緒が不安定だったのだろう。私はまだ二十三歳だった。母を早くに亡くしていたため、私は結婚とか家族について、強い憧れがあった。それもあって、必要以上に強く反発してしまったのかもしれない。

「冬子さんはね、結婚とか真面目に考えたことないでしょ？　キャリアウーマンに家庭はいらないとか思ってるんじゃないの？　だからそんなこと言えるんだよ。あたしは今、それどころじゃないんだから」

草壁とのこともあったし、異動して一年ほどしか経っておらず、編集という仕事に慣れていないということもあった。その鬱憤《うっぷん》をぶちまけるように、私は怒鳴っていた。すぐに冬子さんが怒鳴り返してきた。

「朝美、あんた草壁さんのこと好きなんだよ。だから、そんなに悩んでるんでしょ？　ねえ、好きならそれでいいじゃない。お金とか子供とか、そんなことどうでもいいじゃない。好きだっていう気持ちがあるなら、それで十分じゃないの。そんな素敵なことないよ」

「冬子さんは、何にもわかってない」

あの時、悔しくて涙をこぼしたのはなぜだったのだろう。今でも、その理由はわからない。たぶん、冬子さんにわかってもらえないことが哀しかったのだろう。一番の理解者だと思っていた人に、裏切られたような気がしていたのだ。

だから私は携帯電話を握りしめたまま、大声で泣いた。どれほど仲が良くても、血のつながった叔母と姪という関係であっても、理解してもらえないという現実が、悔しかったのだ。

「あんた、バカじゃないの？」

そして、大人げのなさで冬子さんは私に負けていなかった。

「あんたは下らないことばっかり言ってるんだよ。どうしてそれがわからないの？　いいじゃない、年が違ったって、子供がいたって。お金がなくたって、格好が悪くたっていいじゃない。あんたが本気なら、あたしはいつだって、どんな時だってあんたの味方になるよ。あんたがお父さんを説得できないっていうのなら、あたしが代わりに言ってあげようか？」

「誰もそんなこと頼んでない」

もういい、と私は叫んだ。もういい。放っておいて。余計な口出しをしないで。

それが彼女との最後の会話だった。後のことはよく覚えていない。そしてそれから半年の間、私たちはどちらからも謝ろうとはしなかった。

(ゴメンね、冬子さん)

草壁との交際は一年以上になった。その後、これといった進展はない。将来について、あるいはもっと具体的に結婚について、草壁が言い出すことはなくなっていた。様子を見ている、ということなのだろう。もちろん、私からも言えるはずがなかった。

そんな今の状況について、私は後悔していた。冬子さんが言っていた通り、私の中にあったのは一種の虚栄心に過ぎない。

だが、それを捨て切るまでには至っていなかった。こんな時に冬子さんがいてくれたら、と痛切に思った。

私は間違っていた。それを私は知っている。私は草壁のことが好きで、おそらくそれはこの先もずっと変わらないだろう。

わかっているにもかかわらず、動き出すことができなくなっていた。すべては冬子さんの言った通りだった。

謝りたかった。謝って、どうすればいいのか教えてもらいたかった。

何度も電話しようと思ったのだ。でも、どうしてもその勇気が出てこなかった。そして、電話をしても彼女が出てくれることはもうない。

私は写真立てを取り上げた。これを捨てるわけにはいかない。私たち二人にとって、最後の、そして最高の思い出の写真なのだから。

かすかな音がして、中に何かが入っているのがわかった。写真を外してみると、薄っぺらな鍵が出てきた。まるでオモチャのように小さな鍵。

家や部屋の鍵ではない。だとしたら、これほど小さいはずはないだろう。少しでも力を込めれば、壊れてしまいそうだった。いったい何の鍵なのか。

心当たりはひとつしかなかった。洗面台の脇にあった造り付けの棚。開かなかった一番下の段。あそこに何かがあるのではないか。

私はその鍵を握ったまま、洗面台へと向かった。

7

洗面台の脇にあった整理棚を前にして、私は腕を組んでいた。棚自体に鍵がついているわけではない。

中で何かが引っ掛かっているのだろう。会社のデスクなどでもよくあることだが、無理に物を入れて強引に閉めてしまうと、後で開かなくなってしまうのだ。

強引に把手《とって》を動かしているうちに、僅かだが隙間ができた。そこから中を覗くと、雑誌のようなものがつっかえていることがわかった。

私は自分のバッグからボールペンを取り出し、その隙間から差し入れて押したり引いたりしてみた。意外にあっさりと雑誌が内側に落ちた。把手を引くと、いきなり引き出しが開いた。

雑誌のように見えたのは、十数冊のフォトアルバムだった。正直なところ、冬子さんは年齢のためなのか性格のためなのか、デジタル機器の扱いに不慣れだったことは否《いな》めない。携帯電話はともかくとして、パソコンやインターネットに関して、彼女の知識は怪しいものだった。

デジタルカメラもその例に漏れない。私に言わせれば、普通の一眼レフと何ら変わるところはないはずなのだが、何だか信用できないね、と言うのが常だった。

ただ、写真を撮るのは大好きな人だった。どこへ行く時でも、愛用の古いニコンを持って、何でもシャッターを切っていた。フィルムの現像や整理もまめで、引き出しに入っていたアルバムにはたくさんの写真が残っていた。

ナンバーが振ってあるわけではなかったが、写真には日付が入っているものもあり、並べてみればだいたいの順番はわかった。それほど古いものというわけではない。一番古いものでも、二、三年ほど前の写真のようだ。大学の卒業式で私を撮影したものがあったことから、それがわかった。

仕事関係と思われる写真も多かった。職人っぽい雰囲気の老人だけで一杯になっているアルバムもあった。おそらく、冬子さんが連載をしていた特集のために撮影したものなのだろう。

それ以外にも、人の写真が多かったのは、人間が好きだった冬子さんの性格によるものと思われた。子供、老人、主婦、サラリーマン、とにかく雑多な人たちの写真だ。日本人だけではなく、外国人の写真まであった。

プライベートの写真も多かった。会社で撮影したのだろう、東洋新聞社のデスク回りの写真。同僚の記者なのか、照れたような顔で写っている人たち。誰かはわからないが、結婚式の写真。二次会なのか、カラオケに興じている冬子さん。

私との写真もあった。マンションのリビングで写したものは何通りもあって、どれがいつのことだったのか私も覚えていない。何枚か着物を着た私と冬子さんが写っている写真があったが、これは二年ぐらい前の正月に撮影したものだった。

私が陽光社に入社した時、お祝いのために連れていってくれたパーク・ハイアットのニューヨーク・グリルで撮ったものも残っていた。それ以外にも、二人で旅行をした時の写真がたくさん出てきた。

思えば、私たちはよく旅行に出掛けたものだ。私が就職してからはその機会もほとんどなくなっていたが、大学の時は国内、海外を問わずどこでも行った。

冬子さんの仕事の都合もあって、長期の休暇を取ることはできなかったが、三泊四日ぐらいなら融通《ゆうずう》は利いた。だから、私たちが行くのはいつも近場だった。香港、ソウル、グアム、サイパン、台湾。日本なら大阪、京都、博多、札幌、名古屋。

どういう趣味なのか、冬子さんは行った先々で出てきた食事を撮影するのが好きだった。どんなつまらないものでも、必ずといっていいほどシャッターを切るのだ。

香港のマンダリン・オリエンタルで食べた飲茶《ヤムチャ》。台湾の屋台で出てきた正体不明の煮込み。京都のおばんざい屋のお惣菜《そうざい》。サイパンの和食屋で食べた、信じ難いほどまずいお好み焼き。博多名物のとんこつラーメン。

このアルバムは私がもらうことにしよう、と決めた。他人にとっては、あまり意味がないものだろうし、会社の人たちはともかくとして、冬子さんとの時間を一番長く共有した私が持っているのが一番いいと思ったのだ。

棚からすべてのフォトアルバムを抜き出し、洗面台の前の冷たい床に直接座ったまま、写真を眺めていると、あっという間に一時間ほどが経っていた。私はため息をついた。会社に戻らなければならない。仕事がまだ残っているのだ。

名残惜《なごり》しいと思いながら立ち上がった時、棚の奥に白木の小さな箱があるのに気がついた。決して大きなものではない。縦横それぞれ二十センチほどだろうか。何の飾りもないただの箱だ。

取り出してみると、見かけより重かった。振ってみると、何かが入っていることだけは確かなようだった。

箱には鍵がかかっていた。この箱だ、と私はさっき冬子さんの写真立ての中から見つけた鍵を取り出した。おもちゃのように薄い鍵で開けられるのは、この箱ぐらいのものだろう。

鍵穴に当ててみると、思った通りで何の抵抗もなく鍵がするりと入っていった。回すと、バネ仕掛けになっているのか、すぐに箱の蓋《ふた》が開いた。

入っていたのは二冊の分厚い日記帳だった。一冊には〝1979〜〟と表書きがあり、もう一冊には何も書かれていなかった。どちらもかなり古いものだ。

〝1979〜〟と記されているその日記帳を開いてみると、最初の頁から冬子さんの特徴のある筆跡で、細々と日々の出来事が書きつらねられていることがわかった。もちろん、日付も入っている。日記帳の最後の方には、卒業式の記述があった。

冬子さんの年齢から考えると、この一冊の日記帳には、高校時代のことが書かれているようだ。もう一冊の日記帳をめくってみると、大学に入ってからのことが記されていることからも、それがわかった。

一九七九年といえば、もう三十年近い昔のことだ。その頃、冬子さんはどんな女子高生だったのだろうか。私は日記帳の後半の頁をめくり、少しずつそこに残された文字をたどっていった。女子高生の彼女は何を思い、どんな日々を送っていたのか。

好奇心といえばその通りだし、興味本位ということかもしれない。いくら仲が良かったからといって、いや、むしろ親しかったからこそ、冬子さんの日記を読んでいくのは悪趣味かもしれないという想いもあったが、なにしろ三十年も昔のことだ。そして冬子さんなら、笑って許してくれると私にはわかっていた。

読み進めていくにつれ、私の手は止まらなくなっていた。編集部に戻らなければならないことはわかっていたが、すぐにそんなことは頭からなくなっていた。

そこに記されていたのは、三十年ほど昔の、ある女子高校生の青春だった。私はそれを読みながら、自分の中で彼女の青春時代について、考え始めていた。

二章　SPARKLE

1

階段を上ってくる足音が聞こえた。

あたしは受話器を耳に当てたまま、ちょっと待って、と囁《ささや》いた。どうしたの、とUが言ったけど、それには答えずドアに目をやった。

ちょっと重い足音は、ママではない。パパだろう。家に帰ってきてからというもの、ずっと電話を独占しているあたしの様子を見にきたのだ。

気持ちはわからなくもない。でも、今日だけは邪魔しないでほしかった。長電話はあたしたち女子高生の特権だ。そして、卒業式を明日に控えた今日ぐらい、どれだけ長電話していたとしても許してほしい。

その想いが通じたのか、階段の途中で足音は止まり、そのままとぼとぼと下りていくのがわかった。ゴメン、とあたしは受話器を左手に持ち替えた。

「だいじょぶ。パパが来そうだったけど、下りてった」

「オヤジだねえ」Uがため息をついた。「男と話してると思ってんじゃないの?」

Uは柴田裕子《しばたゆうこ》、だからUと呼ばれてる。時々、あたしは彼女の本名がわからなくなってしまうことがあった。

「男と話したいよ、まったく」

情けないったらありゃしない、とあたしはちょっと笑った。せめて卒業式の前日ぐらい、男の子と話すか、できれば会っていたいものだ。

でも、あたしには会う相手がいなかった。高一の冬、二年先輩の元屋敷《もとやしき》さんと別れて以来、あたしにはボーイフレンドと呼ぶべき人がいなかったのだ。

「いたって同じだよ」Uがまたため息をついた。「遅くなると、怒られるしね」

Uには彼氏がいる。同じクラスの黒川大樹《くろかわだいき》だ。学校は休みに入っていたから、今日も二人は会っていたのだろう。

とはいえ、確かにその通りで、よほど万全な言い訳でも用意していない限り、あたしたち高校生がそんなに遅くまで出歩いているわけにいかない。東京は知らないが、少なくとも静岡ではそうだった。

「まあ、女の友情も大事だからね。電話ぐらいしないとマズイでしょ」

どうせあいつとは別れるしさ、とUが言った。彼女の最近の口癖だ。Uは東京の短大への進学が決まっていたが、黒川は浪人して、地元の静岡で予備校に通うことになっていた。愛じゃ距離は埋まんないよ、とここのところ毎日のように彼女は言っていた。まるで自分に言い聞かせるように。

「悲しい話ですねえ」

あたしはわざとぼんやりした答えを返した。本当はUも黒川と別れたくないということぐらい、あたしにもわかっていた。

「こっちのことはいいけどさ。冬子、あんたどうすんの？」

「どうすんのって？」

しばらく黙っていたUが、このままでいいの？　と低い声で言った。

「このままって？」

とぼけたつもりだったが、通用するはずもなかった。何といっても、Uとは小学校以来の仲なのだ。

「あんた、ここまできてカッコつけてんじゃないよ。もう卒業式なんだよ。藤城《ふじしろ》、東京に行っちゃうんだよ。もう二度と会えないかもしれないんだよ」

「……だから？」

「冬子、あんた悪い癖だよ。カッコつけたり見栄《みえ》はったりするのもいいけど、もう時間がないんだからさ……はっきりさせた方がいいって」

わかっている。よくわかっている。必要以上にわかっているといってもいい。明日、一九八一年三月十日は、あたしたちが通う静岡県立静岡葵《あおいひがし》東高等学校の卒業式なのだ。でも、どうすることもできない。そして、どうするつもりもなかった。

「放っといて」

「余計な話だってのはわかってるけど」

あんたのことだから、このままだと何もないでしょ、とUが言った。

「お世話かけます」

見えないだろうけれど、あたしはぺこりと頭を下げた。バカ言ってんじゃないよ、ホントに、とUの声が真面目になった。

「冗談で済ませるっていうなら、それもいいけどさ。だけど冬子、最後のチャンスかもしんないんだよ」

「だって……しょうがないじゃん」

あたしは静岡大学へ行き、藤城篤志《あつし》は東京へ行く。それは結構前からわかっていたことだ。

彼は静岡県立静岡葵東高等学校、通称葵高《あおこう》でも成績はトップクラスで、東京の慶応《けいおう》大学に合格したらしいという噂を聞いていた。ただ、ちょっと情報があいまいで、医学部に受かったという人もいたし、経済学部に受かったという人もいた。どちらが正しいのか、あたしも知らない。そこまで親しいわけではないのだ。

あたしはといえば、決して成績が悪い方ではなかったが、彼ほどではない。みんなと同じく、一月には共通一次試験を受け、その後私大も受験した。

ただ、成績はともかくとして、かなり運の強い方だったようで、結局のところ国立の静岡大学への合格が決まった。あたしとしては、東京へ出てみたいという気もあったのだけれど、何しろ国立大学だ。受かってしまったのだから、やはり行くしかない。

ちょっと不遜《ふそん》な言い方かもしれないけれど、実感としてはそんなところだった。浪人したクラスメイトもたくさんいたから、決して大きな声では言えないことなのだが。

「東京と静岡じゃ、どうにもなんないでしょう」

「真似すんじゃないよ」

あたしたちは声を揃《そろ》えて笑った。そして互いにため息をついた。

東京と静岡は、新幹線なら二時間ぐらいだろう。たかだかそれぐらいの時間なら何とかなると言われるかもしれないが、やっぱり遠い。

お金の問題だってあるし、頻繁《ひんぱん》に行き来できる距離ではない。あたしたちにはそれがよくわかっていた。いいじゃん、こっちのことは、とあたしは言った。

「あたしたちは、別に何でもないんだから」

あたしと彼の間には、本当に何もない。クラスメイトというつながりがあるだけだ。いや、正確に言えば、何もなかったわけではないのだけれど、でも結局は何もないままだった。同じグループだったり、同じクラブに属していたわけでもなかった。

「U、そっちこそどうすんだってば」

Uと黒川は一年半か、もしかしたらもう少し長くつきあっている。クラス公認のカップルだ。

高二の夏、Uは黒川と二人で伊豆《いず》だか箱根《はこね》だかに一泊で行った。Uはあたしを含めたいつものグループの女の子と一緒に行くと親に言い訳をし、もちろんあたしたちもそれを了承していた。

とにかく、二人はそういう関係だ。何もないあたしはあたしで辛《つら》いけど、Uはもっと辛いのかもしれなかった。

「まあねえ。青春の一ページってやつですか」

乾いた笑い声がした。かすかに語尾が震えていたような気がしたけど、あたしは何も言わなかった。

どうしようもないのだ。高校三年生のあたしたちには、どうにもならないことだらけだった。

「あのね、冬子。あたし思うんだけどさ——」

冬子、という声と共に、ドアがそっと叩かれた。

「何よ」受話器を手で塞《ふさ》ぎながら答えた。「今、電話中」

わかってるけど、とドアの向こうで母の声がした。

「ちょっと長すぎない？　お母さんもお父さんも、少しはあなたと話したいし……」

「後にしてよ。大事な話してるんだから」

「わかるけど……でもね」

ドアが開いて、ママが顔を覗かせた。

「明日、卒業式でしょ？　つまり高校生じゃなくなっちゃうってことで……だから、今夜ぐらい三人でいてもいいと思うのよ」

明日の卒業式で、あたしの高校生活は終わる。パパもママも、それなりの感慨というものがあるのだろう。冬子、と呼ぶ声が電話口から聞こえた。

「またかけるよ。うち、キャッチ入った」

ゴメン、とあたしは言った。卒業式を明日に控え、今頃クラス中のみんなが電話にかじりついているのだろう。その光景を思い浮かべるとちょっとおかしくなった。

「じゃあ……またね」

「バイバイ」

通話が切れた。あたしも受話器を置いて、ママと共に一階へと下りていった。

2

　静岡県立静岡葵東高等学校、葵高は静岡市の外れにある。たいていの生徒は自転車通学か、そうでなければ静岡駅からバスで通う。あたしもそうだった。その方が便利だし、早いからだ。

　あたしは浜松市で生まれ、小学校に上がるぐらいまでそこで暮らしていた。その頃、パパは浜松のガス会社で働いていたからだ。パパとママ、そしてお姉ちゃんの四人暮らし。そして、あたしが五歳のときにパパが静岡市の本社へ移ることになった。

　あたしはよく覚えていないけれど、それまでは借家だったらしい。少し大きな家に引っ越した。庭があるからね、とママが喜んでいたことだけは、なんとなく記憶があった。

　それからはずっと今の家に住んでいる。静岡市といえば県庁所在地だし、駅前は確かにデパートとかいろいろあって、それなりに賑わってる。でも、少しはずれてしまえばびっくりするほど何もない。

　家は安倍川の近くにある。安倍川はとてもきれいな川で、それは自慢できたかもしれないけれど、でもそれだけのことだ。遠藤新田、幸庵新田という地名が示す通り、この辺りは普通の畑や茶畑ばかりが広がっていた。

最近、家の周りが開発地域に指定されたこともあって、新しい住宅がどんどん建てられるようになっていたのだけれど、それまでは農家がいくつかあるだけで、ちょっとさびしいぐらいだった。でも、そんなものだろう。小学校や中学の同級生の家も、似たようなものだ。

パパは月曜から土曜まで、ガス会社で働いている。基本的には事務職だというけれど、必要があれば現場に行ったりすることもある。何でも屋だよと、とパパはあたしたちによく言っていた。平日は夜七時ぐらいまでに、土曜は半ドンとかいって、午後には帰ってくる。

ママは家であたしたち子供の面倒をみたり、家事をして過ごす。あたしたちはそれぞれ学校に通う。そんなふうにして、あたしは毎日を過ごしていた。

都会だともう少し違うのだろうけど、あたしにとってはそれが普通だった。テレビで見てると、東京はすごく華《はな》やかで、何だかわくわくするようなことが毎日起きているみたいだったけど、静岡だとなかなかそんなことはない。すごく平和で、ちょっと退屈で、でもこんなもんだろうなって思ってた。

浜松にいた頃は、日曜になると、パパはママやあたしたちを駅前のデパートに連れて行ってくれた。松菱《まつびし》百貨店といって、屋上に小さな遊園地があるデパートだ。

そこであたしたちを遊ばせてから、何階だったかの食堂街で食事をして帰る。それが楽しくて、あたしは毎週日曜を待ち焦《こ》がれていたものだ。

静岡市に引っ越してからは、少し遠出をするようになり、登呂《とろ》遺跡に行ったりもしたのだけれど、あたしとしてはちょっと不満だった。デパートの方が楽しいのに、と子供心に思ったりもした。

幼稚園とか小学校の頃は、ひたすら外で走り回っていたような気がする。どういうわけかわからないが、あたしは女の子同士でおままごとをしてるより、男の子を従えて騒いでいる方が好きだった。今思うと、ずいぶん乱暴なことをしていたのかもしれない。

小学校二年の時、振り回していた棒が同じクラスの里中《さとなか》くんの頭に当たって、けっこうな怪我《けが》を負わせたのもそのひとつだ。他にもいろいろあったけど、それはあたしの名誉のために触れないことにしておきたい。

自己弁護をするとすれば、小学校に制服がなかったことがその理由だと言えるだろう。あたしは毎日夏でも冬でも短パンにTシャツという格好をさせられていたから、あまり女の子らしくできなかった。とりあえず、そういうことにしておこう。

まんざら嘘ではない証拠に、中学に上がった時、オトコオンナと呼ばれていたあたしが落ち着きだしたのは事実だ。その原因は、セーラー服着用を義務付けられたからだと思う。よく考えると、ちゃんとスカートをはくようになったのは、中学に入ってからかもしれなかった。

お姉ちゃんとは五つ違いだ。お姉ちゃんはあたしと違って、物静かで落ち着いていた。あたしにとってお姉ちゃんはちょっと特別だった。静岡の短大を出た後、東京の印刷会社に就職を決めて、今は家にいないけれど、大人びていて、すごくきれいだった。あたしはお姉ちゃんと一緒にどこかへ出掛けるたび、誇らしい気分になったものだ。

控えめで、おとなしくて、女らしくて、あたしとは正反対だった。ただ、ちょっと体が弱くて、季節の変わり目などにはしょっちゅう風邪を引いたり、体調を崩したりしていた。

パパもママも、どちらかといえばうるさいぐらい喋る人たちだったから、どうしてお姉ちゃんがあんなふうに育ったのかはよくわからないけど、あまり丈夫ではなかったからそういうことになってしまったのかもしれない。それでも、あたしとしてはお姉ちゃんのようになりたいと思ったりもしていた。

でも現実はそんなに甘くなく、中学に上がるまであたしはよく男の子と間違えられるような、そんな子供だった。セーラー服のご加護か、中学に入って少しは落ち着いたのだが、とてもお姉ちゃんのようにはなれないだろう、というのが周囲の見方だった。そうだろうなあ、とあたしも思っていたし、実際にもその通りだった。

中学であたしは女同士のつきあいも楽しいということを知った。ずいぶんと遅いデビューかもしれないが、実際そうだったのだから仕方がない。小学校でも一緒だった柴田裕子、Uと仲良くなり、みかりんやピータンとグループになったのは中学の頃だ。

高校に上がってからは、別の中学から来たナオが加わって、あたしたちはずっと一緒にやってきた。クラス替えや、いつでもどこでもすぐに恋をしてしまうみかりんの裏切りにもめげず、あたしたちは鉄の友情を誇ってきたのだ。

いや、鉄の友情というのはちょっと大げさかもしれない。細かく言えば、みんなそれぞれそれなりにいろいろあった。こんなことを言っているあたし自身、高一の夏に突然高三の先輩、元屋敷さんに告白というものをされて、つきあうことになってしまったのだから、人のことは言えない。

あたしはもともと、男子と話したり遊んだりすることに抵抗がないタイプだ。中学生になってからは、さすがに恥じらいというものが世の中にあることを知り、それまでのように男子と大騒ぎをしたりすることはなくなっていたけど、それでもクラスの女の子より男子との距離は近かった。

だから、つきあっていたのかどうか、自分でもよくわからないのだけれど、一緒に出掛けたり遊んだりする相手はいつもいた。ただ、告白とまではいかなかった。

中二の時も、中三の時も、バレンタインデーには誰かにチョコを贈ったりしていた。でも、悲しいかな静岡の中学生のレベルでは、なかなかそこから発展するようなことはなかったのだ。

そんなところに、突然古式ゆかしく放課後に体育館の裏に呼び出されて、実は君が入学した時から好きだったのです、などと告白されてしまったものだから、舞い上がったあたしは思わず、喜んで、などと口走ってしまったのだ。

もっとも、元屋敷さんのことをちゃんと知っていたわけではない。高一にとって高三の先輩はとんでもない大人に見えるものだ。

そして年上の男性とつきあうことが、その頃はなんとなくステイタスになっていたということもあった。つまり、あたしとしてはちょっと周りに対しての見栄もあって、おつきあいをすることになったのだ。

それだけの理由で始まった交際が、長く続くはずもない。元屋敷さん自身が受験生ということもあって、何度かデートをしただけで終わってしまった。もったいない、とみんなからは言われたものだ。

その間、みかりんは何度も恋をしていた。彼女は小学校の頃から恋をしていなかったことがないという子で、あたしたちもどれだけ迷惑を被《こうむ》ったかわからない。それでも許されてしまうところが、みかりんのみかりんたる所以《ゆえん》だったのだが。

対照的に、ピータンは男の子が苦手だった。彼女はまた極端で、男子と話すことさえできないほどに恥ずかしがり屋だったのだ。まったく、今思うとあたしたちのような性格も個性も違う五人が、どうしてグループになったのかよくわからないが、それも縁なのだろう。

ナオは中学の時に告白された尾瀬《おぜ》さんという一年先輩と、通う高校は違っていたが順調に交際を続けていた。何でも、テニス部の先輩後輩で、コーチをしてもらってるうちに親しくなったのだという。ナオは丘尚美《おかなおみ》というのだが、それじゃまるで〝エースをねらえ!〟じゃないの、とあたしたちは盛り上がったものだ。

でも、盛り上がったといえば一番すごかったのはやはりUだろう。ナオに紹介されて、尾瀬さんという人とあたしたちは何度か顔を合わせることがあったけれど、結局他校の人だから、どうしても他人事《ひとごと》だ。その点、Uがつきあうことになったのは同じクラスの黒川だったから、その臨場感たるや、並ではなかった。

クラスには男女合わせて五十人、そのうち女子は二十五人いた。あたしたちのグループはとりたてて目立つわけでもなく、かといって大人しいというわけでもない。たぶん、一番よくあるタイプの五人組だっただろう。

二十五人の女子のうち、男子とつきあったことがあったのは十人いたかいないか、それぐらいだったと思う。つきあいの定義には、あたしと元屋敷さんのような場合も含まれるから、きちんとした男女交際ということになると、もっと少なかったはずだ。

むしろ、クラスの女子のほとんどは、一昨年の秋から始まっていた〝3年B組金八《きんぱち》先生〟の影響もあってか、田原《たはら》トシちゃんとか近藤《こんどう》マッチとか、野村《のむら》ヨッチャンに夢中で、彼らの話題で忙しく、現実の男子との交際はあまり考えていなかったはずだ。

その中で、Uと黒川くんはちょっと違っていた。もちろん、クラスにも、あるいは校内にもカップルは何組もあった。でもUたちは、何と言っていいのかわからないけど、真剣な交際をしている感じが一際《ひときわ》強かったのだ。

二年の夏休み、二人は一泊で旅行に出掛けていたが、それはつまり、大変なことを意味していた。あたしたちは全員でUを取り囲み、どうだったのよ！　と尋ねた。

何しろ、アリバイを作ったのはあたしたちなのだ。聞く権利というものがあるはずだろう。それは秘密、などとUが答えるので、余計に大騒ぎになってしまったのだが。

あたしたちのいる三組に転校生が来るらしい、という噂が流れたのは、そんなUたちの話題が一段落した頃、夏休みが終わって二週間ほど経った九月も半ばのことだった。季節外れの転校生なんて、風の又三郎《まださぶろう》みたいだね、とUが言い、ホントかな、とみかりんが首をかしげた。実際、高二の秋になって転校してくる生徒がいるなんて、ちょっと考えにくかったのだ。

でも噂は本当だった。その翌週の月曜日、担任のカツマタが色の黒い、背の高い男の子を連れて教室に入ってきた。

それが藤城篤志だった。

入って、とカツマタが言いながら、手に持っていたパイプ椅子を入口の脇に置いた。うなずいた男の子が、曖昧《あいまい》な笑みを浮かべたまま教壇に上がった。

担任のカツマタは三十歳ぐらいで、まだけっこう若い。その割に丸っこいっていうか、はっきり言えばデブなんだけど、優しいから生徒の評判は悪くなかった。

隣の四組の女子たちは、エビバデが担任でいいよね、といつも羨《うらや》ましそうだった。四組の担任の佐藤《さとう》、サトキューは寝起きが悪いと不機嫌になって、すぐ生徒に当たる。平手打ちなんかしょっちゅうだ。カツマタはそんなの一度もしたことがない。

エビバデというのはあだ名だ。カツマタはうちの担任だけど、同時に全校の英語の教師でもある。

一対一で話すときは名前を呼ぶけど、全員が相手のときはエビバデ、と言うのが常だった。本人の中ではエブリバディ、なんだろうけど、発音が悪いのでエビバデとしか聞こえない。だからエビバデ。

ただ、他のクラスはともかく、担任ともなるとホームルームとかいろいろクラス全体と話さなければならないことが多かったから、あたしたちはエビバデにちょっと食傷《しょくしょう》気味だった。最近うちのクラスでは、名前のままカツマタと呼ぶことの方が多い。

起立、礼、着席。週番の桑畑《くわばた》が号令をかけた。いつもの習慣で、みんなその声の通り動いてたけど、見てたのはカツマタの横の背の高い男の子だ。彼も少し首を傾けたまま、あたしたちを見つめていた。

前からも後ろからも、ひそひそ声が聞こえてきた。転校生ってホントだったんだ。でけえな。どっから来たんだ？　ちょっとフンイキあるよね。スポーツ、できそう。

ひとわたりざわめきが収まったところで、カツマタがぬいぐるみの熊みたいな口を開いた。

「おはようございます。ええと、エビバデ、今日はまず転校生を紹介しないといかんわけで」

フジシロ、名前を書いて、と黒板を指した。フジシロだって。フジシロ、フジシロ。どんな字だ？

チョークを取り上げた男の子が、自分の名前を書きはじめた。お世辞にもきれいとは言えなかったけど、大きな字だった。藤城篤志、と書き上げてから、またこっちを向いた。

自己紹介を、とカツマタが見上げるようにしながら言った。カツマタはあたしよりちょっと大きくて、百六十五センチぐらいだけど、藤城というその男の子は、カツマタよりたぶん十センチ以上背が高かった。

「藤城篤志といいます。親の仕事の都合で、千葉から転校してきました……静岡は初めてなんで、よくわかんないんですけど、いろいろ教えてください。よろしくお願いします」

転校生にありがちな挨拶《あいさつ》だったけど、印象的なのはその声だった。低くて、よく通る声。何人かの女の子が目配《めくば》せをし合っているのが、一番後ろの席にいたあたしからよく見えた。

テレパシーみたいな話だけど、みんなが思ってることはあたしにもわかった。なぜかって、あたしもきっと同じことを考えてたから。どんな人なんだろ、藤城って。そう思わせる何かが彼の中にあった。

独特のアクセントは千葉弁なのかもしれない。実際に聞く機会はなかったけど、少年ジャンプに載っていた江口寿史《えぐちひさし》の〝すすめ!! パイレーツ〟というマンガによれば、千葉弁というものが確かにあるらしい。

「得意な科目とか、あるのか?」

カツマタが尋ねた。いえ、特に、と藤城が首を振った。

「じゃあ、スポーツとかは?」

「……サッカーを少し」

見合いかよ、と真ん中辺りの席に座っていた高津《たかつ》という男の子が言った。クラス全員が藤城の答えに注目して黙ってたから、その声はけっこう大きく聞こえて、みんなが笑った。それもそうだな、とカツマタが苦笑いを浮かべた。

「そんなの、どうせだんだんわかってくる話だもんな。とにかく、エビバデ、仲良くしてあげてください。藤城は静岡も初めてだって言うから、わからんこととか多いと思うけど、それはエビバデに任せるからよろしく頼むよ。それで……委員長」

はい、と前の方に座ってた星野多佳子《ほしのたかこ》がまっすぐ立ち上がった。多佳子はどこのクラスにもいる典型的な仕切り屋で、一年の一学期からずっと学級委員長を務めている。ふつう、高校生にもなるとそういう役目からは逃げ出したくなるものだけど、多佳子は好きでやっているのだから、あたしたちにとってはありがたい存在だった。

「藤城、彼女がうちの委員長だから。とりあえずわからんことがあったら、彼女に聞くように……あと、副委員長は、ええと、誰だっけ」

オレオレ、と押川徹《おしかわとおる》が手を挙げた。

「ひでえよ先生。副委員長が誰かぐらい覚えててくれよ」

「すまん、悪かった」ばつが悪そうな顔になったカツマタが、あれが押川っていうんだ、と藤城に教えた。「あんまり頼りにならんが、悪い奴じゃない。委員長に聞きにくいことがあったら、あいつに聞け」

トイレの場所とか？　とすかさず押川が言った。そういうことも含めてだ、とカツマタが出席簿を開いた。

「さて、それでだ。お前の席だが……お前、でかいな」

　初めて気がついた、みたいな言い方だった。そんなはずない。ずっと隣にいたくせに。

はあ、と藤城が困ったような表情になった。

「目はいいのか？」

　まあ、と藤城が答えた。昼休みまで机とか椅子とか届かないんだよ、とカツマタも難しい顔を作った。

「今さら席替えっていうのもなあ……後ろでいいよな？」

　はい、と藤城が答えたのを確かめて、カツマタがあたしの方を見た。

「おい、吉野」

　いきなり名前を呼ばれて、あたしは思わず立ち上がってしまった。

「はい」

　裏返った声で返事をしたら、別に立たなくていい、とカツマタが言った。斜め前の席で、Uが笑いをこらえて真っ赤になってるのがわかった。

「昼にはお前の隣に藤城の席を作るけど、とりあえず机とか来るまで、お前が教科書とか見せてやってくれ」

　それ持って、後ろにいけ、とカツマタが入口のところに置いていたパイプ椅子を指した。はい、と素直にうなずいた藤城が、軽々と片手で椅子を持ったまま、あたしの方に向かって歩いてきた。

女子を中心に何ともいえないため息みたいな声が流れる中、パイプ椅子に座った藤城が、よろしく、とひと言だけ言った。その瞬間、何か電気のようなものがあたしの中に流れた。いや、正直に言えば、教室に入ってきた彼を見た時から、それを感じていた。言葉で説明することはできない。無理に言えば、予感のようなものだ。でも、それが何に対する予感なのか、自分でもわからなかった。

「よろしく」

あたしもそれだけ答えた。他に言う言葉は思いつかなかった。

クラスは五十人かっきりで、七人ずつ七列に席は並んでいる。それだけだと四十九席にしかならないので、一番左の列の最後尾に、ひとつだけ別の席があった。

あたしたちの中で、そこは特別席と呼ばれてる。今学期、その特別席に座ることになったのはあたしだった。

あたしは女の子の中ではけっこう背が高い方で、百六十センチちょうどだ。それもあって、あたしがこの席に座ることになったのだけど、こんな形でお隣さんができるとは思ってなかった。

「じゃ、出席採《と》るぞ。赤井《あかい》満博《みつひろ》」

カツマタが出席番号順に名前を読み上げ始めた。

「はーい」

「飯田政彦《いいだまさひこ》」

「はい」

教科書ないの？　とあたしは小声で尋ねた。

「前の学校のと違うんだ」

答えながら、藤城は返事をしてる生徒たちの顔を順に見つめていた。深い森の中に入った時みたいな匂いがした。カツマタの声が続いてる。

そうなんだ、とだけ言って、あたしはちょっと緊張しながら通学カバンの中に入っていた英語の教科書を取り出した。予感はまだ続いていた。

4

引っ越ししたことはあったけど、転校は一度もない。でも、転校生を迎える側になったことはあった。小学校の時に一人、中学の時に二人。

なんとなく、うっすらとした気持ちだけど、転校ってちょっと憧れる。隣の町の隣の学校とかじゃなくて、全然知らないところ、東京とか大阪とか、よくわかんないけど、見知った顔のいない学校へ行くことになったらどうなるか、想像してみることもあった。想像力だけなら、あたしは赤毛のアンと同じくらいある。

もし、今、転校することになったら、あたしはゼンゼン違うキャラクターになりたい。もっと女の子っぽく、ちょっとお嬢様、みたいな。

だって、今の学校じゃゼッタイ無理。小学校から一緒だったのはUだけじゃなくて、他にもたくさんいたし、葵高に上がってくる生徒の半分近くは中学も同じだった。

みんながあたしのことを知っているのだから、今さら違うふうには誰も見てくれない。吉野冬子は吉野冬子で、他の誰にもなれるはずがなかった。

だけど、他の学校に転校すれば、みんなはあたしのこと知らないわけだから、違うキャラクターになることもできる。それって、ちょっと面白くない？

でも、転校なんて自分が決めるものじゃない。普通は親の仕事の都合とか、そういうことで決まるのだろう。パパが静岡を離れることはなさそうだったから、あたしが転校する可能性はゼロに近かった。

あたしの知ってる限り、葵高には転校経験のある子が同じ学年に二人いる。一人は六組の梅田《うめだ》という男の子だ。梅田のお父さんは銀行に勤めていて、小学校の時は三回転校したっていう話を聞いたことがあった。

もう一人は、うちのグループにいるみかりん、小沢美佳《おざわみか》だ。みかりんは中一の冬に静岡市のお隣、清水市から転校してきた。お互いに距離を計るようにしてじりじりと近づいて

いろいろあるのだけど、藤城がいたせいであたしは黙っているしかなかったのだ。

起きなって、と誰かに言われて顔を上げた。みんなの目が爛々《らんらん》と輝いていた。全員の顔に〝どうなのよ？〟という六文字が記されているのがわかった。

「あんたのキンチョーなんか聞いてない」またUが口を開いた。「どうなの、転校生。いい感じ？」

男子は男子で固まって話してた。飯田を含めた何人かは、一緒にサッカーをしに行ったみたいだけど、残ってる連中にとっても、転校生の出現はいい話の種だったのだろう。

「少しは話したんでしょ？　どうなのよ、どんな人？」

そう尋ねてきたUに、ゼンゼンとあたしは首を振った。

「話してないって。見てたらわかるでしょ？　何かね、そういう感じじゃないんだって。話しかけにくいっつうか、無口っていうか」

ちょっとカッコイイかもね、とナオがつぶやく声が聞こえた。全員が、イエスとノーの中間ぐらいの声を出した。ってことは、やっぱりカッコイイということになるのだろう。

「だよね。珍しいよ、ああいう転校生。ふつう、転校してくる子って、カッコ悪いもん」

みかりんが言った。自分も転校生だったことは、すっかり忘れているらしい。

「いやあ、どうかねえ」あたしは異議申し立てをした。「とにかく喋んないよ。無口だわ、あれ」

良く言えば、渋い、ということなのかもしれないが、ふつう転校生って、もうちょっと話しかけてきたりしないものだろうか。彼が口を開くのは、あたしが教科書を見せる時〝悪いね〟と言うのと、授業が終わった時〝ありがとう〟と言うそれだけだった。

後はひたすら教壇の方を見つめているだけだ。そのおかげで、あたしとしては彼の横顔をじっくり観察することができたのだけれど。

髪はストレートの黒。ちょっとふつうの男子より長い。

目はきりっとしてて、かなり鋭かった。人によっては、少しきつい印象を受けるかもしれない。左目の上に、ほとんど目立たないけど小さなホクロがあった。

鼻は高く、ちょっと細い。口はふつうというか、目立った特徴はなかった。少し唇が厚いぐらいだろうか。

一番印象に残ってるのは、頬のラインがすごくきれいだったこと。頬から顎にかけては、まるで彫刻刀で削《けず》ったみたいだった。

全体に端正な顔立ちなのは確かだ。そして痩《や》せてるように見えるけど、かなり筋肉質なのがそばにいてわかった。日焼けで、顔は真っ黒だ。

教室の外のバルコニーに出ていた男子たちの間から、やってるやってる、という声が聞こえてきた。あたしたちもみんなでバルコニーに向かった。そこからだと、グラウンドがよく見えた。

二年生の教室は二階で、グラウンドはすぐ下だった。メインで使ってるのは昼練をしていた野球部だったけど、うちの学校のグラウンドはかなり大きい。反対側でサッカーボールを蹴りあっている飯田たちの姿が見えた。

「けっこう、やるな」

男子の一人が言った通り、藤城の動きは素早かった。一緒に走ってるサッカー部の副キャプテンの石塚《いしづか》なんかより、全然速い。Tシャツ一枚でボールを追っかけてる。うまいよね、とみかりんがあたしの耳元で言った。

「んー、どうでしょう」

うまいと思わなかったわけではない。でも、何か素直に認めるのが嫌で、あたしは長嶋《ながしま》のモノマネで答えていた。なぜなんだろう。

「いや、かなりだって」Uが言った。「ほら、見てみ。足、速いし。うちの男子たち、全然追いつけないじゃん」

ボールがドリブルをする藤城の足にくっついてるようだった。二人、三人、四人とどんどん抜いていく。キーパーをつとめていた飯田が素早く前に出た。危ない、ぶつかる。

そう思った瞬間、くるりと一回転した藤城がパスを回した。受けた男の子が軽くボールを蹴ると、無人のゴールに転がっていった。

やるう！　と女の子の間から声が上がった。確かに、やるう、だ。しょせん昼休みのサッカー遊び、五対五のごっこみたいなものだったけど、藤城のレベルが相当に高いのは、サッカーのことにそんなに詳しくないあたしでもわかった。

ゴールを決めた男の子と藤城がハイタッチを交わしてる。男の子って、いいなあって思った。

ゲームが再開された。ボールを追って、男の子たちがまた走り始めた。

5

午後からは机も準備され、藤城とあたしは列ひとつ分離れた当たり前の並びになった。

昼休みの間にカツマタが手配したのか、五時間目の現国と六時間目の化学の教科書が、藤城の手にわたっていた。だったら一時間目からそうすりゃいいのに、という話だけど、季節外れの転校生ということで、学校も対応にとまどっているところもあるのだろう。

相変わらず藤城は静かだった。昼休みにサッカーをちょっとやったからって、いきなり打ち解けるというものでもないのは、仕方のない話だ。女子はもちろん、男子もなかなか積極的に話しかけるところまではいってないようだった。

転校経験者であるみかりんに言わせれば、転校してきた側は、おっかなくてしょうがないんだよ、ということになる。一日や二日、クラスを見渡していても、誰が誰なのか、性格とか趣味はもちろん、名前さえわからない。

クラスのリーダー格が誰なのか、人間関係がどうなってるのか、グループ同士の関係性はどうなのか、どんな話をすればいいのか、前にいた学校の常識が通用するのか、自分の知らないルールがあるかもしれない、そんなことばかり考えてたそうだ。ふうん、そういうものなのか。

「だからねえ、話しかけてきてほしいわけよ」

五時間目と六時間目の間の十分間の休み時間に、あたしたちは窓際に集まってひそひそと話した。

「話しかけたじゃんよ。あんたに話しかけたの、たぶんあたしが一番最初だったと思うけどな」

不満そうにUが言った。Uにはそういうところがある。周りを放っておかない子だ。遅いんだよ、とみかりんが頬をふくらませた。

「一週間だよ。一週間、だーれも話しかけてこなかったんだから。だーれもだよ」だーれも、と言うたびに、両手を広げた。「こっちゃあねえ、ずっと待ってたんだから。ああ、誰でもいいから何か言ってくんないかなって。ばんばんサイン出してんのに、だーれも気づきゃしないんだもん」

参っちゃったよ、あの時は、と思い出したように笑った。今ではすっかりあたしたちのグループに溶け込んで、そこにいるのが当たり前みたいになってるけど、そんな時期もあったのだろう。すまなかったねえ、とあたしたちはみんなでみかりんを抱きしめる真似をした。

「だからさ、男子ももうちょっと気を遣ってやりゃいいのに」

みかりんは相当藤城を気に入ってしまったようだ。非難の矛先《ほこさき》が男子に向いていた。

「その点、飯田はえらいよ、そういうとこ。ちゃんと声かけてやってさ、サッカーやろうって」

そうかもしれない。でも、男子の気持ちもちょっとわかる。藤城がどんな子なのか、半日経った今でも、あたしには見当がつかなかった。

正直、ちょっと話しかけづらい雰囲気もある。クールって言えばクール、取っ付きにくいって言えば取っ付きにくい。ちょっと目がきついせいもあって、おっかない感じもした。

話しかけても、すかされそうな気がする。男の子たちがなかなか突っ込んでいけないのも無理はない。でも話してみたい、という矛盾した想いがあたしの中にあったのは本当だ。だけど、そんなことを言ったらみんなが大騒ぎするのはわかっていたから、黙っていた。

「まだ初日だし」ナオが言った。「お互い、様子を見てるんじゃないの？　一週間とか経たないと、向こうもこっちも話しにくいって」

あたしは藤城の席を見た。午前中と同じように、彼はそこにいなかった。たぶん、学校の中を探検して歩いているのだろう。

「その一週間が長いんだってば」みかりんがナオを肘《ひじ》でついた。「U、あんた黒川に言ってさ、なんとかしてやんなって。話しかけてあげればって言いなよ」

「まあねえ」腕を組んだままUが首を傾げた。「あんたの言ってるのもわかるけどさ、こういう問題って、微妙だからね」

女同士がそうであるように、男の子の間にもやっぱりバランスというものがあるだろう。そこまで強制はできないよ、という意味のようだった。

予鈴が鳴った。葵高では次の授業の二分前になると予鈴が鳴る。開いたままの教室のドアのところに藤城が戻ってきていた。

少しざわついていた教室が、なんとなく静かになり、あたしたちは次の授業の準備を始めるため、それぞれの席に戻っていった。

6

あたしたちの住んでいる町は、静岡市の外れにあって、それほど広いというわけでもない。いや、面積でいえば相当に広いのだけれど、世間はかなり狭かった。どこを歩いていても知り合いとぶつかるし、どこへ行っても知った顔ばかりだ。

ナオが言っていた通り、一週間ほど経つうちに、藤城はだんだんとクラスに馴染《なじ》んでいった。無口でちょっと愛想が悪いのは相変わらずだったけど、結局最初にサッカーをやってた飯田のグループに入って、何となく毎日を過ごしてるみたいだ。みかりんが心配していたように、宙ぶらりんの状態にはならなかったらしい。

その一週間の間に、藤城に関する噂がいくつか入っていた。あたしたちのグループで、そういうことに詳しいのはナオだ。ナオは別の中学から来ていたから、他にも情報源があった。

次の週、火曜の放課後、なんとなくぐずぐず教室に残っていたら、ナオが話し出した。

「藤城の親って、医者なんだってさ」

「マジで？」

「すごい」

あたしたちは口々に言った。そうかあ、医者の息子か。言われてみると、そんな感じもした。ちょっと育ちもよさそうだし、金持ちっぽい、みたいな。

「静岡駅のさ、こっち側に、新しい何つうの、あれ。できたでしょ？　五階建ての新しいビル」

新幹線が停まる国鉄静岡駅近くは、けっこう賑やかだ。繁華街といってもいいし、少なくともあたしたちの住んでるこの辺りとは比べ物にならない。デパートとかもいろいろあるけど、六月ぐらいだったか、その一角に新しいビルが建っていた。

けっこうでかくて、一階は何軒かブティックが入ってる。ちょっと高校生レベルだと買えない感じの高級店ばっかりだから、前を通るだけだったけど、ビルがあるのは知ってた。

「あそこの四階がさ、何とか総合クリニックって言って、内科とか外科とか歯医者とか、いろいろ入ってんだって。そんで、藤城の親って眼科医で、そこに勤めてるらしいよ」

眼科医かあ、と残念そうにみかりんが言った。どういうわけか、あたしたちはみんな目がいい。あたしも含め他の四人が眼科医のお世話になることはしばらくの間、ないだろう。

目はなあ、いいんだよなあ、とぼやいているみかりんを放っておいて、ナオが話を続けた。

「そんでさ、やっぱ医者だから、金持ちみたい。静岡駅の近くのマンションに住んでるんだって。これ、うちの親から聞いたんだけどさ」ナオの親は不動産屋だ。「家賃、二十万円だってよ」

「二十万！」

Uが大声を上げた。教室に残っていた他の子たちがこっちを見た。バカ、と言いながらみんな一斉に顔を伏せた。

「声、でかいよ」

「だって二十って」ひそひそ声でUが言った。「二十万って何よ。家とか買えんじゃないの?」

そんなことはないだろうけど、それにしても月の家賃が二十万円っていうのは、すごい話だ。あたしの親が浜松で借りていた家は、確かひと月の家賃が四万円とか五万円だったと思う。

四人家族で五万円。だけど、子供だったせいかもしれないけど、あたしにとっては十分に広い家だった。あれから十年以上経っているから、少しは物価も上がっているのだろうけど、それにしても二十万円はすごい。

「でね、それでね、藤城って兄弟いないんだって。一人っ子。あと、お母さんもいないらしい」

詳しいねえ、と感心したようにUが言った。ナオの情報収集能力には定評がある。

「何で?」あたしは聞いた。「何でお母さんいないわけ?　亡くなったの?」

「そこは調査中」

申し訳ない、とナオがあたしに謝った。いや別に、調査してくれなんて誰も頼んでないんの性格だ。


「ホントに死んじゃったのかな」

カワイソウ、とみかりんが目をしばしばさせた。すぐ感情移入してしまうのは、みかりんの性格だ。

「……他には何かあるの？」

ピータンが尋ねた。ピータンにしては珍しいことだ。それだけ転校生って、好奇心をそそる存在なのだろう。

「お父さん、前は千葉の病院にいたらしいよ。市川《いちかわ》って言ったっけかな。それで、いろいろあって静岡に越してきたみたい」

「いろいろって？」

いや、その辺は、とむにゃむにゃ口を動かしていたナオが、それきり黙り込んだ。何だかそれじゃ、あんまり意味がないような気もする。

親が引っ越してきたから、藤城は転校してきたわけで、それは最初からわかってたことだ。いろいろで済むなら警察はいらない、とUが言った。

「ケーサツは関係ないと思うな」

ナオがベーッて舌を出した。その顔がおかしくて、あたしたちは声を揃えて笑った。何しろ、あたしたちは昔から言われているように、箸《はし》が転んでもおかしい年頃なのだ。

他に情報はないようだった。藤城はサッカー部に入れと飯田たちに誘われていたようだが、高校二年の秋からというのではいかにも中途半端で、それは断ったらしい。

あんなにうまいのにねえ、とみかりんは言ったけど、この時期に入部したところで、公式戦に出場できるかどうかもわからないし、練習だけで一年過ごすというのも辛いだろう。部活はしない、という藤城の気持ちはよくわかった。ところでさ、とピータンが口を開いた。

「文化祭って……どうなんの？　どうすんの？」

ああ、そうだ。もうそんな季節だった。いきなり話題が変わるのは女子高生の特性というもので、藤城についての話はすぐに文化祭問題へと切り替わっていった。

明日のホームルームで、文化祭での役割分担について話し合うことが決まっていたのだ。文化祭まで、あとひと月だった。

7

他校では学園祭という言い方もあるらしいけど、葵高は昔からの伝統で文化祭と呼ぶことになってた。通称、葵祭。毎年十月第三週の金土日の三日間にわたって開催される。

年に一度のお祭りで、他校と比べても派手な方かもしれない。もともとそうだったらしいけど、三年前に校長がザンスになってから、ますますその傾向は強くなっていた。ザンスはそういうお祭り事が好きなのだ。

ザンスというのは、ちょっと見た目がマンガ〝おそ松くん〟のイヤミに似ているということもあったけど、入学式とかの挨拶で〝……というわけでございます〟みたいなことを言う時の語尾が、ござんす、と聞こえるところからついたあだ名だった。

もっとも最近では、本人も気にしているようで、あまりザンスと言わなくなってしまった。ちょっとつまんない。

葵祭への参加は、ひとつはクラブ単位だ。一応文化祭というぐらいで、文科系のクラブがそれぞれに発表をする場でもある。例えば演劇部は大講堂でお芝居を上演するし、吹奏楽部は文化祭のオープニングとエンディングで演奏をする。

美術部は作品の展示会をするし、軽音部は他校の同じようなクラブを招いて、体育館で〝対抗バンド合戦〟をする。これは毎年の目玉だった。

地味なクラブでも、やっぱり教室を使って研究発表をする。地学部とか天文部とか、無線部とか鉄道研究会なんかもそうだ。あんまり見てる人はいないみたいだけど、本人たちにとってはものすごく重要なことなのだろう。

運動部系は、グラウンドや体育館を使って、他校と試合をする。招待試合というもので、幸い葵高のグラウンドは野球の試合とラグビーの試合を同時にできるぐらい広かったから、場所の問題はなかった。

　野球部、サッカー部、ラグビー部なんかはグラウンド、テニス部はテニスコート、バドミントンとか卓球とかバスケ部は、体育館で試合をすることになっていた。さすがに水泳部なんかは季節が季節なので参加しないけど、各部は試合に向けて既に夏から練習を始めていた。

　もうひとつはクラス単位の参加で、これはそれぞれのクラスの自由意志に任される。一切参加しないというクラスもあれば、何がなんでもやる、みたいなクラスもあった。

　全クラスが参加するということになると、場所も足りなくなるはずだったけど、どういうわけか毎年そんな事態にはならなかった。一年生は半分ぐらい、二年はほぼ全クラスが参加するけど、三年生は受験もあるからほとんどが不参加の場合が多い。そんなふうにして、バランスというものは成り立っているのだろう。

　そして更にもうひとつ、有志による参加というものもあった。一応、同学年という決まりはあるのだけど、ザンスが校長を務めるようになってからは、その縛りもかなりゆるくなってた。例えば一年と三年が組んで模擬店を開いたりとか、二年と一年でバンドを作り、参加するというような例もあった。

　有志参加は、だいたい馬鹿馬鹿しいことをやる。代表的なのはお化け屋敷だし、去年はオカマ喫茶なんてのもあった。十人ぐらいの男子が女装して、お客さんを迎えるのだ。考えた人も変だけど、許可した学校もどうかと思う。

葵高では兼部も認められている。二つのクラブに入ってる人もいたから、そういう人がクラス参加もしたりすると大変だ。

金曜は野球部の試合、土曜日は映画研究会の上映会、その合間を縫ってクラス参加の喫茶店でウェイターを務め、更に日曜は有志参加のお化け屋敷でドラキュラを演じるなんて人もいた。何を隠そう、Uの彼氏である黒川がそうだった。

確か、Uと黒川がつきあうようになったのは、あまりに忙し過ぎて倒れた黒川をUが介抱したのがきっかけだったと思う。必ず各クラスに一人か二人はそういうお祭り好きがいて、この季節になると大騒ぎになるのは毎年のことだった。

あたしたちに関していえば、ナオは軟式テニス部に入ってるし、ピータンは手芸部、Uは軽音でバンドを組み、キーボードを担当している。あたしとみかりんは帰宅部で、別に何もしていない。

みかりんは男の子と遊んだりするのに忙しく、あたしはただなんとなくどこの部活にも参加していなかった。一年の時から、ずっとだ。

実は、あたしはあんまり団体行動が得意じゃない。Uに言わせれば、あんたはちょっと変わってるからね、ということになるのだけど、本人としてはいたって普通だと思ってる。ただ、一人でいるのが苦でないことだけは確かだ。

友達と遊んだりするのも嫌いじゃないけど、無理に周囲に合わせるより、一人で本を読んだりしてる方が好きだし、それで困ったこともない。性格だから仕方がないと思うし、苦手なことをしても続くとは思えなかった。だからクラブには入ってない。消極的ってわけでもないし、友達との時間も大切だ。でも、一人の時間も必要。自己分析すると、あたしはそういうタイプのようだった。

葵祭へ向けての話し合いは、夏休み前から始まっていた。クラス参加をするかしないかは挙手で決まり、あっさりと参加が決定していた。

毎年そうだが、二年のクラスはよほどのことがない限り参加するのが通例だったし、あたしももちろん賛成していた。年に一度のお祭りなのだから、参加することに意義があるというものだろう。

問題は何をするかということだったけど、これもあっさりと決まった。五月の連休に東京へ遊びに行った副委員長の押川が、クレープ喫茶ってどうかな、と提案したのだ。あたしたちも雑誌なんかで読んだことはあったけど、クレープは原宿《はらじゅく》ですごく流行《はや》っているらしかった。

原宿といえば、四、五年前、新御三家の郷《ごう》ひろみと西城秀樹《さいじょうひでき》、そして花の中三トリオの一人、桜田淳子《さくらだじゅんこ》の主演で話題になったドラマ〝あこがれ共同隊〟の舞台となった場所だ。

〈表参道　原宿は
　懐かしすぎる友達や
　人に言えない悲しみすら
　風が　はこんでしまう街〉
〝風の街〟という主題歌は、今でも歌える。あたしがあのドラマを見ていたのは中一だったと思うけど、東京というものを強く意識するようになったのは、あれが最初だったかもしれない。
ノンノとか、ファッション誌なんかでも、原宿はオシャレな場所としてよく取り上げられていた。デザイナーとか、コピーライターとか、そういう人たちがたくさん集まっている街、みたいなイメージ。ドラマではマンションブティックといって、ちっちゃなマンションの部屋で郷ひろみが服を作ったりしてた。
押川によれば、クレープ屋は行列ができるほどすごい勢いで流行っているのだという。原宿で流行っているというのなら、あたしたちもやらなければならない。クラスは満場一致で押川案を支持した。
ただ、押川はクレープを実際に食べていなかった。竹下《たけした》通りまでは行ったのだけれど、あまりの行列に恐れをなして、メニューやショーウインドーを見ただけで静岡に帰ってきたという。

それじゃ意味ないでしょ、とみんなが文句を言った。まだ静岡にクレープ屋はなかったのだ。写真でしか見たことのないものを作るなんてできない。

「何かよ、薄焼き卵みたいな感じで、それにいろいろ包んで食ってんだよ」

開き直った押川はそう説明するのだが、どうもイメージが湧かなかった。だいたい、何を包んで食べるのだろう。

「生クリームとか、チョコとか、バナナとか、そんな感じじゃなかったかな」

薄焼き卵に？　とクラスの至るところから疑問の声が上がった。そんなものがおいしいとはとても思えないというのは、あたしも同感だ。

幸い、夏休みに東京へ遊びに行くことが決まっていた子が何人かいた。親と行ったり、親戚を頼って行くのだが、彼らには重大な使命が課せられることとなった。

指令。原宿へ行って、クレープを食べてくるように。そして、できれば静岡まで持ち帰ってくるように。

夏休み、結局四人の子が東京へ遊びに行った。その内三人が原宿でクレープを食べ、一人が静岡へ運んでくることに成功していた。何だか麻薬の密輸みたいな話だけど、実感としてもそれに近かった。

持ち帰ってきたのは、学級委員長の多佳子だった。彼女はそのクレープを親戚の家の冷凍庫で保管してもらい、わざわざ東京でアイスボックスを買って、静岡まで運んできたという。さすがは委員長。その責任感の強さにあたしたちは惜しみない拍手を送った。

火曜日、文化祭に関するホームルームが始まった。多佳子はそれまで自分の家の冷凍庫で保存していた例のクレープというものを持ってきていた。ラップにくるまれたその物体は、確かに押川の言う通り、薄焼き卵にも見えた。

その間、クラスの女の子を中心に、クレープとは何かという調査も始められていた。探せばいるもので、東京のレストランで働いている従姉妹《いとこ》から詳しい話を聞いてきた、と立ち上がったのは貸山里子《かしやまさとこ》だった。

「クレープの材料は小麦粉なんだって。あと卵。それを牛乳でといて、砂糖と塩とバターをまぜて焼くだけ。それだけだってさ」

何だよ、それ、とみんなが言った。牛乳と砂糖はともかく、それってお好み焼きじゃないの。

「だってそう言ってたんだもん」里子が不満そうに唇を尖《とが》らせた。「焼くのは専用の鉄板があるらしいけど、なかったら別にフライパンでもできるって」

「ますますお好み焼きだ」

男の子の間から声が上がった。近いけど、と実際に食べてきた多佳子が教壇の上でラップをはがしながら言った。

「どっちかっていうと、お菓子だよね。お店のメニューとか見た感じで言うと、甘いものばっかりだったな。ジャムとかイチゴとかチョコとかバナナとか」

「そうそう」

教壇で横に並んでいた押川を含め、三人の子がうなずいた。彼らは全員東京帰りだ。

「あたし、作るの見てたんだけど、そんな難しそうじゃなかった」

紙皿に載ったクレープが、順に机から机へと回っていった。あたしのところにも来た。半分溶けかかったそれは、何だか出来損ないのオムレツみたいにも見えた。

「というわけで、言ってるだけじゃわかんないと思うので、明日の家庭科の時間に、実際に作らせてもらえるよう倉橋《くらはし》先生にお願いしておきました。先生もオッケーだって」

ですよね、と多佳子が確認した。聞いてるよ、と教壇のはしっこに座っていたカツマタがうなずいた。

多佳子は時々先走ってしまうことがある。何でも勝手に決めちゃって、みんなのヒンシュクを買うこともあったけど、今回についてはありがたい話だった。

「クラス参加なので、会場はこの教室。準備は前日の木曜の放課後から始めます。基本、全員参加ということでいいよね？　それで、三日間のローテーションを決めないといけないので、今から紙を配りますから、何か別の用事とかある人は、この時間は駄目、とバツ印をつけてください」

押川が配り始めた用紙が、前から回ってきた。葵祭は午前十時から午後四時までの六時間、最終日の日曜はその後に後夜祭がある。あたしたちのクレープ屋の営業時間は、毎日六時間ということだ。

用紙には金土日の三日間が、それぞれ二時間ずつ三マスに区切られていた。あたしは自分の名前を書いてから、全部OKと丸をつけた。

「九マスあるわけだけど、ひとマス十人ぐらいで考えてます」多佳子が大声で言った。「五人がクレープ焼いて、五人が接客する、みたいな。人数が余ったり足りなかったりしたら、それはこちらで調整します」

仕切り屋の多佳子は、こういう時最大限に能力を発揮する。もし押川が学級委員長だったら、こうもスムーズには進行しなかっただろう。何時間かかったことやら。

じゃあ、丸つけた人からこっちに戻して、と押川が言った。押川は何でも多佳子に従う。

ナオの話だと、あの二人はできてる、ということだ。あたしもそう思う。ただ、どう見ても押川が多佳子の尻に敷かれている感じだけど。

あたしは立ち上がって、前へ行こうとした。その時、どうしてかわからないけど、ちょっとだけ首が右に向いた。見ていたのは、藤城の用紙だった。

藤城もすべてのマスに丸印をつけていた。部活もしてないし、転校してきたばかりの藤城には有志参加するほどの仲間はいなかったから、それは当たり前のことだったけど、なぜかあたしは心の中で、よし！　と思った。何が、よし！　なのか自分でも全然わからなかったのだけど。

8

文化祭までのひと月ほどの間に、家庭科の倉橋先生が協力的だったこともあり、あたしたちはクレープについて多くを学んでいた。

何を包むとおいしいのかという食べ比べもした。基本はやっぱり生クリームが合うようだった。東京へ行った子たちが見た通り、溶かしたチョコレートを合わせたり、スライスしたバナナなんかも評判が良かった。

男子はこういう時必ず無茶をする。カレーを包もうとしたり、マクドナルドみたいにハンバーグを包んでみたりする子がいたけど、どちらも失敗だった。カレーはぼたぼた落ちてしまうし、ハンバーグはやっぱりパンと一緒の方がおいしいということがわかった。

もっとも、無茶もしてみるもので、ツナとマヨネーズを和《あ》えたものを包んだり、ひき肉のそぼろを包むのも意外とおいしかった。とりあえず試してみる、というのも悪いことばかりではないらしい。

葵祭は学校からある程度費用が出る。毎年の行事なので、町の商店街も協力してくれることになっていた。売り上げは学校がまとめて赤い羽根募金に寄付するのも恒例だ。

ひと月なんて、あっと言う間だった。コーヒー、紅茶、コーラとかの飲み物なども含め、材料類が届いたのは葵祭の前日、木曜日のことだ。放課後、あたしたちは居残って〝グレープハウス・アオイ〟の設営に取り掛かっていた。

ティッシュペーパーで花を作ったり、色紙でモールを組んだりして教室を飾り付ける。食器を運び入れたり、ガス台を運んで設置したり、看板を作ったり、机や椅子を動かしてお客さんのためのテーブルを作るのは男子の役目だ。手芸部のピータンの指導のもと、ピンクやブルーのテーブルクロスもほとんど出来上がっていた。

それまでひと月かけて準備を進めてはいたのだが、さすがに明日から本番ということになると、いろいろ不具合も出ていた。造花が全然足りない、ということがわかったのもそのひとつだ。

だから言ったじゃない！　とヒステリーを起こした多佳子をなだめながら、女子は総出で造花作りを始めていた。ここまできて間に合わなかったら、シャレにならない。

頑張ってるじゃん、とUが教室に戻ってきたのは六時過ぎのことだ。Uは三年生中心のバンドのキーボード担当で、その練習をしていた。葵祭では、有志参加の活動が優先という不文律があるので、遅れてきても別に文句は出なかった。

「あんたも手伝いなよ」

言葉につまるようじゃ、恋は終わりね、と鼻歌を歌いながらUがあたしの隣に座った。Uのバンドはサザンオールスターズのコピーをやると聞いていたが〝いとしのエリー〟も演奏するのだろう。

「後夜祭、見に行くからね」

他校との対抗バンド合戦は葵祭の名物だけど、後夜祭では葵高のバンドだけが体育館に集まって演奏する。Uのバンドもそこに出ることが決まっていた。

「よろしくね……でも、誰と見にくるのかな？」

誰って、とあたしは周りを見渡した。ナオでしょ、みかりんでしょ、ピータンでしょ。

「心が貧しい女だねえ」百恵《ももえ》ちゃんの歌をもじってUが言った。「いっつもそれじゃ、進歩ってもんがないでしょうに」

何、それ。進歩って。そんなこと言われてもと思ってたら、冬子ったら、最近なんだかゴキゲンなんじゃないの？　とUがまたからんできた。

「そうですかね」

いつもと変わんないけど、とあたしは答えた。いやいや、とティッシュを丸めながらUがちょっと笑った。

「いいんじゃないのお」

「……あんた、何言ってんの？」

そう答えたあたしに、うまくやんなよとUが言いながら、ちらっと後ろに目をやった。男子数人が大きな看板を組み立てていた。

「何、それ」

あたしの耳元で、フ・ジ・シ・ロ、とUが囁いた。何よそれ、とあたしはもう一度言った。藤城が看板に釘を打ち付けていた。

「いやあ、意味なんてないっすよ。でもねえ、文化祭だからねえ。文化祭はきっかけになるから」

「喋ってないで、手を動かしなさいよ、手を」

はいはい、とUがおとなしくなった。あたしを怒らせると後が面倒になるのは、小学校からずっと一緒だったUが一番よく知っていた。

文化祭というぐらいで、お祭りだから、みんなの気分もちょっと違ってた。たぶん、来年あたしは葵祭に参加しないだろう。

三年になれば受験もあるから、クラスのみんなもほとんどが同じはずだ。有志参加する人はいるだろうけど、それが限られた人たちになるのは毎年のことだった。

つまり、今回の葵祭があたしたちにとって最後の文化祭ということになる。そのためもあって、みんながやる気になっているのはよくわかった。

そして、そういう時、何かが起きるものだ。クラスが一緒とか、部活が一緒とか、それもちろんきっかけにはなる。ただ、それはやっぱり日常の延長線上にあることで、そこから踏み出していくのはけっこう勇気がいるだろう。

でも、文化祭は特別だ。三日間だけの非日常。

Uが言ってるのは、そういうことだった。あの後、多佳子によって発表されたローテーション表によれば、あたしと藤城は金土日、毎日一緒のシフトになっていた。

これは偶然ではなく、例えばサッカー部の飯田は土日と招待試合に出場するので、金曜のひとマスしか〝クレープハウス・アオイ〟には参加できない。Uは金曜にバンドの演奏があるので、逆に土日だけだ。

結局、その穴を埋めるのはあたしのような帰宅部の役目だった。そしてそれは藤城も同じだ。

彼もまた、他の部活や有志グループに参加しているわけではない。そんなあたしたちが一緒のローテーションになるのは、必然でもあった。

「……そんなにバレバレ？」

あたしはものすごく小さな声で聞いた。もしかしたら、顔が少し赤くなっていたかもしれない。そうでもない、とUが負けないぐらい低い声で答えた。

「……まあ、あたしとナオぐらいかな。気づいてんのは」

ヤバイ。こいつら、油断できない。気をつけないと。あたしは目の前のティッシュの箱に手を伸ばした。

9

ホントにささいなことだった。あたしが藤城を意識するようになったのは、ホントにホントに小さなこと。

授業が終わって放課後になれば、用事がない限りあたしたちはさっさと学校を出る。気が向けば、最近できたばかりのハンバーガー屋にみんなで行くこともあるし、本屋やレコード屋へ寄ったり、たまにだけど静岡の駅まで出て買い物をすることもあった。

ただ、それは五人が揃っているときの話だ。そして葵祭を数週間後に控えたあの頃、みんなそれぞれ忙しくなっていた。

ナオは毎日のように軟式テニス部の練習があって、土日がつぶれることもしょっちゅうだった。Uはバンドの練習で大変そうで、ピータンは手芸部で展示することになっていた畳一枚分ほどもある大きなパッチワーク製作の最終工程に入っていた。みかりんは他校の男子とつきあってるのかいないのか、よくわからなかったけど、とにかくしょっちゅう動き回ってた。ぼんやりしてたのはあたしだけだ。

一人でいるのは嫌いじゃない。だから別にそれで寂しいとか、そんなことを言うつもりはないけど、ぽこぽこと時間が空くのだけはちょっと困った。

そんな時、あたしは図書館へ行くことにしていた。意外だと言われるかもしれないけど、これでも読書家のつもりだし、将来はそういう関係の仕事をしてみたいとも思っていたのだ。そしてなにより、図書館という空間の独特な雰囲気が好きだった。

本を借り出すこともあったし、時々はその場で読んでしまうこともあった。書棚に並んでいる本の背表紙を眺めているだけで、一、二時間経ってしまうなんて、いつものことだ。

小学校の頃から、本は好きだった。ドリトル先生、ナルニア国、メアリー・ポピンズ、くまのパディントン、長くつ下のピッピ、たのしい川べ、とぶ船、ふたりのロッテ。いくらでも題名が挙がってくる。

外では男の子を引き連れて走り回り、家に帰ってくれば本を読む。何だか二重人格者みたいだけど、あたしはそんな子供だった。お姉ちゃんが本を好きだったこともあるのだろう。あたしが読んでいたのは、半分以上がお姉ちゃんからもらったものだった。

パパもママも、本を読んでいる限り、あたしが静かにしているとわかっていたので、むしろ積極的に読書を勧《すす》めた。思えば、あの頃のあたしは小さなトラブルメーカーだった。近所の男の子を泣かせたり、あるいはケガさせたりするようなことはしょっちゅうだったし、隣の家の畑から西瓜《すいか》をいくつも盗んで、怒鳴り込まれたこともあった。

本さえ与えておけば、いつまでもおとなしく読んでたから、親としてもその方が楽だったのだろう。頼めば、大抵の本はパパが町の本屋さんで買ってきてくれた。

中学に上がると、あたしは図書館で本を借り出すことを覚えた。それなりに読書の傾向も変わり、女子のたしなみとして、普通の青春小説みたいなものも読むようになった。〝赤毛のアン〟とか、〝若草物語〟とか、そういう小説だ。太宰《だざい》とか、日本の作家を読み始めたのは中三の頃だっただろうか。

高校に入ってからも、図書館通いの習慣は変わらなかった。あたしは別に系統だった読み方をするわけではなく、単純にその時その時の興味で本を読む。いわゆる濫読《らんどく》だ。

自分でもきっかけは覚えてないけど、いきなり英米文学全集を引っ張り出したのは高一の夏だった。ヘミングウェイ、フォークナー、フィッツジェラルド、カポーティ。

決して文学少女というわけじゃないけど、高校生になったのだから、そういうものも読まなきゃっていう義務感めいたものがあったのは確かだ。ドストエフスキーとか、そっちの方面に行くという選択肢もあったのだろうけど、あたしにはちょっと向いてないと直感的に思った。とりあえず英米文学というのが、落としどころだったのだろう。

十日ほど前の放課後、あたしはいつものように図書館へと向かった。葵高の図書館は、一度に三冊まで本を貸し出してくれる。

その時借りていたのは〝カインとアベル〟〝華麗なるギャツビー〟〝老人と海〟の三冊

で、そのうち〝老人と海〟だけは返却したから、あと一冊借りることができた。お目当ての本は決まってた。サリンジャーの〝ライ麦畑でつかまえて〟だ。

前から読もうと思っていたのだけど、タイミングが合わなくて借りそびれていた。本を読むには、それなりに気分が盛り上がってなければならない。今日は言ってみれば〝ライ麦畑〟の日だった。

その本のある場所は知ってた。図書館の一番左の奥、四列並んでる書棚の左から三列目。

英米文学の棚へ行く生徒なんて、めったにいない。だけど、そっちに向かっていたあたしの足が止まった。

背の高い男の子がそこにいたのだ。大きな窓から十月の柔らかい陽《ひ》の光が、まるでスポットライトみたいにその子を照らしていた。

(あれ?)

立っていたのは藤城篤志だった。転校してきて半月ほどが経っていたけど、一番最初に教科書を見せてあげた時を除いて、あたしは彼と話したことがなかった。

彼は一冊の本を小脇に挟んだまま、もう一冊の本の頁を開いていた。一定の間隔《かんかく》で右手が動き、頁をめくっていく。決して早くはなかったけど、それだけ真剣に読んでいるということなのだろう。

右手以外はほとんど動かない。顔の角度も固定されてるみたいだ。少し吊り上がった大きな目だけが上下に動いているのが、離れたところに立っていたあたしにもよくわかった。

どれぐらいそうしていただろう。十分か、それとも二十分ぐらいか。クラスで授業を受けたり、昼休みにサッカーボールを蹴っている時とはぜんぜん違う彼がそこにいた。

藤城が無口で、静かな男の子だってことは半月ほどの間にみんなもよくわかっていた。男子はともかくとして、女子が声をかけるには何となくはばかられるものがあるような、そんな男の子。

いつもの彼は、全身にうっすらとした見えない膜がかかっていて、だから何となく話しかけにくい。転校してきたばかりだからなのか、それともそれが本人のキャラクターなのか、それさえもあたしたちにはわからなかった。

でも、今目の前にいる藤城には、膜なんかかかっていなかった。何て言うのか、すごく無防備な感じ。だけど、だからこそ、声をかけるなんて思いもよらなかった。

話しかけるのは簡単だ。藤城くん、何読んでんの？　例えばみかりんだったら、そんなふうにしたはずだ。

でも、そんなことをすれば一瞬にして彼はまたあの膜で自分を覆《おお》ってしまうだろう。そして、その膜は二度と剝《は》がすことができなくなる。

それは直感だった。理由なんて、何もない。でも、そう思った。

だから、あたしは声をかけなかった。それどころか、呼吸する音さえ立てないようにした。たぶん、今の藤城が本当の彼自身なのだろう。あたしはそんな彼を、ずっと見ていたかった。

足音を立てないよう、少しずつ下がっていき、自習席に座った。手近の本を取って、頁をめくりながらも、あたしが見てたのは藤城だった。後で気づいたら、あたしは世界地図を手にしていた。

見張っているつもりだった。誰も彼に近づくことがないよう、監視するのが自分の役目だと思っていた。

そして、あたしはその役目を見事に果たし切ったと思う。それから閉館までの約一時間、彼に近づく者は誰もいなかったのだから。

古いスピーカーから、ドボルザークが流れ始めた。五時半。下校の合図だ。

小さく息を吐いた彼が、読みかけていた本を書棚に戻した。あたしも慌《あわ》てて世界地図を元の場所に置いた。

名残惜しそうに戻した本の背表紙を見つめていた藤城が、もう一冊の本を持ってカウンターへと向かった。その背中を見送りながら、あたしは立ち上がった。

左から三列目、上から二段目。彼が本を戻した場所はわかってた。いったい何を読んでいたのだろう。

〝ライ麦畑でつかまえて〟J・D・サリンジャー。前半三分の一ぐらいのところに、しおりが挟まってた。

あたしが今日借りようと思っていた本だ。もちろん、そんなのは偶然だ。それぐらい、わかってる。でも、その本をあたしはそのまま書棚に戻した。

借りようと思ってたけど、しばらくは止めておこう。少なくとも、彼がこの本を読み終えるまでは。

あたしが藤城篤志のことをはっきりと意識するようになったのは、それがきっかけだった。

10

葵祭が始まった。

明けない夜はないとはよく言ったもので、昨日の夜八時の段階ではとても間に合わないと思ってたのだけど、どういうわけかいろんなことが収まるべきところに収まり〝クレープハウス・アオイ〟の開店準備は整っていた。

あたしの今日のシフトは、午前十時から昼までの二時間だ。委員長の星野多佳子がどこからか調達してきた古いイギリス風の制服に着替えさせられ、あたしたちは接客の準備に入ってた。

男子は男子で、執事みたいな服を着てクレープを調理することになってた。どうもよくわからないのだけど、クレープとイギリスって、どういう関係があるのだろうか。

「お客さん、来るかなあ」

あたしと同じように銀のトレイを抱えていたピータンが言った。今日のシフトは彼女といっしょだ。どうだろうね、とあたしは首をかしげた。

「多佳子とか押川がビラ配るって言ってたから、それ次第じゃないの？」

葵祭は学校内だけの行事ではない。他校の生徒も含め、親やOB、一般の人達も学校に入ってくることができる。初日ということもあり、クラスから十人ほどが〝クレープハウス・アオイ〟の宣伝のため、正門でビラを配ったり、呼び込みをしているはずだった。

いきなり、隣の教室からフルボリュームでクリスマスソングが流れ始めた。〝ジングル・ベル〟とピータンがつぶやいた。

「季節が違うよね」

確かにまだ十月で、十二月までは間がある感じだ。ただ、それは仕方のない話で、隣の四組は、クリスマス喫茶を営業することになっていた。

クリスマス喫茶って何のことかと聞くと、男子が言い出したらしいが、女の子はクリスマス気分になると恋をする、というところからそんな名前になったらしい。そのうち〃クリスマス・キャロル〃とか〃きよしこの夜〃とか、そんな曲も流すのかもしれない。四組の女の子たちに聞いたところ、男子ばかりが盛り上がって、手がつけられないという話だった。

「うるせえなあ」厨房《ちゅうぼう》から出てきたUの彼氏、黒川が顔をしかめた。「ったく、あいつらはよ、こんな時ばっかり目立とうとしやがって」

〃クレープハウス・アオイ〃は、教室の奥の方、三分の一ほどをクレープ調理の場所として使っている。残りのスペースはお客様用の席だ。

「そっちはどうなの」

いらっしゃいませ、と廊下を通り過ぎていった先生たちに頭を下げながら、あたしは聞いた。どうもこうも、と黒川が口を尖らせた。

「客が来ないんじゃ、やることもねえし。こんな変な服着せられてよ」古ぼけた茶色いジャケットの襟をつまんだ。「ああ、腕が鳴る。早く俺のクレープを食べさせてえ」

Uによると、どういうわけか黒川はこの〃クレープハウス・アオイ〃に並々ならぬ熱意を持っているということだった。自分の家でも相当に練習を積んで、クレープ作りには自信があるらしい。

あたしは厨房の奥に目を向けた。藤城が暇そうにイチゴとバナナを並べ換えているのが見えた。

「うちも、何か曲かけなくていいの？」

ピータンが言った。そうだ、それを忘れてた。多佳子に頼まれていたのは、あたしだった。

「どうすっかね。何にしようか」

家からプレイヤーとレコード盤を持ってきていたのも多佳子だ。LP盤のジャケットを見ていた黒川が、あいつはなあ、と苦笑を浮かべた。そこにあるのはすべてクラシックのレコードだったのだ。

清く正しく美しく。多佳子らしい話だった。どうも彼女はこのイギリス風の制服といい、全体をヨーロッパっぽくまとめたいという意向があるようだ。

「まあ、しょうがねえよ。他にないんだから」黒川がモーツァルトをプレイヤーに載せて、慎重な手つきで針を下ろした。「明日、俺が何か持ってくるからよ。ツェッペリンとかどう？」

それもまた何か違う気がしたけど、止めてもしょうがない。古いスピーカーから〝アイネ・クライネ・ナハトムジーク〟が流れ始めた。それなりに調和の取れた空間になるのが、学園祭の不思議なところだ。

「おいしいのかい？　そのクレープって」

美術の方村《かたむら》先生がちょっと脅《おび》えたような顔で入口の前に立っていた。看板には〝静岡初！　原宿直輸入・クレープの店！〟と書いてある。いらっしゃいませ！　とピータンが先生を無理やり教室に押し込んだ。

11

最初のうちはどうなることかと思ってたけど、幸い〝クレープハウス・アオイ〟は好評だった。好評というか、大盛況と言ってもいい。開店一時間を過ぎた頃には、廊下にまで列ができるほどになっていた。

四組のクリスマス喫茶は、そのせいでこっちに客が来ないと文句をつけに来たけど、それは難癖というものだろう。午後三時頃になると、突然クレープを始めるとか言い出して、なんだかものすごい状況になっていた。

大盛況になったのは、まずクレープというもの自体に対しての物珍しさがあったためだ。静岡初というのはちょっと大げさかもしれないけど、実際問題としてあたしたちは静岡の町でクレープ屋を見たことがなかった。おそらく、文化祭でクレープ屋を開いたのは、あたしたちが初めてだったのではないか。

そして、原価の異常な安さによって、値段を低く抑《おさ》えることができたのも好評の原因だった。だいたい、クレープとは小麦粉と卵と牛乳だけで作るようなもので、しかもどこまでも生地を薄く伸ばしていけるために、製作原価は十円もいかないことがわかっていた。もちろん、生クリームやチョコレート、あるいはイチゴやバナナのようなトッピングも必要なのだけれど、薄くスライスすればそんなに量を使うものでもない。全部合わせても数十円というところだろう。

文化祭に来るのはほとんど学生と相場が決まってる。そして彼らに共通するのは、それほどお金を持っているわけではないということだ。

多佳子は一番シンプルな生クリームとチョコスプレーという組み合わせを百円として、後はトッピングひとつについてプラス五十円という料金体系を作り上げていた。明朗会計、しかもお客さんにとってはリーズナブルな定価設定だった。

さらにクレープの優れた点は、店内でも食べることができるし、持ち歩いて食べることも可能なところだ。最初はそんなこと考えていなかったのだけど、出前のオーダーまであった。怖いぐらいに売り上げは伸びていき、もしかしたらホントにお店出せんじゃないの？　と誰もが言うほどだった。

接客するあたしたち女子はともかく、厨房は戦場のようになっていた。ひっきりなしに入ってくる注文と、ちょっとストップしてくれという怒鳴り声が重なって、いやホントに、いつ怪我人が出てもおかしくないほどの混雑ぶりだった。

黒川がそれこそ命懸けで厨房を守ってくれなかったら、大変なことになっていただろう。彼はすべてのシフトに関係なく、厨房の主としてずっとそこにいたのだ。

夕方四時過ぎ、最後のお客さんを送り出してから、多佳子が売り上げの計算を始めた。出前やらテイクアウトを含め、男子たちが焼いたクレープは約三百枚、コーヒー、紅茶、コーラなどの飲み物まで含めると、今日だけで約五万五千円という数字が弾き出された。

「五万五千円！」Uがうなり声を上げた。「あんた、うちの兄貴の初任給が十三万だったのに、何よ、その金！」

様子を見にきた担任のカツマタも、そりゃすごいな、と感心してた。過去の例で言うと、一昨年牛丼と豚丼の店を出したグループがいて、その時の売り上げが最高一日三万円ぐらいだったらしい。

もちろん、五万五千円は売り上げで、利益というわけじゃない。材料費だってあるし、その他の経費を差し引けば、微々たる金額しか残らないかもしれないけど、それにしても五万五千円というのは立派な数字だろう。

利益については、赤い羽根に募金することになっていた。あたしたちにお金が入ってくるわけでもない。でも、やっぱり売り上げがすごいというのは嬉しい話だ。

あたしたち頑張ったもんね、と女の子の何人かが泣き始めた時、まだ始まったばかりよ、と強くテーブルを叩いたのは多佳子だった。

「まだ後二日ある。しかも今日は金曜日、一番客も少ない。明日明後日と、客は増える！」

なぜか多佳子は軍人のような喋り方になっていた。うっとりとした顔で聞き惚《ほ》れているのは、押川だけではなかった。

「明後日、我々は〝クレープハウス・アオイ〟の売り上げを十万の大台に乗せる！」

おお！　と男子たちが唱和した。高校生って、単純だ。

12

大忙しの三日間があっと言う間に過ぎていった。お祭りなんて、そんなものだ。終わってしまえば、いつでもあっけない。最終日、あたしはみかりんと一緒に二時からの最後のシフトに入っていた。

最後まで〝クレープハウス・アオイ〟は大盛況だった。営業時間の四時を過ぎても、まだ注文待ちのお客さんがいたほどだ。

その人気に便乗しようとして、隣の四組はクリスマス喫茶から突如クリスマス・クレープ喫茶へと名称変更をしていたけど、元祖で本家であるうちとでは比較になるはずもなく、悲惨な状況になっていた。

多佳子は店を閉めてから、ずっと電卓と格闘してた。あたしたちはとりあえずテーブル周りとかを片付け始めていた。本当の片付けは明日の休校日にすることになってたけど、少しでもやっておいた方が、明日が楽になるというものだ。

「惜しい！」多佳子が呻《うめ》いた。「九万三千円！」

目標にしていた十万円に届かなかったのが悔しいらしい。それはそれでしょうがないとあたしたちは思ってたけど、多佳子としては何としてでも前人未踏の売り上げ十万円を達成したかったようだ。

気にすんなよとか、星野のせいじゃないよとか、押川が一生懸命に慰めていた。うん、押川、頑張れ。あたしは胸の内で応援してた。

この三日間、多佳子と押川はわかりやすく親密さを増していた。あんまりわかりやす過ぎて、ちょっと気恥ずかしいぐらいだったけど、でもそんなことがあってもいいと思う。

古ぼけたスピーカーから、チャイムの音が流れた。小さな咳払《せきばら》いが聞こえて、太い男の声が流れ始めた。放送部の宮下《みやした》の声だ。

「ただいま、四時五十分です。五時から、大講堂で後夜祭が始まります。演劇部の寸劇、バンド演奏などをお楽しみください。A・H・K」

ぶつりと放送が途切れた。A・H・Kというのは葵放送協会の略称で、宮下は昼休みの校内放送でも、必ず最後にその三文字のアルファベットを言うのが習慣だった。

行こうぜ、と男子たちが声をかけあって教室から出ていった。片付けは後にして、後夜祭を見に行くのは当然だ。開きっぱなしになっていた教室のドアから、もう始まってるってよ、という女の子の声がして、みんなが一斉に出ていった。

なんだか、あたしは出遅れてしまったようだ。とっくにみかりんはいなくなっていた。要領がいいのは彼女の性格だ。

「あたし、職員室にお金預けてくる」

計算を終えた多佳子が立ち上がった。じゃ、オレも行くよ、と押川がその後に続いた。残っていたのは、あたし一人だった。

正直に言うと、あたしは知ってた。焼却炉へごみを捨てに行っていた藤城がまだ戻ってきていないことを。別に押し付けられたわけじゃなくて、ごみ捨ての担当になったのは、それが順番だったのだろう。

当然だけど、ごみ捨ては最後の最後まで仕事が残ってしまう。ついさっき、彼が最後の客が残していったクレープの包み紙を含め、ごみを捨てにいったのをあたしは見ていた。

あたしは待ってた。藤城が戻ってくるのを。だから、大講堂に行かなかった。

（ゴメンね、U）

とりあえず、心の中で謝った。もしかしたらだけど、もしかしたらUのライブを見に行けないかもしれない。もしかして、誰もいなくなった教室で、藤城と話し込むようなことになったら、可能性として、行けなくなっちゃうこともないとは言えない。

そんなありそうもないことを考えながら、形だけちょこちょこテーブルの上を拭《ふ》いたりしてた。それなのに、本当に藤城が戻ってきたとき、何だか焦ってしまった。

「あれ？」

ごみ箱を抱えたまま、藤城が首をひねってた。それはそうだろう、十分ほど前までは大勢の人がいた教室に、あたし以外誰もいなくなっていたのだから。

「みんな、どこに行ったのかな」

独《ひと》り言《ごと》のようにも聞こえたけど、それはあたしに向けられた質問だった。

「後夜祭」

ちょっと喉のところで何かがひっかかってしまったけど、精一杯の声で答えた。そっか、と藤城がうなずいた。

「そういえば、みんな言ってたな」

うん、とあたしはうなずいた。吉野さんは行かないの？　と藤城が聞いてきたけど、あたしは、うん、としか答えられなかった。ふだんは、自分でもうるさいぐらいお喋りなのに、こういう時だけどうして舌が回らないんだろう。

「そう」

藤城がごみ箱を元の場所に戻した。それだけ？　って思った。もうちょっと聞いてくれてもいいんじゃない？　どうして行かないのとか、後夜祭ってどんなことするのとか。

でも藤城はそれ以上何も言わないまま、あたしの前を通って、厨房へと入っていった。奥から何か音が聞こえてきた。モップで床を拭き始めているらしい。

（手ごわいなあ）

誘ってほしいとまでは思っていなかった。彼はまだこの学校に転校してきたばかりで、いろんな意味で不慣れなのもわかってる。むしろ、このひと月の大騒ぎによく付いて来たものだ。あたしが転校生の立場だったら、ちょっと辛かっただろう。

だから、もし後夜祭に行こうと誘うなら、それはあたしの方から言うべきなのかもしれなかった。でも、そのためにはもう少し話してくれないと、きっかけがつかめない。

それにしても、藤城がいきなり厨房へ入って行くとは思わなかった。もうちょっと、世間話ぐらいしてくれるんじゃないかっていう、そこはかとない期待もないわけではなかったのだ。何だか目の前でシャッターを降ろされたような気分だった。

でも、これが現実だ。藤城の方から話しかけてくることはなかった。

あたしはテーブルを拭いていた雑巾《ぞうきん》を、ポリバケツにほうり込んだ。それでも、あたしから話しかけてみたら、もう少し何か違ったことが起きるかもしれない。そこから何かが始まるのか、始まらないのか、それはわからない。

だけど、葵祭だし、後夜祭だし、話しかけてみてもいいんじゃない？　後夜祭、いっしょに行ってみない？　って。

いきなり教室のドアが開いた。立っていたのは多佳子だった。後ろには背後霊みたいに押川がくっついてた。

「どうしたの、冬子。何で残ってるの？」

何で残ってるのだろう。あたしにもわからない。後夜祭行こうよ、とあっさりと多佳子が言った。そんな感じで、あたしも藤城に言えばよかったって思ったけど、そんなの遅かった。

「誰か、いるのかあ」

押川が厨房に声をかけた。

三章　BLUE　MIDNIGHT

1

着信音。

私は顔を上げ、反射的に腕のエルメスに目をやった。九時五分。ヤバイ。着信番号はオリビアガゼルに襲いかかるライオンよりも素早く携帯電話に飛びついた。着信番号はオリビアの携帯電話のものだった。

「……もしもし?」

「……朝美?」ほとんど聞き取れないぐらい低い声がした。「あたし。あんた、今どこにいんの?」

白山、と私は答えた。

「白山? 何でそんなとこにいんのよ」

まあいろいろあってと言葉を濁すと、男でしょ、とオリビアが嬉しそうに言った。彼女はピエール・マルコリーニのチョコレートより、噂話が好きなのだ。

「違う違う」

冬子さんが亡くなったことについて、オリビアに話はしていたが、遺品の整理に関しては伝えていなかった。だいたい、こんなに遅くなるつもりではなかったのだ。それにしても、なぜオリビアは電話をかけてきたのだろう。

「……まさか」

「まさかよ。あれが戻ってきたの」

あれ、というのは私とオリビアの間での編集長の隠語だった。私たちは彼女の固有名詞をなるべく口に出さないようにしていた。噂をすれば影が差すではないが、彼女の名前を言うと本当に現れることが何度もあったのだ。

「……今日、戻ってこないんじゃなかったの?」

「予定が変わったんだってさ」

本当に、磯山編集長の行動だけは読めない。

「今は?」

「ついさっき、ご飯食べに行くって、出てったけど……あんたがいないって、ずいぶんぶつぶつ言ってたよ。とりあえず、ごまかしといたけど」

それは大変危険な状況だ。すぐ戻る、と時計を見た。この時間なら、三十分で戻れるだろう。バッグに冬子さんの日記帳を突っ込み、慌てて立ち上がった。

「オリビア、あんたどっから電話してんの」

「給湯室。ありがたいと思いなさいよ」

思う思う、とうなずいた。持つべきものは友だちだ。今度、ランチおごるからね。

「そんなのいいけど。お互い様だし。何かあったら、助けなさいよ」

もちろんだ。そんなときのための友だちだろう。早く戻った方がいいよ、と言ってオリビアが電話を切った。

忘れ物はないだろうか。辺りを見回すと、一枚の写真が落ちていた。

(どこから?)

考えるまでもなかった。冬子さんの日記帳に挟まっていたのだろう。バッグに入れた時に落ちたのだ。

約三十年前の写真だった。セピア色とは言わないが、相当に色あせていた。写っていたのは五人の女の子たちだ。

カメラに向かってピースサインを出していた。彼女たちが着ている制服、そして背景になってる鉄製の門には見覚えがあった。静岡県立静岡葵東高校だ。

冬子さんはちょうど真ん中にいた。あまり変わっていないことに驚いた。昔から彼女は美しかったのだ、と改めて思った。

五人が手にしているのは、黒っぽい筒だった。おそらく卒業証書だろう。つまり、この写真は卒業式の当日に撮られたものに違いない。

彼女たちの背後には校門があったが、更にその後ろに二つの影が見えた。学生服を着た男の子。ピントが手前にいる五人に合っているため、男の子だということが辛《かろ》うじてわかる程度だ。

とにかく、と私はその写真を日記帳の間に挟みこんで玄関に向かった。まず、会社に戻らなければならない。磯山編集長は食事にあまり手間暇をかけない人だ。時間はあまり残されていなかった。

2

タクシーに飛び乗ってから携帯電話を確認すると、オリビアからの電話は三回目だった。二回電話が鳴ったにもかかわらず、それに気づかなかったというのは、よほど日記を読むことに没頭《ぼっとう》していたのだろう。まさか、三時間も経っているとは思わなかった。

最初は拾い読みするだけのつもりだった。日記だから、当然時系列で記されている。適当に開いた頁が卒業式の当日だったのは、その頁の右上が小さく折られていたためだ。

そこから読み始めて、最初に戻って読み直していった。そこに描かれていたのは、一九八〇年前後の高校生の姿だった。

冬子さんが最も親しくしていた四人の仲間たちはもちろん、それ以外のクラスメイトについても、目の前に本人の姿が浮かんでくるようだった。冬子さんは新聞記者という仕事を選んでいたが、その素地《そじ》は少なくとも高校時代からあったのだろう。

驚いたのは、たかだか三十年前にもかかわらず、彼女たちの暮らしが今の私たちとまったく違っているということだった。信じられないほどだ。

私の高校時代についていえば、既に携帯電話は普及していた。ほとんどの生徒が持っていたといってもいい。

家に関していえば、少子化の影響なのかもしれないが、私たちの世代は子供部屋を持っている者が多かった。普通、そこには子供用のテレビやビデオなども揃っていたはずだ。いい顔こそされなかったが、夜遅く出歩いても親に怒られるようなことはなかった。コンビニやファストフードの店、それ以外にも集まる場所はたくさんあった。

私個人が自分のパソコンを手に入れたのは大学に入ってからだ。授業で必要なために買ってもらったのだが、高校生の時から持っていた子もたくさんいた。私たちの少し下の世代だと、パソコンの授業があった中学校も少なくなかっただろう。

でも、冬子さんの高校時代には何もなかった。テレビは一家に一台、それも居間にしかないようだったし、パソコンなんてあるはずもない。もちろん携帯電話もなければ、メールだってない。コンビニだって、今みたいにたくさんあったわけではなかっただろう。

彼女は静岡市内とはいえ、ちょっと中心部から外れた辺りに住んでいた。そのためもあるのかもしれないが、日記に書かれている彼女たちの毎日は、とても質素で単調なものだった。それは私にとってすごく新鮮なものに映った。

彼女たちは退屈だったのだろうか。おそらくそうだろう。何も起きない、何も変わらない毎日。

でも、それは私たちの時もそうだった。おしなべて言えば、高校生というのは退屈なものだ。

それぞれの環境によって多少は違うだろうが、結局のところ女子高生の興味は男子へと向かう。これにはいわゆるアイドルも含まれる。

冬子さんの日記には、よく田原俊彦《としひこ》、近藤真彦《まさひこ》という名前が出てきていたが、私もその名前には聞き覚えがあった。彼らは今で言うところの嵐だったり、KAT‐TUNのような存在だったのだろう。

そして女子たちの中に、男子と実際に交際する子が出てくるのも、やっぱりこれぐらいの年齢ではないか。

これは個人差もある話で、早ければ小学生で初キスを済ませている子もいるだろう。私の中学にも積極的な子はいたし、逆に絶対そんなこと考えられないというような消極的な子もいた。

だから、あくまでも一般論に過ぎないが、明確に男子を意識するようになり、本当の意味でつきあうようになるのは高校に入ってからではないか、という意味だ。

だいたい、アイドルの話か現実に交際している人たちの噂話で、女子高生の会話は終わる。もちろん、テレビドラマの話やファッションの話、新しいお店や話題のスイーツ、そんな話もするが、結局のところ男の子たちのことがすべてと言っていい。それは今も昔も変わらないはずだ。

事実、冬子さんの日記も、その大半は男子に関する記述だった。自分のことだけではなく、友だちの彼氏とか、そんなこともずいぶんと細かく書いてある。その中で最もよく出てくるのが、藤城篤志という名前の転校生だった。

私はまだ二冊の日記帳のすべてを読み終えたわけではない。簡単に言って、二冊の日記帳の一冊は高校時代の、そしてもう一冊は大学時代の日記のようだったが、高校の卒業式の当日の記述は一冊目の終わりぐらいで、そこから最初に戻るという中途半端な読み方をしていたため、少し混乱してしまったところもある。

それでも、藤城篤志というその男の子に冬子さんが強く魅《ひ》かれていたことはすぐわかった。はっきりとそうは書かれていなかったが、冬子さんは藤城篤志というその転校生を初めて見た瞬間から、彼に恋をしていたのは間違いなかった。

日記を読んでいて、もうひとつ驚いたのは、冬子さんのその想いの強さだった。私の知る限り、彼女は確かによくもてた。男性からの人気も高かった。それは高校時代も同じだっただろう。

でも、本人はあまり男性に対して深く考えていないようだった。あくまでも友人として、つきあっていたようにしか見えなかった。

私は姪だからよくわかったのだが、冬子さんはほとんど恋愛に興味がないようにさえ思えた。もしかしたら、感情的に何か欠落しているのではないかと思うこともあったぐらいだ。

その冬子さんが、三十年前とはいえ、そして日記という他人には見せないことを前提として書かれているものとはいえ、これほど一人の男性に対して一途な想いを抱いているということが、私にとっては謎であり、興味をそそられた点でもあった。それがあったからこそ、三時間もフローリングの床に座り込んだまま、電話の音に気づくことさえなく日記を読みふけってしまったのだ。

いったい、それから冬子さんはどうしたのだろう。卒業式の前日の段階でも、彼女が藤城というその男の子と何かあったわけではなさそうだ。早く先が読みたかった。

卒業式の日、彼女はいわゆる告白をしたのだろうか。そして、もしそうだとしたら、結果はどうなったのだろう。

とはいえ、仕事がまだ残っているのも確かだった。私は今、タクシーに乗って会社へ向かっている。それが現実だった。

「すいません、信号の手前でいいです。そこで降ります」

タクシーは外苑西《がいえんにし》通りから東京体育館の前を走っていた。会社は仙寿院《せんじゅいん》の交差点近くにある。手前ですね、と確認した運転手がウインカーを出して車のブレーキをゆっくりと踏んだ。

3

「フィル・ウォンの件だけど」磯山編集長が長い足を組み替えた。「聞いた？　彼が記者会見を途中でキャンセルした話」

いいえ、と立ったまま私は首を振った。私が会社に戻ってから三十分もしないうちに、彼女も編集部へと戻ってきていた。オリビアがうまくごまかしてくれたためか、機嫌はそれほど悪くなかった。

「今日、ソウルで記者会見があったのは知ってるよね」

もちろんです、とうなずいた。彼の新作映画『愛についての物語』の完成披露試写会があり、それに伴って韓国のマスメディアが集まり、そこで記者会見が開かれるという話は当然聞いていた。日本から民放テレビ局が取材に行ったことも知っている。かなりな規模での会見だという。

それも当然だろう。韓国という国家にとって、映画は外貨を稼ぐための重要な産業と言っていい。今後十年以上、トップスターとして君臨し続けるだろうと言われているフィル・ウォンの存在は、ある意味で金の鉱脈のようなものだ。大きく扱われるのは当然だった。

「それでね、代表質問の後に、個別の形で新聞社の取材があるはずだったんだけど……それをキャンセルしたって言うのよ」

映画会社のスポークスマンは、体調不良によるものと発表したそうだが、実際には事前に提出していた質問の中に彼の私生活、あるいは過去の恋愛に関するものが含まれていたことが、彼の不興を買ったのではないかという噂なの、と編集長が言った。

事実かどうかはわからない。本当に体調不良だったのかもしれないが、世界中のトップスターがそうであるように、些細な理由で会見をキャンセルすることもないとは言えない。

例えば、来日するという噂が何度も流れていたジュリア・ロバーツは、直前になってドタキャンを繰り返し、少なくとも公式な形での来日は、この十年近くないはずだ。別に彼女だけではなく、他にいくらでもそんな例はあった。それほど不思議なことではないだろう。

「……一応、彼は予定通り明後日来日するみたいだけど、確かに面倒な相手だね」

編集長が煙草をくわえた。かすかなメンソールの香りが漂《ただよ》った。

明後日の木曜日、フィル・ウォンは来日する。その日は新作映画のハイライトシーンの上映、そして数百人以上が集まる合同記者会見があり、最後に新聞社、テレビ局などによる質疑応答が二十分ほど続くことになっていた。

私たちの本番はその次の日の金曜日だ。約五十社ほどの新聞、ラジオ、テレビ、雑誌など各マスコミ媒体が個別に取材をかける。土曜日は予備日となっていたが、要するにオフということとなのだろう。

来日する外国人スターの多くがそうであるように、ショッピングをしたり、観光名所を訪れたり、スタッフだけで食事会をしたり、そんなことのために充《あ》てられるのではないか。そして日曜の昼から最後の記者会見があり、フィル・ウォンはそのままニューヨーク、そして、ヨーロッパへ行くと聞いていた。

「難しいけど、何とかしてちょうだい。他社にないものを、引き出してほしいの」

編集長の様子が少しトーンダウンしていた。フィル・ウォンが母国韓国での記者会見をキャンセルしたという情報が、彼女に微妙な影響を与えているようだった。

私が企画書を提出した時には、質問に新鮮味がないとあれだけ怒ったにもかかわらず、そんなことはすっかり忘れてしまったようだ。万が一、ジョイ・シネマの取材を彼がキャンセルしたとなれば、巻頭記事が吹っ飛ぶどころか、発売日が遅れる可能性さえある。

雑誌にとって、その最大の生命線は発売日だ。発売日を守る、というのは編集者にとって、そして編集長にとって絶対的なものと言っていい。ここで強引に突っ込んだ取材をして不興を買うより、穏便な形で済ませた方がいい、という現実的な判断を磯山編集長が選んだのはやむを得ないところだった。

それならさっき、何のために怒られたのかわからないが、ソウルでのキャンセル話を聞けば、彼女がそう考えるのも無理はないのかもしれない。

「取材は何時からだっけ」

「午前九時四十三分からの七分間です」

早い方だね、と編集長が満足そうにうなずいた。今回、フィル・ウォンの取材は午前九時から十一時までの二時間で十四社、その後食事休憩を挟んだ上で、十二時半からまた取材が始まる。

途中、二時から三十分間、テレビのワイドショーの生中継が入るが、それが終わってもまだ取材は続く。終了予定時刻は午後五時と聞いていた。映画スターも大変だと思う。同じような質問にずっと答えなければならないのは、いくらプロモーションのためとはいえ、さぞ退屈な仕事だろう。

編集長が満足げなのは、この手の取材の場合、早ければ早いほど有利になるからだ。最後の方になれば本人も含め、他のスタッフなどもかなり投げやりな答えを返してくるのは、私も経験上わかっていた。

時間を早めに設定することができたのは、配給会社シネラックのプロモーター、横川嬢の好意によるものだ。ある意味、今回の個別取材における私の手柄といえば、その時間を九時台に押し込んだということだけかもしれない。

「スチールは誰が撮《と》るの」

私は草壁の名前を言った。草壁の写真は決して他のカメラマンに劣るものではないし、野外撮影で鍛《きた》えられているため、セッティングの速さは並みのカメラマンの比ではなかった。

私たちに与えられた時間は七分間というごく短いもので、その時間内で撮影を終わらせなければならない。だが、彼ならばその間にきちんとライティングを整え、撮影をしてくれるだろう。

いくら何でも、個人的な関係があるからといってそれを仕事に持ち込んだりするつもりはなかった。あくまでも草壁の力量を信じて、彼に撮影を依頼したのだ。

「そう、草壁ね」企画書をめくりながら、磯山編集長がうなずいた。「そうだった。うん、いいんじゃないの。あの子、意外と仕事速いしね。見かけはもっさりしてるけどさ」

もっさり、というのは編集長の常套句《じょうとうく》だ。彼女は編集者を含めた大概のスタッフを、鈍臭《どんくさ》いと思っている。

「草壁はいいけど、もう一人カメラマン増やしたら？　そこまでエージェントからの指定はないんでしょ？」

確かに、カメラマンの数についての指示はなかった。とはいえ、常識的に考えて、何人ものカメラマンを出すというのもおかしな話だろう。

「二人になったからといって、撮影できる枚数が倍になるというものではないと思います。照明の問題もありますし、むしろ現場が混乱するだけかと……。それに、最終的には先方のフィルムチェックが入ります。使える枚数も限られてくるでしょうし、意味がないと思います」

他社がどうするのかはわかっていないが、二人のカメラマンを連れていけば、聞いている聞いていない、というような余計なトラブルが発生する恐れもある。スタッフを増やせば、問題もまた増えるのだ。

私よりも経験豊富な編集長に、それがわからないはずもない。そうかもね、と珍しく素直に納得して、それ以上何か言ってくることはなかった。とにかく最善を尽くしてねと最後に言って、それで私は無罪放免された。

とはいえ、こんな時に限って後で大トラブルが起きたりするのもよくある話だ。何だか得体の知れないプレッシャーがのしかかってくるようで、決して気分が晴れるわけではなかった。

それから私は今回のライターである福永《ふくなが》さんという女性と、撮影を担当する草壁に連絡メールを入れた。単独インタビューはもちろんだが、その前日の木曜日にある合同記者会見についても、取材をしなければならない。

ただ、これはあくまでも参考程度の取材だった。私たちにとって重要なのは、あくまでもその翌日にある単独インタビューだ。

すぐに折り返し草壁から携帯に電話があった。メール見たよ、というのが彼の第一声だった。

「了解しました。じゃ、現地集合ということで」

「少しでも早目に来てもらえると助かります」

丁寧に頼んだのは、これが仕事の電話だからだ。公私混同はしない、というのが私たちの決めた唯一のルールだった。

「わかりました。それはそれとして……まだ会社？」

「うん」

それはそれとしてという以上、プライベートモードに変わったということだ。

「終わる感じ？　終わらない感じ？」

会わないか、という意味だ。どうしよう。今から会うということになれば、十二時近くなってしまうかもしれない。

「それでも構わないけどね。こっちも、むしろそれぐらいの時間の方がありがたい。今、やりかけてる仕事があるんだ」

ここのところ、草壁にしては珍しく仕事が立て込んでいるという話は聞いていた。私もフィル・ウォンの件があったため、二週間ほど会っていない。彼の事務所は西新宿にある。千駄ケ谷からなら、タクシーで十分か二十分ぐらいで着くだろう。

彼は笹塚《ささづか》に自宅がある。仕事で忙しい時は、同居している母親が孫のヒカル君の面倒を見ることになっていたから、会うことに問題はなかった。私も明日に関して言えば、定時の十一時までに出社すればいい。着替えやメイク道具も彼の事務所に置いてあった。

「じゃあ、行こうかな」

ちょっと嬉しかった。電話やメールは毎日していたが、やっぱり顔を合わせないと寂しくなってしまうこともある。それに、彼に会って話したいこともあった。例の冬子さんの日記についてだ。

「十二時までには行けると思うけど」

わかった、と彼が答えた時、まだ残っていた副編集長が、佐伯、電話だぞ、と受話器を掲げた。またかける、と言って携帯を切った。

「佐伯です」

「シネラックの横川です……」

電話をかけてきたのは、今回のフィル・ウォン取材の窓口になっている配給会社、シネラックの横川嬢だった。その声の暗さに、嫌な予感がした。そしてそういう予感は必ず当たるものだ。

「すいません、こんな時間に……あの、取材の時間の件なんですけど……急な変更が入りました。御社、ジョイ・シネマ誌は、一番最後、四時五十分からということに……」

目の前が真っ暗になった。いったいどうして。最悪の時間帯だ。編集長に何と報告すればいいのだろう。

「なぜなんですか」

わからないんです、と横川嬢が言った。

「先方からの通告が先程あって……調整してもらおうとしてるんですが、かなり厳しい状況のようで……」

何があったのだろうか。私は電話に向かって、何度も頭を下げた。何とかならないでしょうか。せめて、もう少し早い時間帯になりませんか。九時台とは言いません。例えば午前中とか。

「交渉します」

横川嬢がそう言って電話を切った。しばらくすると、私の携帯が鳴り始めた。草壁からだ。すぐ連絡すると言ったにもかかわらず、電話がないので自分からかけてきたのだろう。出る気にもなれず、そのまま放っておいた。何だかいきなり五歳ぐらい齢《とし》を取ってしまったような気分だった。

4

「疲れたよお」

はいはい、と草壁が言った。

「お腹すいたよ」

わかってる、と器用な手つきでフライパンに生クリームを注ぎ込んだ。午前一時、こんな時間にカルボナーラを食べたら太ってしまうのは目に見えていたが、なにしろ私は昼から何も食べていなかったのだ。

シネラックの横川嬢から、フィル・ウォンのインタビューの順番が一番最後に変えられた、という一方的な通告があったのは、二時間ほど前のことだ。詳しい事情は横川嬢本人もよくわかっていないようだった。

シネラックの意向ではなく、韓国側のエージェントからそうするように連絡が入ったのだという。事実、そうなのだろう。配給会社であるシネラックに、そんな権限はないからだ。だが、それでは私の立場はどうなってしまうのだろう。

「とにかく、元の時間に戻すように、もう一度交渉してみますから」横川嬢が言った言葉だけが、唯一の頼りだった。「もし理由があるんだとしたら、明日の午前中までに必ずはっきりさせますので、それまで待っていてください」

今回、フィル・ウォン来日に関してすべてのスケジュールを取り仕切っているのはシネラックだ。ジョイ・シネマが直接韓国のエージェントと連絡を取っているのならともかく、今の段階で私にできることは何もなかった。待つしかないのだ。

その電話があってからは、あとの段取りもめちゃくちゃになり、結局いろいろなことが中途半端になったまま、日付が変わったところでとりあえず一日を終わらせることにした。会社を出たのは夜中の十二時半過ぎで、千駄ケ谷から西新宿の草壁の事務所までタクシーで行った。

出迎えてくれた草壁に言った私の最初の言葉は、お腹すいた、というものだった。ロマンスのかけらもない会話だったけれど、彼は笑いながらパスタを茹《ゆ》で始めてくれた。

「とりあえず、これでも食ってろよ」草壁がポテトチップの袋をそのまま投げてよこした。「しかし、確かにそりゃ大変だな」

大変ですよ、と答えながら私はポテトチップの袋を開いた。

「うう、どうしよう。ヤバイ。明日、編集長に殺される」

殺されやしないだろうけどさ、と草壁が手際よくパスタの湯を切った。あとはソースをからめれば、特製カルボナーラの出来上がりだ。

私は彼が作るパスタが大好きで、しょっちゅうこんなふうにして作ってもらっていた。この一年で二キロ太った理由のほとんどは、おそらく彼のパスタによるものだと思う。

「もう、ホント、ついてないよ。何でなのかな。前世で悪いことした？　あたし」

「お前の前世のことは、よく知らないからなあ」

とぼけた口調で草壁が言った。仕事は重なるわ締め切りは迫るわ、何が何だかさっぱりわからない日々が続いていた。その前には冬子さんも亡くなっている。いいことなんて何もない、とぐちり続けていた私の前に、彼が熱々のパスタの皿を置いた。

「まあ、とりあえず食べてごらん」

草壁がリビングのテーブルの向かい側に座った。その顔を見ていたら、いいことが何もないわけでもないと思った。

草壁は三十六歳という年齢のわりに、引き締まった体格をしている。カメラマンという仕事は、重い荷物を背負うことが多いので、筋肉質になるのは職業柄というべきだろう。

ついでに言えば、百七十センチ弱というちょっと小柄な身長も、彼に言わせれば若いころアシスタントとして重い機材を持たされていたからだという。でも、バランスのよく取れた体つきで、私はそんなところも好きだった。

顔は日焼けのため、いつも黒い。短い髪、細い目、団子《だんご》っ鼻《ぱな》。今でも十分にそうだが、あと五年もすれば立派なオジサン顔になるはずだ。

「食べなさい」

彼は時々そうやって父親のような言い方をすることがあった。はい、と私は素直にフォークを取り上げた。

「美味しい。天才シェフだね」

これはお世辞でも何でもなく、本当に草壁の作るパスタは美味しかった。時々、彼は職業選択を誤ったのではないか、カメラマンではなく、料理人の道を歩むべきだったのではないかと思うことさえあった。

それから私はしばらくパスタを食べることに専念した。その間、彼が黙っていてくれたのは、一種の気遣いだったのだろう。

「お菓子もあるよ」

ほとんどパスタを平らげたところで、チョコレートとかビスケットを出してきた。草壁は女の子のようにお菓子が好きで、暗室作業の時などはスナック菓子の袋が山のように積まれることもあった。ある意味でジャンクフードの中毒者と言えたかもしれない。

「ありがと。ごちそうさまでした」

おいしかった、と私は皿に手を合わせて拝んだ。無言のまま、草壁が私の前から皿を流しへと運んでくれた。上《あ》げ膳《ぜん》据《す》え膳《ぜん》とはまさにこのことだ。

「だけど、遅い時間帯になると、本当に面倒だな」

戻ってきた草壁が座りながら言った。彼とは今までに何度か来日スターの取材をしたことがある。順番が早ければ機嫌がよく、遅くなればうんざりしたような視線を向けられるのが、今までの通例だった。スターだって人間だから、それは仕方がないことだろう。

「絶対、新聞社だと思うな」横川嬢との会話を思いだしながら言った。「新聞社、ずるいよね。いつもそう。せっかく決まってた順番を引っ繰り返したり、自分たちの都合のいいようにしちゃうんだから。政治力だかなんだか知らないけど、わがまますぎ。そう思わない？」

発行部数十万程度のジョイ・シネマと、四百万部も五百万部もある全国紙とでは、与える影響力が違うから、新聞社の方が優遇されるのは仕方がないことなのかもしれない。でも、だからといって、何をしてもいいというわけではないだろう。

「どうなのかな……本当に順番は変わりそうなのか？」

たぶんね、と私は答えた。

「横川さんの口ぶりだと、もうどうしようもないみたい。一応、最後にもう一度交渉してみるとは言ってくれたけど」

正直なところ、当てにはならないだろう。横川嬢と私の間には、何か特別なコネがあるというわけではない。単に、気が合うというだけのつながりでしかないのだ。

極端な話、彼女が私の姉だったとしても、この段階での韓国エージェントからの一方的な通達に対して、何かできることがあるとは思えなかった。

「だとすると、現実的にどう対処するか考えておいた方がいいかもしれない」

「さすが。大人。頼りにしてます」

冗談っぽく言ったけど、本当にそう思っていた。草壁はロマンチストではあるけれど、現実を目の前にした場合、最善の方策を考えるという点では徹底したリアリストでもあった。

「インタビューの内容とか、もう詰めてあるのか？」

ただ、仕事を優先して二人のことをいつも後回しにしてしまうところがある。久しぶりに会ってるんだよ、と私は言った。

「もうちょっと別に話とかあるんじゃない？」

彼が照れ臭そうに笑った。その笑顔を見るだけで、私は大満足だった。

5

一緒に夜を過ごす時、お父さんとはどうなんだ、と草壁はいつも言う。まだ時間が必要だと思う、と返事をするのもいつものことだった。

彼がそう言ってくれるのは、素直に嬉しいことだ。つきあっている女性の父親に挨拶をしたい、というのは誠実さの表れだろうし、婉曲《えんきょく》な形でのプロポーズと取ってもいいかもしれない。それぐらいに重要な意味があることは、私にもよくわかっていた。

父は真面目で、私の知る限り他の誰よりも飛び抜けて善人だった。私に対する愛情も深く、中学生ぐらいのときは逆に反発してしまったぐらい、私の幸福を誰よりも強く願っている人だ。

そんな父が、バツイチ、子持ち、十二歳も年上で、フリーランスのカメラマンという社会的にも経済的にも安定していない草壁との交際を喜ぶはずがなかった。そして、私には父を説き伏せる自信もなかった。だから、もうちょっと待って、と草壁に言い続けていた。

草壁もそれはわかっているのだろう。仕方がないよな、という表情を浮かべるのが常だった。もう何カ月も、私たちはそんな曖昧な時間を過ごしていた。

今日も草壁は同じことを言いたかったのかもしれなかったが、それどころではないのも確かだった。二人で過ごすのは楽しかったが、差し迫った問題があれば、どうしてもそちらの方へ頭が向いてしまう。問題はフィル・ウォンのことだった。

「ねえ、どうしたらいいと思う?」

草壁の事務所にはバスルームとベッドもある。シャワーを浴び、Tシャツと短パンに着替えながら、私は聞いた。どうだろうね、と草壁が裸の肩をすくめた。

「とりあえず間違いないのは、その時間帯になれば本人が疲れてるってことだろうな」

ジョイ・シネマに異動してから二カ月ほど経った頃、インタビュー嫌いを公言していた有名な俳優に取材をかけたことがある。今なら絶対にそんなことを聞いたりしないが、その頃の私は編集者としてのキャリアもなく、素人《しろうと》同然だった。おそれることなく私は聞いた。なぜインタビューがお嫌いなんですか、と。

普通だったら、そのまま席を立たれてもやむを得ないほど失礼な質問だったが、そんなことを正面から聞いてきたインタビュアーは私が初めてだったのだろう。苦笑しながら、その俳優は答えた。

「あなたたちはみんな同じ質問をする。今度の映画で印象に残ったことは何ですか、撮影時のエピソードを教えてください、どのシーンが一番大変でしたか、見所はどの場面でしょう。みんな同じだ。それに対して、ぼくたちは一社一社微妙に違う答えを返さなきゃならない。最初のうちはいいよ。でもね、何十回も同じことを聞かれてごらん。だんだん、何を答えていいのかもわからなくなってくるんだ。そんなことが面倒になったのさ」

オフレコだよ、と言いながら彼は話してくれた。今の私にはその気持ちがよくわかる。その後、少しだけだが経験を重ねたからだ。私より長くこの業界にいる草壁も、もちろんそれはわかっていた。

「疲れてる人に突っ込んだ質問をしたって意味がない。できるだけ自然体で接することが重要なんじゃないかな」

私もそう思う。ただ、映画スターに対して自然体で接するのは、どれだけ経験を積んでも難しい。それはどうしようもないことだった。

これは私だけでなく、編集部のみんなも同じだ。俳優、女優へのインタビューを職業にしているライターさんたちでさえ、未だに緊張してしまうという。

「まあ、でも今からあんまり心配してもしょうがないかもな。もしかしたら、万が一かもしれないけど、順番が元通りになることもないとは言えないわけだろ?」

それもその通りだった。それなら、奇跡を信じてこのまま眠った方がいいのかもしれない。思い悩むだけ損というものだ。

「じゃあ、寝ようか」

「一度寝てから、また考えればいいさ」

草壁の言う通りかもしれなかった。下手な考え、休むに似たりともいう。この回らない頭で考えたところで、ろくでもないことしか思い浮かばないだろう。

ベッドを整え、彼の隣に横になった時、大事なことを忘れていたのを思い出して、私は起き上がった。どうした、と寝ぼけ眼《まなこ》の草壁が言った。いつもそうだが、彼は横になると一分も経たないうちにすぐ眠ってしまう。

ベッドから飛び降りて、自分のバッグを漁《あさ》った。探していたのは、冬子さんの日記帳だった。

「何だ、それ」

古ぼけた日記帳を手に戻ってきた私に、草壁が目をこすりながら言った。私は今日あったことをかいつまんで話した。

冬子さんのマンションへ行き、遺品の整理をしていたこと。そしてこの日記帳を見つけたこと。中に書かれていたのが、彼女の高校時代の話だったということ。

「ふうん」

ベッドに腰掛けた草壁が、日記帳を手に取って、ずいぶん古いものだねと言った。何しろ、三十年近く昔のものなのだ。年代物、と言ってもいいかもしれない。

「すごく面白いの……面白いって言ったら失礼かもしれないけど、興味深いっていうか……三十年前って、こんな感じだったんだなって」

なるほど、とうなずいていた草壁が、読んでもいいのかな、と言った。どうなのだろうか。

つきあい始めた頃、私は草壁を冬子さんに会わせたことがあった。昔からそうだったが、つきあう男を一度は冬子さんに会わせるのが私たちの間の約束だった。もうひとつ言えば、私は冬子さんの人間を見る目を信用していたのだ。

飄々《ひょうひょう》としていた草壁を、冬子さんがかなり気に入っていたのを思い出す。彼女はずいぶんと点が辛い審査員だったけれど、珍しく草壁については悪口を言わなかった。まあ、いい方でしょう、というのが彼女の答えだった。

草壁は草壁で、冬子さんに対して好印象を抱いたようで、あのオバサンは豪傑《ごうけつ》だね、といつも言っていた。その冬子さんが遺した日記帳に彼が興味を示すのは、当然だったかもしれない。

ちょっと迷ったけれど、構わないだろうと思った。私が冬子さんを信じていたのと同じように、彼女はいつでも私を信頼してくれていた。その私が、草壁になら読ませても構わないと思った以上、それは彼女の判断と同じはずだった。

私は彼に二冊目の日記帳を渡し、自分は一冊目の日記帳を開いた。そこにあったのは、それからの物語だった。

四章　永遠のFULL MOON

1

初詣でに行こう、と言い出したのがUだったのか黒川だったのかはわからない。とにかく、気がつけばそういうことになっていた。

葵祭が終わって二カ月ほど経った、十二月も押し詰まった頃、期末試験も無事終わり、クリスマスを目前に控えたある日、Uが持ってきた話だった。計画では大みそかの夜に集まって、そのまま年越しで近くにある神社へお参りをしに行くということになっていた。

あたしたちはその思いつきにすぐ乗った。ちょっと興奮していたかもしれない。高校二年生が夜通し遊べる日なんて、一年のうち何日もない。普通の日だったら、世間も親も絶対に許してくれないだろう。

だけど、大みそかだったら大丈夫。何となく、そんな雰囲気があった。

あたしたちだけなの？　とみかりんが聞くと、そんなわけないでしょう、とUが胸を張った。黒川がいるのは当然だし、黒川が他にも男子を連れてくる手筈《てはず》になっているのだという。ずいぶん手回しのいいことだ。

「誰が来るの？」

　黒川に任せてあるから、とUが答えた。

「こっちは五人だって言ってあるから、向こうも四、五人じゃないの？」

　ゴメン、とナオが手を挙げた。うん、とUがうなずいた。

「先約入ってんでしょ？　尾瀬さん？」

　そう、とナオが言った。例の一年先輩の尾瀬さんという人と、やっぱり初詣でに行くことになってるそうだ。

「だったら、尾瀬さんも一緒に連れてきちゃえばいいじゃん」

　みかりんが言ったけど、なかなかそうもいかないだろう。他校の生徒の中で、一人だけ年上というのもやりにくいだろうし、どうしたって浮いてしまう。

　それに、ナオと尾瀬さんは学校が違うから、しょっちゅう会ってるUと黒川とはちょっと事情が違った。二人だけの時間を大切にしたいと思うのは当然だ。

「そうかもなって思ってたよ」

　じゃあ、こっちは四人だね、とUが言った。ナオはちょっとさびしそうだったけど、先約を優先するということなのか、それともやっぱり女の友情より男の方が大事ということなのか、とにかく不参加を表明した。

みかりんとあたしは一も二もなく賛成し、あたしたちの中では一番品行方正なピータンも、みんなが行くなら行こうかな、と言った。

「あ、でも紅白見れなくなっちゃうね」

そういえばそうだ。今年の紅白歌合戦は百恵ちゃんとか、高校生にも人気のある歌手がたくさん出る。でも、紅白よりみんなで夜通し遊んだ方が楽しそうだ。

それに、田原俊彦とか近藤真彦は歌手じゃないからもちろん出ない。サザンオールスターズとかツイストは出るけど、どうしても見たいわけじゃなかった。

「ねえ、男の子は誰が来るのよ」

みかりんが気にしてるのは、そればっかりだった。彼女はいっしょに遊ぶ男子に事欠くことはないのだけれど、どういうわけか、いつも本命と呼ぶべき相手がいなかった。

「誰だろうねえ。黒川の友達だから、まあ今津《いまづ》とか、勝田《かつた》とか、そんな感じじゃないの」

Uが黒川といつもつるんでる男の子たちの名前を挙げた。おなじみのメンバーだねえ、とナオが笑った。

それからクリスマスの話題になった。さびしいことに、あたしもピータンもみかりんも、共に過ごす相手はいなかった。ナオはナオで、尾瀬さんが受験生ということもあって、その日はフリーだという。Uは黒川と二人だけで過ごすそうだ。ふうん。

「いいねえ、あんたらは。学校もクラスも同じで。毎日会ってるし、クリスマスも年越しもいっしょだし、どうなの、飽きないの？」

みかりんのからかいの言葉に、Uがちょっとむかつくような自信たっぷりの笑顔で応えた。

「飽きない」

「はあ、そうですか」

あたしたちはそう答えるしかなかった。でも、人の恋路を邪魔する者は、馬に蹴られて死んでしまうというから、あたしたちはそれぞれにUの幸せを祝福した。

クリスマス、あたしたち四人はどこかで集まり、お茶でも飲みながら一九七九年を回顧しようということに話が決まった。そのままさみしく家に帰ることになるのだろう。でも、それも仕方のない話だ。何しろ、相手がいないのだからどうしようもない。さみしいねえ、と言い交わしながら、あたしたちは教室を出た。

2

十二月三十一日、大みそかの夜七時、あたしたちは静岡駅前に集まっていた。目指していたのはポーキーズというピザ屋だ。

高校生が長居できるような店は、静岡辺りだとなかなかない。ポーキーズはその数少ない一軒のうちのひとつだった。

ナオを除いたあたしたち四人は、ほぼ時間通りにポーキーズ前に集合した。男子は黒川だけが相変わらず無意味に張り切って、先に着いていた。彼は三十分以上前からここにいたのだという。

それから少し遅れて、今津と勝田がちょっと緊張した顔でやってきた。いつも学校で顔を合わせている仲間だけど、こういうシチュエーションだと、どうしても男と女の違いが出てくる。

普通にしていればいいのに、こういう特別な時だと何となく意識してしまう。男子って、そういうところがある。

でも、もしかしたら、やっぱりあたしたちも緊張していたのかもしれない。別に何があるというわけではないのだけど、こういう時ってそういうものだろう。

「あれ？　これで全部？」

唯一リラックスした感じのUが黒川に尋ねていた。一線を越えてしまうと、こんなふうになるのか。うちの母ちゃんと父ちゃんみたいだ、とピータンが言った。この後しばらくして、黒川はあたしたちから父ちゃんと呼ばれるようになった。

「いや、あと二人来るはずなんだけど」

父ちゃんの黒川が言った。誰よ、とみかりんが聞いた時、そのうちの一人が現れた。西《にし》浦《うら》といって、やっぱり黒川の遊び仲間だった。

「悪い悪い」

遅刻しちゃったか？　と西浦が聞いた。そうでもない。七時を十分ほど回ったところだった。どうする、と黒川がUに聞いた。

「店、入ってよっか……寒いし」

いくら静岡といっても、大みそかともなればやっぱり寒い。みんな申し合わせたようにダッフルコートかピーコートを着てたけど、それでも寒いのは確かだった。

「もしかしたら来ないかも……けっこう、強引に誘ったからな……」

ぶつぶつ言ってる黒川を尻目に、じゃあみんなは先に入って席を取っといて、とUが指示した。おれらはどうすんだ、と聞いた黒川に、決まってんでしょ、待ってんのよ、と答えた。さすがは母ちゃんだ。

「じゃ、お言葉に甘えて」

一番遅く来た西浦が店の階段を上がっていった。実際、あんまり表でうろうろしてるのも問題だった。先生とかに見つかったら、面倒なことになるだろう。

Uと黒川にその後のことを任せて、あたしたちは店に入っていった。店はものすごく混んでいた。

学生が多いのはこの店の特徴だったけど、いつにも増してその数が多かったのは、やっぱり同じことを考えてる連中がいたからだろう。実際、中には何人か知った顔もいた。

しばらく待っていたら、ようやく席が空いた。案内されるまま、そこに座った。ポーキーズのいいところは、千円払うとフリードリンク、フリーフードになるところで、しかもピザだけではなく、スパゲッティとかグラタンとかフライドポテトとか、食べ物の種類もいろいろあった。

あたしたちはそれぞれ飲み物を取りに行き、ちょっとずつ話した。みんなの胸のうちにあったのは、こんなことができるのも今回が最後だろうという想いだった。

来年の春から、あたしたちは高三になる。つまり、いよいよ受験シーズンの到来ということだ。来年の大みそか、あたしたちはいったい何をしてるのだろう。

「そりゃあ、やっぱ受験勉強してんじゃないの」

今津が言った。大みそかでも？　とみかりんが言ったけど、でもそういうことになるのかもしれない。少なくとも、こんなふうにみんなで集まって喋ったり騒いだりしている暇はないはずだ。

あたしもそうだけど、国立を受ける子もいた。共通一次もあるのだから、遊んでいる場合じゃないのは確かだろう。

この前の葵祭も、あたしたちにとっては高校生活最後の文化祭になるはずだったし、来年の春に行われる体育祭も、終わってしまえばそれで最後ということになる。いろんなものが、こんなふうにして終わっていくのだと思うと、ちょっとセンチメンタルな気分にもなったし、だったらこうしていられる今のうちに遊んでおこうという気にもなる。

高校二年生と三年生の間には、そんな時期があるのだということを、あたしたちは実感していた。それはちょっと物悲しく、そして高校生活の終わりが近づいているという意味でもあった。もちろん、それは仕方のないことなのだけれど。

「あ、来た来た」西浦が立ち上がって手を振った。「こっちこっち」

コーラを飲みながら振り向いた時、手が止まった。Uと黒川に連れられて店に入ってきたのは、藤城篤志だった。

「今、行く」

そう言いながらUが三枚の千円札をレジに出していた。黒川が藤城の腕を引っ張りながら、席の方へ近づいてきた。ううむ、Uの奴。やってくれるじゃないの。

女子四人、男子五人がそれぞれ向かい合わせで座った。集団見合いかよ、と勝田が言ってみんなちょっと笑った。確かにそんな感じがしないこともなかった。

「遅いじゃん、藤城」

今津が言った。ごめんごめん、と藤城が謝った。

「場所、わかんなくてさ。ちょっと迷った。黒川が〝駅前のポーキーズ〟だけしか言わないからさ」

「わかると思ったんだよ」

かっこわりい、と男子たちがまた笑った。あたしの隣に座ったUが、ありがたいと思いなさいよ、と耳元で囁いた。

あたしは何も答えなかった。ありがたいのか、ありがたくないのか、よくわからなかった。

どっちにしても、ひと言伝えておいてほしかったな、とは思った。そうしたら、こんな紺色のダッフルコートにジーンズなんかじゃなくて、もうちょっとオシャレな服で来たのに。

「まあ、とにかくみんな揃ったということで」黒川がコーラのグラスを持ったまま立ち上がった。「とりあえず乾杯しようじゃないの」

「何に乾杯よ」

みかりんが聞いた。七〇年代よさようなら、と詩を朗読するみたいに黒川が言った。

「もう一九八〇年まであと五時間を切ったぜ。てなわけで、八〇年代に乾杯」

乾杯、とみんながグラスを合わせた。そんなふうにして、その夜が始まった。

3

ポーキーズでどれぐらい粘っただろう。二時間か、三時間か。そんなとこだ。

それでもまだ初詣でまで時間は余っていたから、今津が知っているという駅からちょっと離れたところにある喫茶店に行った。喫茶店といっても、ビールとかお酒とかも一応ある店だ。

「まあ、だからってどうってことないんだけどさ」

今津が言った。確かに、そんなにおっかない感じの店ではなかった。男子たちは、テレビゲームのあるテーブルに陣取り、百円玉を積み上げて〝インベーダー・ゲーム〟をやり始めた。あたしたちはおとなしくその様子を見守っていた。何が面白いのか、さっぱりわかんない。

今津と黒川、それからUはウイスキーのソーダ割りを飲んでた。他の男子はみんなビール、あたしたち女の子はそれぞれココアとか紅茶とかを頼んだ。外でお酒なんか飲んだことなかったから、そんなものを頼むのが無難だと思った。

〝マギーメイ〟というその店の名前は、ロッド・スチュワートの曲名からつけられたんだぜ、と今津が言った。七〇年代最後のその年は、何もかもが端境期《はざかいき》だったけど、ロッド・

スチュワートはちょっと古い感じがした。

店の人もそれはわかっていたのだろう。流れていた曲は、有線なのかそれともマスターの趣味なのか、洋楽が多かった。ビリー・ジョエル、ボビー・コールドウェル、ボズ・スキャッグス、ホール＆オーツ。

途中で、イーグルスの〝ホテル・カリフォルニア〟が流れた。けっこう前の曲だったけど、懐《なつ》かしいね、とみんなで言い合った。

〈Welcome to the Hotel California
Such a lovely place
Such a lovely place face〉

藤城がその曲の一節を口ずさんでいた。洋楽も聴くんだ、って思った。

夜の十時を過ぎて、けっこう疲れてたけど、それでもあたしたちはいろんなことを話した。眠い眠いと言いながら、ピータンでさえも話に加わっていた。こんなふうに話す機会は、これから先そんなに多くないって、あたしたち全員が知っていたからだ。

この前の期末試験のこと、クリスマスに何をして過ごしたか、葵祭。もっと前、葵高に入ってからのこと。

そういう思い出話になると、藤城には何のことだかさっぱりわからなかっただろう。みんなも気を遣ってたつもりだったけど、どうしてもその類の話が盛り上がってしまうのは、仕方のないことだった。

「ゴメンな、藤城」

黒川はずいぶん遠慮してたみたいだけど、藤城本人はあんまり気にしてないみたいだった。

「いや、もっと聞かせてくれよ。おれがいなかった時、みんながどうしてたのか、知りたいよ」

藤城も藤城なりに、やっぱり気を遣ってたのだろう。みんなの話に水を差すまいとしているようだった。

ひとしきり思い出話が終わると、今度は来年に向けての話が始まった。葵高は、公立校の中でもそれなりにレベルが高かったから、ほとんどの生徒が受験する。

今日ここにいる中で、西浦は親の後を継いで魚屋になると決めていたし、みかりんとピータンは短大か専門学校に行くと決めていたけど、それ以外のみんなは全員四年制の大学を受験することになっていた。

「藤城くんは、どうすんの」

みかりんが聞いた。藤城のことだけは、あたしたちにもわかっていなかった。受験をするのかしないのか。するとすればどこを受けるのか。そりゃあ、するよ、と勝田がちょっと酔っ払った口調で言った。

「こいつの親父、医者だぜ。成績だっていいんだし。医大行くんだろ？」

藤城は何も答えなかった。

「医大行くんだよ」間違いない、と言わんばかりの口調で勝田が言った。「どこだか知らないけど、こいつは医大に行くんだよお」

藤城の首に腕を回しながら繰り返した。確かに、藤城の成績は良かった。期末試験の結果は、クラスでも一番か二番か、学年でも十番以内に入っているという噂だった。転校してきたばかりで、しかもいきなり葵祭のようなわけのわからないイベントに巻き込まれながら、その成績はすごいとみんな思ってた。

「そうなるかもしれないし、そうならないかもしれない」藤城が勝田の腕を離した。「医者になるかどうかなんて、そんな先のことまで考えてないよ。みんなこそどうなんだ？受ける大学とか、受ける学部とかまで決めてるわけ？」

女子たち、つまりあたしとUは文学部を目指していた。女の子なら、たいがいそうだろう。

ただ、国立のどこの大学を受けるとか、そんなところまでは決めていなかった。私立も受けるつもりだったけど、大学を絞るところまでは話が進んでいなかった。

「文系の人」

黒川と今津が手をあげた。理系はおれだけか、と勝田がつぶやいた。やっぱり男子もこの大学を受けるとか、具体的なところまではまだ決めかねているようだ。

当然といえば当然で、受験まではまだ一年と少しある。自分の学力がどこまで伸びるのかわからない以上、国立か私立か、理系か文系か、それぐらいおおざっぱなところまでしか決められないだろう。

はっきりしてるのは勝田だけで、東京理科大を目指していると言い切った。本当に？と他のみんなが微妙な感じで勝田を見た。

東京へ行ってみたいという気持ちは、たぶん誰の胸の内にもあったと思う。だけど、今の段階で言えば、心理的にはそれこそ月より遠い感じがした。

「東京って、すげえんだろうな」

今津がつぶやいた。テレビでみる限り、東京はすごく華やかで、楽しいこともいっぱいありそうだった。そこで暮らしてる人たちはみんなオシャレで、東京だから当たり前だけど、都会的でセンスもいいのだろう。

そんなところに行って、あたしたちはやっていけるのだろうか。そんな不安もあった。

「藤城、お前東京のこと詳しいんだろ。あっちに住んでたわけだし。どうなのよ、その辺」

勝田がまた藤城の首に手をかけた。かなり酔いが回っているようだった。

「いや、おれ、千葉だし」

「千葉ったって、静岡よりゃ近いだろうが。行ったことあんだろ？」

「ほとんどない」藤城が首を振った。「千葉っていっても、市川だからな。わざわざ東京まで行く必要もなかったし」

「市川ってどこよ」

「言ったってわかんないだろ」

藤城が苦笑を浮かべた。それもそうだ。静岡ってどこよ、とか聞かれても、答えるのはなかなか難しい。

「そりゃ、わかんねえけど。だけど、一回か二回ぐらいは行ったことあんだろ？」

勝田はけっこうしつこかった。でも、気持ちはわからなくもない。今ここにいるメンバーの中で、高校を卒業したら東京へ行くことをはっきり決めているのは勝田だけだったからだ。

たぶん、勝田は怖かったのだ。静岡とは全然違うだろう、東京という街が。

「まあ、何回かは」しぶしぶ、という感じで藤城が認めた。「すげえ、人がいっぱいいるとこだよ、要するに。渋谷《しぶや》とか新宿行くと、人込みで気持ち悪くなる感じだな」

「お、人込みで思い出した」黒川が横から口を出した。「そろそろ新年だぜ。神社行った方がいいんじゃないか。あそこもけっこう人込みすごいぜ」

時計に目をやると、夜の十一時半を回ったところだった。神社はここから歩いて数分のところにある。そういえば、さっきから店の前を通る人の数が増えているようだった。

「紅白歌合戦、どっちが勝ったんだろうね」

ピータンが眠そうな声で言った。紅白を見ない大みそかなんて、物心ついてから初めてのことだったかもしれない。

「百恵ちゃんが出たから、きっと紅組の勝ちだよ」

あたしがそう言ったとき、除夜の鐘が聞こえてきた。

4

それから年が明けて、正月休みが終わって、三学期になった。葵校では、二年から三年に上がるときにクラス替えがある。大学の受験に備えて、それぞれの志望に合わせたクラス編成をするためだ。

だから生徒と教師の間で進路相談も頻繁に行われるし、その中には親も含めた三者面談なんかもある。あたしは一応国立も受けるつもりだったし、成績的にもまあ可能性はあるということで、おそらくそっちへ進むことになるはずだった。

藤城はどうするんだろう、とその頃あたしは毎日のように考えていた。藤城の成績がいいことは同じ学年の誰もがよく知っていた。おそらく国公立クラスへ行くのは間違いないだろう。問題は、理系か文系かということだった。

あたしは女子のほとんどがそうであるように文系へ進むつもりだったし、それは今さら変えようがなかった。でも、藤城はお父さんがお医者さんということもあって、たぶん理系へ行くのだろう。そうしたら、クラスが違ってしまう。

仕方がないことはわかってたけど、何ていうか、何とかならないかなって思ってた。考えたってどうにもならないのはわかってたけど、それでもどうにかなんないかなって。

あたしがどうしてこんなに藤城にこだわるのかは、自分でもわからなかった。無口で、愛想がなくて、あんまり感情を表に出さなくて、笑ったり怒ったりとかしなくて、話しかけにくい。そんな藤城のことを、どうしていつも考えてしまうのか。

藤城のいいところって何だろう。背が高いところか。身長だけだったら、藤城より高い男子は何人もいた。大人っぽいところか。そんなの、卒業生まで含めたら、いくらでもいただろう。本が好きなところか。それも少なくはないはずだ。スポーツができるところか。だからそれだっていっぱいいる。

そんなことじゃない。それだけはわかってた。外見とか、性格とか、雰囲気とか、そんなことじゃない。何だかわからないけど、藤城とあたしの間には、他の人とは違う一本の線が引かれてる感じがした。

細いかもしれないけど、確かにあたしにはその線が見えた。それは、転校してきた藤城が最初に教室へ入ってきた瞬間から感じていたことだ。まっすぐな線で、あたしたちはつながってる。

そんなこと、他の男子には感じなかった。前にちょっとだけおつきあいをしていた元屋敷さんとの間にも、もちろんそんな線はなかった。

藤城についてだけは、明確に何かが違っていた。運命的だとか、そんなおおげさなことを言うつもりはないけど、何かがあたしたちの間にはある。

もっと藤城と話してみたい。彼のことが知りたい。どんなにつまんないことでもいい。もちろん、藤城とあたしでは意見が違うこともいっぱいあるだろう。だけど、あたしたちなら、その違いを楽しむことさえできる。そう思えてならなかった。

そう思っていたのはあたしの方だけだったのだろうか。意外とそうでもなかったかもしれない、と思うようなこともあった。

三学期に入って、藤城とあたしはそれまでよりよく話すようになっていた。彼は相変わらず無愛想で、あまり深く他人と係わるのを避けるようなところもあり、クラスの女の子からの受けは微妙なところだった。そこがカッコイイという子もいたし、やっぱ藤城はとっつきにくいよ、という子もいた。

そんな中、藤城はあたしと話すのをあんまり嫌がっていなかった。むしろ好んでさえいたと思う。図書館でよく出会っていたためもあるのかもしれない。

待ち合わせていたわけじゃないけど、図書館に行くのは放課後って決まってたから、どうしたって週に一、二度は顔を合わせることもあった。そんなとき、あたしたちはけっこう話した。最近、何読んでるの？　何か面白い本あった？

あたしにとっても、藤城にとっても、それは決して悪い時間の過ごし方ではなかった。もしそれが嫌だとしたら、きっとどちらからともなく図書館を避けていただろう。でも、そんなことはなかった。

少なくともあたしはいつだって図書館に行くたび、藤城の姿を探していた。うぬぼれかもしれないけど、藤城もそうだったような気がする。

だからどうだというのではない。教室ではいつも藤城は男子たちと話したり遊んだりしてるか、自分の席で本を読んでいるか、そのどちらかだった。あえて話しかけていくような女の子はいなかったし、あたしにもそんなことはできなかった。

でも、あたしはいつも藤城のことを目で追っていた。ときどきUやナオに冷やかされることもあったけど、それでも止めることはできなかった。

そしてごくたまにだけど、本当に何度かしかなかったけど、藤城があたしの方を見ていたこともあった。目が合って、だからどうというわけじゃないのだけれど、ちょっとだけ目で挨拶をして、そんなときにはたいがい放課後、図書館で一緒になった。

だけど、そんなのはクラスが一緒だからできることだ。三年になって、クラスが替わってしまったら、そんなふうにはいかなくなるだろう。高三になる直前、あたしが考えていたのは、そんなことばっかりだった。おかげで成績はちょっと落ちてしまった。

5

四月、始業式。

学校に着いたあたしのところへ、Uとナオが駆け寄ってきた。どうだった、クラス替え、とあたしは聞いた。

「予想通り」ナオが言った。「あたし、六組。あんたらとは離れちゃったよ」

仕方がないよね、とあたしたちはうなずいた。ナオは私立文系を選んでいたから、それは最初からある程度わかっていたことだった。

もちろん、この線引きはあくまでも目安みたいなもので、私立文系を選んだからといって、私大しか受験できないということではない。国立文系のクラスに入ったとしても、極端な話、夏ぐらいの段階でやっぱり私立理系に進路を変更するといっても、それはそれで構わないことになっている。特に、国立を受ける生徒は基本的に私大も併願《へいがん》して受験する人が多かった。

ナオは国立を受けるつもりはないと最初から言っていた。だから彼女とは別のクラスになるはずで、予想通りというのはそういう意味だった。

「あんた、二組だよ」Uが言った。「あたしも同じ。あと、ピータンも結局国立受けることにしたみたいだね。あの子も二組だった」

「みかりんは？」

五組、とナオが渋い顔で言った。

「参ったなあ、せめてみかりんとは一緒だと思ってたんだけどな」

「そんな悲しそうな顔しなさんな」Uが慰めるように肩を抱いた。「大丈夫だよ、あんたを一人ぼっちにはさせないからさ」

「よろしく頼むね」

「そんなこと言わないの。さびしくなったらいつでも呼びなって」あたしも言った。「みんなで迎えに行ってあげるから」

頼りにしてます、とナオがしおらしく言った。彼女は中学まで別の学区にいたから、中学時代の友達が葵校の中にあんまりいない。意気消沈するのもしょうがなかった。

とにかく、もういっぺん見に行こう、とUが歩きだした。案外知ってる子がいるかもしれないじゃない、とナオを慰めている。そうそう、とあたしもうなずいた。

職員室の前の大掲示板に、それぞれのクラスの生徒の名前が貼り出されていた。その前は人だかりですごかった。

「またお前と一緒かよ」

「それはこっちのセリフだよ」

男子たちが大騒ぎしてた。その間をぐり抜けて、あたしたちは掲示板の前に立った。

三年二組。あたしは自分の名前を捜した。出席番号四十番、吉野冬子。あたしの名前があった。U、とあたしは聞いた。

「黒川は？」

「あれは、ほら、私立狙いだから」Uが肩をすくめた。「もしかしたら、大学行かないかもしんないし」

Uの彼氏、黒川は六組ということだった。頼むよ、ナオ、とUが軽く頭を下げた。

「あれ、バカだけど調子だけはいいからさ。ろくでもないことしないように見張ってて」

調子がいいからかどうかは別として、黒川はけっこうもてる。同じクラスにいればUもコントロールできたかもしれないけど、違うクラスになれば、目が届かないことが起きるかもしれなかった。

「任せといて」

そうか、黒川が一緒か、とナオがうなずいた。誰でもいいから、一人でもよく知ってる人がいた方がいいだろう、ということのようだ。

「心配しなくてもいいんじゃないの」あたしは言った。「黒川はさ、Uのことしか見てないよ、きっと」

Uは U で、やっぱり男子から人気があった。もっとも、彼女の場合は同級生や年下からはそうでもなくて、もっぱら年上の人たちからの人気だ。高三といえば最上級生だから、今までのようにそのパワーを発揮できるかどうかはわからない。

そんな会話を続けながら、あたしは横目で掲示板を追っていた。捜していたのは藤城篤志の名前だ。藤城はどこのクラスへ行くのだろう。

「意外だったよね」そんなあたしの心を見透《みす》かしたかのように、Uが言った。「藤城って、文系だったんだ」

「医者になるんじゃなかったの？」

ナオが聞いた。そういう噂だったけどね、とUが首をひねった。

「あんがい、誰かさんのために進路変えてたりしてね」

二人が意味ありげな笑みを浮かべながらあたしを見た。

「何よ、それ。どういう意味よ」

その時、あたしも藤城の名前を見つけていた。出席番号三十二番、藤城篤志、三年二組。

「一年あるよ、冬子」

「チャンスはあるってこと」

Uとナオが同時に言った。何言ってんの、とあたしは思わず大声を出していた。

「あんたたち、バカじゃないの?」

二人が何だかすごく楽しそうにあたしを見ていた。

「バカじゃないの」

そう繰り返したあたしの言葉に力はなかった。そうなのかな。チャンスはあるのかな。

とにかく、後一年、彼と一緒のクラスだ。頑張っていこう、と野球部のキャッチャーみたいなことを、胸の内で繰り返していた。

6

あたしとUとピータンは二組、みかりんは五組、ナオは六組。あたしたちの五人組はそんなふうに分かれてしまった。

でも仕方ない。あたしたちは高校三年生で、優先順位の一番上にはどうしたって大学受験というものがきてしまう。それぞれに目指す進路が違っていたのだから、そうなることはある程度わかっていた。

ただ、環境が変わるというのは、時として劇的な変化をもたらすことがある。顔を真っ赤にしたピータンがあたしとUに打ち明け話をしたのは、四月の終わりぐらいのことだった。

「ウソ！」

「ホントに？」

あたしたちは同時に叫んでいた。同じ二組に春田《はるた》というおとなしい男の子がいたのだけれど、彼がピータンに、いわゆるおつきあいを申し込んできたというのだ。

「春田ねえ……」誰もいなくなった放課後の教室で、Uが首をひねった。「どんな奴だっけ？」

そりゃひどいでしょ、とあたしは言った。春田とは一年、二年の時クラスが違っていたから、三年で初めて一緒になったことになる。とはいえ、一応一カ月近く同じクラスにいるのだ。どんな奴だっけ、というのもひどい話だろう。

「ほら、ちょっとひょろっとして、痩せててさ、物静かっていうか、真面目っていうか」

「それぐらいはわかってるけど」Uが肩をすくめた。「そうじゃなくて、性格とかそういうことよ。ピータンに合ってるのかなってこと」

「何かおとなしそうだし、合ってんじゃないの」何となくそんな気がしてあたしはそう言った。「そんなことより、ピータンとしてはどうなのかっていう方が問題でしょうに」

「どうって言われても……」蚊《か》の鳴くような声でピータンが答えた。「そんなの……考えたこともなかったし……」

「どうしたいわけ？　つきあいたいの？」

「悪い人じゃないと思うんだけど……でも、受験前だし、そんな場合じゃないって……」

「受験は受験、恋愛は恋愛」Uが机を叩いた。「だいたい、受験と恋愛っていったら、普通恋愛を取るでしょう」

それは個人の価値観の問題だから、一概には言えないと思う。ましてやピータンは今まで恋愛関係とは縁のない暮らしを送ってきたのだから、どうしていいのかわからなくなるのも無理はなかった。

よく話を聞いてみると、春田くんは一年の時からクラスの違うピータンのことをずっと好きだったらしい。どこでどうしてそうなったのかよくわからないけど、恋愛ってそういうものだろう。

そして、どういう巡り合わせか、三年になってクラスが一緒になった。これもひとつの運命なのではないかと考えた春田くんは、善は急げとばかりにピータンに交際の申し込みをしてきた、というわけだ。

「すげえ。純愛じゃん」

からかうように言ったUを、あたしは肘でついた。世の中、茶化していいことと悪いことがあるのだ。

「それで、あんたはどう返事したわけ？」

「……ちょっと考えてみるって……」

ピータンにしてはなかなか上出来な答えだ。というより、その場でイエスノーの判断をしないのは、ピータンの性格かもしれなかった。

「もう一回聞くけどさ、あんたとしてはどうなのよ」

「わかんないから相談してるんじゃないの」

半分怒ったようにピータンが言った。そこで怒られても困るのだけれど。

「あんたは、春田のことを好きとか嫌いとかあるの？」

あたしの質問に、わかんない、と首を振った。何しろ、今までほとんど話したことさえないというのだから、それも仕方ないだろう。

「嫌いとか、生理的に受け付けないとか、そんなことはないんでしょ？」

だったらつきあっちゃいなさい、とUがほとんど命令口調で言った。

「つきあってみなきゃわかんないこともいっぱいあるんだから。つきあって、それでやっぱり違うって思ったら、そん時は別れればいいのよ」

ドライといえばドライだけれど、それがUの考え方だった。わからない時は、とにかく踏み出してみること。失敗したらまたやり直せばいい。ポジティブなのはUの持ち味だ。

「……でも、勉強のことだってあるし」

「彼氏ができたらね、勉強にも身が入るってこともあんのよ。でしょ?」

Uがあたしを見た。そんなの聞いたことがない。何言ってんの、と答えると、Uがちょっと不敵な笑みを浮かべながらあたしの肩を突いた。

「最近、張り切っちゃってるのはなぜでしょうかね、この人は」

「張り切ってなんかない」

また何か言おうとするUの機先を制して、今はピータンの話でしょ、と言った。それもそうだ、とUが男の子みたいに腕組みをした。

7

張り切っちゃってるかと言われると、張り切ってなんかいないけど、でも心の励みになることはあった。藤城篤志が同じクラスだということだ。

別に何があったわけでもなく、というか本当に何もなかったのだけれど、たぶんあたしたちはお互いの存在に慣れるようになっていたのだろう。また同じクラスになったということもあって、前よりよく話すようになっていた。それは図書館だけでのことに限らず、教室でもだ。

すごいね、冬子、とか言ってくる子もいた。藤城ってさ、ちょっと怖くない？

確かに、藤城は無愛想で、とっつきにくい男の子だった。時には一日中何も話さない、なんてこともあったぐらいだ。だけど、あたしは藤城が怖いなんて思ったことは一度もなかった。

不良っぽくてカッコイイ、とかいうのとも違う。喋らないのは喋りたくないからだ、ということがあたしにはわかっていた。

たぶん、藤城には藤城のルールがある。どんなルールなのか、はっきりとは言えないけど、何かしら彼には守るべきものがあるのだ。

だから、無意味に笑ったりしない。だから、喋らない時は喋らない。カッコよくいえば、孤独を恐れない心を持っている、ということだろうか。

藤城篤志というのは、そういう男の子だった。そしてあたしは、そんな藤城が気になってしょうがなかった。

どこにいても、教室でも、グラウンドでも、図書館でも、どうしても目が藤城を追ってしまう。馬鹿馬鹿しいって自分でもわかってたし、止めようっていつも思ってたけど、どうしても止められなかった。

絶対に止めよう。そう決心した日に限って、視線を感じることがあって、目を上げると藤城がこっちを見ている、なんてこともあった。

「藤城はねえ、あんたのことゼッタイ意識してるよ」

Uは時々そんなことを言った。意識してるのは、そうかもしれない。でも、意識というのがどういう意味なのか、それがわからなかった。

単に話しやすい女の子の一人ということなのか、それとももっと違う意味なのか。もし後者だとはっきりわかっていたら、あたしだってもう少し前向きになっていただろう。

でも、そうなのかどうか、それは全然わからなかった。ただの友達ってことだったら、あたしはまるで馬鹿みたいだ。

それでも、少しずつだけど、とてもゆっくりとしたペースだったけれど、あたしと藤城は親密さを増しているような気がしていた。それは例えば、図書館で今までよりも長く話し込んだりとか、あたしたち二人とも好きだったサザンオールスターズの話をしていて、気がついたら二時間も経っていたとか、そんなことが増えていたからだ。

どういうわけか、あたしたちは読む本の傾向が似ていたし、好きな音楽や映画も似ていた。普通、そういうのを世間では趣味が合うというのだろう。

もちろん、小さなことでは違うところもいっぱいあった。藤城は村上龍《むらかみりゅう》が好きで、あたしは苦手。あたしは村上春樹《むらかみはるき》が好きだけど、藤城は読んだことがない。

音楽もそうだ。あたしはユーミンが好きだけど、藤城は音楽ならなんでも好きで、洋楽も好き。あたしはよっぽど有名な曲じゃないと、洋楽はわからない。

でも、だいたいにおいてあたしたちの趣味は似ていた。例えば、サザンオールスターズの『10ナンバーズ・からっと』というアルバムについて話していた時、藤城は〝ラチエン通りのシスター〟という曲が好きだと言い、それと比べると、シングルカットされてはいたけれど〝気分しだいで責めないで〟という曲は嫌いだと言った。それは本当に、びっくりするぐらいあたしと同じだった。

小さなことはともかく、大きなところであたしと藤城はとてもよく似ていた。だから藤城はあたしに話しかけてきたのだろうし、あたしも藤城のことを意識するようになった。そういうことなのかもしれない。

「ホント、見てるとじれったくてさ」

たまに例の五人組で集まる時、いつもUは言った。その頃になると、あたしは藤城に好意を持っていることを他の四人に対しては隠さないようになっていた。

「絶対向こうもそうなんだからさ。言えばいいんだよ、冬子から」

賛成するのはみかりんで、八〇年代は女から告白する時代だよ、と言った。反対するのはナオとピータンで、やっぱり告白は男子からするべきだ、という古典的な考え方だった。

あたしがどっちだったかといえば、言うまでもなくナオとピータン派だった。もしそうなるとしても、その時は藤城の方から言ってほしい。今、藤城につきあいを申し込まれたら、あたしはすぐにOKするだろう。

受験より何より、そっちの方が重要だったからだ。女の子の優先順位は、いつだって恋愛が一番だと思う。

「なかなか難しいもんだねえ」

ナオがため息をついた。ナオはナオで、最近例の尾瀬さんという先輩とうまくいっていないようだった。尾瀬さんが大学に入ってから、会う機会が極端に減っているのだという。

「正月まではうまくいってたんだけどね」

「まあ、難しいよね、高校生と大学生とじゃ」

みかりんが言った。確かにそうだろう。環境も違ってくるし、交友関係も変わってしまう。今まで通りつきあっていけるかといえば、それは難しいはずだった。

「何か、さえないね」

はあ、と四人がため息をついた。任せときなさいと胸を叩いたのは、唯一黒川という彼氏をキープしているUだった。

「そのうち、あたしが何とかしてあげるから。みかりんもいいかげん、誰っていうのを決めなよ。ナオはナオで、尾瀬さん諦めるんだったら諦めなさいって。ピータンも、春田のことどうすんのかちゃんと考えとくように。それからあんたも」

Uがあたしを指さした。

「何よ」

「……あんたのことはいいや。とにかく、全部あたしに任せなさい」

根拠があるのかないのか、Uは自信満々だった。お任せします、とあたしたちみんなが揃って頭を下げた。

8

ゴールデン・ウィークが終わった。葵高では毎年恒例の行事として、五月の最終週の金曜と土曜日に体育祭が行われることになっている。

秋の文化祭と並ぶイベントだったけど、三年生になったあたしたちにとってはほとんど関係のない話だった。体育会系のサークルに入ってる一部の三年生は、他校の同じようなサークルを招いての、いわゆる招待試合に出ることになってたけど、それもむしろ二年生が中心で、三年生は希望者のみが参加する。他の種目については、せいぜい応援団というほどの役回りでしかなかった。

「つまんないねえ」

昼休み、お弁当を一緒に食べていたピータンが言った。本当に、つまらないといえばつまらない。

一年と二年は強制参加で、ふだん運動なんかしたことのないあたしとかピータンとかみかりんは文句ばっかり言ってたけど、今思うとそれもなんだか懐かしく思える。昔はよかったね、とあたしは年寄りみたいな感想を漏らした。

「去年、何してたんだっけ」

「女子サッカーと幅跳びとかそんなの。あと、恐怖のマラソン」

ああ、そうだった。葵高の体育祭では、最低でも二種目に参加しなければならない。あたしみたいな運動オンチは、サッカーみたいな団体競技で目立たないよう隅っこの方にいるか、幅跳びとか高跳びみたいな、誰も見ていないような競技でお茶を濁すしかなかった。

そして、マラソン。マラソンは全員参加だった。マラソンといっても、クォーターマラソンといって、要するに十キロの距離を走るだけのものだ。でも、一キロだって走ったことのないあたしたちにとって、あれは一種の拷問《ごうもん》だった。

土曜日の午後一時にスタートするのだけれど、制限時間も何もない。ただ決められた十キロコースを走って学校に戻ってくる、それだけだ。

途中、一キロごとに先生が待っていて、ハンコを押してもらわないとならないから、ショートカットすることもできない。誰があんなことを考えついたのかとみんなで文句を言ったものだけれど、もう一回走ったら二年生に戻ってもいいというのなら、ちょっと考えなくもなかった。

「それで、どうなの……春田くんとはうまくいってんの?」

うん、とお箸を持ったままピータンが額の辺りを強くこすった。焦ってる時の癖だ。

あたしやUが横で心配していたのとは別に、結局ピータンは春田とつきあうことにしたようだった。もっとも、つきあうといってもたいしたことはなくて、時々夜に電話したりとか、そんな程度のことらしい。

静岡辺りでは、つきあうといってもそんなものだ。一緒に帰ったりとか、日曜日にデートするとかなんて、なかなかできるもんじゃない。

「何にもないけど……まあ、何にもない」

ますます強くピータンが額をこすった。見てるとそこだけ真赤になっていた。どうも怪しい。

「そんなことないんじゃないの? 何かあったんでしょ」

あたしとしては、ちょっとした冗談のつもりだったけど、どうもそれが当たってしまったらしい。顔を真っ赤にしたピータンが、先週の日曜日、二人だけで会ったと言い出したので驚いた。ピータンにしてはやるもんだ。

「二人で会って、何したの」

「別に……何もしてない……駅前の喫茶店でお茶飲んだ」

それも驚きだった。だいたい、葵高では男女交際が禁止されている。あと、保護者が同伴していなければ、喫茶店とかに寄ってはいけないことになっていた。

もちろん、それはそんなに厳密なものじゃなくて、言ってみれば一種の建前《たてまえ》みたいなものだ。たとえばUと黒川みたいに、むしろ堂々とつきあっている者がいても、学校から注意されたりするようなことはなかった。

とはいえ、校則は校則だ。あたしたちの中では優等生といっていいピータンが、まさかそんなふうにして二大校則を破るなんて思ってもいなかった。何か、先を越された、みたいな感じだ。

「あんた……かわいい顔してわりとやるもんだね」

そんなことないけど、ともごもごピータンが口の中で言った。どうした、といきなりUの声が降ってきた。

「何をこそこそ喋ってるのかね、キミたちは」

Uがあたしの隣に座った。Uには言わないで、とピータンが目だけで合図した。

話したいところだったけど、それを聞けばUがどれだけからかうかわかってたから、あたしは黙っててあげることにした。それじゃあんまりかわいそうすぎるもの。

「別に。そっちこそ、どこ行ってたのよ」

特別な用事がない限り、お昼休みは一緒に過ごすのが何となくの決まり事になっていた。

「いろいろあんのよ、あたしも」

ねえ、とUが声を潜めた。Uらしくもないことだった。

「何よ」

「今度さ、体育祭があるじゃん？　それでさ、その翌日の日曜日、何してる？」

「そんな先のこと、わかんないよ」

三週間以上先の話なのだ。そこまで予定は決まっていない。

「じゃあ空いてるってことだよね。ピータンは？」

「空いてる、と思うけど……」

「だったらさ、みんなで出掛けない？」

Uが言った。いいけど、みんなっていつもの五人組のこと？

「もちろん。五人はいつも一緒じゃないの。あと、黒川とか、男の子なんかも誘ってるんだ」

実はもう話もある程度決めちゃってんだよ、とUがポケット判の時刻表を取り出した。

「あのさ、江ノ島《えのしま》行かない？」

「江ノ島？」

「江ノ島って、湘南《しょうなん》の?」

他のどこに江ノ島があんのさ、とUが言った。それはそうだけど、江ノ島なんて行ったこともない。

「それがさ、意外と近いんだよ。朝出れば昼には着くって」

Uが時刻表の頁をめくり始めた。あたしとピータンは、あっけに取られながら、その様子を眺めているしかなかった。

9

Uの計画は単純なものだった。

体育祭は土曜日まであって、月曜日は代休になるのが葵高の伝統だ。だから日曜日は多少遅くなっても大丈夫、というのが計画の根幹だった。

「ええとね、調べたんだ。静岡から小田原《おだわら》まで新幹線で行くわけよ。そこから藤沢《ふじさわ》ってとこまで出たら、後は江《え》ノ電《でん》で江ノ島ってわけ。簡単でしょ」

だいたい二時間かそこらじゃないかな、とUが言った。待ってよ、とあたしは時刻表を取り上げた。

「何で江ノ島なんかに行かなきゃなんないのさ」

「そりゃ、夏だからよ」

夏というにはちょっと早すぎると思うけど、それはいい。初夏といえば初夏だ。でも、なぜ江ノ島なのか。

「まあ、いろいろあんだけどさ。あたしとしては、とにかく一回行ってみたかったんだよね、江ノ島。サザンの曲にもあったじゃん？　江ノ島が見えてきた、おれの家も近いって。やっぱ夏っていったら湘南でしょ」

遠すぎない？　とピータンがおそるおそる聞いた。だから二時間ぐらいだってば、とUが頬をふくらませた。

「ちょっとした遠足みたいなもんよ。それにさ、あたし昔っから江ノ電って乗ってみたかったんだよね。何かさあ、すごい風情《ふぜい》あるじゃん、あれ」

「まあねえ」

あたしもテレビで見たことがあった。あれは旅番組か、それともニュース番組だっただろうか。江ノ電、江ノ島電鉄は、ものすごく狭いところを走っていく電車だ。線路の脇に民家があって、走っている窓から手を伸ばせば届きそうな感じだった。

「別に何があるってわけじゃないけど、もうそんなことなかなかできなくなるじゃん？　本格的に夏に入っちゃったら、夏期講習とか予備校とか、いろいろあるだろうし、みんなでどっか行くのとかって、難しいと思うんだよね。行くなら今しかないって思ったわけよ」

思い立ったら即実行、というのはUのモットーだ。それにしても、まさか江ノ島が出てくるとは思ってなかった。

「行くだけでも、けっこういい思い出になると思うんだ。それで、時間があったら鎌倉《かまくら》まで足延ばしてもいいし。いろいろやることありそうだし、どうよ、行かない？」

もうみかりんとナオの内諾は取ってあるという。手回しがいいのもUの性格だった。

「どうする、ピータン」

「どうしよう」

あんたたちは優等生コンビだねえ、と呆れたようにUが言った。

「じゃあね、特別にお教えいたしましょう。何と今回、男子は特別ゲストを呼んであります」

ちょっとどきってした。藤城のことだろうか。まさか。彼がこんな話に乗るはずがない。

「どうせ黒川の友達でしょ」

まあね、とUがうなずいた。

「西浦だけどね。聞いてびっくりなんだけど、あいつ、ナオのこと狙《ねら》ってたんだって。知ってた？」

「知らない」

「いつから？」

あたしたちの声が重なった。極秘情報だよ、とUが辺りに目をやった。

「けっこう前からだったみたい。でもさ、ほら、ナオは彼氏がいたわけじゃん。それで諦めてたらしいんだけど、尾瀬さんって言ったっけ、あの人とはもうダメなわけでしょ？　黒川がそれを教えたら、すごい前向きになっちゃったんだってさ」

ゴリラみたいな体つきの西浦のことを思い浮かべて、どうだろうか、と思った。合っているのか、合っていないのか。

「それに加え、更にスペシャルなゲストもいます。さて誰でしょう……なんてね、春田だよ」

「嘘ばっかり」

ピータンが耳まで真っ赤にしながら手を振った。嘘じゃないって、とUが言った。

「あたしもあんまり話したことなかったからさ、ちょっとドキドキもんだったけど、あんたが来るって言ったら二つ返事でOKだって。いいねえ、スイートなカップルは」

どうしよう、とピータンがあたしを見た。どうしようと言われても、それなら行くしかないんじゃないだろうか。

「問題はみかりんでねえ……あの子の相手がいないのよ。黒川に探させてるから、誰か適当なのを連れてくると思うけど、まあそんなのは任せとけばいいよね」

Uがにやにや笑いながらあたしを見ていた。ううむ、あたしから言わないとダメなのか。

「……それだけ？」

「今のところはね。でも、安心しなさい。ちゃんと冬子のことも考えてるから。交渉中だよん」

だよんって、アニメの主人公じゃないんだから。そんな言い方しなくても。

「わかってるって、冬子さん。あんたの気持ちはこのあたしが一番よくわかってるっての。ちゃんと藤城とも話してるから」

いきなり具体的な名前を出されて、ちょっと胸が鳴った。Uの馬鹿。

「しかし、あれは難しい男だね。あんた、どうしてあんな男がいいのさ」

そんな質問に答える義務はない、と思う。

「……どうだって？」

「前向きに検討していただいております」Uが政治家みたいに一礼した。「たぶん、大丈夫だと思うよ。行きますか、どうしますか、お二人さん。別に藤城だって用があるわけじゃないだろうし。さて、どうしますか、行きますか、行きませんか」

「……行く」

ピータンが言った、となれば仕方がないだろう。あたしとしても答えはひとつだった。

「謹《つつし》んで」

よろしい、とUが笑った。

10

Uの計画というか、作戦はわかっていた。

一学期が終わり、夏休みに入ると、受験生というのは案外自由が利かなくなる。いくら静岡が田舎《いなか》といっても進学塾ぐらいあるし、そこでのカリキュラムもけっこう綿密《めんみつ》に組まれる。

それに、葵高はそこそこ有名な進学校でもあったので、進路指導とかも厳しいし、それぞれのクラスによって違いはあるけれど、夏期講習とかもある。要するに、七月ぐらいからは基本的に受験一色で塗りつぶされてしまうということだ。

だったらその前にやれるだけのことをやっておこう。Uの発想はそんなところだったのだろう。

もちろん、自分自身と黒川のことも含め、ナオに片思いしている西浦のことも含め、中途半端な形でつきあい始めているピータンと春田のことも含め、もっとわけがわかんなくなっているあたしと藤城のことも含めての話だ。

さすがは母ちゃんと呼ばれるだけのことはある。みんなの面倒を一挙に見ようという壮大な計画だった。

ここまで大掛かりな作戦ともなると、さすがにその辺の公園で、というわけにもいかない。本人が行きたかったということもあったのだろうけど、江ノ島というのはその意味でちょうどいい選択だった。それなりに見るものもあり、ほどほどに遠く、夏らしさもある。だから江ノ島。

そしてあたしたちはそのUの作戦に乗っかる形で、それぞれにいろんな思惑を秘めながら、六月最初の日曜日、朝の九時に静岡駅に集合した。

一本新幹線を乗り損なったら、後の予定がメチャクチャになるとわかっていたので、全員が最低でも五分前に集まるように指示されていた。乗るはずの新幹線は九時半発だったから、早すぎるぐらいだったけど、遅れるよりはその方がいいだろう。

あたしたちはいつもの五人組、そして男子は黒川と西浦、春田、藤城、小金沢《こがねざわ》の五人だった。小金沢というのはあたしもよく知らないのだけれど、黒川と同じ六組にいる子で、人数合わせのために呼ばれたらしい。本人も趣旨をよくわかっていないためか、何だか目がおどおどしていた。

「おっす」

「おはよう」

「ちぃーす」

そんな挨拶を交わしながら、改札口にみんなが集まってきた。女子は全員が十分前には揃っていた。

男子たちもけっこう早くから来ていて、藤城は西浦と一緒にやってきた。あたしはなんだかまともに目を合わせられなくて、どうしていいのかわからないまま、おはよう、とだけ言った。藤城はいつものように無口で、ただあたしたちに頭を下げただけだった。すぐに春田と小金沢も来た。

最後に現れたのは黒川だった。黒川は驚くほどの大荷物を抱えていた。背中には大型のリュックサック、右手には別の布製のバッグ、左手にはけっこう大きなラジカセ。何だそりゃ、と全員から一斉にツッコミが入った。

「エベレストでも登んのかよ」

西浦が言った。ホントにそんな感じだったのだ。もっとも、エベレストにラジカセは持っていかないと思うけど。

「だってよお、何があるかわかんねえからさ、あれもこれもって思ってたら、こんなことになっちまったんだよ」

黒川が情けなさそうな顔で言った。別に一泊するわけじゃない。Uに言わせれば、ちょっとした遠足だし、あたしだってそう思う。単なる日帰りのお出掛けだ。そんな荷物を持ってくる必要がないのは本人もわかってたのだろうけど、黒川はその一流のサービス精神でこれだけの荷物を背負ってきたのだろう。

「何が入ってんの？」

しゃがみこんだみかりんが聞いた。こっちのバッグは、と黒川が右手を上げた。

「お菓子とかバナナとか、あとオフクロが作ってくれたんだけど、おにぎりとか、要するに食い物だな」

「リュックは？」

「砂浜に敷くゴザだろ、トランプだろ、ツイスターゲームだろ、カセットテープだろ、サンダルだろ、パラソルだろ、ウクレレだろ」

何か言うたび、品物がリュックサックから出てきた。ウクレレって、とUがさすがに呆れたように言った。

「何がしたいのよ」

「そりゃお前、江ノ島っつったら加山雄三《かやまゆうぞう》だろ。加山雄三っつったら、ウクレレでしょうが」

どうも黒川はひとつ世代を間違えているようだ。さっさとしまいなさい、とUが命じた。

だって見たいっていうからよ、とぶつぶつ言いながら黒川が広げていた荷物をリュックサックに入れ直し始めた。

「カセットって、何持ってきたんだ」

ジーンズ姿の藤城が膝《ひざ》に手を当てながら聞いた。そりゃサザンだよ、と黒川が答えた。

「あとユーミンとオフコース」

「おれも持ってきてんだ」藤城が上着のポケットからウォークマンを取り出した。「同じか？『タイニィ・バブルス』」

三月に出たばかりのサザンのニューアルバムのことだ。ちぇ、ブルジョアめ、と西浦がつぶやいた。ウォークマンは去年発売されたばかりで、持っている高校生はそんなにいなかったのだ。

「ああ、そりゃ同じだ」黒川がマクセルのカセットテープを出した。「あと、山下達郎《やましたたつろう》もあるぜ」

「洋楽は？」

「ボビー・コールドウェルとビリー・ジョエル」

「海向けじゃないな。おれ、ビーチボーイズ持ってきた」

「ああ、そこまでは考えてなかったよ。適当に部屋にあったやつ、ほうり込んできただけだから」

男子同士の会話だ。どうして男の子って、何でもマニアックに語ろうとするのだろう。

「はいはい、わかったわかった」Uが何度か手を叩いた。「そんな話は後にしてちょうだい。さっさと切符買って、電車乗るよ」

そうだ、時間。やべえ、と西浦が腕時計を見ながら言った。

何だかんだで、もう九時十分を過ぎていた。あと二十分足らずで、新幹線が来てしまう。そんなに焦ることもないけど、でも何事も余裕が肝心《かんじん》だろう。

「はい、みんなお金出して。あたしがまとめて買ってくるから」

Uが差し出した手に、みんながお札を載せていった。オレも行くよ、と黒川が言ったけど、あんたは荷物の番でもしてなさい、とUが言った。さすがは母ちゃんだ、とみんなが感心した。

十分後、あたしたちは駅のホームに立っていた。しばらく待つうちに、東京行きの新幹線がホームに滑《すべ》り込んできた。

11

静岡から小田原まではすぐだった。新幹線のこだまに乗って、一時間足らず。

トランプでもしようかと黒川が言ってたけど、そんな暇もないぐらい。黒川のお母さんが作ってくれたおにぎりを食べていたら、すぐに着いてしまった。

みんなの行いがよかったのか、よく晴れた日だった。新幹線の窓から外を覗くと、空がとても青くて、吸い込まれてしまいそうな気がした。

みんな少し興奮していた、と思う。近場ならともかく、江ノ島ぐらい遠くまで男女揃って出掛けたことなんてなかった。何でもそうだけど、初めてのことってやっぱりドキドキする。

別に何があるわけじゃないってわかってたけど、それでも楽しい予感が胸一杯に広がっていた。それはあたしだけじゃなく、みんなも同じだったのだろう。つまらない話をしても、笑いが絶えることはなかった。

そして、そこにはちょっとだけ寂しさも混じっていた。こんなことができるのは、たぶんこれが最後なのだという想い。

だから、みんな余計にはしゃいでいたのかもしれない。小田原の駅で藤沢行きの電車に乗り換える時、黒川が山下達郎の曲をフルボリュームで鳴らして駅員さんに怒られてたけど、もしかしたらあれも寂しさをごまかそうとしていたためかもしれなかった。

小田原から藤沢までも、四十分ぐらいだった。あたしたちは江ノ島までの行き方を全部Uに任せていたけど、もちろんUも江ノ島に行くのは初めてで、乗る電車を間違えないよう一生懸命になっていた。その甲斐《かい》あってか、電車はちゃんと藤沢の駅に着いた。

「さあ、これであとは江ノ電に乗るだけだよ」

江ノ電、江ノ電とUは呪文のように繰り返していた。よっぽど楽しみにしていたのだろう。

藤沢の駅から江ノ島まではあっと言う間だった。時間にして十分ぐらいだっただろうか。

Uじゃないけど、確かに風情のある電車だった。窓の外にはすぐ民家がある。どうして、こんな無理なところを走っているのかと思えてならなかった。

江ノ島の駅に着いたのは、ちょうど昼前のことだった。あたしたちはそれぞれ荷物をコインロッカーに入れた。あったかくて過ごしやすい日だったけど、まだ海水浴には早すぎる。そこそこに人はいたけど、混雑しているというほどじゃなかった。

駅近くの喫茶店に入って、これからどうしようかと相談した。あたしたちは江ノ島のことをよく知らない。

ぶらぶらと歩いてみるのもいいし、ちょっと海の方へ行ってみてもよかった。時間があれば鎌倉まで出ようかって話もあったけど、それはやっぱり無理っぽい、とUが言った。

「そんなに時間があるわけじゃないからね。帰りのこととか考えたら、五時ぐらいにはここを出ないとまずいし」

あたしたちはそれぞれ両親に出掛けることを伝えていた。あたしのように、江ノ島まで行ってくると素直に申告した者もいただろうし、そんな細かいことは言わず、ちょっと出てくる、ぐらいのことしか言っていない者もいただろう。

どっちにしても、いくら明日の月曜日が休校とはいえ、そんなに遅くなるわけにはいかなかった。乗り換えまで含めれば、帰りは三時間ぐらい見ておかなければならない。いつもより少し遅くなるとは言ってたけど、九時十時まで遊んでいるというのは、高校生の身であるあたしたちには無理だった。

「で、どうすんの」

みかりんが言った。とりあえず、何か軽く食べながら決めようということになった。あたしたちはカレーライスとかスパゲッティとか、そんなものを頼んで、どうするべきか話し合った。

別に行きたいところがあるわけじゃない。何となくこうしてるだけでも楽しかったけど、いつまでもこの店にいるわけにもいかないだろう。だいたい、それだったら静岡でもできることだ。

「まあ、どこか行きますか」

西浦が言った。西浦も西浦なりに、ちょっと下調べはしてきたらしい。鎌倉はともかくとして、七里《しちり》ケ浜《はま》や稲村《いなむら》ケ崎《さき》辺りまで出てみようかって言ったけど、それよりも片瀬《かたせ》江ノ島まで歩いて出て、水族館に行こうとUが主張した。

「十分ぐらい歩けば、片瀬江ノ島の駅があるんだよ。そのすぐ近くだからさ」

水族館行って、それで町を歩いたら、すぐ時間なんて経っちゃうよ、とUが言った。確かにそうだろう。五時間って、長いようだけどあっと言う間のはずだった。

「よし、そうと決まればすぐに行こうぜ」

立ち上がった黒川に、まだカレー来てないぞ、と小金沢がシャツの袖を引いた。

12

水族館って、独特の雰囲気がある。ちょっと薄暗くて、たくさん水槽があって、どことなく幻想的で。

Uと黒川はどんどん先へと進んでいった。黒川は、これだけは離せないという感じでラジカセを腕に抱えていた。残ったあたしたち八人は、おっかなびっくりという感じで歩を進めていった。

あたしたちは別に何か深い関係があるってわけじゃない。ピータンと春田は一応つきあってることになってるけど、二人ともまだ手探りの状態だから、どうしていいかわからないようだった。

どうしようもなく、男子は男子、女子は女子、という四人ずつに分かれてしまった。いいのか悪いのか、あたしにもわからない。

「ちょっとピータン」ナオが小声で言った。「あんた、春田と一緒じゃなくていいの？」

「……そんな……わかんない」

ちょっとむっとしたような表情でピータンが答えた。まあ、そうだろう。気持ちはわかる。

春田も春田だ。男の子の方から誘うべきだろう。でも春田にそんな勇気はないらしく、男の子たちと大きなイトマキエイを見ていた。

「ねえ、ナオ……あんた、尾瀬さんとはどうなったわけ？」

サンゴ礁の蔭から飛び出してきた名前も知らない小さくて真っ青な魚の群れを目で追いながら、みかりんが聞いた。別に、と無愛想な声でナオが答えた。

「まあ、厳しい……かもね」

「これさあ、言っていいのかどうかわかんないけど……西浦ってあんたのこと好きらしいよ。しかも、けっこう前から」

「……うん」

わかってる、とナオがうなずいた。高一の終わりぐらいに、告白されたことがあるという話を、その時あたしたちは初めて聞いた。

「何で言わなかったの」

「……言ったら西浦がかわいそうかなって思って……」

「何で断ったの？」

西浦はゴリラ男って異名もあるけど、陸上部に入ってて、スポーツマンで、そこそこ女子からの人気もあった。もったいないといえばもったいないかもしれない。

「だって、その頃はもう尾瀬さんとつきあってたから」

「じゃ、別に西浦が嫌だとかじゃないんだ」

みかりんの追及はけっこう執拗《しつよう》だった。そんなの考えたこともない、とナオが言った。

「しょうがないなあ……あたしが働くしかないのか」

みかりんがイトマキエイの前にいた男子たちの方に行って、何か話しかけた。すぐに話はまとまったようで、小金沢と春田を連れて戻ってきた。

「とりあえず、ばらけようよ。あっちの二人はあんたらに任せるからさ」

みかりんがあたしとナオを見た。あっちの二人というのは、西浦と藤城のことだ。

「こっちはこっちで、あたしとピータンで動くから」

感謝しろよ、とみかりんがあたしのスニーカーを踏み付けた。人見知りをしないのがみかりんのいいところで、小金沢を相手に何か話しながら、右手の方へ進んでいった。ちょっと遅れて春田とピータンがその後に続いた。

「勝手に決めちゃって」憤慨《ふんがい》しながらナオが言った。「あたし、まだ尾瀬さんと別れたわけじゃないのにさ」

「そんなこと言ってる場合じゃないでしょうに」あたしは小声で言った。「ほら、二人とも来るよ」

「あんた、頑張んなさいよ。あたしもできるだけフォローするから」

「それこそ、余計なお世話です」

そんなことを言い合ってたら、西浦と藤城が近づいてきた。

「おい、どうなってんだよ。みんなバラバラじゃんよ」

「あんたたちがあたしたちをエスコートすんのよ」

ナオが言った。エスコートですか、と西浦が笑った。藤城はいつものように、あんまり感情を表に出さない顔で周囲を見渡していた。たくさんのクラゲが水槽の中をゆらゆらと泳いでいるのが見えた。

「ま、とりあえずぶらぶらしますか」

西浦が先頭に立ち、その後をナオがついていった。あたしと藤城は一番後ろだ。何か話しかけようかと思ったけど、こんな時、何を話していいのかよくわからなかった。

それに、あんまり話す必要はなかったのかもしれない。水族館にはいろんな魚がいたし、ところどころに大きな標示板があって、魚の説明とかが書いてあった。それを読んでいくだけでも、すぐに時間が経っていった。

「げ、タコだよ」

西浦がガラスを指さしながら言った。タコがゆっくりと動いていた。窓ガラスを叩かないでくださいって書いてあったけど、西浦がそれを無視して何度か叩いた。するとタコは意外な速さでその体をくねらせて、別の場所へと移動していった。

「うえ、何か気持ち悪い」

タコの動きって独特で、全身で動くんじゃなくて一本一本の足をそれぞればらばらに動かして、気がつくと体全体が違うところへ行っているような感じだ。

「うん、不気味だな」

そんなことを言い合っていたら、突然みかりんが駆け戻ってきた。

「ねえ、あっちでイルカのショーやるってさ。見に行こうよ」

「口直しに、イルカでも見ますか」

西浦が歩きだした。ナオもその後に続いた。あたしもそうしようと思って振り向いたら、藤城がウォークマンをいじってた。

「どうしたの」

いや、と言いながら藤城がカセットテープを取り替えた。

「終わっちゃってさ……聴く？　山下達郎」

うん、とうなずくと藤城がもう一本のヘッドホンをジーンズのポケットから取り出した。藤城のウォークマンは二穴式になっていて、二人で同時に音楽を聴くことのできるタイプの機種だった。

藤城の上着のポケットから、二つのヘッドホンが伸びている。片方を自分の耳にあて、もう片方はあたしに貸してくれた。あたしもヘッドホンを耳にあてた。

すぐにピアノのイントロが流れて、周囲の雑音が消えた。すごく不思議な感じだった。それまで見ていたのとは全然違う光景になった。

〈夜の窓に　白く浮かび出る月は
部屋の中にまで　そっと忍び足
少し震える　長い髪を光らせて
かたわらに眠る　愛はもう　夢の中〉

初めて聴く曲だった。山下達郎は最近〝RIDE　ON　TIME〟という曲で有名になってたけど、ちゃんと聴くのはその時が初めてだったかもしれない。

あたしたちはゆっくりと歩調を合わせながら歩いた。そうしないと、ヘッドホンが耳から外れてしまうからだ。曲を聴いている間、あたしたちは二人だけだった。

〈ねえ　聞いてよ　愛はムーングロウ
ねえ　聞いてよ　心フルムーン〉

一番が終わったところで、いい曲だね、とあたしは言った。何？　と藤城がヘッドホンを片方だけ外した。

「いい曲だねって言ったの」

うん、って藤城が笑った。

「何て曲？」

「〝永遠のFULL MOON〟っていうんだ。『MOONGLOW』ってアルバムに入ってるんだよ」

そうなんだ。ムーングロウ。覚えておこう。静岡に帰ったら、誰かに借りて聴かないと。

行こうか、と藤城が言って、またヘッドホンを耳に差し込んだ。あたしも右の耳だけ同じようにした。次の曲が始まっていた。

「〝RAINY WALK〟って曲」

藤城がそう言ったのがわかった。あたしたちは並んだまま歩き続けた。

13

Uと黒川がどこへ行ったのかわからなかったけど、あたしたち八人はとりあえずイルカのショーをやっているというプールへと向かった。日曜日だけのことはあって、客席は満員だった。

それでも捜せばいくつか空席があって、あたしたちはばらばらに分かれて座ることにした。何だかすべてがUの計略通りになってるような気もしたけど、これぱっかりは仕方がない。あたしと藤城も、後ろの方の空いていた席に座った。

もうイルカショーは始まっていて、ウエットスーツを着た男の人たちが笛を吹くたび、イルカがジャンプしたり、ボールを口先で支えたまま立ち泳ぎでプールの中を半周ほどしたりしていた。

テレビとかで見たことはあったけど、生で見たのは初めてで、あたしはちょっと興奮していたかもしれない。そして、それは藤城も同じだった。

「イルカって賢いなあ」

「うん」

三頭のイルカがプールの中でレースを始めていた。でも、それは一定のルールがあるレースで、一周すると三頭目のイルカが一番前に出て、順番が変わっていく。それがものすごいスピードで繰り返されるから、見ているあたしたちもいつの間にか興奮してしまうのだ。一糸乱れぬコンビネーションとは、まさにこのことだろう。

あたしはイルカのショーを見ながら、時々隣に座っている藤城に目をやった。藤城は身を乗り出し、目を輝かせながらショーに見入っていた。

(子供みたい)

ちょっとおかしくなって、あたしは笑ってしまった。ウエットスーツを着た男の人や女の人がイルカの背にまたがってプールを周回し始めたとき、おれも乗りたいな、というような顔をしていたからだ。それって小学生の発想だろう。

「え？　何？　何？」イルカから目を離さないまま藤城が言った。「おれ、何か変なこと言った？」

「ううん、何にも」

あたしが答えたとき、お、すげえ、と藤城がまた前のめりになった。それまで水面を泳いでいたイルカが、人を乗せたまま、ぐいっと水中に潜《もぐ》り込んでいったからだ。

四分の一周ぐらいしたところで、浮かび上がってくる。それが何度も繰り返され、客席から拍手が沸き起こった。

それが終わって、乗っていた人たちがステージに戻った。また笛が鳴り、今度はプールの上の方から紐につながったビニールの大きなボールが降りてきた。四、五メートルくらいの高さはあるだろうか。

笛が長く鳴るのと同時に、イルカがジャンプを始めた。跳び上がって、ビニールのボールを落とそうとしている。無理だろうと思った。あんな高いところにあるボールを、落とせるはずがない。

でも、イルカのジャンプ力は驚異的で、何度か跳び続けているうちに、一頭がとうとうボールにその口先をぶつけることに成功した。そして、また笛が鋭く鳴り、それと同時にイルカたちが本気でジャンプを始めた。

中の一頭がビニールのボールを落としたのは、それから一分も経たないうちだった。あたしも藤城も、思わず拍手してしまった。

「生まれ変わったらイルカもありかもな」

「そうだね」

ちょっと顔を上気させた藤城に、あたしはそう言った。こうやって一緒にいると、藤城は普通の高校三年生だった。

14

ショーはそれで終わりだった。客席から客が出口へ向かって行き始めた。あたしと藤城もその列に並んで順番を待った。外に出ると、みかりんと小金沢が立っていた。

「けっこう面白かったね」

「うん、コーフンした」

そんな話をしてたら、西浦とナオがやってきた。それからしばらく待っていたけど、ピータンと春田は出てこなかった。たぶん先に出て、どこかへ行ったのだろう。

「どうする?」

「どうしようか」

あたしとしては正直なところ、このままばらばらで行動する方が良かった。今見たイルカショーの話とかを、藤城としてみたかったのだ。でもそんな雰囲気でもなくて、六人で一緒に水族館の中をうろうろした。

まだ見ていないところはたくさんあったし、何を見てもぎょっとする西浦の反応は見ていて面白かった。ウツボとかならわかるけど、グッピーの群れを見ても西浦はびっくりしたようにその動きを目で追っかけては、すげえなあすげえなあ、と何度も言うのだ。藤城もそうだったけど、水族館って何となく人を子供にしてしまう場所のようだった。

ぐるぐる歩き回っていたら、座り込んでる黒川と、呆れたようにしているUを見つけた。どうしたのと聞くと、黒川が手に持っていたラジカセを指さした。

「これが重くてよお」

「歩く気がしなくなったっていうのよ、このバカ」Uが足で軽く黒川を蹴った。「何しに来たっていうのよ、こんな遠くまで」

「じゃあお前持ってみろよ、このラジカセ持って歩くのがどんなにだるいか」

「誰も持って歩けなんて言ってないでしょうに」

夫婦ゲンカは犬も食わないっていうけど、あれはホントだって思った。あまりに馬鹿馬鹿しい二人のケンカに、あたしたちは笑ってしまった。

「まあ、でも、そりゃUの方が正しいんじゃないの?」みかりんが言った。「ラジカセなんて、コインロッカーに入れておけばよかったんだよ」

「だってよお、いつ聴きたくなるかわかんねえじゃん、音楽ってさあ」

誰か代わりに持ってくれないかと黒川が訴えたけど、そこまで博愛精神に富んだ者はいなかった。あたしたちは座り込んだままの黒川とUを置いて、また歩きだした。

それがひとつのきっかけだったのだろう。ナオと二人きりになりたがっていた西浦が、けっこう強引にナオを誘ってクラゲの特設コーナーに向かっていった。みかりんは、ちょっと疲れたなあ、とか言って小金沢と休憩所に入っていった。そしてあたしたち二人だけが残される形になった。

「どうする？」

そう尋ねたあたしに、何か下に行くと、魚に直接触《さわ》れるところがあるみたいだ、と藤城が言った。

「どんな魚？」

「いや、わかんないけど。でも、普通の魚じゃないか？　少なくとも、噛み付くとかそんなんだったら、まさか直接触らせようなんて水族館も考えないだろうし」

それもそうだ。とにかく行ってみようということになって、あたしたちは階段を降りていった。そこにあったのは大きめの池のような水槽で、その中で何十匹かの魚が泳ぎ回っているのが見えた。

近づいていくと、水槽の周りにいたのは子供ばかりだった。大騒ぎしながら手を水槽の中に入れては、魚に触っている。中には泣いている子供までいた。そこまで無理して触らなくてもいいのに、と思った。

「何か、鮒《ふな》の一種らしいよ」説明書きを読んでいた藤城が教えてくれた。「触っても、噛み付かれたりすることはありませんってさ」

そりゃそうだろう。そんな噛み付くような魚なんて、触りたくもない。

「でも、触ったら備え付けの消毒液で一応手を洗ってくださいって」

どうする、吉野、と藤城が聞いた。いい、とあたしは首を振った。

「遠慮しとく」

「そっかあ……じゃあ、おれ、せっかくだから、記念に触ってくるわ」

藤城がネルシャツの袖《そで》をまくりながら水槽に近づいていった。どうなるのだろう。あたしは二メートルほど後ろからその様子を見ていた。

子供たちの間に紛れ込むようにして、藤城が水槽に腕を突っ込んだ。鮒がぐるぐると泳ぎ回っている。

おっかなびっくりという腰つきで、藤城がそのうちの一匹に触れたのがわかった。おお、とああ、の中間ぐらいのうめき声が彼の口から漏れたからだ。

そして次に、藤城は鮒の一匹をがっちりと捕まえて、そのまま空中に持ち上げた。あれはあたしに見せるつもりだったのだろうか。一瞬、あたしの方を振り返った藤城の手の中で暴れた鮒が水槽の中に落ち、派手な水しぶきをあげて逃げていった。

「うわ……ひでえ……」

立ち上がった藤城の上半身はずぶ濡れだった。落ちていった鮒のあげた水しぶきを、まともに受けたのだ。

「……吉野、ハンカチとかない？」

情けなさそうな顔で藤城が言った。あたしはその日何回目だかわからないけど、心のシャッターを押した。半分笑って、半分泣いているような藤城の顔。絶対に忘れない、と思った。

15

どんどん時間は経っていき、気がつけばもう三時半になっていた。まだ陽《ひ》は高かったけれど、もうすぐ夕方だ。あと少しで帰らなければならない。

藤城と二人でうろうろしていたら、Uと黒川の二人組とばったり出会った。どうやらUは機嫌を直したらしく、二人は仲良く腕なんか組んでいた。

「ねえ、四時半になったらさ、片瀬江ノ島の駅で集合ね」Uが言った。「他の人に会ったら、みんなにもそう言っといて。それぐらいで帰らないと、ちょっとヤバイっしょ」

わかった、とあたしたちはうなずいて、Uたちと別れた。途中、みかりんたちに会って、四時半集合ねと言おうとしたら、向こうから言われた。母ちゃんの連絡網はもう十分に行き渡っているようだった。

「あと一時間か。早かったなあ」

藤城が腕時計を見ながら言った。本当に、あっと言う間の一日だった。あたしのハンカチで拭いたけど、藤城の服はともかく前髪の辺りはまだ少し濡れていた。

「吉野、水族館も見たしさ、そろそろ外に出ないか？　海を見に行こうよ」

さりげなく藤城が言った。うん、そうしよう、とあたしはうなずいた。あたしが素直にそう答えたのは、何となく予感があったからだ。

今日一日で、あたしと藤城の距離は近くなった。かなり、と言ってもいいだろう。そして、今までの学校でのこととかを考えれば、何かがあってもおかしくはない。

タイムリミットも迫っている。そしてシチュエーションも悪くない。藤城が何かを言ってくるとすれば、今しかないはずだ。

（もし何も言ってこなかったら）

あたしの方から言ってもいい、とまで思っていた。あたしだってあたしなりに、考えるところはいくらでもあったのだ。

今日一日いっしょに過ごして、藤城とのことはお互いのどちらかが何かをはっきりさせなければ、これ以上進まないだろうとわかった。そして、たぶん藤城はその決定的なひと言を言おうとしている。

でも、もしかして、万が一、彼にその勇気がなかった場合は、あたしの方から言えばいい。もう覚悟は決まっていたといってもいいだろう。

そして、そのためにはこの水族館の中にいてはならないということもわかっていた。こんな人がわさわさしている中で、何か大事なことを言い出せるはずもない。

だから藤城は海へ行こうとあたしを誘っている。あたしたちの考えていることは、ほとんど同じなはずだった。

女の子なら、男の子がそんなことを言い出そうとしている時には、なんとなくわかるものだ。そして、受け入れるつもりがあるのなら、男の子に従った方がいい。

藤城が出口に向かって歩き出した。あたしもその後についていった。外に出ると、薄暗かった水族館の中とは一転して、五月の明るい太陽が辺りを照らしていた。

「やっぱりまぶしいなあ」

藤城が大きく伸びをしながら言った。すぐ横の道路を、派手なオープンカーがすごいスピードで走り過ぎていった。

海はすぐ目の前だった。空調の利いていた水族館から出てみると、外はけっこう暑くて、あたしはカーディガンを脱いでオレンジのTシャツ姿になった。それを見ていた藤城が、なるほどなとつぶやいて、自分の着ていた上着を腰の辺りで巻くようにした。

「暑いな」

「うん」

少しずつ、様子を探るような会話を続けながら、海の方へ続く石の階段を降りていった。海で泳いでいる人はさすがにいなかったけど、波打ち際で波と追いかけっこをしているカップルとか、親子連れはたくさんいた。

「水はなあ……まだ冷たいよな」

「たぶんね」

海に足を踏み入れているのは、そのほとんどが小さな子供だった。あの子たちの反応を見ている限り、どうやら海はまだまだ冷たいようだ。

どうする、と藤城が聞いたけど、やめとく、とあたしは答えた。スニーカーを脱ぐのが面倒だったせいもあるけど、やっぱり冷たい水に足をつけるのは嫌だった。

「おれ、ちょっと行ってこようかな」

藤城があたしの答えも聞かずに波打ち際へと向かっていった。寄せては引いていく波を追いかけて、手で水に触ろうとしている。なかなかタイミングが合わないのか、あたしの方を向いてちょっと照れたように笑った。

（ガキ）

学校にいるときの藤城とは、ちょっと違っていた。無心ていうか、何も考えていない風で、一生懸命波を追いかけている。

そしてそんな時、いつでもそうであるように、予想外に大きな波がやってきて、藤城の足元を濡らした。バランスを失ったのか、藤城が砂浜に尻餅《しりもち》をついた。

「あーあ」

ひどいことになっちゃったよ、と戻ってきた藤城があたしにお尻を向けた。腰から下の辺りが、びっしょりと濡れていた。

「調子に乗ってるからだよ」

「そんなわけじゃないいんだけどさ」どうすっかなあ、と藤城が首をひねった。「帰るまでに乾くかなあ」

「太陽の方にお尻向けてたら？　そしたら、少しは乾くんじゃない？」

「何かべとべとして気持ち悪い」

そう言いながら、あたしの忠告に従った藤城が太陽に背を向けた。あたしは階段のところにあった木の切り株に腰を下ろして、そんな藤城の姿を見ていた。

「何だよ……そんなにおかしいか？」

「別に。何で？」

「だってさ、笑ってるから……そんなみっともねえかなって」

「微笑《ほほえ》ましいって思ってんのよ」

ホントにそう思ってた。学校でもそうだったけど、大概の場合藤城は何か一枚バリヤーみたいなもので自分のことを覆っている。時々そのバリヤーが外れることがないわけじゃないんだけど、でもすぐ思い出したようにそのバリヤーを被《かぶ》ってしまう。

でも、今日の藤城は違った。少なくとも、今の藤城にはバリヤーのバの字もない。何も被っていない素のままの藤城が目の前にいた。あたしは、それが嬉しかった。

やべえなあ、参ったなあとつぶやきながら、藤城がお尻を手のひらでこすり始めた。

海、冷たかった？　とあたしは聞いた。

「え、何？」

「海の水、冷たかったって聞いたの」

ああ、海ね、と藤城がうなずいた。

「いやもう全然。とてもじゃないけど、入ってなんかいられないって」

少しはまともになったか、と藤城があたしにお尻を向けた。レディに対して失礼だなと思ったけど、確認するにはそれしかないから仕方がない。確かに、ほんの何分かの間だったけど、さっきより乾いているのがわかった。

「どうかな」

「まあまあ。この調子だったら、あんがい早く乾くかも」

助かった、とつぶやいた藤城がいきなりあたしの隣に座った。けっこう近くて、胸がどきって鳴った。

「何よ、まだ濡れてるんだから、離れてよ」

「しょうがないじゃん、狭いんだから」

「立ってりゃいいでしょ」

「疲れたんだよ、立ってるのに」

いいけど、とあたしは少し腰の位置をずらした。空いたスペースで藤城が足を組んだ。何かいつもの藤城とは違っていた。江ノ島まで来た甲斐があったということなのか、それともUの計算通りになったということなのか、あたしにはわからなかった。

「海、きれいだね」

うん、と藤城がうなずいた。夕方少し前の太陽の光が波に反射して、きらきら光っていた。それからしばらく、あたしたちは無言で海を見つめた。

「……みんな、どうしてるんだろうね」

「まだ水族館にいるのかな」

二人でぐるりと辺りを見渡した。知った顔はどこにもなかった。まだみんな水族館の中にいるのだろう。

「どうする、戻る?」

「いいんじゃない? そのうち、みんなも出てくるよ」

藤城がジーンズを気にしながら答えた。そっか。じゃあ、このままでいいんだ。

あたしたちは後ろに手をついたまま、海を眺めていた。あんまり話すことはなかったし、話さなくてもよかった。話さなくてもいろんなことが通じたって言うと少しおおげさかもしれないけど、でもそんな感じ。

次に何かを話すとしたら、もう話題はひとつしかない。だから二人とも黙っていた。でも、そんなの続くはずもなくて、とうとう藤城が口を開いた。

16

「吉野ってさ……前、つきあってた人いたんだよな」

藤城がそう言った。いきなりど真ん中の発言だったから、ちょっと焦った。

「……誰から聞いたの？」

そんなの、と足元の貝殻《かいがら》を拾った藤城が遠くへ投げた。

「何となく伝わってくるもんだよ」

確かにそうだろう。まあ、はい、そうです、とあたしはうなずいた。

「二年上だったんだって？」

「……うん。でも、別につきあったって言っても……そうでもないっていうか、ちょっと周りに乗せられたっていうか」

ふうん、と藤城がうなずいた。また沈黙になった。

「……藤城こそどうなの。今の学校はともかくとしてさ、前の学校で、そんなのなかったの？」

ちょっとその沈黙が嫌で、あたしは話題を振ってみた。

「前の学校では……そんなのなかったな。おれ、自分でもわかってるんだけどさ、見た目とりあえずとっつきにくいじゃん。実際、そうだしさ」

「そんなことないよ」

いいって、と笑いながら藤城が手を振った。

「だから、あんまりそういう話なかったな。だいたい、得意じゃないんだよ、そういうの」

「ふうん」

そうなんだ。けっこうもててたんじゃないかと思ってたけど、とりあえず本人申告ではそうでもないということだった。

「……それで、吉野ってどうしてその人と別れちゃったわけ？」

いつもの藤城だったら、ここまで踏み込んだ質問はしなかっただろう。いつもとは違うシチュエーションが、藤城にこんな聞き方をさせているのだとわかった。

「うーん、別に、ねえ……」

あたしは元屋敷さんとのことを少し話した。別にもともと何があったわけでもなくて、ただつきあってほしいといきなり言われたこと、そして今までそんな経験がなかったあたしとしては、断る理由が見つからなかったこと、だけどつきあってみたらあんまり楽しくなかったこと、そして受験シーズンに入って、あんまり会えなくなって、そのまま自然消滅してしまったこと。

「そうなんだ」

「そうなの」

あたしたちは顔を見合わせて、ちょっと笑った。何か変な笑い方になってしまった。

「それで、吉野は……今、つきあってる人とか……気になってる人とかいないの？」

また藤城が一歩踏み込んできた。そろそろだなってあたしは思った。ここはうまく答えておかないと、後の関係がややこしくなる。

「……つきあってる人はいないよ。気になってる人はいるけどね」

藤城はどうなの、とあたしは聞いた。あたしの予想では、いるよ、という答えが返ってくるはずだった。そしてあたしはもう一度聞く。それって誰？　あたしの知ってる人？

その先のことはわからない。藤城があたしの質問に乗っかって、知ってる人だよと意味ありげな目をして言うか、それともちょっとカッコをつけて、吉野だよって直接言うのか、それは性格だから予想がつかなかった。その二つ以外、返ってくる言葉はないはずだった。

「……いないなあ」

でも藤城が言ったのは別の答えだった。待ってよ藤城、それってないんじゃない？　じゃあ今までの会話は何だったわけ？

もしかしたら、あたしの顔は強《こわ》ばっていたかもしれない。慌てたように藤城が言葉を付け足した。

「いや、全然いないってわけじゃないんだけど……どうせ無理だし」

何で？　何で無理なの？　藤城、あたしだったら、全然無理じゃないよ。何でそんなこと言うの？

あたしはその時初めて気がついた。あたしが、今目の前にいる藤城篤志という男の子にどれほど興味を持っているか。はっきりいえば、どれだけ魅かれていたか。

それは、好意というレベルではない。あたしは藤城篤志に恋をしていた。彼が転校してきて、あたしたちのクラスに現れたその時から、彼を初めて見たその瞬間から、あたしは彼に恋をしていたのだということを、自分自身で改めて理解していた。

うぬぼれではなく、彼もまたあたしに好意を寄せてくれているはずだった。今までの学校でのこと。他の女子とは違う接し方。そして今日のこと。

恋をしている女の子の思い込みなんかじゃない。少なくとも、藤城は好意以上の何かをあたしに向けていた。そして今日、ここでいろいろなことの決着がつくはずだった。

それなのに、どうしてなのだろう。なぜ彼は何もかもを否定してしまうようなことを言うのだろう。

それはつまり、あたしの考えが間違っていたということだ。何もかもが、あたしの勘違い。

「ふうん……そうなんだ」

あたしのかさかさに乾いた唇の間から、そんな言葉が漏れていった。あたしの方から何か言うなんて、そんな雰囲気でもなかった。気まずい沈黙が流れた。おーい、と呼ぶ声が聞こえてきたのは、その時だった。

「藤城、吉野、そろそろ時間だぞー」

叫んでいたのは黒川だった。その横でUが、うまくいった？　と好奇心を剝《む》き出しにした顔であたしに聞いていた。

ごめんね、U。期待に応えられなくて。藤城には、そんな気が全然ないんだってさ。今、全部わかっちゃった。

「もうそんな時間か」

立ち上がった藤城が腕時計を見た。四時半を少し回ったところだった。

「早く来いよ。もうみんな集まってんぜ」

「おお、行く行く」藤城がジーンズのお尻の辺りを見た。「なあ、どうかな。まだ濡れてる？」

まだ少し湿ってるみたいだったけど、だいたいは乾いてるようだった。大丈夫じゃないの、とあたしは言った。ちょっと怒っていたかもしれない。藤城って、無神経過ぎる。いかにも気をもたせるみたいなこと言っておいて、ジーンズが濡れてるかとか、そんなことどうでもいいじゃない。

「砂、ついてるよ」

あたしはそれだけ答えた。藤城が手ではたくと、小さな砂粒がいくつも落ちていった。それを見ながら、あたしは自分の目を左手で拭った。別に泣いてなんかない。何もなかったのだから。泣く必要なんてない。がっかりなんてしていない。

「行こうか」

藤城が先に立って歩きだした。うん、と小さな声で答えて、あたしはその後に続いた。

五章　STORM

1

「おーきーろー」

私にはいくつかの欠点がある。自覚しているものもあれば、そうでないものもあるが、その中で最もわかりやすく、誰からも指摘を受けるのが寝起きの悪さだった。

「おい、朝美、マジで起きろってば」

草壁の声を夢うつつで聞きながら、ぼんやりと薄目を開いた。私は今どこにいるのだろう。何をしているのだろうか。

ええと、昨夜は会社で仕事をしていた。その前に冬子さんのマンションに寄って、遺品の整理をしていたら、けっこうな時間が経っていて、そのしわ寄せを食う形で仕事が押せ押せになってしまったのだ。

深夜、草壁と連絡を取り合って、会うことになった。遅い時間だったけれど、久しぶりに会えたのでちょっと嬉しかったことは覚えていた。そうか、だから私は草壁の事務所にいるのだ。

草壁と会うのは嬉しかったけど、それだけではなかったような気もする。私はちょっといらいらしていた。なぜだったのだろう。

（フィル・ウォン！）

思い出した。そうだ、順調に進んでいた仕事が台なしになったのは、来日する韓流スター、フィル・ウォンのせいだった。多くの関係者のおかげで、早い順番でインタビューができるはずだったのに、フィル・ウォンの気まぐれのせいで、一番最後に回されてしまった。

あれさえなければ、もっと安らかな気持ちで草壁にも会えただろうし、もっと優しくできたはずなのに。私たちが別れてしまうようなことになったら、どうやってフィル・ウォンに責任を取らせればいいのだろうか。

「おーい、朝美さーん、起きてますかー」

トーストの載った皿を持った草壁が顔を覗かせた。

「……はい、まあ、何とか」

「やばいぞ、十時過ぎてんぞ」

そう言い残して、草壁がキッチンの方へ戻っていった。ベーコンエッグのいい匂いがしてきた。

これは決して悪癖というのではないと思うのだけれど、私は朝起きたら何か食べないと調子が出ない。ご飯じゃなければ、パンじゃなければというのではない。とにかく何でもいいから固形物を胃に押し込まないと、動くことができないのだ。

草壁はそんな私の習性をよく知っているから、トーストとベーコンエッグ、そしておそらくはカフェオレを作ってくれているのだろう。申し訳ない。少しは手伝った方がいいかもしれないと思って立ち上がった時、ベッドサイドに一冊の本が落ちた。

（何？）

拾い上げてみて思い出した。本だと思っていたのは、冬子さんのマンションで見つけた日記帳だった。昨日の夜、これを読みながら私は寝てしまったのだ。

どこまで読んだのだろう。覚えているのは、Uという冬子さんの同級生の女の子が企画した江ノ島までの小旅行に、男女合わせて十人のグループが出掛けたことだ。

そこで彼女たちは水族館に行き、イルカのショーを見た。その後、何となく男女がペアになって、二人ずつに分かれていったと書いてあったような気がする。そうだ、そして冬子さんは例の藤城という男の子と二人で海へ行ったのだ。

それまでの日記の内容から考えても、冬子さんがその藤城という彼に強く魅かれていたことはよくわかっていた。そして、はっきりとは書かれていなかったけれど、彼の側も冬子さんに対して何らかの感情を抱いていたことは間違いないと思われた。

私は冬子さんのことをよく知っているつもりだ。冬子さんぐらい、自分のことを客観視できる女性を、私は他に知らない。そしてそれはおそらく彼女の持って生まれた性格で、大人になってから身につけたものではないはずだ。

高校、中学、もしかしたら小学校の時からそうだったのかもしれない。その彼女が、抑えた筆致でありながらも、藤城が寄せてくる好意について何度も触れているところから考えて、それは間違いないはずだった。

いつの時代でもそうだと思うけれど、女の子はムードに弱い。二人きりで海を見ているなんて、作ったようなシチュエーションだ。

ひとつ間違えば、それまで全然意識していなかった男性に愛を告白されたとしても、何となく勘違いして受け入れてしまうかもしれない。逆に言えば、それぐらい告白にはベストな場所ということだ。

冬子さんは期待していたに違いない。彼が何か言ってくることを。直接的にか、それとも間接的になのかはわからないけれど、今までの関係から一歩進んだ別の関係に進むような、そんなひと言を待っていたはずだ。

でも、日記によれば、彼は何も言わなかった。正確に言えば、一瞬それを匂《にお》わすような発言こそしてはいるものの、結局は何も言わなかったに等しい。

私が読んだのはその辺りまでだ。その後、みんな揃って電車に乗り、静岡に帰ったらしい。帰りの電車の中ではみんな疲れてほとんど眠っていた、と乱暴な筆跡で書き残されていた。期待していたのに、と言わんばかりの文字だった。

（それから、どうなったんだっけ）

その後もしばらく読んでいた記憶がある。でも、思い出せなかった。静岡に戻り、学校が始まり、それからどうなったのだろう。

「佐伯さん」

ちょっと真面目な顔をした草壁が寝室に入ってきた。

「はい」

「さっきから何度もお呼びしてるんですがね」

「はい」

私はベッドの上に正座した。

「どうなんですかね、佐伯さん。起きる気はあるのか、食べる気はあるのか、会社へ行く気はあるのか、その辺はっきりしていただけないもんですかね」

佐伯さん、と草壁が私のことを呼ぶ時は、ちょっとだけ危険信号だ。そして私は、起きなければならないことを知っていた。

りた。

「……顔を洗ってきます」

「よろしい」

そう言い残して、草壁がキッチンへと戻っていった。私は日記帳を手に、ベッドから降りた。

2

会社に着いてしばらくすると、磯山編集長が出社してきた。私は誰よりも早く編集長席へ行き、フィル・ウォンのインタビューの順番が一番最後になりそうだ、ということを報告した。嫌なことはなるべく早く済ませた方がいい、というのは冬子さんの昔からの教えだった。

磯山編集長はわずかに顔色を白くしてから、間違いないの？　とひと言だけ確認した。

今のところ、と私は答えた。

「一応、シネラックの横川さんが、どうにか元通りにならないか先方と交渉してくれていますが、望みは……薄いと思います」

いったいどれだけの悪口雑言《あっこうぞうごん》がぶちまけられるかと思っていたが、意外なことに編集長は静かなままだった。どこか壊れてしまったのではないかと思えるほど、奇妙な静けさを保っていた。

「……佐伯、印刷所に電話しておいて。ううん、あんたじゃなくて、進行の岬山《みさきやま》からの方がいいね。入稿スケジュールの変更の可能性があるって。それだけとりあえず伝えてもらって」

「わかりました……あの、編集長、私はどうしたらいいでしょう」

「あんたはとにかくシネラックからの連絡を待ってなさい。それで、どっちになったとしても、あたしがどこにいても、結果が出たらすぐ報告してくれればそれでいいから」

それだけでいいのだろうか。もっと恐ろしい事態を予想していた私としては、ちょっと拍子抜けしてしまった。

行きなさいと磯山編集長が手を振って、それでとりあえずこの件は終わりになった。もう、私にできることは横川嬢からの連絡を待つだけだ。

「……見てる方が緊張したよ」

席に戻ると、近寄ってきたオリビアが囁いた。見世物みたいに言わないで、と私は首を振った。

「あんたにとっちゃそうかもしんないけど、こっちにしてみれば命懸けだったんだからね」

「まあ、だけど良かったじゃん。またヒステリー起こされたんじゃ、こっちもたまんないって」

どうもオリビアは緊張感が足りないようだ。フィル・ウォンのインタビューの順番が後回しになってしまうというのは、編集長がヒステリーを起こすとかそういうレベルではなく、雑誌全体の売れ行きにも係わる大問題なのだ。とはいえ、怒られなかったのは、不幸中の幸いだったかもしれないのだけれど。

横川嬢からは昼の十二時ちょうどに、交渉中というメールが入り、その後連絡は何もなかった。ようやく正式な回答があったのは、それから約二時間後のことだ。電話を受けた瞬間、どうなっているのかはすぐにわかった。

「すいません……わたしの力不足で……」

いきなり横川嬢が謝った。マニュアルがあるのではないかと思えるぐらい、見事なまでの詫び方だった。これでは、私としてもどうしようもない。

「駄目でしたか……」

はい、と横川嬢が答えた。

「せめて理由だけでもはっきりさせてくれないと、わたしも立場がないと言ったのですが、あくまでもスケジュール上の都合というだけで……」

私も何だかんだで編集者経験は一年半ほどになる。神様に祈ることがどれだけ時間の無駄であるかはよくわかっていたが、それでも今回ばかりは祈らずにはいられなかった。

神様、お願いです。この事態を何とかしてください。せめて時間を戻してください。もちろん、どんなミスを犯した時でもそうであるように、神様は私の祈りを聞き入れてくれなかった。仕方がない。わかってる。どうにもならないほど運が悪い時は、誰にでもあるのだ。

「ただ、先方もこちらの状況は理解してくれているようです」横川嬢の声が遠くから聞こえてきた。「七分間というインタビューの時間を、十分まで延ばしてもいいという言質《げんち》だけは取りました。各社すべての取材が終わっていますから、それ以上の引き延ばしも可能だと思います。佐伯さん、わたしがこんなことを言うのもあれなんですけど、ポジティブに考えませんか。他社より長いインタビュー時間を与えられたというように」

そうかもしれない。少なくともそう考えた方が精神衛生上はいいだろう。

「どうもすみません……いろいろお骨折りいただいて……」そうは思っていたが、私の声は死人のそれより低かった。「ありがとうございます」

気を落とさないでください、と最後に横川嬢が言ったように思う。私は受話器を戻して、そのまま立ち上がった。とにかく、編集長に報告しなければならない。磯山編集長はどこにいるのだろうか。

席にはいなかった。どうしよう、と思ったまさにそのタイミングで、フロアに編集長が戻ってきた。

彼女は私の表情を見て、すべてを悟ったらしい。こっちへ、と手招きした。呼ばれて行ったのは制作進行部という部署だ。陽光社では、この部署が雑誌の印刷や製本のスケジュールを取り仕切っている。

そこにいたのは小室《こむろ》という制作進行部長と、白沢《しろさわ》という販売部長、そしてジョイ・シネマの印刷を請《う》け負っているホリカワ印刷の営業マン、田渕《たぶち》氏の三人だった。全員がゾンビのような顔付きになっていた。

そこで私は改めてフィル・ウォンのインタビューの順番が、一番最後になってしまったことを報告し、取材の状況が極めて思わしくないものになるだろうという予測を伝えた。全員が憂鬱そうなため息をつき、私と編集長で不始末を詫びた。

今回、フィル・ウォンのインタビューを大々的にフィーチャーするということで、部数の大幅増を狙っていた白沢部長が、じゃあ部数は前号並みということで、と言って去っていき、小室部長と相談をしていた田渕氏が、スケジュールは元に戻しますか、と提案した。結局のところ、次号のジョイ・シネマは平常号と何ら変わるところのない体裁《ていさい》で発売されることになるだろう、という意味だった。

仕方がないね、と磯山編集長がうなずき、それが事実上の収束宣言となった。数週間、いや準備期間を入れればひと月分の努力が無になった瞬間だった。

3

それでも、やらなければならないことは数多く残されていた。まず、明日の合同記者会見の取材とその準備。

最後の最後まで、詰めるところは詰めてきたつもりだが、それでも何があるかわからないのがこういう合同記者会見の場だ。どんなアクシデントが起きても対応できるようにしておくこと。それが私に課せられた使命だった。私は撮影を担当する草壁と、取材をするライターの福永さんにそのお願いをした。

もうひとつ、明後日の個別取材に関しては、結局夜になって福永さんに会社に来てもらい、打ち合わせをした。順番が最後になると決まった以上、取材時の質問については細心の注意を払わなければならない。プロフィールレベルのことはともかくとして、他社が聞いたような質問はすべてNGワードとなる。

私たちはそれまで作っていた質問内容をすべて白紙に戻し、最初からすべての作業をやり直すことにした。たとえて言えば、それは裁判の想定問答に近かっただろう。他社が聞いていそうな質問はすべて外し、なるべく聞かれてなさそうな話を引き出さなければならなかった。

それは気の遠くなるような作業であり、私だけだったら早々にギブアップしていただろう。ライターとしてベテランである福永さんとだからこそ、何とかその困難な作業を続けることができたのだ。

決して誇張ではなく、そのまま完徹の状態で木曜日の正午、新宿のグランド・カールトンホテルへ向かった。合同記者会見場である十三階のボールルームは、人、人、人で一杯だった。

現場で捕まえた横川嬢の話によると、通信社が二社、五大紙はもちろん、それ以外の新聞社が十七社、出版関係の会社が九十社、NHKほかテレビは民放全キー局から取材が入っているという。彼女が把握しているだけで百二十社、五百人以上の記者たちがここに集まっていた。

草壁は既に現場に着いていて、カメラのセッティングをしているところだった。彼もまた、事の重大さをよく理解してくれていて、私が言ったより二時間近く早い時間にここに来ていたのだという。

そのためもあって、彼の位置はステージ上に現れるであろうフィル・ウォンの真正面という絶好のポジションだった。この取材が終わったら、彼にはいろいろ優しくしてあげようと思った。

とはいえ、今日の取材はあくまでも合同記者会見だ。つまり、各社すべてが平等な材料を手に入れることができる。

逆に言えば、アクシデント的なことが起きない限り、それほど難しいことはない。決められた段取り通りにイベントは進行していくだろう。現場で私や福永さんにできることは何もなかった。

しばらく待つうちに、合同記者会見の開始予定時刻である午後一時になった。今日の会見を仕切る司会者は、テレビジャパンの女子アナウンサー、大浦知賀子《おおうらちかこ》だということは私も聞いていた。

この種の大物スターの会見には、私も今まで何度となく出たことがある。わりとシステマティックに進められることが多い。時間になれば司会者が短い挨拶をした上で、スターを呼び込む。拍手とストロボの中、スターが陽気に手を振って現れる。そういう段取りになっているのだ。

ところが、一時になってもフィル・ウォンはおろか、大浦アナも出てこなかった。バックステージで何かトラブルが起きているらしいとわかったのは、それから三十分後のことだ。

そこで初めて大浦アナが現れ、もうしばらくお待ちくださいと一方的にアナウンスして、再び待機が続いた。その間、何度も新作映画『愛についての物語』の予告編が流され、正直なところ見飽きてしまうほどだった。それから更に三十分後の午後二時、ようやくフィル・ウォンが現れた。

私や福永さんのいる奥の方からでは、それこそ豆粒ぐらいの大きさにしか見えなかったけれど、プロフィールによれば百七十五センチということだったが、実際にはもう少し背は高いようだった。百八十センチ弱というところではないか。

とはいえ、身長のことなどどうでもよくて、確かにフィル・ウォンはとんでもなくカッコ良かった。バランスの取れた体つきにジーンズとTシャツ、グレーのヨットパーカー、右の手首には銀色のブレスレット、という軽装だったが、私が過去取材したどんなハリウッドスターよりもオーラがあった。ステージ上を歩いている彼の周りに、本当に金色の陽炎《かげろう》のようなものがまとわりついているように思えたし、福永さんも見たと言っていた。

「大変長らくお待たせいたしました……今回、新作映画『愛についての物語』のプロモーションのため来日してくださいました韓国映画界最大のスター、フィル・ウォンさんです。皆さん、拍手をどうぞ」

大浦アナが言うよりも早く、拍手と歓声が沸き起こっていた。フィル・ウォンはちょっと面倒くさそうに手を振ってそれに応えた。

右手のブレスレットに照明が反射して、きらきらと光って見えた。はっきりいって、普通だったら態度が悪いと言われることになっただろうが、それさえも魅力的に見せてしまうのが、スターというものなのだろう。

ストロボの波がいつまでもいつまでも続いた。ようやくそれが収まったのは、五分ほど経ってからのことだったろうか。ようこそ日本へ、と大浦アナが言った。

「わたし自身も、今、ウォンさんを目の前にして、すごく興奮しています。日本人すべてが同じ気持ちだと思います。すべての日本人があなたの来日を歓迎しています」

お愛想ということもあるのだろうけれど、それは彼女の本音でもあっただろう。語尾が震えていることからも、それがよくわかった。

それに対してフィル・ウォンは何も答えなかった。ありがとうでもなく、どういたしましてでもなく、ただ無言だった。かすかに白《しら》けた空気が会場を包んだ。

「……さて、それではただ今より合同記者会見を行いたいと思います」大浦アナが強くマイクを握りしめた。「各マスコミの皆様から、ご質問をいただきたく存じますが、事前にひとつだけお願いがございます。今回、ウォンさんは体調があまりすぐれず、非常に疲れているという事情がありまして、皆様、なるべく質問は手短に、簡略なものにしていただければと思います。挙手した方の中から、わたしの方で指名させていただきますので、媒体名、ご自分のお名前をおっしゃった上でご質問をよろしくお願いいたします。それでは、どうぞ」

明日が思いやられるわね、と福永さんが言った。本当にその通りだ、と思った。気がつけば、猛烈な勢いで胃が痛くなり始めていた。

途中、二時から三十分間、今回の映画『愛についての物語』製作に資本参加しているテレビジャパンが、その時間帯にやっているワイドショーにフィル・ウォンを特別出演させるという例外こそあるものの、それ以外はすべて同じだ。一時間に七社の割合での取材が続く。

つまり、九時から十一時までの二時間で十四社、十二時半から二時までの一時間半で十一社、そしてワイドショーの生出演を挟んで二時半から五時までの間に十七社の取材が入ることになる。私たちジョイ・シネマに与えられた時間は一番最後、四時五十分から五時までの十分間だった。

他社と比べて三分間インタビューの時間が長いのは、横川嬢との粘り強い交渉の末勝ち取った権利だったし、一番最後だからそれぐらいは仕方がないだろう、というフィル・ウォンの事務所の譲歩の結果でもある。次がないというのは、その意味で幸運であり、五時ジャストまで時間はあるということだった。

とはいえ、朝の九時から夕方五時まで、ほぼぶっ通しでインタビューを受け続けなければならないフィル・ウォンの疲労という要素を考えれば、やはり一番最後というのが不利な状況であることは間違いなかった。

何しろ、八時間でテレビの生中継も合わせれば四十三社の取材を受けるのだ。私が彼なら、最後の方はどうしたって投げやりな答えを返してしまうだろう。

「でも、おざなりな取材にするってわけにはいかないですよね」

私が言うと、佐伯さんも編集者っぽくなってきたね、と福永さんが笑った。私も少しは成長しているということなのだろうか。

合同記者会見の頁の入稿の準備を整え、昨日の打ち合わせの続きを済ませると、もう夜十時近かった。何しろ、昨日はまったく寝ていない。草壁も含め、私たちのテンションはハイになっていたが、そろそろ休憩を入れるべきだ、という判断が私にはあった。

二人を会社近くのレストランに連れていき、軽く食事を取ってから帰ることにした。勝負は明日なのだ。じっくり英気を養って、明日の十分間に凝縮《ぎょうしゅく》させたエネルギーをぶつけなければならない。

十一時過ぎに食事を終えて、私たちは解散した。集合は明日の午後一時と決めていた。緊張しないで頑張りましょう、と最後に言った福永さんの言葉が、いつまでも私の胸に残った。

5

十二時前には家に帰っていたものの、どうしても緊張が解けないままなかなか寝付かれず、結局寝たのは夜中の三時か四時ぐらいだった。そして朝もなぜか妙に早く起きてしまい、結局いつもと同じ十一時前には会社に出てきてしまった。もう何をしているのか、自分でもよくわからなくなっていた。

「化粧、濃いねえ」

いつものように十一時過ぎに出社してきたオリビアが、私の顔をひと目見るなりそう言った。

「そう?」

「気合、入りまくりって感じ」

言われてみれば、そうかもしれなかった。朝早くに目覚めてしまった私は、他に何もやることもないまま、念入りにメイクをしていたのだ。

「リラックスしなよ」

「わかってる」

そう答えた自分の声がかすかに震えていた。気負ってしまうのは仕方がない。何しろ、相手はフィル・ウォンなのだ。気合負けしないためにも、顔を作っていくのは当然のことだろう。

それは午後一時きっかりに現れた福永さんも同じだった。彼女もまた、いつものナチュラルメイクとは違い、極端に言えば白塗りのような化粧を施《ほどこ》していたのだ。そして、申し合わせたかのように私たちは同じような白のスーツを着ていた。

「やっぱり紺《こん》の方が良かったかな」

福永さんが不安そうな顔で言った。確かに、紺の方が無難ではあっただろう。だが、繰り返すようだが、相手はフィル・ウォンだ。

別に私たちに女をアピールされて喜ぶとも思えなかったが、少しでも好印象を与えるために選んだのが白のスーツだった。ライター歴十数年の福永さんでも私と同じ思考回路をたどるのだとわかって、私は少しだけ安心した。

自然体だったのは、草壁だけだっただろう。彼はいつものように薄いブルーのジーンズ、黒のTシャツ、そして撮影の時は制服のようにしているグレーのブルゾンを着ていた。ポケットが多いので、現場では便利だそうだ。

「結婚式……の二次会みたいだ」

彼が言った。私は今年に入って二度目の殺意を覚えたが、確かにそれは事実かもしれなかった。

「準備はどうですか」

私は仕事モードで尋ねた。草壁が小さくまとめた撮影機材を詰め込んだカートを指さした。今回、インタビューはフィル・ウォンが泊まっているグランド・カールトンホテルのスイートルームで行われることになっている。

照明などは招聘《しょうへい》元の映画会社が用意してくれているそうだ。それほど大掛かりな機材が必要なわけではなかった。

「本当に大丈夫？」

小声で聞いた。よほど不安そうな顔をしていたのだろう。草壁がそっと私の肩に手を置いた。

「大丈夫だよ」

そうか、大丈夫なのか。彼が大丈夫だと言っているのだから、きっとそうなのだろう。行きましょうか、と私は二人に言った。そうね、と福永さんが少しだけ強ばった表情でうなずいた。

6

グランド・カールトンホテルに着いたのは、一時半を少し回ったところだった。映画会社の担当者に案内されるまま、セミスイートルームに通された。今回の取材に当たり、この部屋が各社の控室になっているのだという。

広い室内のあちこちで、新聞社や出版社の記者たちが、それぞれに陣地を構えていた。私たちも空いていた部屋の隅に場所を取って、そこに座った。椅子はないので、カーペットの上に直接だ。とはいえ、さすがにグランド・カールトンホテルだけのことはあり、カーペットは尋常ではない分厚さで、座り心地《ごこち》は悪くなかった。

とにかく、始終人が出入りを繰り返していた。入ってくる者、出て行く者、戻ってくる者。

一様に、彼らの表情は不安に包まれていた。時々、神経質そうな、はっきり言えばヒステリックな声が聞こえてきた。映画会社の人が、何かを注意しているようだった。

耳を澄ませていると、だいたいの様子はわかった。午前中の取材はおおむね順調だったらしい。フィル・ウォンの機嫌はそれほど悪くなく、質問にも丁寧に答えていたという。

ただ、取材が始まってから二時間近く経ったところで、彼の忍耐力も限界を迎えたようだ。午前中最後の取材に入った女性週刊誌のクルーの質問には、欠伸《あくび》混じりで応じていたらしい。仕方がないといえば仕方がないのかもしれなかった。

そこで昼食休憩が入り、一時間半が経過した。再開された取材において、フィル・ウォンのテンションはやはり下がり気味だったようだ。

それは戻ってくる記者たちの顔を見ているだけでもわかった。諦めの混じった苦笑。小さなため息。仕方がないよ、と互いを慰めている人たち。

「こっちまで気分が落ちるね」

福永さんが囁いた。本当にその通りだったけれど、とにかく頑張りましょう、と空元気《からげんき》を出すしか、私にできることはなかった。

テレビ始まるってよ、という声が聞こえてきたのは、それからすぐのことだ。腕の時計に目をやると、午後二時ちょうどだった。フィル・ウォンが生出演するというテレビジャパンのワイドショーが始まる時間だ。

部屋の中央に置かれていたテレビの前に、各社の記者が集まった。もちろん、私たちもだ。前の奴、もっと頭を下げろよ、という声が飛んだ。ボリューム上げてください、という悲鳴に似た女性の声も同時に聞こえた。

テンポの速いリズミカルなテーマ曲と共に、番組が始まった。番組タイトル〝テレビ・ド・ビックリ〟のロゴと一緒に、フィル・ウォンの顔が映し出された。なぜか私たちの間から一斉にため息が漏れた。

番組の司会者は、関西のお笑いタレントと、テレビジャパンの局アナだった。私はあまりこの手の番組を見たことはなかったが、普通なら冒頭で司会者たちは何か挨拶のようなことを言うのだろう。

だが、今回に限って、無駄話をしている余裕は彼らにもないようだった。こんにちは、と視聴者に向かって一礼した二人が、今日はスペシャルなゲストをお迎えしております、と得意満面な顔で発表した。

「いやもうホントにビックリですわ。まさに番組タイトルやないですけど、ザ・ビックリっちゅう感じですね」お笑いタレントが言った。「えー、毎日毎日、いろんなビックリをお茶の間の皆さんにお届けしている〝テレビ・ド・ビックリ〟ですが、今日はホントにホントのビックリです。今、人気絶頂、たぶん韓流スターとしても一番人気があるんと違いますか？　そう、あのフィル・ウォンさんが生出演してくれはります。もうね、今回だけは永久保存版っちゅうか、皆さん録画の用意はよろしいですか？　フィル・ウォンさんが〝テレビ・ド・ビックリ〟だけに生出演ですよ！　お見逃しなく！」

「ウォンさんへの直撃インタビューは、コマーシャルの後すぐに始まります」

女性アナウンサーがフォローするように言い、またテーマ曲が大きく鳴り出した。スポンサーも大喜びだろう。フィル・ウォンは主婦層の人気も高い。番組の視聴率が高くなるのは明らかだった。

コマーシャルが始まった。あと一分か二分もすれば、フィル・ウォンの姿と肉声が生で流れる。しかも、その中継は私たちのいるこの部屋のひとつ上のフロアで行われているのだ。何か歴史的な瞬間に立ち会っているような気がした。

7

終わってみると、三十分の生放送はあっと言う間だった。

インタビューの聞き手は、テレビにもよく出ている有名な女性の映画評論家だった。アシスタント的な役割として、昨日の合同記者会見の進行役を務めていた大浦アナも一緒に出演していた。

映画評論家はこのインタビューのためにわざわざ韓国まで飛び、公開初日に『愛についての物語』をソウルの映画館で見てきたという。もともと彼女はフィル・ウォンの大ファンであることを公言していたこともあり、インタビューはなごやかな雰囲気で始まった。

そこで出て来た質問は、ありふれたといえばありふれた、当たり前のものだった。『愛についての物語』の大まかなストーリーを大浦アナが説明した上で、見所を映画評論家が語り、そしてフィル・ウォン本人に映画撮影時のエピソードなどを聞いていくというものだ。

フィル・ウォンは薄いブルーのジャケット、細かいグレーのストライプの入ったシャツ、同じような色のパンツという姿だった。昨日の合同記者会見の時もそうだったように、右の手首に銀色のブレスレットをつけていた。少しエッジの尖《とが》ったフレームの眼鏡をかけていて、おとなしい雰囲気は何かの研究家のようにも見えた。

『愛についての物語』に関して、フィル・ウォンは穏《おだ》やかな態度で質問に答え、苦労した点や、撮影を通じて自分自身も人間的に成長した、というようなことを語った。特筆するようなことは何もなかったが、テレビというのはそういうものだろう。

フィル・ウォンが何かを言うたび、映画評論家と大浦アナ、そしてスタジオの司会者たちは驚きの声を上げ、それは大変でしたねえ、などと感心するようにうなずいていた。それは型通りのインタビューであり、映画の宣伝だった。もちろん、台本があることも私たちは事前に聞いていた。

おそらく、番組を見ながら一番はらはらしていたのは、今このセミスイートルームにいる私たちだっただろう。映画評論家による質問表は数日前に受け取っていたが、個別取材においてそこにある質問はしない、というのが私たち取材者側の了解事項だった。テレビで本人が喋っていることを、わざわざ記事にしても仕方がないからだ。

ただ、テレビ、しかも生放送の場合には、何が起きるかわからない。実際、事前に聞いていた話では、スタジオの司会者たちはインタビューに加わらないはずだったが、興奮した彼らはどんどん大浦アナを通じて会話に割り込んでいき、しまいには映画評論家よりも突っ込んだ質問をしてしまうことさえあったのだ。

とはいえ、番組を仕切る司会者として、最低限の常識は彼らもわきまえていた。アシスタントの女子アナが、脱線しかけていたインタビューの軌道をどうにか修正し、再び映画評論家と大浦アナにすべてを任せるようにしたのは、そのすぐ後のことだった。

それからもインタビューは続き、フィル・ウォンは淡々と質問に答えていった。彼はそれほどサービス精神に満ち溢れているというわけではない。率直に言って、彼らのやり取りはそれほど面白いものではなかった。むしろ、あっさりしていたと言うべきだろう。

興奮を抑えつつも次々に質問を投げかけていく映画評論家と、それに対して真面目に、かつ慎重に言葉を選んで答えていくフィル・ウォン。そして当然のことながら、彼らの間には通訳が入るから、ますます緩《ゆる》い印象を与えることになってしまっていた。

でも、テレビを見ている視聴者にとって、そんなことはどうでもいいのだろう。視聴者の九割以上を占《し》めると思われる女性たちは、生で動き、言葉を発するフィル・ウォンを見ることができれば、それで十分なはずだった。その意味で、番組は順調に進んでいた。

二時二十八分、予定通りインタビューが終了した。最後にスタジオの司会者が、日本のファンの皆さんにひと言お願いしますと言い、フィル・ウォンはそれに対し感謝の念を伝え、映画館でお会いしましょう、と答えた。そこでコマーシャルが入った。それがテレビ生中継終了の合図だった。

二時半ちょうどから取材に入るスポーツ紙の記者たちは、既にワンフロア上のスイートルームに入り、取材の準備を始めているという。二時半。私たちの順番まで、まだ二時間二十分が残っていた。

「ああ、何か緊張してきた」

福永さんが囁いた。テレビの生中継は、ひとつの区切りだった。今から百四十分後、私たちの順番が回ってくることになる。待機している間、私たちは何をしていればいいのだろうか。

「なんてね……あたしが佐伯さんにこんなこと言っちゃいけないんだけど」福永さんの言葉数が多くなっていた。「これでも、十年以上やってるのにね。こんなに上がっちゃうの、初めてかもしれない」

福永さんは三十代の半ばぐらいだ。二十代の前半ぐらいまでは、どこかの出版社で編集者として働いていたそうだが、すぐに辞めてフリーライターになった。潜《くぐ》ってきた修羅場は数知れないだろう。そんな彼女でも上がってしまうことがあるのか、と思った。

「こんな仕事しててね、ミーハー気分になっちゃいけないっていうのはよくわかってるんだけど」彼女の頰がかすかに赤くなった。「どうしてもねえ……彼は特別だから」

フィル・ウォンについて、彼女は日本人の中ではかなり早い段階での発見者といえるだろう。公式プロフィールの中では出演作とされていなかったが、彼は『黄色いタクシー』という映画の準主役に抜擢《ばってき》される前に、何本かの映画でエキストラ的な、あるいはセリフこそあるもののあまり重要ではない役柄で出演していたことがあった。その頃からフィル・ウォンの魅力について熱く語り、特集を組むように磯山編集長を説得しようとしたことさえあるという。

福永さんにとってフィル・ウォンは単なる映画スターではなく、そのデビュー時から見守り、慈《いつく》しみ、育ててきたような感覚があるのではないか。上がってしまうのも仕方がないのかもしれなかった。

福永さんがくわえていた煙草に火をつけた。指が細かく震えていた。まあまあ、落ち着いて、というように草壁が小さく微笑んだ。

8

アクシデントが起きたのは、三時十分のことだった。

ワイドショーの生中継が終わり、四社目か五社目の雑誌がインタビューを開始してしばらく経った頃、フィル・ウォンが明らかに機嫌を悪くしたというのだ。記者たちの質問が、彼個人の恋愛問題に集中したのがいけなかったらしい。

映画会社の人たちが真っ青な顔で出たり入ったりを繰り返し、その中には横川嬢の顔もあった。彼女の表情から察するに、事態は相当深刻なようだった。

とりあえずその雑誌のインタビューは中止になり、十分間の休憩が挟まれることとなった。セミスイートルームで待機していた私たちを含め、各社の記者たちから不平と不満の声が上がった。フィル・ウォンではなく、その失礼な質問をした記者たちに対してだ。

フィル・ウォンのプロフィールには不明な点が多い。本人も、そして彼が所属している事務所も、プライベートな問題に触れられることを韓国マスコミに対してすら徹底して拒否していた。これは前からよく知られた話で、今さら言うべきことでもない。

だからこそ、彼に対するインタビューには殊《こと》の外《ほか》気を遣い、ぎりぎりのラインまでは迫ったとしても、ある一線は越えないようにしよう、というのが各社の暗黙の了解だった。にもかかわらず、フィル・ウォン個人の恋愛話を聞きだそうというのは、いったいどういうつもりなのか。自分たちさえ良ければそれでいいのか、と私たちはそれぞれに問題の記者たちの悪口を言い合った。

ただ、私たちジョイ・シネマにとっては、それ以上に現実的な問題があった。取材が十分間中断されたということは、一番最後である私たちの取材の時間がなくなってしまうという意味ではないか。

そんなことになったら目も当てられない。さすがに私も横川嬢を捕まえて、どのような状況になっているのかを確かめずにはいられなくなった。

そこで彼女の口から出てきた言葉を聞いて、文字通り私の全身から血の気が引いた。フィル・ウォンは五時になったらこのホテルを出て、韓国大使館に向かい、そこで行われるレセプションパーティに出席しなければならないのだという。駐日韓国大使も出席するというその歓迎パーティに、主賓《しゅひん》である本人が遅れるわけにはいかない、というのがフィル・ウォンと事務所サイドの考え方だということだった。

「そんな……それじゃ、取材は無理ってことですか」

わかりません、と横川嬢が力無く首を振った。本当にわからない、ということなのだろう。彼女の顔から表情というものが一切なくなっていた。

「一応、今日の取材は契約にも明記されていますので、出来なくなるということはないと思いますが……」

そう言ったきり、彼女が口をつぐんだ。どうなるのかはわからない、というのが本音なのだろう。

「わからないっていうのが、一番困るんですけど……」

横川嬢を責めても仕方がない、ということはわかっていた。彼女には何の責任もない。それでも、言わずにはいられなかった。横川嬢が悲しそうにうなずいた。

「とにかく、待機していてもらえますか。どうなるのか、確認だけはしてきますので」

もう私にできることは、よろしくお願いしますと頭を下げるだけだった。横川嬢が去っていったところへ、草壁が近づいてきた。

「大丈夫だ。何とかなる」

いつもの私なら、どうしてそんなことが言えるのよとか、文句のひとつも言っていたかもしれない。そういう意味で、私は自分が可愛げのない女だということをよく知っていた。そんな私が、本当に大丈夫かな、と聞いたぐらいだから、どれだけ心が弱っていたかわかるだろう。

「俺の経験則だと、こういう時、何とかならなかったことは一度もない」

十二歳上の男性とつきあっていて、良かったと思うのはこういう時だ。いつもはオジサン扱いしている草壁だけれど、今の私には頼りになる大人に見えた。実際、草壁は抜けてるところもあるけれど、芯《しん》はしっかりした人なのだ。

「とにかく、いくら若くても、お前がこのクルーのリーダーなんだ。リーダーが落ち着いてくれないと、こっちが困る」

「頼りないリーダーですいませんね」

私は憎まれ口を叩いた。その調子、と草壁が言った。

「今は待つしかない。こっちの都合で向こうは動いてくれないんだ。取材ってのは、そういうもんだろ？」

「そういうもんです」

うなずいた私の肩を、草壁が軽く叩いた。そうだ、今は待つしかない。最後の最後まで、粘って粘って粘りぬいてやろう。

パーティも韓国大使も大事かもしれないけど、ジョイ・シネマにだって十万人の読者がいるのだ。今、私たちは彼ら彼女らの代わりにここにいる。不安になどなってはいられない。

「待つしかない、よね」

私の言葉に、草壁が力強くうなずいた。

9

十分間のインターバルを経て、取材が再開された。フィル・ウォンの事務所サイドが、最後まで決められたスケジュールは守ると約束してくれました、と横川嬢から知らせがあったのは、四時ちょうどのことだった。

「ジョイ・シネマさんは五時から、七分間ということになりました」

最初の話とは違ってしまったが、それでも他社と同じだけの時間は与えられたことになる。とりあえず最悪の事態は免《まぬが》れた、ということだ。

それからは矢のように時間が過ぎていき、気がつけば四時五十五分になっていた。私たち三人は映画会社の担当者に呼ばれるまま、ワンフロア上のスイートルームに上がっていった。

中からシャッターを切る音が聞こえてきた。私たちのひとつ前の新聞社のカメラマンが、撮影をしているのだろう。

「カメラマンの方は、撮影のスタンバイをしておいて下さい」

担当者が緊張した表情で言った。中年の男の人だったけれど、おそらくはこの人も何かまたとんでもないトラブルが起きるのではないかと、内心びくびくしているようだった。

草壁がカートからカメラを取り出し、器用な手つきで折り畳み式のレフ板を左の脇に抱えた。照明は中に用意されているはずだ。準備オッケー、と声がした。

「あと二分で、東洋《とうよう》スポーツさんが出てきますので」担当者が時計を見ながら説明した。「入れ替わりという形で、中にお入り下さい。事前に御社と御誌については説明を済ませておりますので、ご自分の名前だけ伝えていただければよろしいかと思います。インタビューはそちらの判断で始めていただいて結構です」

一気に言い終えたその人が、くれぐれもよろしくお願いします、と小さな声で付け加えた。私と福永さんは、同時にうなずいていた。

それからの二分間は、とんでもなく長かった。今日、私たちはこのホテルに一時半から入り、既に三時間半近く待機を続けてきた。でも、その三時間半より、今の二分間の方が長かった。時間の感覚というのはおかしなものだ、とぼんやりした頭の片隅で思った。

突然ドアが開き、どうもありがとうございました、という声が聞こえてきた。ストロボが未練がましく光っていた。

若い男と、三十代半ばぐらいの女の人が、何度も頭を下げながら部屋から出てきた。さっきまでセミスイートルームで一緒にいたスポーツ紙の記者だった。

「お入り下さい」

声と同時に、草壁が素早く部屋の中に入っていった。私たちもすぐその後に続いた。

部屋の入口についているウエイティングルームに、人が五人いた。そのうちの一人は横川嬢だった。彼女が胸の前で手を強く握っていた。頑張って、という意味だろう。

セミスイートルームも広かったけれど、スイートルームはそれ以上の大きさだった。ウエイティングルーム、一軒家が入るほどのリビングスペース。中央はパーテーションで仕切られ、そこは打ち合わせの場所になっているようだ。奥にはベッドルームもあるのだろう。

ただ、自慢ではないけれど、私もこの部屋に入るのが初めてというわけではなかった。前にもハリウッドから来日した映画スターの取材のため、この部屋に通されたことがあったのだ。

広く、豪華なその部屋には圧倒されたけれど、初めてではない、という気持ちもあった。落ち着いて、朝美。冷静に。

「どうぞ」

目の前に立っていた黒い服を着た男の人が言った、少しイントネーションが普通と違っていたのは、その声の主が韓国人だったからだろう。慌てたように近づいてきた小柄な男の人が、フィル・ウォンの所属している事務所の社長の朴《パク》さんです、と紹介してくれた。

「わたしは通訳の佐々木《ささき》です。ジョイ・シネマさんですね。もう本人にはあなたたちのことも伝えてありますし、雑誌も渡してあります」

ありがとうございますとお礼を言いながらも、私の視線は奥のソファに座っているフィル・ウォンに注がれていた。それは福永さんも同じだっただろう。唾《つば》を呑む音が横から聞こえてきて、そうだとわかった。

フィル・ウォンは、さっきテレビに出ていた時と同じ服を着ていた。唯一、シャツのボタンがひとつだけ外れているのが違いといえば違いだ。そして彼が手に持っているのは、私たちが編集している私たちの雑誌、つまりジョイ・シネマだった。

黒服の男が、韓国語でフィル・ウォンに何か話しかけた。ウォンが眼鏡を外して、小さく頭を下げた。

「アンニョンハセヨ」

福永さんが言った。コンニチハ、とウォンが答えた。とにかく、ファーストコンタクトはうまくいっているようだ。

私たち二人は、指示された通りウォンの向かい側に用意された椅子に座った。既に草壁はシャッターを切り始めている。時間はない。インタビューを始めなければ。福永さんがＩＣレコーダーをテーブルに置いた。

「私たちは、今あなたが持っているジョイ・シネマという映画の専門誌を編集している者です。私は編集者の佐伯、彼女はインタビュアーの福永さんです」

通訳の佐々木氏が、韓国語で私の言った言葉をウォンに伝えた。ウォンが短く何か言った。

「写真の多い雑誌ですね、ということです」

ありがとうございます、と答えながら、それも少し変かなと思った。でも、他に何と言っていいのかわからなかった。とにかく、ここまでは段取り通りだ。

私が自己紹介をして、その後に福永さんが質問をしていく。私たちはそんなふうに役割分担を決めていた。

私が目配せをすると、福永さんが『愛についての物語』は、とても感動的な映画でした、と言った。インタビューの始まりだ。朴社長がちらりと時計を見た。

「クライマックスの場面、恋人が死んでしまうところでは、わたしも泣いてしまいました」

福永さんの言葉を佐々木氏が通訳した。新しくテーブルに運ばれてきたアイスコーヒーに手を伸ばしたウォンが、小さくうなずいて何か言った。

その答えを聞く必要はない。どうせどこの社も同じようなことを言っているはずだ。これはあくまでもきっかけに過ぎない質問だった。

「ところで、ウォンさんは煙草を吸っているようですが」

テーブルの上には灰皿が置かれていた。吸殻が二本並んでいる。

「アメリカ産の煙草ですね。銘柄はキャメルがお好きと聞いていますが、本当ですか？」

また佐々木氏が低い声で通訳した。おや、という表情でウォンが数語喋ってからポケットの煙草のパッケージを取り出した。表にはラクダのイラストが描かれていた。

「よく知っていますね、と言っています」

佐々木氏が言った。確かに、これはかなりレアな情報だろう。この一ヵ月、私たちがどれだけフィル・ウォンについて調べてきたかということだ。

彼は公《おおやけ》の席では煙草を吸わない。ただ、撮影現場などでは、休憩時間に吸うこともあるようだ。

その事実を、私たちは韓国人のヘアメイクが趣味でやっているブログで発見していた。そこにアップされている写真の片隅に、キャメルのパッケージを持っているウォンを見つけた時の驚きは、私と福永さんだけのものだった。

「よろしかったら、どうぞ吸って下さい」

苦笑したウォンが草壁を指さした。撮影されている時は煙草を吸わない、ということなのだろう。イメージを守るために、それはできない、と黒服の社長から断りが入った。仕方がない。それは予想していた通りの回答だった。

「映画の中で、カラオケのシーンがありましたが」福永さんが質問を続けた。「実際にもウォンさんはカラオケにスタッフの皆さんと行かれるそうですね」

横を向いたウォンが頭を掻《か》いた。これもまた、私たちの努力の成果だった。これはウォンの韓国のファンクラブの会員たちが流しているニュースレターから見つけた話だ。

「嫌いではありません」

佐々木氏が通訳した。

「昔、カラオケボックスで働いていたことがあるという噂は本当ですか？」

ウォンと社長が顔を見合わせて笑った。この質問は私たちにとっても一種の賭けのようなもので、韓国の三流ゴシップ雑誌に載っていた話だ。

その雑誌によると、フィル・ウォンはソウルのカラオケボックスで働いていたところを、現在の事務所の社長にスカウトされ、そのまま芸能界に入ってきたということだった。

ただ、その話を突っ込んで聞けば、私たちもこの部屋から追い出されることになるだろう。代わりに、どんな曲を歌うのですか、と福永さんが聞いた。

「チャン・ナラとかシン・ウンソンとか、コヨーテとか、その時々でいろいろです。簡単に言えば、流行っている曲を歌います」

佐々木氏がウォンの答えを伝えた。必ず歌うような、お気に入りの曲、あるいは歌手はいますかと福永さんが質問した。そうですね、とウォンがまたテーブルのアイスコーヒーに手を伸ばした時、悲劇が訪れた。

勢いのついたウォンの手がグラスにぶつかり、そのままストローを右手のブレスレットに引っかけて、手前に倒してしまったのだ。その様子が、私にはまるでスローモーションのように見えた。

最悪なことに、取り替えたばかりのアイスコーヒーはまだグラスにたっぷりと入っていた。そのアイスコーヒーがこぼれ、彼が穿《は》いていたパンツを濡らした。朴社長が韓国語で鋭く叫んだ。撮影をストップして下さい、と佐々木氏が言った。

草壁が素直にそれに従った。すぐにウォンよりも若い男の子が飛んできて、パンツをハンカチで拭いたが、ウォンの右の太ももの辺りは黒く染まってしまっていた。

参ったな、というようにウォンが肩をすくめた。まったくだ、と社長がうなずいて、佐々木氏に何か言った。嫌な予感がした。そして、その予感はすぐ現実のものとなった。

「ウォンは着替えをしてこなければならないということです」

「わかりました」私はうなずいた。「では、着替えたら、インタビューの続きをお願いします」

「その時間はありません」

社長が言った言葉を、佐々木氏が私たちに伝えた。そんな、と私は言った。

「まだ四分残っているはずです」

佐々木氏が私の言葉をそのまま社長に言った。だが、朴社長は首を振るだけだった。

「確かに四分残っていますが、このままインタビューを続けることができないのはおわかりでしょう。そして、ウォンは今から韓国大使館に向かわなければなりません。ズボンだけを取り替えるというわけにはいかないのです。着ているものをすべて替えなければなりませんから」

「おっしゃっていることは理解できます。でも、約束が違います。私たちはあなた方から七分間の時間を与えられました。まだ三分しか経っていません。あと四分間、インタビューを続ける権利が私たちにはあるはずです」

私は必死で訴えた。今のところ、インタビューはうまくいっていた。これで最後ということもあったのだろうし、今までにない切り口で私たちが質問してきたことも、ウォンをその気にさせていたのだろう。

少なくとも、決して非協力的な態度ではなかった。それなのに、アイスコーヒーがこぼれたぐらいのことで中止になったのでは、泣くに泣けない。

「着替えなければならないのはわかります。でもお願いです。最初の約束通り、あと四分間、取材を続けさせて下さい。どうしても難しいようでしたら、ここから降りていくエレベーターの中でも結構です。あるいは車に同乗させていただいても構いません。もしくは、大使館でのパーティ終了までお待ちするということでも、こちらとしては問題ありません。お願いです、何とかならないでしょうか」

私はもう半分泣いていたかもしれない。こんなことで終わってしまったら、この一ヵ月間の苦労が何のためだったのかわからなくなる。

こんな中途半端な形で、どうやって誌面を作ればいいというのか。撮影だって、まだ始まったばかりだ。お願いします、と私は繰り返した。

だが、既にフィル・ウォンは立ち上がっていた。弱ったな、と言わんばかりの表情で、ベッドルームへと入っていく。その後を追おうとしたけれど、事務所の人たちはもちろんのことながら、日本側のスタッフにもその動きを阻《はば》まれてしまった。

「佐伯さん、仕方がありません」日本人スタッフが言った。「とにかく、ここは我慢して下さい。今のはどうにもならないアクシデントです。諦めて下さい」

「諦められません！」

叫んだ私の腕を朴社長が摑んだ。暗い表情のまま何か言ってから、静かに首を振った。

「時間切れです」佐々木氏が同じように低い声で言った。「どうすることもできません」

「だって、そんな」喉が詰まるような感じがした。「話が違います。これで終わりだなんて、そんな……」

「気持ちはよくわかりますが、これればかりはどうしようもないと思います」

「お願いです、佐々木さんからも頼んでいただけませんか。これでは、私は会社に戻れません。このまま終わってしまったら……」

沈痛な面持《おもも》ちで私を見つめていた佐々木氏が、朴社長に向かって何か話しかけた。イエスでもノーでもなく、曖昧な態度で聞いていた朴社長が早口で答えた。負けないぐらいの早口で佐々木氏が言葉を返す。そのやり取りが何度か続き、それならいいだろう、というように朴社長がうなずいた。

「取材を続けても構いませんか?」

尋ねた私に、やはりその時間はないということです、と佐々木氏が答えた。

「その代わりと言っては何ですが、向こうからひとつ譲歩ともいうべき条件が出されました。まもなく、ウォンが着替えて出てきますが、その写真を何枚か撮影しても構わないということです」

「撮影って……」

「いや、佐伯さん、これは悪い話ではないと思います」佐々木氏が言った。「他社が撮影した写真は、すべてワイドショーに出演した際と同じコーディネートです。それ以外の服装のフィル・ウォンを御誌だけが掲載できるというのは、かなり大きなメリットだと思うのですが」

「それはそうですけど……」

佐伯さん、しょうがないよ、と福永さんがため息をついた。確かに、これ以上いくら粘《ねば》ったところで、彼らが私の願いを聞き入れてくれるとは思えなかった。

それならば、他社には撮影させていないフィル・ウォンの写真を撮った方がいいのかもしれない。悔しいけれど、それが現実だった。

五分後、地味なグレーのスーツに紺色のネクタイを締めたフィル・ウォンがベッドルームから出てきた。韓国人スタッフの指示で、草壁が何度かシャッターを切った。

そして、それがすべての終わりだった。私たちは部屋から退出するよう命じられ、それに従うしかなかった。

「どうなるんでしょう」

つぶやいた私に、どうにかするしかないでしょう、と福永さんが強い口調で言った。どうにかなるさ、と草壁が私の頭を軽く叩いた。本当に泣いてしまいそうで、私は顔を両手で覆った。

10

タクシーで会社に戻った。その間、私はもちろん福永さんも草壁もひと言も喋らなかった。

これからのことを思うと、とてもではないが会話などできる余裕はなかった。時々、重苦しいため息が聞こえてきたが、気がつくとそれは私の口から漏れているものだった。

編集部に戻ると、幸か不幸か磯山編集長は外出中だった。編集長がいれば報告せざるを得なかっただろうし、そうすればどうなるか、だいたいの予測はついていた。私たち三人は、少なくとも一時間、もしかしたらそれ以上の時間にわたって延々と責め続けられることになっただろう。

それはそれで仕方がないが、とにかく時間がなかった。怒られている時間があれば、それを今後どうするかを考えるために使いたかった。その意味で、編集長の不在は幸いといえた。

私と福永さんは会議室にこもり、頁をどうやって埋めるかについて相談することにした。その間、草壁は撮影した写真をプリントアウトするための作業に取り掛かっていた。

「どうしましょう」

「どうしようか」

私たちは揃ってため息をついた。もともと、一番最初の予定では、巻頭カラーの八頁をフィル・ウォン来日特集の記事にするはずだった。これは合同記者会見の頁とは別立てで、あくまでも独立した特集頁という意味だ。

当初は、丸々八頁をフィル・ウォンのインタビューで構成するつもりだったが、インタビューの順番が一番最後に変更されたため、そこまで大きく頁を割《さ》くことができないという予想のもと、私たちは急遽最後の二頁を〝フィル・ウォンのトリビア〟という企画頁で埋めることにしていた。

有りものの写真を使い、フィル・ウォンが過去に出演した映画のエピソードなどを細かく載せていくというもので、決して目新しい話があるわけではないし、あくまでも苦肉の策ではあったが、それでも読者にとっては楽しめる頁になるはずだった。

つまり、私たちは今日のインタビューで六頁を作るつもりだった。七分間のインタビューで六頁というのもずいぶん無茶な話だが、それ以外やりようがないのだから仕方がない。それに、過去の経験から言っても、これぐらいの無理は何とかなるはずだった。

半年ほど前、ラブコメの女王と呼ばれたアメリカの人気女優が来日した時には、五分間のインタビューで四頁を埋めたこともあったのだ。それを思えば、七分間で六頁は何とかなるはずだった。

だが、今回は実質的に約三分のインタビュー、三つか四つの質問しかしていないところで、フィル・ウォンがアイスコーヒーの入ったグラスを引っ繰り返したため、その時点でインタビューは終了していた。それだけの材料で六頁を埋めるというのは、どんな編集者でも無理だろう。

「とりあえず、写真を大きく使うしかないと思う」福永さんが言った。「合同記者会見の写真も決して悪くないし、あれも使うことにしたら？　それに、着替えてきたスーツ姿のあの写真も。ポートレートみたいな感じで」

そうですね、と私はうなずいた。とにかく、私たちには三種類の写真がある。そのうちのひとつは、私たちジョイ・シネマの独占ともいうべき写真だ。これを使わない手はないだろう。

「頭の一頁目、あのスーツ姿の写真を使いましょう。あれを撮ってるのはうちだけですから、十分引きになると思います」

あと五頁。その五頁をどうやって構成するか、それが問題だった。

ドアをノックする音がして、草壁が入ってきた。その手に、何枚かのカラープリントがあった。

会社にある機材を使って、撮影した写真を出力しただけのものだから、精度は決してよくなかったけれど、とりあえず写真のクオリティに問題がないことがわかって、私たちは安堵《あんど》のため息をついた。とにかく、写真を大きく使っていくという方針は問題ないだろう。

「いや、それにしても予想以上にいい男だな、あのフィル・ウォンって奴は」出力した写真を見ながら草壁が言った。「どんな角度から撮っても、絵になるってのは大したもんだよ」

男にしておくのがもったいないぐらいの美形だな、とつぶやいた。私と福永さんは同時に草壁を睨みつけた。

ウォンが美男子であることは、私たちだって十分以上に認めている。だが、ここに女性が二人もいるのに、男にしておくのはもったいない、とは何事か。しかも、そのうちの一人は彼の恋人なのだ。

「いや……そういう意味じゃなくて」怯えたように草壁が言った。「つまり、その、顔の造りとかパーツが完璧だから、撮影しやすいってことで……ああ、そう言えば、佐伯さんはウォンとちょっと似てるところがあるよ」

何を言っていいのかわからなくなってしまった草壁がそんなことを口走った。どこがよ、と尋ねると、耳だよ、という答えが返ってきた。

「いや、マジで。形とかね、これが本当によく似ててさ……」

私と福永さんは、明らかに使い物にならなくなっている草壁を放っておいて、仕事の相談を再開することにした。だいたい、耳の形が似ていると言われて、私が喜ぶとでも思っているのだろうか、この人は。

「それで、五頁なんだけど、そのうち一頁はフィル・ウォンの顔のアップにしない？」福永さんが提案した。「読者が求めてるのは、やっぱり彼の顔写真だと思うのよ」

「ですよね……それはいいと思うんですけど、でもまだ四頁残ってます」

「合同記者会見の質問も使うことにしちゃおうよ。それと、あたしが聞いたいくつかの質問も織り混ぜて……ねえ佐伯さん、あの人、横川さんって言ったっけ。彼女に連絡取って、何でもいいから何か材料もらえるように交渉してみてよ。とにかく、やれるだけのことをやってみよう」

聞いてみます、と私は携帯電話を取り出した。

「それでも……やっぱり四頁は……」

「そしたら、トリビアをもう一頁増やすしかないかもね」

困ったね、というように福永さんが肩をすくめた。それでなくても、フィル・ウォンに関する情報は少ない。トリビアといっても、ずいぶん無理をして作ったところがあった。

これ以上、何をどう調べればいいのか。だいたい、そんな時間があるのか。デザインやレイアウトはどうすればいいのか。問題は山積みだった。

どうしよう、と頭を抱えたその時、私の携帯から着信音が鳴った。番号表示を見ると、そこに横川嬢の名前があった。

「もしもし、佐伯です」これ以上ないほどのベストなタイミングだった。「私も、ちょうど今、電話をしようと思っていたところなんです。助けて下さい」

「あの……佐伯さん」とまどったような横川嬢の声が聞こえた。「……先方からたった今、連絡がありまして、今日のインタビューが途中で中止になってしまったことについて、申し訳なかったと」

「はい？」

「それで、明日、本来ならオフのはずだったんですが、取材を入れても構わないと……明日、ウォンはスタッフと一緒に昼食を取るんですが、その前後でどうだろうかと申し入れがありました。時間は三十分ぐらいでどうかと言っています。どうされますか？」

「本当に？」

携帯電話を握りしめたまま、私は立ち上がっていた。福永さんと草壁が、何があったのかという目で見ている。本当です、という横川嬢の声が聞こえた。

「ぜひお願いします。ぜひ、ぜひ取材させて下さい。時間はすべて合わせます」

私の叫び声が狭い会議室にこだました。こんな奇跡的な出来事があっていいのだろうか。

調整します、という声と共に横川嬢が電話を切った。私は二人に何が起きたかを伝えるため、説明を始めた。

11

あまりにも予想外の事態が起きると、人間は驚くことさえ忘れてしまうものだ。草壁も福永さんも、私の説明に対して何のリアクションも示さなかった。どういうことなのか、意味を理解できていないのだろう。

繰り返しになったけれど、私は横川嬢からの連絡について、もう一度説明した。フィル・ウォンの事務所が、アクシデントで中断されてしまった今日の取材について謝意を示していること、そのために本来ならオフである明日、スタッフとの昼食会前後にもう一度取材のやり直しを許可してくれたこと、そしてそのために三十分という時間を割いてくれるということ。

「……何で？」

福永さんが当惑したような表情で言った。素直に喜ぶべき状況なのだけれど、何も信じられなくなっているのだろう。気持ちはよくわかる。なぜそういうことになったのか、私にもよくわからなかった。

ただ、横川嬢は今回のフィル・ウォン来日に当たって、配給会社の公式な窓口になっている。そんな彼女が、その場限りの気休めや、見え透いた嘘を言うはずがない。彼女の発言は公的なものであり、私たちを慰めるだけのためにそんなことを言うなど有り得なかった。フィル・ウォンの事務所が正式に再取材を許可してくれたからこそ、今の電話があったのだ。

「本当に、本当なの？」

押し殺した声で福永さんが尋ねた。大きな声を出せば、すべてが水の泡になると言わんばかりの口調だった。

そう言われてみると、私も不安になってきた。横川嬢からの電話が何かの間違いだったら。再取材の許可など、本当は出ていなかったとしたら。

いや、そんなことはない。横川嬢は信頼の置ける人だ。今までも一緒に仕事をしてきたが、無責任な発言をするようなことは一度もなかった。間違いなく、再取材の許可が出たのだ。

「やったな、おい」草壁が私の肩を思いきり強く叩いた。「禍《わざわ》い転じて何とやらだ。言っただろ、どんなことがあっても、必ず何とかなるって」

「どうなるの、何時からなの？　三十分ももらえるなんて、どうしたらいいの？」

フィル・ウォンが明日一日をオフにして、スタッフたちと昼食を取るという話は前にも聞いていた。その昼食会がどこで開かれるかについてまではわかっていなかったが、午後一時ぐらいからだということだった。

その前後、と横川嬢が言っている以上、十二時半から一時までか、あるいは昼食会が終わってからの三十分間ということになるのだろう。どちらにしても、細かいことが決まり次第、横川嬢から連絡が入ってくるはずだった。

「福永さんも草壁さんも、明日のスケジュールは大丈夫ですか？　空いてますか？」

「空いてなくたって空けます。何があっても、必ず行くから」

福永さんが断言した。もちろん、と草壁がうなずいた。

「だけど……佐伯さん、どうしよう。三十分なんて、長すぎない？　それだけ質問が持つかな」

福永さんの言う通りで、最初の話では約十分間という短い時間しか与えられないことになっていた。だから、私たちはそれに見合うだけの質問内容しか考えていなかった。いきなり三十分と言われても、逆に困ってしまう。

「何を贅沢《ぜいたく》なこと言ってるんだか」草壁が苦笑した。「例のワイドショーはともかく、他のマスコミで三十分なんて時間を与えられたところはどこもないはずでしょうに。そんなこと言ってたら、他社に怒られますよ」

それもそうだ。明日の取材まで、まだ時間はある。私たちもプロだ。三十分のインタビューをこなせないとしたら、編集者だライターだなどと名乗る資格はないだろう。

「今から考えましょう。大丈夫ですよ、あれだけフィル・ウォンについては調べてきたんだから、質問ぐらいいくらでも考えられますって」

資料取ってきます、と言って私は会議室を出た。願ってもない大チャンスがやってきたのだ。足取りが自然と軽くなっていた。

12

夜までかけて、福永さんと共に改めてインタビューの質問事項を練り直した。その間、何度か横川嬢から連絡が入り、最終的に取材はフィル・ウォンの昼食会前に行われることが決まった。

過去、例えばペ・ヨンジュンなども含め、数多くの韓流スターが来日している。彼らは食事会をする場合、日本の有名な韓国レストランを選ぶことが多いようだったが、フィル・ウォンとそのスタッフは六本木《ろっぽんぎ》にある大幸《だいこう》という高級寿司屋を昼食会の場に決めていた。

絶対に極秘ですからと横川嬢に念を押されたが、言われるまでもない。他に漏らして損をするのはむしろ私たちの方なのだから、他人に言うはずもなかった。

「お寿司屋さんねえ……」福永さんが不思議そうな顔をした。「韓国の人って、寿司とか食べるの？」

食べますよ、と草壁が教えてくれた。彼は仕事の関係で、何度も韓国に行ったことがあった。

「アメリカとかにもスシバーがありますけど、それと似たような感覚なんでしょう。少なくとも、ソウル市内にはいくつかありましたね。ぼくも行きましたけど、日本で食べる寿司とそんなに変わらなかったな。まあ、おいしいかと言われると、ちょっと微妙ですけど」

おそらく、フィル・ウォン本人か、あるいはスタッフの中に、寿司が好きな人がいたのだろう。せっかく本場である日本に来たのだから、寿司を食べてみようという話になったのではないか。

「寿司屋でインタビューって……やったことないけど」

福永さんが不安そうな表情になった。大丈夫です、と私は請け合った。

「フィル・ウォンの事務所はお店を貸し切りにしているそうです。だから、他の客はいません。いるのは彼のスタッフと通訳だけだということですから、普通のお店と同じように考えていいと思います」

とにかく、環境は整った。考えようによっては、グランド・カールトンホテルのような格式の高いホテルのスイートルームより、いくら高級とはいえ寿司屋の方がリラックスした雰囲気になるかもしれない。しかも、時間は三十分ある。申し分のない状況だった。

ただ、逆に言えば、失敗は許されない。正式に再取材の時間が決まった段階で、私は社に戻ってきていた磯山編集長に状況を報告していた。死ぬ気でやりなさい、というのが彼女からの厳命だった。

まるで戦争に行くような話だが、確かに明日のインタビューの場は、私たちにとって戦場というべきだろう。万全の準備をして完璧な取材をしなければならない。妥協は許されなかった。

私と福永さんは、過去のフィル・ウォンの記事や資料などをすべて洗い直し、新たな質問項目を作り上げた。今日の公式取材ではとても聞く時間がないということで外していた、読者からの質問なども織り混ぜることにした。

記事は読者が読むものであり、読者のために雑誌はある。彼らのリクエストに応えるのは、私たちの義務だ。

本来なら、フィル・ウォンが過去に出演していた映画をすべてもう一度見直し、そこから質問を作るべきだったのかもしれないが、さすがにその時間はなかった。途中、編集長やオリビアなど編集部員たちにも応援を求め、すべての作業を終えたのは夜中の十二時だった。

福永さんと草壁には、明日の十一時に会社に集まってもらうことにして、私たちは解散した。ただ、解散といっても、私と草壁は同じタクシーに乗り、彼の事務所へ帰ることにした。

これは別につきあっているからとか一緒にいたいからとかいうことではなく、万が一にでも寝坊したりすることがないようにと考えたためだ。二人でいれば、さすがにどちらかが目を覚ますだろう。

彼の事務所へ戻ってから、私たちは無口になっていた。今までは目の前の仕事をこなすことに懸命で気がつかなかったが、その分凄まじいプレッシャーが私たちの上にのしかかっていた。事態の急激な変化に、ようやく心が反応し始めたということなのかもしれない。

草壁が明日の機材の準備をしている間に、私はシャワーを浴びた。入れ替わるようにして、彼がバスルームに入ってきた。

明日着ていく服を選ぶ以外、私にするべきことはなかった。草壁の事務所に紺のスーツを置いていたので、それをハンガーに吊るしてからベッドに入った。

しばらくして、バスルームから出てきた草壁が私の横に潜り込んできて、一分も経たないうちに寝息を立て始めた。さすがに場慣れしてるなと思ったけど、よく考えてみると草壁はいつもそうだった。いつでもどこでもすぐに眠ることができるのは、彼の特技といっていいだろう。

私は眠れなかった。今日起きたことを思い出しては、ため息ばかりをついていた。

グランド・カールトンホテルで待機していたこと。延々と待たされた挙句、始まったインタビューがアクシデントで中断されたこと。どうしようもないほどに落ち込み、それでも誌面を埋めるために福永さんと相談を始めたこと。

その矢先に、横川嬢からかかってきた一本の電話。フィル・ウォンサイドからの、奇跡としか思えないような再取材の許可。そして、それに対応するために始まったインタビューの準備。

そんなことが頭の中をぐるぐると回り、寝付けないまままいろんなことを考え続けた。明日の再取材はうまくいくのか。まさか、今度はフィル・ウォンが湯飲みを引っ繰り返したりはしないだろうか。それはないにしても、何か突発的な理由で取材が中止になったらどうしよう。

不安と期待が私の中で何度も交錯《こうさく》した。いったいどうなるのだろう。

（駄目だ）

一時間ほど、眠るための努力を続けていたけれど、それが限界だった。草壁を起こさないようにそっとベッドを抜け出し、リビングスペースに行った。

確か草壁はスコッチウイスキーを事務所に置いていた。お酒の力を借りて眠ろうと思ったのだ。

食器棚の隅に、ウイスキーのボトルがあった。グラスと冷蔵庫のミネラルウォーターで薄い水割りを作り、ちびちびと飲み始めた。

私はそれほどアルコールに強いわけではない。グラス一杯の水割りを飲み終えるまで、しばらくはかかるだろう。

何か雑誌でも読もうとした時、思い出したことがあった。冬子さんの日記。昨晩、読みかけたまま眠ってしまっていたが、一度思い出すとその続きを読みたくなった。

バッグを探ると、すぐに古い日記帳が出てきた。私は栞《しおり》代わりに挟んでいた自分の名刺を外して、日記の頁を開いた。

六章　潮騒《しおさい》

1

高三の夏休みってさあ、とUが言った。

「あんまり楽しくないね」

うん、とみんながそれぞれにうなずいた。あたしたち五人は、静岡駅の近くにある喫茶店でお茶していた。今日はみんなが通っている予備校で模擬試験があり、久々に全員が顔を合わせていたのだ。

Uの言う通り、あまり楽しい夏ではなかった。何だかんだでもう八月だ。来年一月の共通一次試験まで、あと半年を切っていた。

ただ、ここにいる五人全員が共通一次を受けるわけではない。大学に行くかどうかさえ決めかねているみかりんのような子もいた。

あたしたちが通っている葵高では、二学期が始まったところで親も含めた三者面談があり、そこで最終的な進路を決めることになっていた。今日の段階で、国立大学を受験するとはっきり決めているのは、たぶんあたしだけだろう。

「どうすんの、ピータンは」

ナオが聞いた。あたしたちの中で一番成績がいいのはピータンだ。学校の先生や親なんかも、ピータンに共通一次を受けるように勧めているらしいけど、本人は少し迷っているようだった。

前は国立志望だったけど、最近になって気持ちが揺れ始めているのだという。無理して国立へ行くより、短大とかの家政科に行った方がいいかもしれない、と思うようになったということだった。

せっかく成績がいいのにもったいない、と周囲は言っているそうだけど、本人にそのつもりがないのなら仕方がないだろう。

「……まだ、ちょっと考え中」

ピータンが答えた。そういうナオはどうなのよと聞くと、どうなんだろうね、と他人事のように言った。

「考えてないわけじゃないんだけどさ……静岡にこのままいてもいいんだけど、ちょっと家を出てみたいっていうのもあるんだ」

そうなんだよねえ、とUがうなずいた。東京の大学に行きたい、とUは前から言っていた。

「東京ねえ」わかるよ、とみかりんが言った。「だけどさ、東京って怖くない?」

確かに、とみんなが小さく首を振った。何しろあたしたちは生まれも育ちも静岡で、県外に出ることもめったになかった。もちろん修学旅行とか、あるいは家族旅行とかで東京や大阪に行ったことはあるけど、それはあくまで旅行で、せいぜい四泊五日というレベルの話だ。

当たり前の話だけど、東京へ行くというのは、一人暮らしをするということを意味する。親元を離れたことのないあたしたちに、そんなことができるのだろうか。

「まあ、それは何とかなると思うけど。東京で一人暮らししている女子大生なんて、いくらでもいるだろうし」

Uが言った。それもそうだ。何かいいことないのかねえ、とナオがため息をついた。

「最近、受験話ばっかりでさ、息が詰まっちゃうよ。景気いい話はないの? もうちょっと、気分が明るくなるようなさ」

みんなが黙った。黒川とはどうなの、とあたしはUに聞いた。まあぼちぼち、とUが答えて、会話が止まった。そういえば、とみかりんが口を開いた。

「あたしさ、この前予備校で一緒のクラスの人に誘われちゃった」

「何よ、それ」

「早く言いなさいよ」

「どんな人？」

「どこの学校？」

いきなりみんなの質問が始まった。みかりんによれば、その人は小林《こばやし》さんといって、ひとつ年上の浪人生だという。

あたしたちの通っている予備校は受験先によってクラス分けをしているので、浪人生もたくさんいた。みかりんに声をかけてきたのは、その中の一人だった。

「カッコいいの？」

「顔は悪くないんだけどさ……ちょっとバカっぽい」

みかりんが臆面《おくめん》もなく失礼な発言をした。正直なところ、みかりんだって成績がいい方ではない。そんな彼女にバカっぽいと言われるのだから、その小林さんという人は相当なものなのだろう。

それからしばらく、予備校のクラスの男の子たちの評価に花が咲いた。あたしたちはそれぞれ志望が違うので、別のクラスに通っていた。だからお互いのクラスにどんな男の子がいるのか、よくわかっていなかったのだ。

そんな話をしながら、あたしの意識は別の方へと向かっていた。考えていたのは藤城篤志のことだった。

2

喫茶店を出て家に帰る途中、やっぱり藤城のことを考えていた。みんなで江ノ島に行った時のことだ。

あの時、藤城は確かにあたしに対して何か言おうとしていた。はっきりと口にしたわけではないけれど、それぐらいのことはわかるつもりだ。

うぬぼれではなく、藤城はあたしに好意を持っていたはずだし、それはあたしも同じだ。藤城が何かを言ってきたとすれば、あたしもそれに応えるつもりだった。でも、結局彼は何も言わなかった。

言わなかったというより、言いかけたけれど途中で止めた、という方が正確かもしれない。あの時、海岸で藤城は明らかに何かを告げようとして、でもそんなの意味がないというように言葉を呑み込んだ。

あたしにはその意味がわからなかった。ふられたら恥ずかしいとか、カッコ悪いとか、そういうことなのか。あるいは照れてしまったのか。

もちろん、そういう気持ちはわからなくもない。好きになってしまった相手のことをわざと無視したり、極端な話、意地悪なことをしてしまうとか、そういうこともあるだろう。

でも、それって小学生レベルの話だ。あたしたちは高校三年生で、もうそういう段階はとっくに卒業しているはずだった。

あたしが藤城に対して抱いていた好意を、藤城が気づいていないなんてことは有り得ない。男の子って、ときどきものすごく鈍感なこともあるけど、彼はそういうタイプではなかった。あたしのことに限らず、他人の心を敏感に感じ取ることができる人だ。

それに、あたしが藤城のことを意識しているのは、クラスの全員とまでは言わないけれど、けっこうみんなもわかっているはずだった。例えば、あたしは学校へ行くと、真っ先に藤城の机を見てしまう。

彼はいつも、学校に来るとカバンを席に置いておく癖があった。カバンがあれば、ああ来てるんだと思うし、なければどうしたんだろう、ちゃんと来るのだろうかと思ってしまう。そんなの、周りにばれないはずがなかった。

あるいは、あたしはどうしても彼の姿を目で追うのを止めることができなかった。それは授業中でもそうだし、体育の時間なんかはもちろんだし、昼休みとかに彼がサッカーをしてる時もそうだった。Uとかナオにはよく冷やかされたりもした。

ただ、言い訳ではないけれど、それは藤城の方も同じだったと思う。視線を感じて振り向くと、そこにいるのはいつも彼だった。あまり愛想がいいとはいえない彼だけど、あたしに対してだけはちょっと特別だった。

絶対藤城はあんたのこと好きだって、と言うのはUで、冬子の方から告白しちゃいなよ、と強引に話を進めようとするのはいつものことだった。

そんなことはできなかったけど、あたしの気持ちは藤城もわかっていたはずだし、あたしにとってもそれは同じだ。後はすごく簡単なことで、藤城がひと言、つきあおうか、とか言ってくれればそれでよかった。

そして、あの時が絶好のチャンスだったのは間違いない。実際、彼は間違いなく告白しようとしていたのだ。

でも、何か別の力に動かされるようにして、彼は告白するのを止めた。そんなことを言っても仕方がないんだ、というように。

あたしには、その理由がどうしてもわからなかった。なぜだろう。なぜ藤城は、まるで何かに怯《おび》えるようにして口を閉ざしたのか。あそこで藤城が告白してくれていれば、今頃はもっと違う夏になっていたはずなのに。

つまらない夏だ、と改めて思った。

3

二学期が始まった。

学校は何も変わらなかった。受験を来年に控えたこの夏休み、もちろんみんなも遊びに行ったりいろんなことがあったのだろうけど、それほど派手な動きをしている者はいなかった。

何をしていても、どうしても受験というものが頭から離れない。高校三年生って、そういうものだろう。

葵高は、静岡の公立校の中でも一、二を争う名門校ということになっている。短大なども含めて、進学率はかなり高い。九割以上の生徒が進学を希望していた。

志望校は人それぞれで、静岡県内の大学を目指す者が一番多かったけれど、東京の大学を狙っている人、あるいは大阪とか名古屋の大学への進学を考えている人も少なくなかった。すごく大ざっぱに言えば、静岡四割、東京三割、それ以外が三割といったところだろうか。

二学期が始まってすぐ、担任と親と生徒による三者面談があった。そこでの決定が基本的には今後の方針ということになる。ただ、毎年そうらしいけど、十二月ぐらいになっていきなり志望校の変更を申し出る生徒もいるみたいだ。

いずれにしても、九月の段階でのこの三者面談が、ひとつの大きな指針になることだけは確かだった。基本的には、この三者面談での結論をもとに、学校側は生徒たちの志望を把握し、あたしたち生徒はその方向に向かって受験に備え、そして親たちはそのバックアップをする。それが葵高の方針だった。

あたしに関して言えば、一応四大を狙っていた。ひとつには姉の影響もあった。姉は短大に進んでいたのだけれど、ちょっと失敗したかも、と言っていた。もう少し学生生活を楽しみたかったな、と帰省するたびよくあたしにこぼしていた。

それだけではなく、あたしにはあたしなりの考えがあった。大学を卒業したら、できればマスコミ関係に就職したいという希望があったのだ。

マスコミといってもいろいろあるけれど、可能なら新聞社とか出版社とか、そういう方面で働きたいという思いがあった。もともと読書好きだったからかも知れないけれど、中学の頃から何となくそんなふうに考えていたのだ。

そして、まだちゃんと調べたわけではないけれど、マスコミへの就職となるとやっぱり四年制の大学に進んだ方が、いろんな意味で有利なのは確かなようだった。

多くの新聞社、あるいは出版社の中には、採用条件として四大卒と明記している会社もたくさんあった。となれば、どうしてもあたしとしては四大に行くしかないだろう。

両親には一年ぐらい前から、それとなく相談をしていた。母はあまりいい顔をしなかったけれど、父はそれもいいんじゃないのかと言ってくれた。

よく聞くと、父も昔は文学青年だった時期があり、新聞記者に憧れていたこともあったのだという。結局、あたしがマスコミを就職先として目指していたのは、潜在的な意味で父の影響なのかもしれなかった。

四年制の大学への進学を希望するというあたしの申し出に対し、担任も同意してくれた。成績がとびきりいいというわけではなかったけれど、吉野ならぎりぎり何とかなるんじゃないか、というのが担任の意見だった。

少なくとも今の成績を維持できれば、静岡大学は五分五分としても、例えば東京の私大ぐらいは合格できるだろう、ということだった。絶対の自信があったわけではないけれど、言われてみると何となくそんな気もしてきた。

最終的に、三者面談の結果として、あたしは来年一月の共通一次試験を受け、国立大学を第一志望とすることが決まった。誰でもそうだけれど、国立一本に絞ったという意味ではない。当然、私大も併願する。

ただ、第一志望は国立大学、つまり静岡大学ということだ。その他の私大については、これから様子を見て絞り込んでいく、というのも他のみんなと同じだった。

三者面談は三年生全員を対象として行われる。大学への進学を希望していない者も含めて、全員だ。一度では決まらず、二度三度と面談を重ねる生徒もいた。例えばピータンもそうだ。

ピータンはあたしたち五人組の中でというより、学年全体の中でも真面目で品行方正、成績優秀で通っている。学校側としても、当然四大を受けると思っていただろう。ピータンが国立を受けなくて、誰が受けるのか、という話だ。それはたぶん、ピータンの親も同じように考えていたはずだった。

でも、ピータンにあまりその気はないようだった。夏、模擬試験の帰りにあたしたちに言っていたように、県内の短大でも構わない、というのがピータンの答えだった。最終的には、とりあえず静大も受けるということで話は決まったらしいけど、本人があまり気が進まない様子なのは、端《はた》から見ていてもよくわかった。

Uは東京の女子大、もしくは短大を受けると前から宣言していたし、学校もそれを了承した。Uの場合はピータンと正反対で、とにかく静岡から出たいというのが何よりの希望だった。

Uの話だと、黒川もやっぱり東京へ出るつもりらしい。うまくいくといいね、と友人として言ったけど、正直なところUはともかく黒川は学年でも成績は最悪に近い。二人の狙い通りにいくかどうかはわからなかった。

ナオはいろいろと悩んでいたようだけど、最終的にはあたしと似たようなパターンで、国立と私大の併願ということになった。一応、記念だからさ、というのがナオの言い分だった。

共通一次試験を受ける生徒の中には、そういう人も少なくなかった。いわゆる記念受験だ。あたしもそういう気持ちがないわけでもなかったから、ナオの言っていることはよくわかった。

最後の最後まで進路を決めなかったのはみかりんだ。みかりんは大学進学について、最初からその気はなかった。大学に行くより働きたいというのが彼女の考えだった。

ただ、みかりんは性格として周囲に左右されるところがある。あたしたちも含め、三年生のほとんどが大学進学を目指していることがはっきりすると、やっぱりあたしも大学に行きたいと急に言い出した。静岡県内はもちろんだけど、東京や大阪の短大を受けまくるということに決まったのは、九月も終わりに近づいた頃だった。

そんなふうにして、みんなの進路が決まり始めていた。いつの間にか、季節は夏から秋へと変わろうとしていた。

4

藤城、ケイオーに決めたんだって？　とUが言ってきたのは十月のある日のことだった。

知らない、とあたしは答えた。本当に何も知らなかったのだ。三者面談の結果とか、誰がどこの大学を狙っているかというような話は、生徒同士でもかなり親しくないと話さない。

他人に言ってもどうなるものでもないし、それより何より落ちた時に格好悪いからだ。あたしたち五人はグループだから、それぞれの志望や希望する進路について話したりしてたけど、それ以外のクラスのみんながどの大学を受けようとしているかは、あまりよくわかっていなかった。特に男子がどうなっているのかについて、ほとんど情報はないも同然だった。

「らしいよ」Uがうなずいた。「黒川が言ってたんだけど」

「そうなんだ」

別にそれほど意外な話ではない。二年の時に転校してきた藤城は成績優秀で、中間や期末テストではいつも上位にランクインしていた。東大とまでは言わないけれど、慶応どころか、相当ハイレベルな国公立大学を受けてもおかしくはないぐらいだ。

「他は受けないの?」

「慶応一本だって。まあ、藤城なら十分受かるだろうからね。他の大学なんか、受ける必要ないって思ってるんじゃないのかな。本人は経済に行きたいみたいだけど、医学部行って、お父さんの跡《あと》を継がなきゃならないかもって言ってるみたい」

そうなんだ、とだけあたしは答えた。話に乗ってこないあたしの気持ちを察したのか、Uは話題を切り替えて、他の生徒がどこを狙っているのかという話を始めた。

あたしとしても、藤城の進路に興味がなかったわけではない。というより、むしろ知りたかった。彼が静岡県内に留《とど》まるのか、それとも東京へ行くのかは、あたしにとっても重要度の高い問題だったのだ。

ただ、五月に江ノ島へ行って以来、藤城と話す機会は少なくなっていた。あたしは用がなくても図書館をうろうろしたり、藤城が行きそうなところへ顔を出すようにしていたけれど、会うことはほとんどなかった。

そして、二年の時や一学期のように、藤城の方から話しかけてくることはなくなっていた。確かに、もともと転校してきた時から、藤城は周りの人たちに溶け込もうとするタイプではなかった。むしろ、一人でいることを好んでいるようにさえ見えた。

ただ、そうはいっても同じクラスにいれば何かしら接点はある。藤城は人間嫌いというわけではない。というより、明らかに感情の濃い人間だろう。

他人に対して思い入れが深く、感情が豊かすぎるからこそ、あえてそれを隠そうとしている。藤城篤志という男の子はあたしの目にそんなふうに映っていた。

その藤城が、二学期が始まるのと同時に、クラスメイトと話すことを避けるようになっ

ていた。あたしだけというのなら、わからなくもない。江ノ島での出来事があったから
だ。何をどう話していいのかわからないまま、あたしを無視するようになったのは、仕方
がないことなのかもしれない。
でも、そうではなかった。藤城はクラス全員に対して、ほとんど話しかけたりすること
がなくなっていた。それはまるで、藤城篤志という人間の存在を自ら消そうとしているよ
うでさえあった。
クラスのみんなにとって、それはあまり不自然なことではなかったかもしれない。もと
もと藤城は自分自身を主張したり、目立つようなことをするわけではなかった。
物静かで、寡黙《かもく》で、積極的に他人と係わるようなことはしない。だから、彼が自分の気
配を消そうとしていることについて、疑問を抱く者はいなかったのではないか。
ただ、あたしは違った。転校してきてからずっと、あたしは彼を見てきた。だから、あ
たしにはわかった。夏休みの間に藤城には何かがあった。だから、彼は前にも増してより
寡黙になっている。
いったい何があったのだろう。もちろん、わかるはずもない。それはおそらくプライベ
ートなことなのだろう、とうっすら想像がついただけだ。
何日か考え続けたけど、結論は出なかった。出るはずもない。あたしは藤城について、
何も知らないに等しかったのだ。

このままではいけない、と決心したのはそれから一週間ほど経ってからだ。いろいろなことをはっきりさせないと、あたしは前に進めなくなっていた。Uを通じて黒川に頼み、藤城を呼び出してもらったのは十月の二週目の日曜日のことだった。

5

あれ、という顔で藤城があたしの前で立ち止まった。日曜日の午後二時、静岡駅のすぐ近くにあるハンバーガーショップの前だった。

少し涼しくなり始めていた。あたしはオリーブグリーンのワンピースの上にブルーのカーディガンを着ていた。藤城はジーンズに白のTシャツ、そしてカーキ色のスイングトップという姿だった。

「吉野も来てたんだ」

黒川は、というように藤城が左右を見た。ゴメン、とあたしは頭を下げた。

「……ちょっと話があって……黒川くんに頼んで、呼び出してもらったの。ホントにゴメン」

精一杯の勇気を振り絞ってそう言った。よくわかんないな、というように藤城が肩をすくめた。

「じゃ、黒川は来ないわけ？　相談があるとか言ってたのは……」

「……嘘っていうと、ちょっと違うんだけど……口実っていうか……」

そうなんだ、と藤城が小さな声で言った。気を悪くした様子はなかった。

「すっかり騙されたな……あいつ、真剣な顔してたから、何があったのかと思ったけど、心配して損した感じだよ」

ゴメンね、とあたしはもう一度謝った。いいけど、と藤城が首を振った。しばらく沈黙が続いた。

「あの……ちょっとだけ、お店入らない？」

そう言ったあたしに、いいよ、と藤城が答えた。それは前と変わらない言い方だった。

「どうせ出てきちゃったしな」

藤城が先に立って、ハンバーガーショップの扉を押し開いた。日曜の午後ということもあって店は混んでいたけれど、隅の方に空席があった。

あたしたちはそれぞれ飲み物を買ってから席に着いた。藤城はコーヒー、あたしはコーラだった。

藤城は砂糖を入れず、ミルクだけをカップに注いで、スプーンで掻き混ぜた。あまり甘い物が好きではないのだろう。それからゆっくりとカップに口をつけて、少しだけコーヒーを飲んだ。

店は家族連れとか学生とかで賑わっていた。周りからいろんな話し声が聞こえた。小さな女の子が、どこでもらったのか赤い風船を引っ張りながら店内を走り回っている。でも、あたしたちの間に会話はなかった。あたしは、何をどう話せばいいのかよくわからなくなっていた。

「何か喋ってよ」あたしは言った。「二人で黙ってるの、何か変だし」

「……そりゃそうだけど、ちょっとおかしくないか?」藤城が小さく笑った。「呼び出されたのはこっちなんだから、吉野の方から話すのが普通だろ」

それはその通りだったけれど、何ていうか、うまくきっかけがつかめなかった。話す代わりに、あたしはストローでコーラを飲んだ。甘ったるい味がした。

「……何か話があるんじゃないのか」

藤城がちょっと真面目な顔で言った。うん、まあ、そう、とあたしはうなずいた。

「悩み事?」

「そうじゃないんだけど……」

何と言ったらいいんだろう。あたしは昨日ひと晩かけて、今日のためのシミュレーションをしていた。

藤城と会ったら何を話せばいいのか。どんな順番で、いろんなことを説明していけばいいのか、すべてを考えていたつもりだったけど、そんなの全部頭から飛んでいた。何から話せばいいのだろう。

　また二人とも黙ってしまった。諦めたように唇をすぼめた藤城が、コーヒーを飲んだ。あのさ、とあたしはようやく話すべきことをひとつだけ思いついた。

「藤城って、二学期になって……少し元気ないなって思った」

　まっすぐあたしのことを見つめていた藤城が、そうかな、とコーヒーカップを持ち上げた。そうだよ、とあたしはうなずいた。

「何ていうか……あんまり喋んなくなったし、静かになったっていうか、おとなしいっていうか」

　そうかな、ともう一度藤城が言った。

「別に、前と変わんないと思うけど」

　そうかもしれない。藤城はクラスの他の男子と違って、うるさく喋ったり、大声を出したり、極端にいえば喧嘩なんかもしたことはなかった。いつだって静かで、冷静で、どっちかといえば自分の世界に閉じこもっている、そんな感じさえあった。

　でも、やっぱり前とは違っていた。前は、自分の世界を持っていたけれど、決して他人とのコミュニケーションを拒否してはいなかった。どこかに小さなドアがあって、それがあたしたちの世界にもつながっていた。そのドアは開いていたのだ。

　今も、ドアはあるのかもしれない。でも、そのドアは閉じられている。そして開く気配はなかった。

そんなことを話したかったのだけれど、それってあまりにも抽象的過ぎて、藤城が理解してくれるかどうか、あたしにはわからなかった。ドアが閉じているというのは、あくまでもあたしが感じていることだ。クラスのみんなは、そんなの気にもしてないようだったし、たぶんその通りなのだろう。

気づいているのはあたしだけかもしれなかった。でも、間違いない。藤城はドアを閉じている。あるいは、閉ざそうとしている。

「何かあったの……？　夏休みの間に」

「別に」

不自然なほど早い答え方だった。何もない、と藤城が強く首を振った。

「そうかな……そうなのかな」

吉野って、変なこと考えるんだな、と藤城が苦笑した。

「……だって」

一瞬迷った。その先を続けるべきなのか。でも、それを言わなければ何も始まらない。何のために藤城を呼んだのか。その言葉を言うために、あたしは彼を呼んだのだ。

「……気になるし」

それがあたしの精一杯の告白だった。あたしは藤城のことが気になっている。いつも藤城のことを考えている。頭から離れたことはない。そんな想いを込めて、あたしはそう言った。

少しだけ首を横に向けた藤城が、脚を組み直した。あたしはその横顔を見つめた。ほんの少しだけ、暗い表情になっていた。

「考え過ぎだよ」囁くような声で藤城が言った。「何もないって……別に何も」

「……じゃあ、どうして前みたいに話したりしないの？　藤城がそんなお喋りじゃないってことは、あたしもわかってる。だけど、前はもう少し話してたじゃない？　あたしだけじゃなくて、クラスのみんなとも。でも、二学期になってから、そういうことがすごく少なくなってるような気がする……違う？」

「……自分じゃわかんないけど……でも、それって、みんなも同じじゃないかな。受験だってあるし、みんなそれぞれやることあるだろ？　別におれだけの話じゃないと思うけど」

それは明らかに言い訳だった。受験を控えているのはその通りだったけど、だからといってみんなが目の色を変えて受験勉強に取り組んでいるというわけではない。高三の二学期になったからといって、今までの習慣がそんなに極端に変わるはずもなかった。

あたしがそう言うと、かもしれないけど、と藤城が正面に向き直った。

「だとしたら、それって考え方の違いかもしれない……おれは受験ってやっぱり大事なことだと思ってるから……真剣に取り組まないといけないと思ってるし……」

　そうなんだ、とあたしはうなずいた。あんまり納得はできなかったけれど、そう彼が言っている以上、返す言葉はなかった。

「吉野だって、人のこと気にしてる場合じゃないんじゃないのか？　聞いた話だから、違ってるかもしれないけど、国立受けるんだろ？　人のこと気にするより、自分のこと考えた方がいいんじゃないのか」

　藤城のことが気になって、自分のことが考えられなくなってると言いたかったけど、そこまでの勇気はなかった。代わりに、やっぱり気になるから、と言った。

「気になる？」

「……うん」

　もし藤城が、どうして気になるのとか聞いてくれたら、あたしは自分の想いを告げようと思っていた。藤城のことが好きだから、気になるのだと。

　あたしは期待を込めて藤城の切れ長の目を見つめた。何秒ぐらい経ったただろう。ゆっくりと藤城が目を逸《そ》らした。

「気にしてくれるのはありがたいけど……別に何もないから」

　それが彼の答えだった。全身から力が抜けていくのがわかった。あたしは彼のことを好きだけれど、彼はそうじゃない。それがはっきりわかったから、そうなってしまったのだ。

それからしばらくお店にいたけど、会話はほとんどなかった。受験の話を少ししたぐらいだ。

Uが言っていた通り、藤城は慶応を受けるらしい。まだ学部まで決めたわけじゃないけどさ、と彼が言った。あたしも、あたしのことを少し話した。それで話は終わりになった。

出ようか、と藤城が言い、あたしもそれに従った。ちょっと行くところがあるんだ、と店を出たところで藤城が言った。

「うん……ゴメンね、呼び出したりしちゃって」

「全然。気にすることないから」

じゃあまた、と言って藤城が駅の方へと歩いていった。しばらくその後ろ姿を見送ってから、あたしも家に帰るために歩きだした。日曜日が、そんなふうにして終わった。

6

十一月が過ぎ、十二月に入った。さすがにここまでくると、クラスは受験一色で塗りつぶされていた。

大学に行かないと決めている何人かはともかくとして、ほとんどの生徒がそれぞれ受験勉強に取り組んでいた。おれたちの正月は三月だ、とクラスの誰かが言ってたけれど、それも冗談とばかりは言えなかった。

クリスマスとか、大みそかとか、お正月とかもあったけど、それどころじゃなかった。特に、国立大学を受けるあたしやナオにとっては、遊んでいる暇があれば少しでも勉強をしておきたかった。今さら詰め込むっていっても無理があるんじゃないのとUには言われたけれど、それでも何もしないよりはましだろう。

一月の二週目、共通一次試験があった。度胸試しとか場慣れのためとか言って、葵高からもけっこう大勢の生徒が試験会場に集まっていた。あたしは一応静大が第一志望だから、記念受験というわけではなかったけど、知った顔がたくさんいるのはちょっと心強かった。

自分でも意外だったけれど、案外手応えはよかった。翌日、新聞で解答が発表された。確認した限り、それほど悪い点数ではなかった。むしろ、予想より遥《はる》かによかったかもしれない。

第一志望の静大では、二段階選抜にひっかかるようなこともなく、二次試験に進むことができた。担任も含め、学校の先生たちからもずいぶんと励まされた。

地方の国立大学とはいえ、静岡大学といえば県内ではトップの大学だ。合格者が出れば、学校としても自慢になるのだろう。

二月に入り、あたしは静岡大学の二次試験を受けた。その頃から、静岡に限らず東京の私大や短大などの試験も始まっていた。

合格する者もいれば、落ちる者もいた。受験だからそれはしょうがない。全員が希望する大学に受かるのなら、受験なんて意味がないだろう。

そんな中、あたしは静岡大学の二次試験に合格した。自分でも驚いたが、それは本当だった。両親を含め、親戚たちも喜んでくれたし、学校からも誉めてもらえた。

試験というのは時として自分の実力以上の何かが発揮されることがある。あたしもそうだったのかもしれない。

それとも、とびきり運が良かったのか。十二月の中旬にあった模擬試験では、あたしの成績だと静大はちょっと難しい、という判定が出ていたのだ。

二月、三月と私大の受験が続き、いろんなことがあった。あたしたち五人組についていえば、基本的には順調だったと言っていいだろう。

Uは東京の短大に合格した。これで念願の一人暮らしができる、とUは張り切っていた。ただ、残念ながらUの彼氏である黒川は受けた大学すべてに落ち、浪人生となることが決まってしまったのだけれど。

ピータンは共通一次こそ失敗したものの、希望通り静岡県内にある私立の女子大と短大の二つの大学に受かっていた。最終的にどうするのかは、しばらく考えてから決めるということだったけれど、いずれにしてもどちらかへ行くのだろう。

ナオも共通一次試験を受けていたが、結果は思わしくなく、国立大学へ行くことはできなかった。でも、その代わりというわけではないけれど、大阪の私大を受けて合格していた。

その大学は共学で、ナオが入ったのは経済学部だったから、男子の数が圧倒的に多いという話だった。羨しい、とみかりんが真剣な顔で言った。

そのみかりんはといえば、スタートダッシュが遅れたということが災《わざわ》いしたのか、受けた大学はすべて落ちていた。もっとも、本人は最初からあまり大学へ行く気はなかったので、それほど落ち込んではいないようだった。

そしていつの間にか、みかりんは英語の専門学校へ進むことを決めていた。その方が早く就職できるしね、と彼女は言った。

他のクラスメイトたちの話もだんだんとわかってきた。ダメもとで受けた有名私大に受かってしまった者や、自信満々で受けた大学に落ちた者もいた。本当に受験って運だなあと思った。

藤城は慶応の医学部に合格したらしい。直接にではなかったけれど、そんな噂を聞いていた。東京と静岡か、と思ってちょっとがっかりしたけど、そんなことを言っても仕方がなかった。忘れようって思った。

去年の十月、あのハンバーガーショップで会ったのを最後に、あたしたちはほとんど話さなくなっていた。わかっていたことなのだ。いくら想っていても意味はない。彼にそのつもりはないのだから。

クラス全員の進路がほぼ決まった三月、最後にもうひとつだけ大きな行事が残っていた。卒業式だ。

卒業式が終われば、高校生活も終わりということになる。寂しいけれど、それはどうしようもないことだった。

あっと言う間に時は過ぎていき、卒業式の前日になった。Uから電話がかかってきたのは、その夜のことだった。

7

卒業式が終われば、あたしたちはそれぞれ違う道へ向かって進むことになる。今までのように、毎日顔をつき合わせて、ああでもないこうでもないと下らないお喋りをすることはもうできない。Uが電話をかけてきたのは、それがさびしいということもあったのだろう。

もちろん、その気持ちはよくわかる。クラスの男子たちの中には、卒業式を明日に控えた今夜、静岡市内へ繰り出して遊んでいるグループもいるようだ。変な話、今夜お酒を飲んでいるところを見つかったとしても、今さら学校側も退学だ停学だなどと言うはずもないから、そんな連中がいるのは当然だった。

女子にはそこまでの子はいないだろうけど、電話にかじりつくようにしてみんなと連絡を取り合っている子は少なくないはずだ。あたしの家にも、Uから電話がかかってくるまで、二人のクラスメイトから電話があった。それほど親しい仲というわけではなかったけれど、三年間一緒に過ごしてきたわけだから、思い出話は尽きなかった。

ただ、Uが電話をかけてきたのは、それとは違う理由があった。藤城のことだ。このままでいいの、とUが言った。

「このままって?」

「あんた、ここまできてカッコつけてんじゃないよ。もう卒業式なんだよ。藤城、東京に行っちゃうんだよ。もう二度と会えないかもしれないんだよ」

「……だから?」

「冬子、あんた悪い癖だよ。カッコつけたり見栄はったりするのもいいけど、もう時間ないんだからさ……はっきりさせた方がいいって」

あたしはUにも、他の誰にも、去年の十月に藤城と会った時、何を話したのか言ってなかった。藤城を呼び出すためUと黒川に手伝ってもらっていたから、彼と会ったことを二人だけは知っていたけど、何を話したかについては言わなかったし、二人もあえて聞いてはこなかった。

Uは察しがついているようだった。あたしが藤城に何を話したのか、そしてそれに対して藤城が何と答えたのか。少なくとも、何かがうまくいかなかったのはわかっていたはずだ。

それでも、とUは言いたかったのだろう。卒業式が終わってしまえばもう二度とチャンスはないんだよ、と。

Uの気持ちが嬉しくないわけではなかったけれど、十月のあの日曜日、もうあたしは諦めていた。藤城のことは忘れようと思っていた。

そんなに簡単に忘れられるはずもなくて、十八年間生きてきて、自分の方からはっきりと好きだと思った初めての男の子だったけれど、いつまで引きずっていても仕方がない。

それに、彼は東京の大学へ行き、あたしは静岡に残ることが決まっていた。もう、どうにもならないのだ。

だから、あたしはそんなつもりがないことをUに言った。卒業式の日に告白して、すべてがうまくいくなんて、そんなドラマチックなことが起きるとは思えない。

「だけど……言った方がいいと思う」Uが冷静な声で言った。「あんたと藤城は……何ていうか、あんたたちが二人でいる時って、すごく自然なんだよ。お似合いとか、そういうんじゃなくて……何て言うのかなあ、とにかくいろんなことがぴったりするんだよ、あたしから見ると」

そんなことないんだよ、U。あたしだってそう思ったこともあったけど、でもそうじゃなかった。

残念だけど、それが現実だった。藤城にその気はない。あたしにはよくわかっていた。そんなことをしばらく話しているうちに、母があたしを呼びにきたり、Uの方にキャッチホンが入ったりして、あたしたちは話を終えた。仕方がないんだ、とあたしは自分に言い聞かせた。明日は卒業式なのだ、と改めて思った。

8

伝統といえばそうなのだけれど、卒業式はあっさりしたものだった。葵高では、卒業する三年生が朝それぞれのクラスに集まり、そこで担任から卒業証書を渡される。それからみんな揃って大講堂へ行くのだ。一年生と二年生はその間、外で待っている。

大講堂では各クラスの代表者だけ、校長先生から卒業証書の授与がある。三百人もいる生徒全員に一枚ずつ渡していたら、いつまで経っても終わらないからだろう。それが慣例だった。

その後、二年生の代表者から送辞があり、それに対して卒業生代表者から答辞がある。そして最後に校長先生から短い話があって、後は〝仰《あお》げば尊《とうと》し〟をみんなで歌えばそれで終わりだ。

他校と比べるとかなりシンプルなものらしいけれど、それぞれの学校なりのやり方というものがあるのだろう。葵高の卒業式は、そんな感じで終わった。

大講堂を出ていくと、列を作って待っていた一、二年生から拍手が起きる。そして、これは葵高だけの特別な慣習かもしれないけど、そこで今度は後輩たちが〝仰げば尊し〟を歌ってくれる。その中を歩いていって、校門の方に出るのが毎年恒例のやり方だった。

女の子たちの中には、大講堂の中にいた時から泣いている子もいたし、後輩たちの歌を聞きながら涙ぐんでいる者もいた。男の子は、さすがに泣くような子はほとんどいなかったけど、黒川みたいに号泣《ごうきゅう》している者もいないわけではなかった。

部活、特に運動部系のクラブに入っている子は、後輩たちから何か記念品みたいな物をもらったりしていた。同じクラスの連中が集まって写真を撮ったり、別のクラスでも仲良しのグループでやっぱり記念写真を撮ったり、集まって思い出話に興じている子たちがいたり、とにかくみんながそれぞれに動き回っていた。

もちろん、その中には、後輩の女の子から呼び出されて告白を受けたりする男の子とか、少ないかもしれないけれどその逆のパターンもあっただろう。あるいは、今つきあっている二人だったら、二人だけで高校生活最後の時間を過ごしている者たちもいたはずだ。

あたし個人に関しては、とりたてて言うほどのことはなかった。クラスの連中と集まって、担任のカツマタを中心に集合写真を撮影し、いつもの五人組でやっぱり写真を撮ったりした。

それから卒業式に出席していた母と少し話した。この後、夕方からあたしたちのクラスは市内のお店を借り切って、クラスだけの卒業パーティをすることになっていたのだけれど、それに行くから帰りは遅くなると思うとか、そんな事務的な話だ。

なぜか、あたしはあまりセンチメンタルな気分になれずにいた。あんまりおおげさに泣いたりするのが、恥ずかしかったのかもしれない。

わかってる、と母がうなずいた。あたしより母の方がよほど感傷《かんしょう》的になってるように見えた。高校を卒業した、ということが母にとってはひとつの大きな区切りとなっていたのだろう。とにかく良かったね、と涙ぐみながら何度も繰り返していた。

それが終わると、あたしにはすることがなくなってしまった。母はＰＴＡの関係で知り合った他の子のお母さんたちの方に行って、何か話していた。そしてあたしは部活に参加していないので、卒業を祝ってくれる後輩はいない。

テニス部のナオとか手芸部のピータンなんかは、そっちの方に行っていた。しばらく前からUの姿が見えなくなっていたけれど、たぶん黒川と一緒にいるのだろう。そして顔の広いみかりんは、あっちこっちを飛び回っているようだった。

とりあえず、一時間後にあたしたち五人は校門前にもう一度集まることになっていたけど、それまで何をしていればいいのだろう。

辺りを見回すと、同じクラスの女子たちがいくつかのグループに分かれて話しているのがわかったけど、何となくその輪の中に入る気はしなかった。どうしてなのかはわからない。どうせ、あと何時間か経てば、クラスの卒業パーティがあるから、そこで話せばいいと思ったのは確かだ。

することがないまま、あたしは校庭に向かい、グラウンドを一人でしばらく歩いた。何となく、一人になりたかった。歩いていると、いろんなことが思い出された。文化祭。マラソン。体育祭。そんなことだ。

(いろいろあったな)

着ていたセーラー服を見ながら思った。このセーラー服を着ることは、もう二度とないのだろう。そう思った時、初めてちょっと泣きそうになった。

そのまま校庭を一周してから、あたしは自分の教室へ行ってみることにした。別に何があるというわけではないけれど、他に行くべき場所を思いつかなかった。

校舎の中はひっそりとしていた。みんなの行いが良かったのか、卒業式にふさわしくよく晴れた日で、生徒のほとんどが外に出ていいたためもあったのだろう。誰もいない廊下をまっすぐに進んで、教室の前に出た。

ドアを開くと、そこには誰もいなかった。後ろ手にドアを閉め、自分の席に座った。この一年、毎日のように座っていた席は、自分の体の一部のようだった。

顔を上げると、目の前に黒板があった。大きな文字で〝サンキュー！　バイバイ！〟と色とりどりのチョークで書かれていた。

誰が書いたのだろう。今朝、教室に集まった時には、こんな文字はなかった。あの時、最後まで教室に残っていたのは誰だったろうか。

卒業式のため大講堂へ向かう直前、誰かが書いていったのか。それとも式が終わってから教室に戻ってきて書いたのか。

誰にしても、その気持ちはよくわかった。ありがとう。そして、さよなら。

ぐるりと教室を見渡した。古びた教壇。五十個ほどの机と椅子。掃除道具入れ。ぼろぼろになったキャビネット。教壇の上にある丸い時計。転がっていたサッカーボール。

（いつか、思い出すんだろうな）

それがいつのことになるのかは、あたしにもわからなかった。大学へ行ってからなのか、それとも大学を卒業する頃なのか。あるいは就職する時なのか。

そのまま、しばらく座っていた。小さなため息が漏れた。

（本当に、卒業しちゃうんだなあ）

静かな音がして、教室の後ろのドアが開いた。振り向いたあたしは、息が止まってしまうほどに驚いた。そこに藤城篤志が立っていた。

9

「……どうしたの？」

藤城も本当に驚いていた。誰もいないと思っていたのだろう。

「……どうもしないけど……何となく、最後に自分の教室を見ておきたくてさ」

びっくりしたな、と藤城が笑った。昔と同じような笑顔だった。あたしも思わず笑ってしまった。

「吉野こそ、何でここに？」

教室の中に入ってきた藤城があたしの隣の席に座った。距離にして一メートルもないだろう。こんな近くで藤城と話すのは、去年の十月以来だった。

「あたしも同じ……何かね、急にいろんなことが懐かしくなっちゃって」

そうだなあ、と藤城がうなずいた。

「ほら、おれ、二年の途中で転校してきたじゃん。結局さ、この学校で一番長くいたのって、高三のこの教室なんだよね。そう思うと、何て言うのか、もう一回見ておこうかな、なんて思って」

「そっか、藤城って転校してきたんだよね。忘れてた」

「ひでえな」

苦笑いを浮かべた藤城が、謎の転校生ですよ、と言った。夏前の藤城に戻ったような言い方だった。

二学期が始まってから、今日まであれほど無口だった藤城が、前みたいにきちんと向き合って話してくれて、あたしはそれがすごく嬉しかった。何を話してもちゃんと受け止めて、ぴったりした答えを返してくれる。それは藤城とあたしの間だけにある感覚だった。

あたしたちはそれからもずっと話し続けた。藤城が転校してきた時のこと。

みんな、おっかないって言ってたんだよ。嘘、そうなの？　こんなに優しいのに、おれ。だってさ、何かとっつきにくいし、威圧感あるし。そうかな、そんなことないと思うけどな。

「葵祭の時のこと、覚えてる？」

「ああ、クレープ屋」藤城が首を振った。「面白かったな、あれ。すげえ売れたよなあ」

「あの時さ、目標十万円とか言って、みんなで盛り上がったよね？」

「惜しかったよなあ。いくらだっけ、九万ぐらいまではいったんだっけ?」

順を追うようにして、あたしたちはいろんな話をしていった。どんなにつまらないことでも、藤城と話しているとすべてが素敵な思い出になっていくような気がした。

「大みそか、みんなで集まったな」

「ああ、そうそう」あたしはうなずいた。「誰がいたっけ……うちら五人でしょ、男の子って、黒川とか、あと誰だっけ。みんなでピザ食べたりして、あれはあれで面白かったよね」

派手なことがあったわけではない。あたしたちは高校生で、しかも住んでいるのは東京のような都会ではなく、あくまでも地方都市の静岡だ。日々の暮らしは何も変わらず、毎日が普通だった。

でも、楽しかった。すべての思い出は、ここにある。

「だけどなあ、三年になったら、やっぱ思ってたよりいろいろ変わっちゃったよなあ……受験って、けっこうプレッシャーだよな」

「そうだね。確かに……あんなに変わるとは思わなかった」

「あ、そういえば、吉野は静大受かったんだって?」思い出したように藤城が言った。

「すげえじゃん、おまえ。女子で静大って、葵高でも珍しいんじゃないの?」

「ありがと。でも、そっちだってすごいよ。慶応の医学部なんて、下手したら東大より難しいんじゃないの？」結局、藤城が慶応の医学部に進むことがわかったのは、今朝のことだった。「そんなとこ一発で受かるなんて、さすがっていうか……いつから東京行くの？」

まだわからない、と藤城がちょっと横を向いた。

「親とも相談しないとならないしね……決まってないことも多いんだ」

「一人暮らしするわけ？」

「わからない」

だんだん藤城が無口になってきているのがわかった。本当にいろいろ決めかねているのだろう。そういえばさ、といきなり藤城が話題を変えた。

「三年になってクラス替えがあったじゃん。おれ、知らなくてさ、そういうの。二年の時と一緒だと思ってたから、すごい焦ったよ」

転校してきて、ようやく二年のクラスに馴染んだ藤城にとって、三年でまたクラスが替わるというのはやりにくいことだっただろう。わかるわかる、とあたしはうなずいた。

「でも良かったでしょ。クラス替えがあっても、あたしが一緒のクラスにいて」

冗談っぽくあたしは言った。三年になって新しいクラスになった時、二年の時のクラスメイトも十人近く一緒だった。あたしだけというわけではない。

「うん」藤城がうなずいた。「吉野が一緒で、本当に助かったよ」

え？　どういう意味？　それも冗談？　聞こうとした時、藤城が右手を伸ばした。

「何?」

「握手だよ」

握手、と繰り返した。何で、と言ったあたしの右手をそっと握った藤城が、何でもだよ、と答えた。

「サンキューってこと」

「……どういたしまして」

あたしたちはしばらく手を握りあって、それからどちらからともなく手を引いた。今のはどういう意味だったのだろう。

あたしにはわからなかった。別にあたしは藤城のために何かをしたわけではない。

「同じクラスに吉野がいると思うと、安心できたんだ」

藤城が低い声で言った。どういうことだろう。あたしが思っている通りの意味でいいのだろうか。

だとしたら、何で今になって藤城はこんなことを言うのだろう。どうしてもっと早く言ってくれなかったのだろう。

「あのね、藤城……あたしね」

昨晩《ゆうべ》、Uからかかってきた電話のことを思い出していた。もう遅いのかもしれない。でも、どうせ結果が同じなら、やっぱりはっきりさせた方がいい。きっとそうだ。

「何？」

藤城が優しく笑いかけた時、廊下を走る乱暴な足音が聞こえた。あのね、と言いかけたあたしの口が勝手に閉じた。

誰かいんのかよ、という声と共に、教室のドアがいきなり開いた。黒川と西浦が立っていた。

「お、何してんの。卒業式の教室で、愛の告白っすか？」

黒川が笑いながら言った。そんなんじゃないよ、と苦笑いを浮かべた藤城が立ち上がった。

「忘れ物を取りにきたら、偶然吉野がいただけの話さ」

「おや、そうすか。まあ、どうでもいいんだけどね。ていうか藤城、何かお前のこと探してる二年の女の子がいたぜ。第二ボタンがどうのこうの言ってたぞ」

西浦が言った。へえ、と藤城が首をひねった。

「それはそれは。奇特な方もいたもんだ」

ちぇっ、と西浦が唇を尖らせた。

「村上《むらかみ》だよ、村上真子《まさこ》」

その子のことは噂で聞いていた。二年生で、藤城に憧れている女の子がいるという話だ。何度か三年の教室の辺りをうろうろしてるのを見たこともある。けっこうというか、かなりかわいい感じの、いかにも女の子らしい子だった。

「まだ校門の辺りにいたから、今から行っても間に合うんじゃねえの」

「いや、おれ、その子のこと知らないし」

「いいじゃないの藤城」諭《さと》すように黒川が言った。「こういうのはね、記念ですよ。青春の一ページってやつじゃないですか。でしょ？　第二ボタンぐらいあげちゃいなさいって。減るもんじゃないんだし」

「減るよ」

「そりゃそうだけど」黒川と西浦が顔を見合わせて笑った。「それとも、吉野にやるか？」

お前らなあ、と大声を出した藤城を抱えるようにして、二人がドアの方へ向かった。藤城くん、とあたしは思わず立ち上がっていた。

「後で……クラスの卒業パーティに来るでしょ？　その時、また話そうよ」

「わかった」

うなずいた藤城が手を振った。さあ、真子ちゃんを捜しに行こうぜ、と藤城と肩を組みながら、二人が踊るような足取りで教室を出ていった。

それが最後だった。夜の五時から、静岡市内の喫茶店を借り切ってクラスの卒業パーティがあったけど、藤城は現れなかった。

（来るって言ってたのに）

どうして彼は来なかったのだろう。あたしには、その理由がわからなかった。

10

一年が経った。

同窓会やろうよ、とあたしのところにみかりんから連絡が入ったのは、二月半ばのことだった。

「もう受験も終わるじゃん？　そしたら、浪人してた連中とかも来れると思うんだよね」

春休みの間だったら、東京とかその他の場所へ進学していった人たちも帰省しているはずだから、同窓会にも出席しやすいんじゃないの、とみかりんが言った。確かに、それはそうだろう。

「それでさ、どうせやるんだったら、クラス単位じゃなくて学年全体でやろうと思ってさ。実はもういろいろ声かけてんのよ」

みかりんは顔が広いから、こういう同窓会のセッティングとかには打ってつけだ。

「とは言ってもさ、あたし一人じゃ無理だから、あんたにも手伝ってもらいたいわけよ」

いいよ、とあたしは素直にうなずいた。クラス単位ではなく学年単位ということになると、けっこう大掛かりな話になるけれど、高校を卒業して丸一年経つ。会いたい人も少なくなかったから、同窓会をやろうというのは大賛成だった。

ついでに言えば、あたしもかなり暇だった。大学に入ってから入部していたオールラウンド系の〝キューブ〟というサークルを辞めたばかりで、何もすることがなかったからだ。

オールラウンドというのは、その名の通りで、夏はテニス、冬はスキー、その他の季節はキャンプに行ったり飲み会をしたりという、軟派といえばかなり軟派なサークルだ。東京へ行ったUとは、〝定時連絡〟と称して月に二、三度連絡を取り合っていたけれど、そんなサークルに入ったんだと報告すると、冬子らしくないねえと言われた。でも、静大ではこういうオールラウンド系のサークルが全盛なのだ。

流行《はや》りに乗っかるというのは、確かにあたしらしくもないことだったけれど、大学に入って少し浮かれていたところもあったのだろう。勧誘されるまま、あたしはそのキューブというサークルに入っていた。

その裏には少しばかりの計算もあった。静大は女子がかなり少ない。正確な数字ではないけれど、七対三か八対二ぐらいの割合で男子が多いのではないか。オールラウンド系のサークルに入れば、更に扱いが良くなるのではないかと思ったのだ。

もっともその考えは甘くて、女子が少ないのは毎年のことだったから、先輩たちは近くにある私立の女子大や短大とかと提携して、彼女たちも静大のサークルに参加するようになっていた。だから、別に女の子だからといって、扱いがいいわけではなかった。むしろ先輩たちは他校の女子に優しかった。そういうものなのか。

サークルを辞めたのは二ヵ月ほど前のことだ。Uではないが、らしくもないことをしても長続きはしない。そういうことなのだろう。

居心地が悪いとまでは言わないけれど、ここにいてもしょうがないなって思った。だから辞めた。昔からわかっていたことだけれど、どうやらあたしは集団行動というものが、あんまり得意ではないようだ。

とはいえ、大学生活そのものは快適だった。高校の時と同じように、クラスに何人か親しい友達もできたし、前と比べたらいろんな意味で自由だった。

例えば帰りが遅くなったりしても、それは仕方がないということになったし、外泊だって事前に伝えておけば大丈夫だった。悠々自適、という言葉が、今のあたしの毎日にもっともふさわしいものだろう。

「それで、具体的にはどうすんの？」

「それを相談するために電話してるんでしょうに」

みかりんが呆れたように笑う声が聞こえた。大ざっぱな計画では、いろんな大学の合否がはっきりするのは三月中旬以降だから、同窓会もそれに合わせて日取りを決めればいいと言う。なるほどなるほど、とあたしはうなずいた。

「とすると、三月の終わりって感じ？」

「そうなるんじゃない？　別に曜日とかどうでもいいと思うんだ。土日じゃなくたって、平日でも。みんな学生なわけだし」

「働いてる子もいるよ」

それもそうか、とみかりんが唸った。あたしたちは電話越しにそれぞれ手帳やカレンダーを見比べ、結局三月最後の日曜日の夕方から同窓会を開くことにした。

その頃なら、浪人していた子も再受験の結果が出ているだろうし、県外に行っている子も静岡に戻ってきているはずだ。日曜日なら、働いてる子も参加しやすいだろう。

それからあたしたちはそれぞれのクラスの幹事役の候補を挙げていった。みかりんが今まで声をかけていた何人かの子たちは、それぞれ了解してくれていたそうだけど、まだ全部のクラスの幹事が決まったというわけではない。

特に、男子が不足していた。例えば黒川のようなお祭り好きな子だったら、一も二もなくすぐに協力してくれるはずだったけど、彼は浪人してるからそんなことをしてる場合じゃないだろう。幹事役は現役で大学に受かっている男子でなければならなかった。

誰がどこの大学に入ったか、あたしたちの記憶もけっこうあやふやで、幹事役の候補が決まるまで三十分ぐらいかかった。その人たちにあたしとみかりんで分担して連絡を取り、幹事を引き受けてくれるかどうかを確認することにしよう、というところでその日の話し合いは終わった。

「あ、一人忘れてた」みかりんがいきなり大声を上げた。「あいつなんかいいんじゃない？　ほら、二年の時に転校してきた奴。誰だっけ、名前出てこないな、ほら、慶応だかどこだかの医学部かなんか行った子」

「……藤城？」

「そう、藤城！　あいつなんか、優雅なキャンパスライフ送ってそうじゃん。暇なんじゃないのかな」

「でも、東京だからね」

「それもそうか」

まあいいか、と言ってみかりんが電話を切った。藤城。その名前を聞くのも久しぶりだった。

あたしは自分の部屋の勉強机のところに行って、備え付けの整理棚を開いた。今年来た年賀状の束《たば》がそこに入っていた。

その一番上に、藤城篤志様、とあたしの字で書かれた葉書が載っていた。切手の下には、宛先不明、というスタンプが押されていた。

11

一年前、卒業式の後に開かれたクラスの卒業パーティに藤城は来なかった。そしてそれ以来、あたしは藤城の顔も見ていないし、声も聞いていなかった。噂さえもだ。

卒業式の日、教室で偶然藤城と会って、しばらく話した。藤城といると、どう説明していいのかわからないけど、とにかく気分が落ち着いた。癒《いや》される、といえばいいのだろうか。彼の声を聞き、彼の表情を見ているだけで、幸せな気持ちになれた。

それが恋というものなのだよ明智《あけち》くん、とかUなら言いそうだけれど、もっと違う何かが藤城とあたしとの間にはあったような気がする。気が合うとか、好きだとか、そういう簡単なひと言では表現しきれない何か。

でも、それを具体的に説明しようとしても、いつも言葉はするりと口元から逃げ出してしまう。もどかしい気分だけが残る。それがあたしにとっての藤城篤志という男の子だった。

去年の春、大学に入ってから、しばらくは落ち着かなかった。誰でもそうだと思うけど、履修登録とか必修科目と選択科目の違いとか、オリエンテーションとか、初めてのことばかりで、何がなんだかよくわからなかった。ようやくそういうどたばたした騒ぎが落ち着いたのは、四月の終わり頃のことだったろうか。

駅の近くにあったビルが改装され、それと同時に藤城のお父さんが勤めていたクリニックがなくなっていたことに気づいたのも同じ頃だった。高校の時のクラスメイトの何人かに聞いてみたけれど、理由はよくわからなかった。

千葉に戻ったんでしょ、と言っていた子もいたし、息子が東京の大学に通うことになったから、それに合わせて東京へ行ったんじゃないの、と言う子もいた。どちらにしても、そのクリニックがなくなっていたことだけは確かだ。

連休が明けた頃、勇気を振り絞って藤城の自宅に電話をしてみた。あたしたちは高三の時同じクラスだったから、名簿で彼の電話番号を調べるのは簡単だった。でも、電話には誰も出なかった。

ひと月ほど経ってもう一度かけてみたら、今度は電話局の合成音声で、この電話番号は現在使われておりません、というアナウンスが流れた。普通なら、新しい電話番号を言ってくれたりするはずだけど、それもなかった。

今年のお正月、高校時代のクラスメイトや、大学の仲間に年賀状を書いた。あたしはもともとそういうことにはまめなタイプで、それ自体は毎年のことだ。その時、藤城にも年賀状を出した。

藤城のお父さんがいたクリニックがなくなっている以上、たぶん彼の家は引っ越したのだろう。東京なのか千葉なのか、それとも他のどこかなのかはわからない。だけど、郵便だったら転居先まで届けてくれるのではないか。そう思って、年賀状を出してみたのだ。

でも、返事はなかった。一週間ほどが過ぎたところで、あたしの書いた年賀状がそのままあたしの元へ戻ってきた。宛先不明、というスタンプと、郵便局の人が書いたのだろう、葉書の表に〝宛先不明のためお届けできませんでした〟と細い字が記されていた。どういうことなのか、あたしにはさっぱりわからなかった。

12

意外にもというべきなのか、当然というべきなのか、同窓会開催の通知に対し、出席しますという返事はかなり多かった。

あたしとかみかりんの予想では、三百人ほどの同窓生のうち、七、八十人ぐらいがいいところなのではないかと思っていたのだけれど、最終的には約半数、百五十人ほどから出席の葉書が戻ってきた。そのため、あたしたちは最初に予約していた店をキャンセルし、もう少し大きな店を取り直さなければならなくなった。

三月の中旬、幹事会ということで各クラスから男女各一名ずつ、全部で十二名と、今回の発起人であるみかりんを合わせた十三名で集まった。百五十人の同窓生ともなると、お金の問題もあるし、あまりいいかげんなことはできない。

まずみかりんから、日程と時間、そして場所の説明があった。三月最後の日曜日、時間は夕方四時から、お店は静岡市内のポテトアイスという居酒屋。

よく考えてみるとあたしたちはまだ十九歳で、未成年なのだけれど、まあ少しぐらいお酒が入るのもいいんじゃないの、というのがみんなの総意だった。一応、あたしたちはそれぞれのクラスの担任の先生たちにも声をかけていたのだけれど、先生たちも積極的ではないにしても、まあ仕方がないだろうな、と了承してくれた。

食事や飲み物はフリードリンク、フリーフード、店の中央に置いてもらって、それを各自が自分の皿に盛って食べることになった。ポテトアイスというその店に、あたしは行ったことがなかったけれど、みかりんによればとりあえず味は悪くない、ということだった。

席は椅子なし、全員立食、その方がみんなで喋ったりとかしやすいでしょ、とみかりんが言った。みかりんの事務処理能力は、高校時代と比べるととんでもなく向上していて、他の幹事たちからところどころで質問が出たけれど、だいたいのことは彼女の想定の範囲内にあったようだ。どんな質問にもてきぱきと答えていた。

後は出欠の確認だけだった。去年の夏、別のクラスで同窓会を開いたところ、行く行くとほとんどクラス全員から手が挙がったが、最終的に集まったのは約半分、二十人ほどということがあったという。今回、そこまでひどくはないにしても、ある程度ドタキャンする者が出てくる可能性については考えておかなければならなかった。

ポテトアイスというその店には、とりあえず会費五千円、百人ということで予約を入れていたのだけれど、多くなった場合はともかく、百人以下ということになれば、その分はあたしたち幹事が補塡《ほてん》しなければならなくなる。そのリスクを避けるためにも、人数の最終確認は必要だ、とみかりんは言った。

「あんた、ずいぶん変わったねえ……昔はもうちょっと、何ていうか……」

「専門学校行ったらね、みんなこうなんのよ」みかりんが大きな口を開けて笑った。「大学生と違って、いろんな意味で実践《じっせん》的なことをやらなくちゃならないからさ、どうしてもこういうことになっちゃうんだよ」

そういうものなのかもしれない。あたしにはよくわからなかったけど、本人がそう言っているのだから、たぶんそうなのだろう。

その後、みかりんがそれぞれのクラスの幹事に、自分のクラスの人で出席の返事を出してきた者に対し、基本的に電話で最終確認を取るように命じて、幹事会が終わった。みんなの目が点になっていたのは、言うまでもないだろう。

13

同窓会は盛況だった。

担任の先生たちも全員出席してくれたし、卒業生たちもみかりんとあたしたち幹事の執拗な確認攻撃に音を上げたのか、ドタキャンする人はほとんどいなかった。むしろ、やっぱり都合がついたとか言って、急遽《きゅうきょ》参加する人が二十人ほどいたりして、最終的には百六十人を超える同窓生が集まっていた。

人が増えていくにつれ、いくつものグループが輪を作り、誰がどこで何をしているのか、というような話になった。二浪が決まっちまったよ、と嘆《なげ》く黒川のような子もいたけれど、一浪していた連中のほとんどは、受験戦争を何とか乗り切り、大学とか短大への進学が決まっていた。

あたしのところにも、よく知らない別のクラスの男の子がやってきて、先輩よろしく頼むね、と声をかけてきた。成田《なりた》というその子は、一浪して静岡大学に入ったのだという。なるほど、後輩だ。

その他に話題として多かったのは、同窓会なら当たり前かもしれないけど、高校時代の思い出話だった。修学旅行で煙草をすっているのがばれて謹慎《きんしん》処分を受けた者、学園祭のたびに馬鹿なことをやっていた連中、あの頃は誰にも言えなかったけど、実はつきあっていたというカップル。あるいは、秘めた思いを今も心の奥底にしまっている人もいたのだろう。

最初のうちは、みんな少し遠慮気味だったけれど、お酒が回るにつれ、暴露話とかも出てきた。ホントはこいつ、誰それのことが好きだったんだぜ、とかそんな話もあった。今になってみれば、すべてが懐かしい思い出だった。

「冬子」

Uがポテトアイスというその店に来たのは、同窓会が始まって三十分ぐらい経ってからのことだ。昔からそうだけど、どちらかといえばUは時間にルーズな子だった。ナオとピータンがすぐに飛んできた。ピータンは周囲の勧めもあって、私立の女子大に入っていた。

「東京の子が来たよ」

ナオがくすくす笑いながら言った。何よそれ、とUも笑い返した。

でも、ナオの言う通りだった。Uは流行のハマトラファッションに身を包み、少し日焼けしていた。スキー焼け、とUが言った。彼女がスキー部に入ったという話は、電話とかでも聞いていた。

「よお」

黒川が近づいてきて、Uに話しかけた。しばらく二人で話していたけど、笑いながら黒川が手を振って離れていった。

「あんたたち、結局どうなってるわけ？」

「オトモダチ」

Uはそれしか言わなかった。東京と静岡、そして女子大生と二浪が決まった黒川とでは、立場が違い過ぎる。どうすることもできなかったのだろう。

それでも、お互いに嫌いで別れたわけではないのは、見ていてよくわかった。どうにもならないまま、彼らはそれぞれの道を選んだのだ。

ポテトアイスというその店には、三時間ほどいた。会に出席していた者たちはそれぞれの現状を報告しあったり、連絡先を交換したりしていた。やってみてよかったね、といつの間にかあたしの隣にきていたみかりんが言った。

本当にそうだった。この三時間だけ、あたしたちは高校生に戻った。それは一種のノスタルジーなのかもしれなかったけれど、そういう時間があってもいいと思った。

「二次会とかはどうするのかな」

「一応、店は選んであるんだけど……みんな、好きにするんじゃないのかな。人数多すぎるから、適当にばらけるんじゃない？　それより、どうしようか。最後に先生とかに挨拶してもらう？」

「全員にやらせると長くなるよ」

あたしがそう言うと、それもそうだね、と難しい顔でうなずいたみかりんが、ちょっと相談してくると言って先生たちのテーブルの方へ行った。

藤城ってさ、という声が背中の方から聞こえたのはその時だった。振り向くと、別のクラスの岡村《おかむら》という男の子と、もう一人名前を覚えていない男の子が話していた。

「藤城って、転校生の？」

思わず、あたしは二人の会話に割り込んでいた。一瞬、戸惑ったようにあたしを見ていた岡村が、そうだけど、とうなずいた。

「あいつ、どうしてんのかなって思って」

「どうしてんのって……慶応行ったんじゃないの？」

会ったことないんだよな、と岡村が首をひねった。よく聞いてみると、岡村も現役で慶応の医学部に入学したのだという。

「藤城のことはさ、クラスが違ったからよく知らないんだけど、同じ高校から来てるわけだから、俺、ちょっと頼りにしてたんだよ。あいつ、東京からこっちに転校してきたんだろ？　だから、いろいろ教えてくれるんじゃないかって」

正確にいえば東京ではなく千葉だったけれど、岡村の言いたいことはよくわかった。そうそう、ともう一人の男の子がうなずいた。彼は国枝《くにえだ》といって、やっぱり慶応の文学部に通っているのだそうだ。

「とにかく、大学で見たことないんだよな。まあ、本人から直接聞いたわけじゃないからさ、何かの間違いってこともあるのかもしんないけど、あいつ慶応じゃなかったんだな。ちょっと肩透かし食らった気分だよ」

本当にそうなのだろうか。藤城は慶応の医学部に進んだのではなかったのか。

あたしは高校の卒業式の日、藤城と教室で交わした会話について、必死で思い出そうとした。

確かに、言われてみれば彼は大学の話を意識的に避けていたところがあったような気がする。でも、なぜ。いったいどうして。

あたしはその場を離れて、先生たちがいるテーブルに向かった。みかりんが何か話していたけど、それを無視して担任のカツマタに話しかけた。

「先生、すいません……ちょっと教えてほしいことがあるんですけど……藤城くんって、どこの大学に行ったんですか？」

「何だ、おまえ、いきなり」食べかけていたピザを皿に戻しながらカツマタが言った。

「びっくりさせるなよ」

「それは、その……今回の同窓会で、藤城くんと連絡が取れなくて……」しどろもどろになりながらあたしは言い訳をした。「また同窓会やることになったら、その時には連絡が取れるようにしておきたいと思って……」

「藤城は……慶応だよ。ですよね」

カツマタが左右を見た。確かそのはずだけど、とオノダという女の先生がうなずいた。

「あなたたちの年の進路指導は私が担当していたから、だいたいのことは覚えてるけど……藤城くんは慶応の医学部だったはずよ。本人からそういう連絡があったのも、よく覚えてる。もう一人、岡村くんもそうじゃなかったかしら」

「でも、岡村くんは……」何がなんだかよくわからなくなっていた。「大学で、藤城くんを見たことがないって……」

どういうことでしょうね、とオノダ先生が周りを見た。先生たちが、さあ、と首を傾《かし》げた。

14

そういう生徒がいないわけじゃない、とカツマタが説明してくれた。よりレベルの高い大学を目指すため、受かったとしてもその大学には行かず、予備校に通うなどして受験勉強に励むような子がいる、というようなことだ。

「でも、慶応の医学部ですよ。それより、上って言ったら」

「ないわけじゃないだろう」カツマタが言った。「早い話、東大の理Ⅲとか。藤城は医者志望だったんだよな？　だとしたら、本当に東大を狙ってるのかもしれない」

カツマタの言いたいことはわかったけど、でもそれはおかしい。だって、藤城は共通一次試験を受けていなかった。

東大の理Ⅲを狙っているのなら、難しいとわかっていても共通一次を受けなければならない。自信があろうがなかろうが、ルールはそういうことになっている。辻褄《つじつま》の合わない話だった。

あたしの疑問に、それもそうだなあ、と言ったきりカツマタが口を閉じた。答えようがない、ということなのだろう。実際のところはどうなのか、それは藤城自身にしかわからないことだ。

「気が変わったんじゃないのか？　慶応でいいやと思ってたけど、受かってみたらやっぱり東大の方が良かった、みたいな。レベルの違いはあっても、そういう生徒はけっこういるぞ」

そういうことなのかもしれなかった。どちらにしても、カツマタに限らず先生たちやクラスメイトたちにも、本当のところはわかっていなかった。

はっきりしているのは、藤城が慶応の医学部に合格したにもかかわらず、大学に通っていないということだけだ。

同窓会が終わり、四月になった。二年生になったあたしは、大学内でもあまり目立たないマスコミ研究会というサークルに入り直していた。

この頃、あたしは将来の志望を新聞記者とはっきり決めていた。別に、そのために入ったわけではなかったけれど、とりあえずそこにいる人たちは、前に入っていたキューブの部員よりつきあいやすかった。

あれからあたしは折に触れ、高校時代のクラスメイトと連絡を取り、藤城が今どこにいるのか、何をしているのか、知っている人がいないか尋ねて回るようになっていた。少なくとも、静岡県内の大学はすべて調べたつもりだ。

でも、彼のことについて知っている人は誰もいなかった。藤城が静岡を離れていることは間違いないようだった。

そうなってしまうと、捜す範囲は極端に広くなってしまう。日本のどこか、というのでは捜しようがない。

一番可能性が高いのは、カツマタや他の先生たちが言っていたように、藤城がもっとレベルの高い大学を目指して予備校などに通っているということだ。そして、そうだとすれば彼が行っているのは東京の予備校だろう。

他県にも有名な予備校、進学塾の類はあったけれど、わざわざそんなところへ行くはずもない。東京へ出るのが普通のはずだ。

あたしは東京の予備校に通っていたことのあるクラスメイトや、黒川のように二浪して未だに浪人生活を続けている男の子たちと連絡を取り、藤城のことを知らないか、見たことはないかと聞いて回った。消息不明の藤城を捜すことに、どんな意味があるのか自分でもわからなかったけれど、それはある種の意地だったのかもしれない。

でも答えはひとつだった。見たことないなあ。誰もが同じ言葉を口にした。

これは葵高に限った話ではないけれど、静岡の高校に通っていた学生の多くは県内の大学を目指す。そうでなければ東京か、名古屋か、京都か、大阪か。

行くとしたらそれぐらいだ。わざわざ東北大学や九州大学を狙う者など、絶対にいないとは言わないけれど、めったにいないだろう。

だからあたしは大阪や名古屋の大学に通っている子や、その後輩たちにも頼んで藤城についての情報を調べていった。それでも結果は同じだった。藤城がどこで何をしているのか、あたしには調べることができなかった。

「宅浪じゃないの？」

相談するためUに電話をしたら、そんな答えが返ってきた。確かに、藤城は成績も良く、勉強ができた。わざわざ予備校に通う必要を感じていないのかもしれない。

でも、だとしたら彼を捜すことは絶対に不可能だ。どこに引っ越したのかさえわからないのに、自宅がどこにあるかなど、調べられるはずもない。日本はそんなに狭くないのだ。

夏が過ぎ、秋になった。さすがにその頃になると、あたしも諦めがついた。藤城がどこにいるのかを捜すのは無理だとわかった。

もしかしたら、留学とかしているのかもしれない。何となくだけど、そんな気もしていた。それ以外、考えようがなかったのだ。

年が明けた頃、またみかりんから連絡があった。去年の同窓会が好評で、いろんな子たちから、もう一回やってよ、と言われたという。

また助けてくれないかなあ、というのが彼女の用件だった。断る理由はないから、今回もみかりんを手伝うことにした。善は急げじゃないけれど、あたしたちは翌週の金曜日、あたしの大学の授業が終わるのを待って会うことにした。

その日のことはよく覚えている。一月の中旬、とても寒い日だった。あたしは午後の心理学の授業が終わってから、その頃流行っていたピーコートを着て教室を出た。

みかりんとは、静岡の駅近くにある喫茶店で待ち合わせていた。授業がいつもより少し長引いたので、ちょっと遅れるかもしれないな、と思ったのも覚えている。寒いこともあって、あたしは急ぎ足で校門へと向かった。

不意に、あたしの足が止まった。どうしてだろう。何であたしは動けなくなっているのだろう。

その理由はすぐにわかった。校門のところに、茶色のダッフルコートと見覚えのある青いジーンズ姿の男の子が立っていたからだ。藤城篤志がそこにいた。

15

校門までの百メートルほどの距離を、あたしは一気に駆け抜けた。はあはあと荒い息をつきながら、改めて藤城を見つめた。

高校の頃もよく穿いていたブルージーンズ、足首のところがハイカットになっているバスケットシューズ、ボタンダウンの黄色いシャツ、そしてその上からダッフルコートを羽《は》織《お》っている。間違いなく、そこにいたのは藤城篤志だった。

「久しぶり」

藤城がちょっと横を向いたまま軽く片手を上げた。照れているのが伝わってきた。正直な話、あたしも同じだった。走ってきたのはいいけれど、いったい何を話せばいいのだろう。

「うん……久しぶり」

時間ある？　と藤城が尋ねた。

「……うん」

答えたあたしに、ちょっとお茶でも飲まないか、と言って藤城が歩きだした。あたしはその後に従った。

ごめんね、みかりん。あたしは心の中で手を合わせた。みかりんはもう駅前の喫茶店に来て、あたしを待っている頃かもしれない。でも、ごめん、みかりん。あたし、いまそっちへ行けない。

「どれぐらい、あそこにいたの?」

歩きながらあたしは尋ねた。そんなでもない、と藤城が答えた。

「二十分ぐらいかな」

「どうして、あたしの授業の時間割を知ってたの?」

「知るわけないだろ。探偵じゃないんだから」

藤城が笑った。だって、とあたしはつぶやいた。静岡大学は午前中に九十分の授業が二コマ、そして午後にやっぱり二コマある。必修科目もあるけれど、選択科目もあるから、どの授業にあたしが出るかなんて、わかるはずがない。

「でも、吉野冬子のことは知ってる」藤城が口を開いた。「彼女は基本的に真面目な性格だ。授業をさぼったりする可能性は低い。まだ二年生だから、取らなければならない授業は多いだろう。平日である今日、午前中にも午後にも、何かの授業を受けている可能性は十分以上にある。昨日、大学に電話して、授業の時間割について聞いてみたんだ。すぐに教えてくれたよ。それによれば、静大の午後の時間割は、一時から九十分、二時半にその日の三限目が終わり、次の四限目は三時から四時半までということだった。つまり、どれだけ遅くなっても、四時半には学校を出るはずだ。そして彼女は必ず正門に向かう。裏門から出る理由なんてないからね。だから、三限が終わる二時半か、四限が終わる四時半に正門の辺りにいれば、吉野は絶対に見つかると思ってた。まあ問題があるとすれば、いきなり休講になって授業が早く終わるような場合だけど、だから少し早めにあそこで待ってたんだ。もし三限が終わっても出てこないようなら、今度は四限の終わりを待つつもりだった」

論理的ではあるけれど、穴がないわけでもない。もしかしたらあたしが今日は授業を取っていない日だったかもしれないし、サークルだってある。サークルがあれば、あたしは学校内の喫茶店で時間をつぶしていただろう。

「だったら……昨日のうちにでも電話してくれればよかったのに」

そう思ったんだけどさ、と藤城が困ったような表情になった。

「おれ、高校の卒業の時にクラスの名簿とか全部無くしちゃったんだよ。吉野に限らず、クラスの奴らの電話番号とか、全然わかんなくてさあ……まあ、一種の賭けっていうか……会えたらそれでいいし、会えなかったら、それも仕方がないかなって」

「すごい賭け」

寒いな、と藤城が手をこすり合わせた。

「まあいいじゃん、会えたんだから……ああ、ここでいいかな」

駅へと続く道の途中にある〝ウッドペッカー〟という店の前で彼が立ち止まった。あたしも何度か入ったことがあった。よくある昔ながらの喫茶店だ。

いいよ、とあたしがうなずくのを確かめてから、藤城がドアを押して中に入った。カウベルの音が鳴った。

16

あたしたちはそれぞれコートを脱いで、店の一番奥の席に座った。藤城がコーヒーを、あたしはレモンティーを頼んだ。藤城が胸のポケットからラクダのイラストが入った茶色い煙草のパッケージとジッポーのライターを取り出して、テーブルの上に置いた。

「煙草、吸うんだ」

「まあね」

慣れた手つきで煙草に火をつけた。二年が経ったんだな、と改めて思った。

尋ねるべきことが、あたしにはたくさんあった。高校の卒業式の後、クラスで行われた卒業パーティにどうして来なかったのか。慶応には行っていないのか。今、どこに住んで、何をしているのか。でも結局あたしの口から出てきたのは、一番簡単な質問だった。

「どうしたの、いきなり……すっごい驚いちゃった」

「うん、まあ……驚かせたいっていうのもあったしね。さっき、校門のところで吉野はすごい顔してたぞ」藤城がおかしそうに笑った。「時効寸前の犯人を見つけた刑事みたいだった」

どうもすみませんね、とあたしは鼻をこすった。エプロンをつけた店のオーナーっぽい人が、コーヒーとレモンティーをあたしたちの前に置いて、ごゆっくりどうぞ、とひと言言い残してから、カウンターの中に戻っていった。

「そりゃ驚くわよ。当たり前でしょ、いきなりあんなところにいられたら……まあいいけど、そんなこと。ねえ、藤城くん、この二年間どうしてたの？　慶応に行ったんじゃなかったの？」

うん、と煙草をくわえていた藤城が、灰皿に灰を落とした。

「一応ね、慶応を受けるだけは受けたよ。合格したのは学校に届けた通りさ。ただ、どうしても行けない事情があってね」

「……東大狙うとか、そういうこと？」

そんなんじゃないよ、と藤城が手で煙を払いながら、煙草を灰皿に押し付けた。

「ちょっと実家でいろいろあって……帰らなきゃならなかったんだ」

「ああ、そうだ。藤城くんの実家ってどこなの？　去年、同窓会があったんだよ。ずいぶん捜したけど、藤城くんがどこに住んでるのかわかんなくて……お父さんの勤めてたクリニック、ビルの改装かなんかで閉めちゃったでしょ？　家に電話かけてもつながんないし、学校の名簿で住所調べて葉書出したけど、宛先不明で戻ってくるだけだし……引っ越すのもいいけど、少なくとも連絡先がわかるようにしておいてほしかったな」

ごめん、と藤城が謝った。今度、また三月の終わりに同窓会やるんだけど、その時は来てよねと言うと、難しいな、と彼が答えた。

「どうして？」

「……個人的な事情っていうか……」藤城が小さくひとつ咳をした。「吉野の方こそどうなの。大学はうまくいってるの？」

「話をごまかさないで」

あたしは思いきり藤城を睨んだ。この機会を逃したら、また藤城は行方をくらましてしまうだろう、という強い予感があった。

一年以上、あたしは藤城をずっと捜してきた。それでも見つけることができず、諦めかけていたところに彼がいきなり姿を現した。今を逃せば、もう次はないだろうという脅えに似た想いがあたしの中にあった。

「いったいどういうこと？　どうして、今日突然現れたの？　今、何してるの？　どこに住んでるの？　どうやって連絡を取ればいいの？」

あたしは半分立ち上がっていた。他に客がいなかったからいいようなものの、ずいぶんと切羽詰《せっぱつ》まった表情になっていたかもしれない。座れよ、と藤城が新しい煙草に火をつけた。

「……さっき、東京から来たんだ」

「東京？　東京に住んでるってこと？」

違う、と藤城が首を振った。

「東京に住んでるわけじゃない。親父が東京に用事があってね。本当は今日帰るはずだったけど、飛行機の便が取れなくてさ。明日の朝の便で帰ることになった。つまり、明日の朝までに東京へ戻ればそれでいいってこと。ずっと前から考えてたんだ。チャンスがあったら吉野に会いに行こうって。それで新幹線に飛び乗ってここまで来たってわけ」

「……どういう意味？」

あたしには彼が何を言っているのか全然わからなかった。そんな顔するなよ、と藤城が手を振った。

「とにかく、吉野の顔が見たかったのさ。ちょっと大人っぽくなったかな？　そうでもないか。二年じゃそんなに変わらないよな」

つぶやいた藤城があたしの顔をじっと見つめて、小さく微笑んだ。あたしは思わず目を伏せてしまった。

「よくわかんない……どうして東京に着いたなんて言い方をするの？　今日帰るはずだったって、どういう意味？　どこに帰るの？　飛行機ってどういうこと？　どうして今日中に戻らないといけないの？　東京に住んでるんじゃないの？」

質問ばかりがあたしの口をついて出た。藤城が頭を振った。

「東京に住んでるんじゃないんだ」

「じゃあ、どこに？」

千葉なのだろうか。藤城はもともと千葉から静岡に引っ越してきた。お父さんが千葉の病院に勤めていて、それから静岡に移って来て、彼はあたしたちの高校に転校してきた。そうではなかったのか。でも、それならば飛行機には乗らないはずだ。

「東京には、ちょっと寄ったってことになるのかな……いろいろあってさ」

「だから、そのいろいろを聞いてるの。話してよ。どういうことなの？　この二年、どうしてたの？　どこに住んでたの？」

返ってきた答えは、わたしの予想の中にまったくない単語だった。

「ソウル」

「……ソウルって……韓国の？」

「そう」

それだけ言って、藤城が煙草を一本抜き取った。ちょっと険しい表情になっていた。それを言うのは、彼にとってものすごく勇気がいることだったのだろう。ソウル。どういうことなのか。藤城がその一本の煙草を吸い終わるまで、あたしたちは黙ってお互いを見つめていた。

17

最初から話した方がわかりやすいよな、と藤城がグラスの水をひと口飲んだ。

「おれ、韓国人なんだ」

あんなに驚いたことは後にも先にもない。あたしは彼の顔を見ているしかなかった。

「本名は、金春成《キンシュンセイ》っていってね」藤城が宙に字を書いてみせた。「中学まではずっとソウルに住んでた。日本語が結構喋れるのは、親の教育方針ってやつ。親父ももちろん韓国人なんだけど、親父が言うには、韓国の医療技術は日本と比べてまだまだレベルが低いらしい。いつかは日本へ行って、最先端の医療技術を学びたいっていうのが口癖だった。そういうこともあって、息子のおれに日本語の勉強をさせてたんだ。それこそ幼稚園とか、そういう年齢で始めたから、そんなに苦じゃなかったよ。中学の頃になると、親父よりよっぽどうまく話せるようになってた」

「……それで？」

あたしには信じられなかった。藤城が韓国人だなんて、まさか。

「おれが日本でいう中学三年生になった年、親父は念願かなって日本への留学の許可を得た。それまで、いったい何年かかったんだろうなあ。まあとにかく、親父は日本へ行くことになった。問題はおれさ。うちは母親が早くに亡くなってて、いなかったからね。親父が日本へ行ったら一人きりになっちまう。おれとしては、日本に行ってみたかった。カッコよくいえば知的好奇心ってところかな。親族会議とかが何度もあったけど、どうにか希望通りおれも日本へ行けることになった」

藤城がまた水を飲んだ。あたしも同じように、レモンティーのカップに口をつけた。

「親戚に、日本に帰化した韓国人の医者がいてさ、それが藤城って人だった。戸籍とかどうしたのか、おれにはよくわからない。その辺は大人たちがうまくやってくれたんだろう。形としては、おれは藤城さんの養子ってことになったみたいだったけど、何しろおれも十四歳とか十五歳ぐらいだったからさ、細かいことは今でもよくわかってないんだよ。とにかくおれは日本に来て、藤城篤志って名前になった。金春成のまま朝鮮学校へ行くって手もあったんだろうけど、それは藤城さんが反対したらしい。やっぱり……差別とか、そういうことを考えたんだろうな。藤城さんは千葉に住んでいて、最初は親父もそこで世話になってた。もちろんおれもだ」

差別。その言葉はあたしの胸に重く響いた。あたし個人の中に、外国人、特に韓国人に対する差別意識はない。ただ、一般的にはそういう感覚を持っている人が少なくないというのも事実だろう。

あたしはそういう人たちを軽蔑してしまうぐらいだけど、韓国人というだけで眉をひそめてしまう大人がいるのは本当だった。馬鹿じゃないか、と思う。日本人だって韓国人だって他の国の人だって、同じ人間なのに。何も変わりはしないのに。あたしはむかむかする胸の想いを抑えながら、話の先を促《うなが》した。

「千葉にはどれぐらいいたの？」

「中学を卒業するまでだから、半年ぐらいかな……ちょうど藤城さんが勤めていた病院から都内の病院へ移ることもあって、おれと親父も東京へ引っ越した。入ったのは普通の私立高校でさ、別に問題はなかった。そのまま東京で暮らすのかなって思ってたんだけど、親父の指導教授っていうのかな、留学生だった親父の面倒を見ていた大学の先生が、家の事情で静岡に帰らなければならなくなった。親父はずいぶんその人のことを尊敬していたみたいで、一緒に来てほしいという誘いを断れなかった。勉強や研究は静岡でもできるってわかってたこともあったんだろうけど、それでおれはまた転校することになった。高二の夏休み明けって妙な時期におれが葵高に転校したのは、そういうわけがあったのさ」

わかってくれた？　と藤城が言った。彼の説明は理路整然としていて、その意味ではよくわかったけれど、彼が韓国人だという驚きの方が強かった。

「藤城くんとしては……それでよかったの？」

うん、と藤城がうなずいた。

「おれ、結構環境に慣れるのが早い方なんだ。別に困ることはなかったよ。むしろ怖かったのは……みんなと親しくなることだった」

「親しくなるのが……怖かった？」

「親父の留学期間がだいたい三年ぐらいってのは、最初からわかってた。親父はいいさ。医学の勉強してりゃいいんだから、人間関係の問題はそんなにない。だけど、こっちは多感な高校生なわけじゃない？　友達だってできるし、親しくなる奴だって出てくる。だけど、三年経てばおれはソウルに帰らなきゃならない。怖かったっていうのはそういう意味さ。あんまり親しくなりすぎると、別れるのが辛くなる。千葉の中学にいた時も、そんなことがあったんだ。しかも、おれは韓国人だぜ。仲良くなれば、そんなこともいつかはわかってしまう。そうしたらどうなるか……吉野にもわかるだろ」

「藤城が韓国人でも宇宙人でも、あたしには関係ない。藤城は藤城だもん」

あたしはきっぱりと言い切った。藤城が何人でも、あたしには関係ない。

藤城は誰よりも大切な人だ。それだけは間違いのない事実だった。そうはいかないさ、と藤城が苦笑した。それはとても暗い笑みだった。

「どっちにしても、おれはソウルに戻らなきゃならなかった。それはおれにはどうしようもないことだったんだ。だから、誰とも親しくなるのを避けてた」

「気持ちはわかるけど……」あたしは言葉を捜した。「確かに、別れは辛いよね。だけど、それって日本人とか韓国人とか、関係ないと思う。あたしだって、例えばUは東京へ行っちゃって、もう一年近く会ってない。でも、それはしょうがないと思ってる。選ぶ道がみんな一緒なんてありえない。どこかで別れ道にさしかかったら、自分を信じて進むべき道へ行くしかない。そうでしょ？　それに、例えば電話だってあるし、手紙だって……」

そうだな、と藤城が微笑んだ。そんなことは藤城にだってよくわかっていたのだろう。それでもやっぱり別れは辛い、と彼は思った。だから彼は葵高に来た時も、積極的にクラスに溶け込もうとはしなかったし、友達を作ろうともしなかった。

その時は楽しいかもしれないけれど、後でくる寂しさに自分の心が耐えられないとわかっていたのだろう。藤城がそういう繊細な神経の持ち主だということを、あたしはずっと前からわかっていたような気がしていた。

「卒業パーティに行かなかったのも、そのためさ」藤城が言った。「行くのは簡単だよ。でも、行けば思い出が残っちまう。楽しければ楽しいほど、後で寂しくなる。だから行かなかったんだ」

「じゃあ、何で慶応受けたりしたの？」

「あれはおれにとって記念受験だったんだ。四月になれば、ソウルに帰ることはわかってた。最初から三年間のつもりだったし、その三年が終わったってことさ」

藤城が小さくため息をついた。今はどうしてるの、と尋ねると、ソウル大学に通っているという答えが返ってきた。

「日本の受験勉強術ってのは、やっぱり効率がいいね。それだけは確かだな。おかげで、何とか合格したよ」

「今度は、何のために日本に来たの？」

「さっき話した親父の恩師っていう人が亡くなったんだ。その人は静岡から、また東京の病院に戻っててね。一年ぐらい前って言ってたかな……それで、葬儀のために、一昨日日本に来たんだよ。本当はそのまま帰るはずだったけど、チケットが取れなかったのはさっきも言ったよな。逆にいえば、そのおかげでおれにも時間ができた。これでもいろいろ考えたんだぜ。そのまま東京に残って、明日の飛行機で韓国に帰ってもよかった。何も言わず、誰とも会わず、そのまま帰ってもね。だけど、やっぱりそれじゃ駄目だってわかった。わかったっていうより、最初からおれはそのつもりだったんだ。もしもう一度日本へ行く機会があれば、何があっても会わなければならない人がいる。その人に会って、俺についての本当のことをすべて話さなけりゃいけないって。今まで隠していたことや、言えないでいたことを伝えなきゃならないって。つまり、おれには、どうしても会っておきたい人がいた。それが吉野冬子だったってわけ」

藤城が照れ臭そうに頭をがりがりと掻いた。ありがとう、とあたしは言った。いろんな想いを込めて、ありがとう、ともう一度言った。

「あたしも、ずっと藤城に会いたかった。ずっと、ずっと」

それからあたしたちはどれぐらい話しただろう。いろんなことを話した。日本のこと。韓国のこと。思い出話。

でも、必ず終わりは来る。藤城のはめていたアラーム時計から金属音が流れた。夜の七時になっていた。

「……行かなきゃならない」

藤城が低い声で言った。うん、とあたしはうなずいた。引き留めても仕方がないことはわかっていた。

「……東京に戻るんだね」

「そのままソウルへ帰る。もう会うこともないかもしれないけど……とにかく、会えてよかった」

そんなことない、とあたしは首を振った。

「きっとまた会えるよ。絶対」

そうだな、と小さく笑った藤城が手を伸ばした。あたしはその手を力いっぱい強く握りしめた。

18

新幹線のホームにあたしたちは立っていた。十九時二十五分、東京行きの〝こだま〟が入ってくる。藤城はそれに乗って東京へ帰ることになっていた。あと五分。

「見送られるのって、嫌だな」藤城がぽつりと言った。「見送るのも嫌だけど」

その手には小さなバッグと、あたしが買ってきた冷凍みかんの袋があった。不釣り合いだったけれど、他に買うようなものは何もなかった。

「会えてよかった」

藤城が口を開いた。あたしもうなずいた。あたしは、絶対泣かないつもりだった。泣くのなんて簡単だ。そんなのいつでもできる。藤城には、あたしの最高の笑顔を覚えていてほしかった。

「本当に、会えてよかった」

もう一度藤城が言った。彼の言う通り、別れは辛く、寂しいものだ。それでも、あたしは今日のことを一生忘れないだろう。

それはとても辛いことかもしれないけれど、もしかしたらとても幸せなことかもしれない。少なくとも、こんなふうに出会い、こんなふうに別れるのが、決して悪いことであるはずがなかった。

ベルの音が大きく鳴った。新幹線の入ってくる合図のベルだ。あたしたちは同時に手を差し出していた。思わず顔を見合わせて笑ってしまった。

「吉野、ありがとう」

藤城があたしの手を強く握った。ううん、とあたしは首を振った。

「……あたしの方こそ、会いにきてくれて、本当にありがとう。嬉しかった」

新幹線がホームに入ってきた。アナウンスの声が響いている。それじゃ、と言いかけた藤城が、胸ポケットから一枚の紙を取り出した。

「これ、おれのソウルの住所。よかったら、手紙書いてくれるかな」

「書く書く。いっぱい書いてやる」

本当は、学生名簿を無くしたっていうのは嘘なんだ、と藤城がうつむいたまま言った。

「捨てたんだ……連絡先がわかってたら、おれ、吉野に必ず手紙書いちゃってたからね。だから、高校の時の物は全部捨てた。馬鹿だよなあ。手紙、書けばよかったんだ。最初から韓国人だって言えばよかったんだ」

「今からでも、全然遅くないよ」

あたしたちはそれぞれにそっと手を離した。藤城が新幹線に乗り込んだ。

「吉野、元気でな」

「藤城くんも。体に気をつけてね」

ドアが閉まった。藤城が窓越しに手を振った。あたしは思わず叫んでいた。

「藤城！　大好きだよ！」

わかってる、というように藤城がまた手を振った。藤城、とあたしはもう一度叫んだ。聞こえているのかいないのか、そんなこと全然関係なかった。

「最初っから、ずっと好きだったんだぞ！」

新幹線がゆっくりと動き出した。ホームではあたしのことを不思議そうに見ている人が何人もいたけど、そんなのちっとも気にならなかった。あたしは新幹線が見えなくなるまで、ずっとホームに立ち尽くしていた。

19

その夜家に帰ると、みかりんからの電話が待っていた。大目玉を食らったけれど、ごめんね、としかあたしには言うべき言葉がなかった。

藤城の話はしなかった。誰にも言うつもりはなかった。たぶん、彼もそれは望んでいないだろう。

夜中、あたしは起き出して机に向かった。静岡駅から帰る途中に買ってきたエアメール用の薄い便箋《びんせん》に、藤城への手紙を書くためだ。書くことはいろいろあったけれど、とにかく会えて嬉しかったこと、また会いたいというようなことをまとめて記した。

翌週の月曜日、あたしは大学へ行く前に郵便局へ寄り、そこで初めて国際郵便の出し方を聞き、手紙を投函した。それから毎週月曜日になると郵便局へ行くのが、あたしの習慣になった。

二週間後の水曜日、藤城からの手紙が届いた。あの日会えて嬉しかったこと、もっと時間があればよかった、というようなことが書いてあった。本格的な文通が始まったのはそれからだ。

週に一度、あたしはその週にあった出来事や、考えたこと、読んだ本、感じたことを便箋にびっしりと書いて送った。藤城は藤城で、大学でどんな勉強をしているのかとか、何があったのか、そんなことを書いてきた。文章の量が少ないのはちょっと物足りなかったけど、男の子ってそういうものだろう。

国際郵便のシステムがどうなっているのか、あたしにはよくわからない。でも、だいたいにおいて送った手紙の返事は十日後ぐらいに届いた。

だから、時々同じことを重ねて書いてしまったり、前にもらった手紙の返事を書くようなこともあったけれど、静岡とソウルなのだから仕方がない、というのがあたしたちの共通した意見だった。重要なのはあたしたちが文通を続けていることだ。他のことはどうでもよかった。

藤城への手紙を書くことも、藤城からの手紙を読むことも、全然飽きなかった。藤城の方がどうだったかはわからないけれど、少なくともあたしにとってはそうだった。時には、最初に来た手紙から順番に、すべての手紙を読み返すことさえあった。

あたしは藤城との手紙のやり取りについて、誰にも話さなかったけれど、大学の友人たちの中には、冬子、ちょっと変わったね、という子もいた。何か、すごく明るくなった感じがすると言われたこともあった。

そうなのかもしれない。少なくとも、藤城と確実に一本の線でつながっているという事実は、あたしにとって心強いものがあった。

手紙のいいところは、何度でも繰り返し読むことができる点だろう。何か困ったことがあったり、不安になったりすると、あたしは藤城の手紙を読み返すことにしていた。別にそこに何か答えがあるわけではないけれど、いろんな意味でのメッセージを読み取ることができた。

春になっても、文通は順調に続いていた。会いたい、という気持ちがどうしようもなく募《つの》ってきたのもその頃だ。

ただ、海外旅行はあたしには手の届かないものだった。もちろん、海外へ行く同級生がいないわけではなかったけれど、静岡という土地はその意味で中途半端で、国際空港がないためか、どうしても海外旅行が身近に感じられない。

当然のことだけれどお金もかかる。あたしは夏休みに目一杯アルバイトをしてそのお金でソウルへ行く計画を立て始めていた。そんな時、藤城からの手紙が届いた。大学三年生になったばかり、四月はじめのことだ。

四月の終わりか五月のはじめに東京へ行く用事がある。その時会えないか、というのがその内容だった。もちろん、いつでも大歓迎、とあたしは返事を送った。数ヵ月ぶりだけれども、藤城と会えるというだけであたしは嬉しかった。

ただ、何となくだけど、文面がちょっと暗い感じがするのが気になった。別にはっきりした根拠があったわけではない。

それでも、何ともいえない違和感が残った。切迫した感じ、といってもいいかもしれない。どうしてもその時に会わなければならない、という雰囲気が手紙から感じられた。

あたしは、藤城と会う機会があるのなら、何よりもそれを優先するつもりだった。ただ、藤城の手紙にあるような、切羽詰まった感情はなかった。

あたしは二人のことを、楽観的に考えていたのかもしれない。いつかは、必ず藤城とどこかで会える、と信じていたからだ。

その後、藤城から細かい日程が記された手紙が届いた。五月一日に彼は日本へやってくるという。ちょうど連休ということもあり、あたしは東京へ遊びに行ってくると両親に言った。

Uにも連絡を取って、泊めてもらうことにした。東京へ行った友人の中で一番仲がいいのはやっぱりUだ。もちろん、いつでも来なよ、とUも言ってくれた。

五月一日の朝、あたしは静岡を発《た》ち、昼前に東京駅に着いた。駅があまりに大きすぎて、自分がどこにいるのかさえさっぱりわからなかった。あたしは藤城からの手紙にあった、丸《まる》ノ内《うち》北口、という単語だけを口の中で繰り返しながら、その場所を捜した。しばらく迷った末に、丸ノ内北口改札に着いた。ありがたいことに、藤城はもうそこであたしを待っていた。

ポーカーフェイスはいつものことで、春らしいオレンジのシャツとやっぱりいつものジーンズを穿いていた。あたしは淡いブルーのワンピース、そして親に買ってもらったばかりのヴィトンのバッグを持っていた。

「おっす」

声をかけたあたしに、振り向いた藤城が笑いかけた。

「久しぶり。オシャレじゃん」

まあね、とうなずいたあたしは、どうしようか、と尋ねた。昼食にはまだ少し早いかもしれない。どこかでお茶でもすればいいのかもしれなかったけれど、当てはなかった。うん、とうなずいた藤城が、江ノ島に行かないか、といきなり言った。

「江ノ島？　昔行ったあそこ？」

そう、と藤城がうなずいた。

「……どうして江ノ島なの？」

思い出捜しの旅って感じで、と藤城がまた笑った。それもいいかもしれない。そうだね、とあたしは言った。

20

そんなに遠くないんだ、と藤城がジーンズのポケットから一枚の紙を取り出した。彼も彼なりに、下調べをしてきたらしい。赤のボールペンで、行き方が書いてあった。

「東海道本線に乗って、藤沢まで出るんだ。後は昔と同じさ。江ノ電に乗って江ノ島に出る。それだけだよ」

乗り継ぎにもよるけど、どんなに長くても二時間はかからないという。江ノ島か、とあたしは思った。

もう何年前になるだろう。高三の六月だったと思う。あたしたちはみんなで揃って江ノ島へ行った。高校生だったあたしたちにとって、それは確かにひとつの冒険だった。

大学生になった今とは違い、時間にも制限があった。そしてお金もなかった。

最低限の交通費を除くと、あとは昼食代と缶コーラを買うぐらいのお金しか残らなかったような気がする。江ノ島水族館に入った記憶はあるけれど、あのお金はどこから出てきたのだろう。

それでも、楽しかった。お金なんかなくても十分だった。高校生ということもあったのだろうけど、みんなでわいわい騒いでいればそれでよかった。

「懐かしいね、江ノ島」

「だろ?」

藤城が言った。五月らしくよく晴れた日だった。どう考えても雨が降ったりする感じはしない。降ったとしても、その時はその時だ。

「行きますか」

「そうしますか」

東海道本線ってどこから乗るのと尋ねると、いやそれがわからないんだ、と藤城が首を傾げた。どうして男の子っていつもこうなんだろう。

「頼りないねえ、本当に」あたしはため息をついた。「わざわざ江ノ島行こうって言うんだったら、どこから電車乗るのか、それぐらい調べといてよ」

「すみません」

謙虚に詫びた藤城が、通りがかった制服の駅員を捕まえて、東海道本線は何番ホームなのか聞いた。のんびりした様子で時計を見ていたその駅員が、駅の奥の方を指さして何か言った。黙って聞いていた藤城が、バッグやらジャケットやらを掴んでいきなり走りだした。

「ちょっと、何なのよ」

慌ててその後を追いかけながら聞いた。ホームが遠いんだ、と藤城が叫んだ。

「だからって、いきなり走りださなくても」

「その電車を逃すと、次は三十分後なんだってさ」

藤城といると、必ず何かが起きてしまう。でも、だからこそあたしは彼と一緒にいたいのだろう。

「急げ！」

両手に荷物を抱えたまま藤城がまた叫んだ。あたしたちは階段を必死で駆け上がった。

発車のベルが鳴り始めていた。

本当にぎりぎりだったけど、何とか電車に乗ることができた。乗ってしまえば気楽なもので、車内は空《す》いていた。

21

「前は、逆から来たことになるんだよな」

藤城が言った。その通りで、前に江ノ島へ行った時は、静岡から新幹線で小田原まで出て、そこから東海道本線に乗って藤沢まで出た。意外と早かったことも覚えてる。

あたしたちは並んで座って、いろんなことを話した。もちろん、毎週の文通でお互いのことはよくわかっていたつもりだったけれど、やっぱり直接会って話した方が百倍も千倍も楽しかった。

「今度はどうして東京に来たの?」

「吉野に会いにきたんだよ」

藤城が冗談めかして言った。切り返しがうまくなったねえ、とあたしは誉めてあげた。

「何で江ノ島へ行こうと思ったわけ?」

質問攻めだな、と苦笑した藤城が、やっぱり一番思い出に残ってるからかな、と答えた。

「これ、覚えてる？」

藤城がバッグから取り出したのは、古いウォークマンだった。

「覚えてる！」

江ノ島の水族館で、二人で山下達郎を聴いた。あれから、あたしは山下達郎のアルバムを全部揃えて何度も聴くようになっていた。『CIRCUS TOWN』、『GO AHEAD！』、『MOONGLOW』、『RIDE ON TIME』。

「面白かったね、あの時」

「柴田と黒川が、どんどん二人の世界に入ってってっちゃってさ、おれたちゃどうしたらいいんだって話で。確かあの時、よく知らない奴も来てたんじゃないか？　人数合わせみたいな感じで」

そういえばそうだったような気もする。あれはみかりんのために黒川が連れてきた男の子だったんじゃなかっただろうか。

それ以外にも、思い出すことはいっぱいあった。江ノ島の駅の近くで食べたカレーライス。すごくきれいだった海。みんなで行った江ノ島水族館。

藤城が貸してくれたヘッドホン。ゆらゆらと動いていた水槽の中のクラゲの群れ。海を見に行こう、と誘われた時の藤城の表情。全部覚えてる。

「藤城ってさ、あん時あたしのこと、どう思ってたの？」

ちょっと意地悪な気分で聞いてみた。どうだったかな、という答えが返ってきた。

「あの時さ、藤城、あたしのこと水族館から外に連れ出したじゃない。何か言おうと思ってたんじゃないの？」

「一切記憶にございません」

そんなはずない。あたしはあたしの気持ちをはっきりと覚えてる。藤城はきっと告白してくるだろうと思っていたし、もししてこなかったらあたしの方から言おうと思っていた。

黒川だったと思うけど、そろそろ時間だぞ、と言ってこなかったら、あたしはきっと自分の気持ちを伝えていただろう。あたしが藤城のことをどう思っているのかを。

でも、今、そんなことを話しても仕方がない。あたしは話題を切り替えて、また思い出話を始めた。卒業式の時、号泣していた黒川のこと。結局その黒川はUと別れてしまったこと。だけど、二人とも嫌いで別れたんじゃないってこと。

そんな話をしていたら、藤沢まではすぐだった。あたしたちは江ノ電に乗り換えた。

「変わんねえなあ」ほら、手を伸ばしてみろよ、と藤城が言った。「家とかに手が触れそうだ。あの時もそんな話してたよな、みんなで」

江ノ電というのは不思議な電車で、どうしてこんなに幅が狭いのだろう。どうして民家の軒下《のきした》をくぐるような形で走っているのか。あたしには設計した人の気持ちがよくわからない。

「覚えてる？　あの時も、こうやって藤沢から江ノ島に出たんだよ」

「そうだったな」

吊り革に摑まりながら藤城が言った。それからしばらくあたしたちは黙ったまま、流れていく外の風景に目をやった。あの時と何も変わっていないように見えた。

22

連休ということもあってか、江ノ島の駅前は親子連れで賑《にぎ》わっていた。まだ夏本番というわけではないから、水着を着たりしている子供は少なかったけれど、それでも決して人出は少なくなかった。

なんとなく、あたしたちはあの時の行動をなぞるようにしていた。駅の近くにある喫茶店のような店で辛いのか甘いのかよくわからないカレーライスを食べ、しばらく話をしてから表に出た。ぶらぶら歩いていると、江ノ島水族館の前に出た。

「どうする？」

尋ねたあたしに、うん、と首を傾げたまま藤城が言った。

「何か、あんまり入りたくない気分ってところかな」

それはあたしも同じだった。もうあれから何年も経っている。きっと中も変わっているだろうし、少なくともあの頃とは何かが違っているはずだ。

そうだとすれば、変わってしまった水族館の中には入りたくなかった。あの時の思い出を大切に取っておきたかった。

「じゃ、海に行こうか」

うん、とあたしはうなずいた。海は変わっていないだろう。しばらく歩いていくと、あの時と同じようにきれいなブルーの海が目の前に広がっていた。

「どこだっけ……藤城が水族館出てからあたしを連れてったの……何か、石の段みたいなのがあったような気がするんだけどな」

「どこだっけなあ」

藤城が辺りを見回した。石でできた階段はそこら中にあった。どれ、と特定することなんてできない。

この辺かなあ、と言いながら藤城が手近の石段に腰を下ろした。あたしもその横に並んで座った。

「……あの時みたいだ」

藤城がぽつりと言った。うん、とあたしもうなずいた。それから二人でしばらく海を見つめていた。

「……どうして、あの時、何も言ってくれなかったの？」

やっぱり、どうしても気になって、そう尋ねた。さあね、と藤城が肩をすくめた。

「たぶん……照れ臭かったんだろうな。それに、前にも言ったけど、日本にいるのは三年ぐらいって決まってた。どっちにしても、おれはソウルに戻らなきゃならない。もし吉野に告白して、それがうまくいったとしても、いずれは別れることになる。遠距離恋愛っていったって、ソウルと静岡じゃなあ」

「……かもね」

「もし吉野がおれの気持ちに応えてくれなかったら、それはそれで辛いしね。どっちにしても、おれには恋愛をしている余裕なんてなかったんだ」

「それは……そうかもしれないけど……女の子としては、何か言ってもらいたかったよ」

「じゃ、逆にお伺《うかが》いしますけどね、おれがあの時何か言ってたら、吉野はどう答えるつもりだったんだ？」

「仮定の質問には答えられません」

あたしたちは顔を見合わせて笑った。

23

夕方になるまで、あたしたちは海の近くを歩き続けた。別に何をしていたというわけではない。ただ歩いていただけだ。

それでも、いろんなことを思い出していた。そのひとつひとつの思い出について、あたしたちはいつまでも話し続けた。江ノ島のことだけではない。転校してきた藤城のこと。葵祭。一度だけ、あたしの方から呼び出した時のこと。卒業式。

話は尽きなかった。思い出話が楽しかったからというだけではない。

前からそうだったように、藤城とあたしは会話のリズムというか、波長がとてもよく合うことを、お互いによく知っていた。どんなにつまらない話でも、二人で話せばいくらでも面白いものに変えることができた。

「何か、よく歩いたな」六時過ぎ、あたしたちは最初に入った喫茶店に戻っていた。「足が疲れちゃったよ」

藤城がジーンズのふくらはぎの辺りを叩いた。

「でも、楽しかった」

あたしがうなずくのと同時に、藤城が煙草を取り出して火をつけた。

「吉野は……やっぱり東京に戻らないといけないんだよな？」

ちょっと早口になっていた。うん、とあたしはうなずいた。今日はUの家に泊まる予定だった。

「……帰らないと、駄目かな」

藤城がつぶやくように言った。彼の言いたいことは、あたしにもよくわかった。そういうことなのだろう。でも。

古いことを言うようだけれど、あたしは両親に極端な嘘をついたことがない。男の子が関係しているのなら、なおさらだ。

周りの女の子たちも、多かれ少なかれそういうものだと思う。もちろん、遊んでいる子もいただろうけど、それはやっぱりごく一部の子たちで、ほとんどの女の子はそんなに派手なことはしていなかったし、できなかった。

「……東京へ来たのは、本当に吉野に会いに来たんだ」

藤城にしては珍しく、直截《ちょくせつ》的な言い方だった。どういう意味、とあたしは尋ねた。

「徴兵制ってわかる？」

わからなくもない。歴史の授業で習ったことがある。日本でも、第二次世界大戦までは、徴兵された兵士たちが戦場に向かったはずだ。

「韓国には、まだ兵役の義務があるんだ」

「待って」あたしはグラスの水を一気に飲んだ。「どういうこと？　藤城が……戦争に行くの？」

そうじゃない、と藤城が苦笑した。

「韓国と北朝鮮のことは、知ってるよな？　三十八度線っていうのがあって、そこで国が二つに分かれてる。だからといって、そこで戦争をしてるわけじゃない。おれたちが徴集されるのは、今後、万が一交戦状態に入った時に備えてのことなんだ。別に何があるってわけじゃない。ただ兵隊としての訓練があるだけさ。徴兵制っていうのは、そういうこと。何年か兵役に取られるってだけのことなんだ」

無理にも自分を納得させようとしている口調だった。

「……いつなの？」

そう尋ねたあたしに、来月、と藤城が答えた。

「くどく聞こえるかもしれないけど、別に危険なことがあるってわけじゃないんだ。そりゃもちろん、戦闘訓練とか、そういうのはあるよ」

「銃を撃つ……とか？」

わからないなりに、頭の中でイメージを作ってみた。戦争映画とかで見た光景が浮かんだ。まあ、そうだね、と藤城がうなずいた。

「他にもいろいろあると思う。一応軍人になるわけだし。でも、それほど厳しいものじゃないって聞いてる。北朝鮮との関係は七〇年代の終わりまで一触即発の時期もあったっていうけど、最近は両国とも雪解けが進んでいるしね。八一年には戒厳令も解除されてる。八八年にはソウルオリンピックの開催も決まったし、北朝鮮との間に何かが起きるとは思えないよ」

藤城はあたしなんかが及びもつかないほど、政治や軍事について詳しかった。平和な日本に暮らしているあたしたちには、わからないことがたくさんあるのだと思った。

「断れないの？」

「そりゃあ……断れないさ」藤城が憂鬱《ゆううつ》そうに首を振った。「国民の義務だからね。日本だって昔はそうだったんだろ？　赤紙って言ったっけ。召集令状が来たら、軍隊に入らなけりゃならない。そうだよな。その頃、日本は世界中と交戦していたわけだから、実際に戦争に行かなきゃならなかったわけだけど、おれたちは違う。あくまでも訓練だし、それ以上の何があるわけでもないんだ」

藤城から届いた手紙に、何とも説明のつかない切迫感のようなものがあった理由がわかったような気がした。徴兵制というのは、それほど重いものなのだろう。

「一カ月後に、おれは入隊する。入営だっけな。ま、どっちでもいいや。とにかく、どっかの部隊に入ることになってる。そこで考えたわけですよ」

わざと藤城が口調を変えた。そんなにたいしたことじゃないんだよ、とあたしに示すためだということはすぐにわかった。

「それまでの間に、誰か会いたい人はいるかなあって。答えは最初からわかってた。吉野以外、会いたい人はいなかった。本当だよ」

馬鹿、とあたしは藤城の手を摑んだ。

「どうして、もっと早く言ってくれなかったの？　どうして、もっと早く会いにきてくれなかったの？　あたしだって、ずっと藤城に会いたかった。今年の夏はバイトして、お金貯めて、ソウルまで行くつもりだったんだよ。どうして何も言ってくれなかったの？」

「……こんなに早く入営するつもりじゃなかったんだ。ただ、家の事情とかいろいろあってさ……今じゃなきゃならなくなっちまった……」ほとんど聞き取れないぐらい低い声で藤城が言った。「おれも、吉野と似たようなことを考えてたんだ。今年の夏は吉野に会いに行こうって。日本と韓国だぜ。会う気になれば、飛行機で三時間だもんな」

そう思ってたんだ、と藤城が深いため息をついた。沈黙が続いた。あたしは立ち上がって、持っていた百円玉をレジで全部十円玉に両替してもらい、公衆電話に向かった。

受話器を左手に持ちながら、右手でアドレス帳をめくった。捜していたのは東京のUの電話番号だ。Uはアパートの自分の部屋にいた。

「もしもし、冬子だけど」

「おっす」明るい声が聞こえた。「どしたの。もう着いた？」

「いいから聞いて」ものすごいスピードで十円玉が落ちていくのがわかった。「今夜、あたし、あんたの家に泊まるつもりだったけど、行けなくなった」

「何よ、それ」

「でも、あんたの家に泊まることにしてほしいの。万が一だけど、うちの親とかから連絡あったら、どんな手を使ってもいいから何とかごまかして。そんなことないと思うけど、一生のお願い」

「ふうん」Uがつぶやいた。「……藤城？」

女の勘には同性でも驚かされることがあるが、この時ぐらい驚いたことはない。Uには超能力が備わっているのではないかと思ったほどだ。理由は後で話す、とあたしは言った。わかった、とUの声がした。

「何とかしましょう。外《ほか》ならぬ冬子の頼みだからね」

ありがと、と言ってあたしは電話を切った。もう大丈夫だ。Uなら何が起きてもどうにかしてくれるだろう。席に戻って、出よう、と藤城に言った。

「あたし、今夜東京に戻らなくてよくなった……藤城と一緒にいる。一緒にいたい」

しばらくあたしを見つめていた藤城が、ありがとう、と小さくうなずいた。

24

店を出たのは夜の七時過ぎだった。この辺に泊まれるようなところはありますか、と藤城が店のオバサンに尋ねた。そりゃあ江ノ島だからね、とオバサンがあたしたちを上から下まで眺め回した。

「泊まるところはいくらでもあるけど……ちゃんとしたところがいいんだろ？　お金持ってんのかい？」

まあ何とか、と藤城が答えた。ちょっと待ってなさい、とオバサンが奥に引っ込んだ。出てきた時には住所と数字を記した紙切れを持っていた。

「ここだったらきれいだし、そんなに高くないから……とりあえず、電話してごらん。部屋が空いてるかどうかまでは、あたしもわからないからね」

藤城が店の公衆電話から笹屋《ささや》というその宿に電話をかけた。空いてる部屋はあるようだった。宿までの道順を聞いている声が聞こえた。

あたしはあたしで、オバサンに宿までの道を聞いた。歩いて二十分ほどのところにあるということだった。

あたしたちはオバサンにお礼を言ってから、笹屋というその宿屋に向かった。途中迷う

ことも なく、あっさりと宿に着いた。

名前にもあるように、竹林と笹の葉が宿の周り全体を覆っていて、とても静かで落ち着いた感じのする建物だった。玄関には打ち水がされ、その一角には円錐《えんすい》状に塩が盛られていた。何かのおまじないなのだろうか。

「何か、高そうだな」

「高級過ぎない？」

あたしたちは囁き交わした。いくら持ってたっけ、と藤城が使い古した財布を開いた時、玄関の明かりが灯った。

出てきたのは、初夏らしいちょっと紫がかった着物を着た若い女の人だった。いらっしゃいませ、とあまり表情のない顔であたしたちを中へ案内してくれた。

「こちらは……初めてでございますね」

もうお部屋の準備は整っておりますので、と階段を上がって二階に通された。ごく普通の、あるいはそれより少し程度のいい宿であることはすぐわかった。

「少々お待ちください……いま、お茶と宿帳を持ってまいりますので」

女の人が下に降りていった。緊張するなあ、と藤城が大きく息を吐いた。

「宿帳だってよ。何を書きゃいいんだ？」

「住所とか名前じゃないの？」

そんなのはわかってるよ、と藤城が唇を尖らせた。

「まあ、正直に書く必要なんてないんだろうけどさ。昔の静岡の時の住所でいいかな」

「いいんじゃない？　あたしはそのまま書くけど」

失礼します、という声と共に襖《ふすま》が開いた。入ってきた女の人が、あたしたちの前に宿帳を置きながら、ご一泊でよろしゅうございますね、と聞いた。はい、と藤城が答えた。

「もうご夕食はお済みなんですよね……ご朝食はどうなさいますか」

「えっと……その、いらないです。いいっすか」

結構ですよ、と女の人が初めて小さく笑った。あたしたちは何に見えるのだろうか。世間知らずの大学生カップル。当たらずと言えども遠からず、といったところだ。

「お風呂はお部屋にもございますし、三階に大浴場もございます。二十四時まででしたら、いつでも入れますので」

では宿帳にお名前とご住所をお書きください、と女の人が言った。あたしたちはそれぞれに自分の名前を書いた。

藤城は面倒くさくなったのか、名前を吉野篤志にして、住所もあたしと同じにしていた。それでは、どうぞごゆっくり、と女の人が頭を下げて出ていった。

あたしたちはそれからお茶を飲んだ。他にすることもなかった。

さっきまであれほど話していたのに、二人きりになると何を話せばいいのか急にわからなくなった。あたしたちは何度もお茶をお代わりしては、どうしようか、というようにため息をついた。

「テレビでも見るか？」

思いついたように藤城が言ったけれど、あたしは首を振った。そんな気分じゃなかった。

あたしは何をしているのだろう。これでいいのだろうか。いや、間違ってはいない。こうするしかなかった。

「あのね、藤城……これだけは言っておきたいんだけど」

「……何？」

寝転がっていた藤城が起き上がった。あたしの声に、何か真剣なものを感じたのだろう。

「……あのね……あたし、こんなことしたことないんだ……だから、その……初めてなんだよ」

偶然だな、とあぐらをかいた藤城が鼻の頭を掻いた。

「おれもそうなんだ」

「嘘。すぐそういうこと言うから、男の子って信用できないよね」

「本当だって」立ち上がった藤城があたしの隣に座った。「触ってみろよ」

あたしの腕を摑んで、自分の胸の上に置いた。ものすごい勢いで心臓がどきどき鳴っているのがわかった。

「バカ」

あたしはつぶやいた。藤城の手があたしの肩にかかった。どうしよう。でも、目をつぶるしかないのはわかってた。

唇に、柔らかい感触が残った。その後のことは、よく覚えていない。覚えているのは、藤城の背中に手を回した時の感触だけだった。

七章　YOUR EYES

1

念のために携帯も含め、目覚まし時計を四つ、八時半にセットしておいたが、その必要はなく、私は朝の七時に起きてしまった。普通の目の覚め方ではない。全身の神経が研《と》ぎ澄まされているようだった。おそらく、アドレナリンとかエンドルフィンとか、そういう脳内物質の関係なのだろう。心が凄まじく高揚《こうよう》していた。

草壁はというと、死んだように眠っていた。物に動じない人だとは思っていたが、これほどとは思わなかった。

静かにベッドを降りて、バスルームに向かった。他にやることがないせいもあったけれど、私としてはインタビューを前にして、身を浄《きよ》めたいという想いがあった。だから、お湯ではなくて水を浴びた。イメージとしては修行僧のようなものだ。

冷たいシャワーを浴びながら、私は両手を合わせて何者かに祈りを捧《ささ》げた。どうか今日のインタビューがうまくいきますように。いきなり中止になるとか、アクシデントが起きるとか、またフィル・ウォンがお茶をこぼしたりしませんように。

冬子さんのことが、不意に頭をよぎった。昨夜、私は彼女の遺した日記を最後まで読み終えていた。藤城篤志と再会した彼女は、彼とそのまま一夜を共にした。翌日、彼は東京へ戻っていったはずだが、それについて日記では触れていなかった。

そして、その後の記述はとてもあっさりしていた。大学でのキャンパスライフについて最初こそ触れてはいたものの、その後とぎれとぎれになり、日記は一時中断していた。再開されたのは約一年後だったが、姉に子供が生まれたこと、一年間の就職浪人期間を経て、最終的に東京の新聞社へ入社したことなど、ほとんど身辺雑記に近いことが記されているだけで、読むべきところはないといってよかった。

結局、冬子さんは〝四月から東京での生活が始まる。ちょっと不安だ〟という一行を最後に、日記を終えていた。その後、彼女は本当に東京へ行き、新聞社に勤めるようになったのだろう。忙しくて日記を書く時間も取れなかったのではないか、と私は想像した。

藤城ともう一度会う機会はあったのだろうか。いや、おそらく再会することはできなかったのだろう。していれば、日記にその事実を書き残さないはずはない。

冬子さんがあれほど男性から人気があったにもかかわらず、結婚どころか恋愛すらした形跡がないのは、藤城とのことがあったからなのだろうということが、二冊の日記帳をすべて読んだ私にはよくわかった。

（いけない）

今はそんなことを考えている場合ではなかった。重要なのは今日、これからの仕事だ。頭を洗ってから、バスルームを出た。ドライヤーで髪を乾かして、メイクを始めた。厚化粧というのも変だし、かといっていつものようにおざなりなメイクというわけにもいかない。好感をもって迎えられるように、ナチュラルメイクを心掛けた。

とはいえ、興奮していたことは否めない。口紅を二度塗って、二度ともうまくいかなかった。手が震えて、唇からはみ出してしまうのだ。まあこれでいいだろう、とようやく納得がいったのは三度目のことだ。

そんなことをしているうちに、草壁がのそのそと起き出してきた。鏡の前で試行錯誤を繰り返していた私をぼんやり眺めていたが、そのままトイレに入ってしばらく出てこなかった。

「今、何時だ？」

トイレから草壁の声がして、私は時計を見た。八時過ぎ、と答えると、あ、そう、という声と共に水の流れる音がした。

「八時かあ……早いなあ。どうする、何か食うか」

「食欲ゼロ」

答えた私に、珍しいこともあったもんだ、とつぶやいた草壁がトイレから出てきて、だって十一時に会社だろ、と言った。

「緊張してるのはわかるけどさ、何か食っておいた方がいいんじゃないのか。何つうか……切羽詰まった表情になってるぞ、お前」

「そりゃなるって。ならない方がおかしいでしょ」

怒っている猫のように私は答えた。全身の毛が逆立《さかだ》っていてもおかしくないだろう。何を食べるにしても、喉を通るとは思えなかった。

「……じゃ、コーヒーでもいれますか」

草壁が欠伸を漏らしながらキッチンへと向かった。頼むからもう少し緊張してほしいと思ったけど、他人のことに構っている暇はなかった。プレッシャーとは縁のない草壁の性格が羨ましい、と心の底から思いながら、私はメイクの仕上げに取り掛かった。

2

十時過ぎ、私と草壁は会社に着いた。福永さんとの待ち合わせは十一時だったが、気が急《せ》いて一時間近く早く着いてしまったのだ。驚いたのは、その五分後に福永さんが現れたことで、おそらく今の私と彼女の心理状態はまったく同じなのだろう。

「資料は？」

挨拶もせずに福永さんが言った。揃ってます、と私は答えた。

「こっちも全部持ってきた……何があっても大丈夫、だと思う」

だと思う、というのは余計だろう。お願いだから、私をこれ以上不安にさせないでほしい。

「機材はどうですか？」

不安を紛《まぎ》らわすために、私は草壁に確認をした。一応、必要なものは全部ある、と草壁がうなずいた。だから、一応とか、そういう単語を使うのは本当にやめてもらえないだろうか。

これからどうするべきか、少しだけ相談した。フィル・ウォンの事務所が指定してきた時間は十一時半からの三十分間だ。

ここから六本木の大幸というお寿司屋さんまでは、タクシーで行けば二十分ぐらい、どんなに混雑していたとしても三十分以内に着くだろう。もう少し会社で待機するべきか、それとも現地に行って待った方がいいのか。

「早く着き過ぎるっていうのも、どうですかね」

草壁が言ったけれど、私と福永さんはその意見を即却下した。もし途中でタクシーが事故でも起こしたらどうするのか。突然殺人事件とかがあって、検問のために道路が大渋滞していたら。今や私たちは疑心暗鬼の塊《かたまり》だった。

「いや、そんなことないでしょ、普通」

常識に則《のっと》って草壁が反論したけど、私たちは無視した。あり得ないことが起きるのがこの業界の常だ。だいたい、フィル・ウォンの再取材が可能になったこと自体、奇跡的な出来事なのだ。逆に言えば、何が起きてもおかしくはない。

「はいはい、わかりました」

草壁が撮影機材の入ったバッグを肩から下げた。わけがわからなくなっている女二人を相手にすることの無意味さを悟ったのだろう。確かに、ひとつ間違えれば、私も福永さんもヒステリーを起こしそうだった。

私たちはそれぞれ最後に資料やＩＣレコーダー、携帯電話などを忘れていないか指差し確認し、それから会社を出た。目の前の大通りは空いていた。渋滞があるとは思えなかったが、油断してはならない、と私はもう一度気を引き締めた。

「お、来た」

空車のタクシーが近づいてくるのが見えた。草壁が手を上げると、ハザードをつけたタクシーが私たちの前に停まった。私と福永さんが後部座席に、そして草壁は助手席に乗った。

「六本木の交差点まで行ってください」

私は昨夜フィル・ウォンの事務所から送られてきたファクスを見ながら言った。六本木交差点ですね、と復唱した運転手が、ウインカーを出して走り始めた。

3

途中、少しだけ事故渋滞があったが、それでも十一時少し前に、わたしたちは六本木の交差点に着いていた。ファクスの地図によれば、芋洗坂《いもあらいざか》を少し下りたところにある細い路地の先を入ったところに大幸という寿司屋があり、そこでフィル・ウォンは十二時からスタッフたちと食事会を開くという。その前の三十分間が私たちに与えられた時間だ。

交差点から店までは徒歩五分と書いてあった。私たちは交差点でタクシーを降り、店に向かった。一本道を間違えたために十分ほどかかったが、それでも十一時過ぎには店に着いてしまっていた。

ひとつ路地を入っただけだったが、車や人で溢れかえっていた六本木の交差点とは打って変わって、静謐《せいひつ》という言葉がしっくりくるような、そんな通りだった。その奥に大幸という寿司屋があるのは、すぐにわかった。

表には古木で造られた門があり、打ち水の跡がある。門から十数メートルほど入ったところに店の玄関が見えた。古色蒼然《こしょくそうぜん》というか、私ぐらいの年齢ではその価値さえもよくわからないけれど、格式と伝統を兼ね備えた店であることだけはさすがに理解できた。

「こういうの、雑誌とかで見たことある」福永さんが囁いた。「京都の特集とか。江戸時代からあるみたいな、そんな店だね」

「それはいいんですけど、どうするんですか」

だから早すぎるって言ったんですよ、とぶつぶつ文句を言い出した草壁に、遅刻するより百倍いい、と私は叩きつけるように答えた。

「それにしても……本当にどうしようか」険悪になりかけた私と草壁の間に、福永さんが割って入った。「どこで待ってればいいのかな」

今のままでは、門の前で待つことになってしまう。何となく、それでは落ち着かない気がした。

だが、見える範囲に喫茶店のようなものはなかった。六本木の交差点まで戻れば、有名なアマンドがあるけれど、行ったり来たりというのもどうかと思う。

それに、草壁の持っている大きなバッグには、カメラを含め重い撮影機材が入っている。うろうろ歩き回らせるのもかわいそうだ。

「あと二十分ぐらいですから……この辺にいた方がいいんじゃないでしょうか」

私の言葉に、中途半端な時間だよね、と福永さんが苦笑を浮かべた。

「まあ、しょうがないね。草壁さんも大変だろうし、時間までここで待ちますか」

　そんなことを話していたら、いきなり店の玄関が開いて、男の人が出てきた。よく見ると、前回のインタビューの時に会っていた通訳の人だった。確か名前は佐々木といったはずだ。

　敷石を伝うようにして、佐々木氏が門の前までやってきた。お早いですね、とあまり表情のない顔でそう言った。

「いえ、逆に早く着き過ぎてしまって……かえってご迷惑かと思ったんですけど……」

「そんなことはありませんよ。遅刻するよりよほど印象がいいというものです。まあ、とりあえず中へお入りになりませんか。立ち話も何ですし」

「……よろしいんですか？」

「問題ありません。今日はオフですし、この昼食会もプライベートなものです。そんなに堅苦しく考える必要はありませんよ」

　いや、考えざるを得ないだろう。プライベートだからこそ、邪魔されたくないという場合だってあるはずだ。

「もう本人も来てますし。約束の時間より少し早いのは確かですが、インタビューを始められてはいかがですか。わたしの方からも話しますよ。本人も別に気にしないと思いますが」

「……本人、というのは?」

「フィル・ウォンのことです、もちろん」佐々木氏が言った。「他に誰がいるって言うんですか?」

「ちょ……ちょっと待ってください」私は何度か深呼吸を繰り返した。「まだ時間前ですが、本当にインタビューを始めて構わないんですか?」

「彼は非常に真面目な性格です。先日のインタビューが、ああいう形で中止になってしまったことを、とても気にしていました。再取材の話を言い出したのも本人です。嫌とは言わないでしょう」

どうしよう。予定より全然早い。心の準備ができていなかった。福永さんの方を見ると、彼女も不安げな表情になっていた。

「それは早い方がありがたいですね」草壁が微笑みながら言った。「機材のセッティングとかもありますし、時間がたっぷり取れればそれに越したことはありません。いい写真を撮ることができます」

もちろんそうでしょう、と佐々木氏が答えた。それもそうだ。ここまでくれば、心の準備も何もあったものではない。もっとポジティブに、チャンスが巡ってきたと考えるべきだろう。

「では、そういうことで」

佐々木氏が店の方へと戻り始めた。私たち三人はその後に続いた。なぜか三人とも忍び足になっていた。

4

内装の美しさにまず目を奪われた。徹底的に簡素化された美、とでもいうのだろうか。決してそういうことに造詣《ぞうけい》が深いわけではないが、静かではあるが圧倒的な迫力のようなものが、店の中を満たしていた。

寿司屋であるため、白木のカウンターがある。それ以外には四人掛けの席が三つあるだけだ。なにもかもが輝いて見えるほど、きれいに磨《みが》かれていた。壁には一幅の掛け軸がある。装飾品はそれだけだった。

おい、と草壁が私の肩をつついた。カウンターの奥に、二人の男が座っていた。それにも気づかないほど、私は店内の美しさに心を奪われていたのだ。

男の一人はこちらに顔を向けていた。昨日の取材の時にも会った、フィル・ウォンの事務所の社長だ。昨日と同じく、黒い服を着ている。彼にとっては制服のようなものなのだろうか。

そして、ブルーのサマーセーターにベージュのチノパンというかなりラフな格好で私たちに背を向けて座っているのは、紛れも無くフィル・ウォンその人だった。右の手首には、昨日と同じように銀のアクセサリーをつけていた。間近で見てわかったのだが、それはブレスレットではなく、細いチェーンのようなものだった。

足が震えたけど、武者震《むしゃぶる》いだと自分に言い聞かせて、お腹に力を込めた。最後は気合しかない。

佐々木氏が二人に近づいて、何か囁きかけた。わかってる、というように社長が私たちに顔を向けてから、腕時計に目をやった。私の目に狂いがなければ、あれはフランク・ミュラーのトータリー・クレイジー、三百万円以上はする逸品だ。

フィル・ウォンが振り向いた。ゆったりとした微笑を浮かべている。少年の面影《おもかげ》を残しつつ、ちょっとワイルドなその表情は、確かに女性なら誰もが魅了されてしまうだろう。これは仕事だ、と何度も自分に言い聞かせたが、少しでも気を抜けば、心が彼の方に吸い込まれていきそうだった。

「コンニチハ」

ウォンが言った。こちらこそ、と私と福永さんは慌てて頭を深く深く下げた。社長が横から何か言ったが、いいんだ、というようにウォンが笑った。仕方がないか、と社長が肩をすくめた。

ウォンが佐々木氏に向かって韓国語で話しかけた。うなずいていた佐々木氏が、先日の非礼をお詫びしたいとウォンが言っています、と通訳してくれた。

「いえ、そんな」私の口が勝手に動いた。「決して非礼などとは思っていません。あれはどうしようもないアクシデントでした。あなたには何の責任もありません」

佐々木氏がまたそれを通訳した。では、昨日のことは忘れることにしましょう、と答えているのがニュアンスでわかった。どうぞ、こちらへ、とウォンが空いていた席を指した。

「……福永さん」

座ってください、と促した。はい、という妙にしおらしい返事と共に、彼女が油の切れたロボットのようなぎくしゃくした歩き方で席に向かっていった。

「あの……よろしいんでしょうか、座っても……」

あなたがインタビュアーの方ですね、と福永さんに向かって佐々木氏が確認した。

「本人の向かいに座ってください。編集者の方はその横に。わたしは本人の隣に席を作りますので」

「撮影の準備をしても構いませんか」

草壁がバッグを開きながら聞いた。佐々木氏がそれを伝えると、社長が、困ったな、という表情をまた浮かべた。

ここでも積極的に話を進めてくれたのはウォンだった。撮影があるのは最初から了解済みのはずだ、というように草壁を指さし、それはそうだけど、こんな服でいいのか、と社長が顔をしかめた。

とはいえ、力関係で言えば、やはりウォンの方が強いようだった。構わない、というようにシャッターを切るポーズを取った。

「どうぞ、撮影の準備を始めてください。どこから撮っても構いません。ストロボや照明についても、気にすることはない、とウォンが言っています」

ありがとうございます、と軽く頭を下げた草壁が、さっそくライティングの準備を始めた。

私は本当に驚いていた。日本人であれ外国人であれ、撮影に対しては神経質にならざるを得ないのが俳優という職業の常だ。

にもかかわらず、ウォンはほぼ初対面のカメラマンにすべてを任せると言っている。しかもヘアメイクもスタイリストもいない。こんなことは今までの私の経験ではなかった。

「それでは少し早いですが、インタビューを始めて結構です。これはウォンの意向ですが、何を聞かれても答えるつもりだということです。もちろん、どうしても答えられない場合もあるかもしれないが、それは了解してほしいと言っています」

「……それは、プライベートに関してもですか？」

反射的に聞いてしまった。余計なことだったかもしれない、と一瞬思った。フィル・ウォンの過去、あるいは経歴について、母国韓国はもちろん、世界中のマスコミもその情報をつかんでいない。

それほどまでに事務所のガードが完璧だったということもあるし、本人の口も固かった。早い話、彼の正確な年齢さえ公表されていないのだ。

「答えられる範囲内であれば答えますよ、とウォンは言っています」

佐々木氏が通訳した。信じられない。本当なのだろうか。

では、どうぞ、と佐々木氏が言った。十一時十五分、インタビューが始まった。

5

フィル・ウォンについては、多くのマスコミが報じているように、寡黙なイメージがある。彼が今まで出演してきた映画の役柄のためでもあるのだが、孤独を好み、他人との交流を避け、話をすることさえ拒《こば》む。それが一般的な印象のはずだ。

実際に、例えば取材などにおいても、最小限の言葉でしか答えず、時には露骨に不快そうな表情を浮かべ、あるいは質問に答えないことすらあると聞いていた。相手が誰であっても関係ない。

私も福永さんも、そう思っていた。昨日の個別取材では質問を拒否された記者もいたぐらいだから、そう思うのは当然だろう。今回のインタビューで最も困難が予想されたのは、いかにしてフィル・ウォンの口からなるべく多くの言葉を引き出すか、ということだった。

ところが、案に相違してウォンは饒舌《じょうぜつ》だった。礼儀としての意味も含めて、福永さんは彼の新作映画『愛についての物語』の話をまず聞いたが、いきなり監督の悪口を言い出したのには驚かされた。

昨日の取材にはスポーツ紙なども入っていた。今朝の新聞を会社で私は全紙読んでいたが、大きく掲載された記事の中に、そんな話は一切出ていなかった。

「だって、あの監督はひどすぎるよ。ロケの最中、ぼくを含め十人ほどのキャスト、それから何十人ものスタッフが漢拏山《ハルラサン》に登らされたんだけど、彼はトイレのことをまったく考えていなかったんだ！　ぼくたちはいいよ。男だし、山の奥まで入ればそれなりに何とかなる。でも、女優さんや女性スタッフはどうしろっていうんだ？　ひどいと思わないかい？」

佐々木氏はもう少し丁寧な日本語で彼の言葉を訳してくれていたが、身振り手振りなどから察すると、そんな口調で話していると思われた。それは決して孤高な男などではなく、むしろ街によくいる普通の若者のイメージに近いものだった。

ウォンが社長の肩を叩きながら大笑いした。草壁がそのチャンスを逃さず、シャッターそれほど苛酷《かこく》な撮影が続いた映画だったと言いたいために、そんな話をしてくれたのだとわかった。

福永さんが質問するより先に、ウォンの方から撮影時のエピソードがいくつも語られた。お酒を飲むシーンで、リアルに見えるように本物の酒を飲んだが、NGが続くうちにウォンがすっかり酔っ払ってしまい、その日の撮影が中止になってしまったこと、半年に及んだ撮影期間の間に、スタッフ同士が恋愛関係になり、クランクアップの時には女性スタッフの方が妊娠四カ月になっていたこと、撮影中、主演女優の誕生日があり、サプライズパーティを開いたことなど、そんな話がいくつも出てきた。

それからもインタビューは順調に続いた。今まで出演してきた映画について、デビューのきっかけ、今後の予定、プライベートの過ごし方、趣味。

「もう少し、内面的なことについてもお伺いしたいのですが」

福永さんが慎重に言葉を選びながら言った。構わないよ、とウォンがうなずいた。

「ウォンさんの恋愛観について、お聞かせ願えますか」

「難しい質問だね」ウォンが笑った。「そうだなあ、恋愛は人生において、とても大事な要素だと思うよ。ただ、正直な話をすれば、ぼくは恋愛が苦手なんだ。なかなかうまくいかないよね。自分に好きな人がいても、その人がこっちを好きになってくれるとは限らない」

「ウォンさんでも、失恋したことがあるんですか？」

「何度もあるさ。あなたたちは？　あるでしょ、やっぱり」

ウォンがまた笑った。もちろんです、と私と福永さんは揃って頭を掻《か》いた。

「現在は恋愛をしていますか？　あるいは、気になるような女性は？」

ストップ、と社長が叫んだが、いいじゃないか、というようにウォンがその肩を押さえた。

「今はそれどころじゃないよ。今回の映画を成功させることで頭が一杯で、女性について考えている時間はないんだ」

それでいい、というように社長がうなずいた。本音なのか建前なのかはわからなかったが、ウォンの様子から察すると、彼の言っていることは事実のようだった。

それから話はウォンがどんな少年だったのか、という話題に移った。初めて彼の表情が少しだけ暗くなった。

「母は、ぼくを産んですぐ亡くなった。ぼくは母の顔を写真でしか見たことがない。そして父も、ぼくが幼い頃に事故で死んだ。だから、ぼくは両親について詳しいことをよく知らないんだよ。それからは親戚の間を転々としたな。みんな優しかったけど、ぼくの親戚はあんまりお金に縁がないみたいでね、子供だったけど、いろんなことをさせられた」

「例えば？」

「家事全般。掃除、洗濯、炊事。だからぼくは今でも一人で何でもできるよ。子守りとかもしたなあ。小学校に上がった頃には、親戚たちの仕事や商売を手伝ったりもした。一時期、食堂をやってる親戚の家に預けられたことがあったんだけど、その時なんかは客に出す食事を作ったこともある。十歳ぐらいの時かな。こう見えて、ぼくは結構器用なんだよ。しばらく見ていれば、簡単なものならすぐ作れるようになった。客の方も、まさか十歳の子供が作った料理だとは思わなかったんじゃないかな。そのせいなのか、今でもぼくのストレス解消法は料理を作ることなんだよ」

「ウォンさんには、他の韓国人俳優には見られない、ある種のハングリーさを感じる、と多くの評論家が言っていますが、それは幼少時の体験から来るものなのでしょうか」

「それは自分じゃよくわからないな。ハングリーかもしれないし、そうじゃないかもしれない。ところで、ハングリーといえばお腹が空いたな」

朴社長がうなずいて、指をひとつ鳴らした。佐々木氏が玄関の横についているカメラ機能付きのインターフォンを確認するために立ち上がった。

そこから、外の様子を見ることができるようになっているようだ。私たちがこの店に着いた時、佐々木氏がタイミングよく現れたのは、このカメラのためだったのだろう。

「スタッフたちが集まり始めています。十二時になりましたのでインタビューは終了ということで、よろしいですね」

慌てて時計を見ると、十二時を数分回っていた。貴重なお話を聞かせていただき、本当にありがとうございました、と私と福永さんは立ち上がってお辞儀をした。

儀礼的な意味ではなく、本当に感謝の念があった。韓国マスコミも含めて、ウォンが自分のことについてここまで率直に語ったことはないはずだ。

ウォンが草壁の方を向いて何か言った。撮影は順調だったかい、という意味なのは見ているだけでもわかった。完璧です、と草壁が親指を立てた。

「では、お疲れさまでした」

佐々木氏が宣言するように言った。ありがとうございました、と私たちはもう一度礼をした。

草壁が機材の撤収《てっしゅう》を始めた時、玄関が開いて数人の男性が入ってきた。社長とウォン、そして入ってきた男たちが何か話していた。

もう私たちにするべきことは残っていなかった。草壁がカメラ機材などを入れたバッグを肩にかついだのを確認して、最後の挨拶をするため私は佐々木氏に話しかけた。

「伝えていただけますか……今回の再取材について、私たちがどれだけ感謝しているか、そして感激しているかと。お忙しい中、こんなにも長い時間を割いていただいたことについても、本当に感謝しています。読者に対する義務と責任を果たせたように思っています。必ず、いい記事にします」

ええと、と佐々木氏が初めてとまどったような表情を浮かべた。ウォンが少し強い調子で何か言った。佐々木氏が私の方を向いた。

「ええとですね……ウォンはこう言っています。お腹は空いていませんか、と」

「はい？」

意味がわからなかった。佐々木氏が白いハンカチで額の汗を拭った。

「今日の昼食会には、プロモートのために来日したスタッフ全員が出席するはずでしたが、配給会社との交渉などが長引いているため、二名ほど欠席者が出てしまいました。せっかくの席ですので、昼食を一緒にどうか、ということなのですが……」

「そんな……私たちは部外者ですし……」

「申し訳ありませんが、おつきあい願えませんか」佐々木氏が声を潜《ひそ》めるようにして言った。「今回、スタッフは一人を除いて全員が男性でして……しかも欠席者の一人がその女性スタッフなんです。男だけの昼食会というのも、どうも何と申しますか……」

いつの間にか、お願いされる側に回っていたが、何となく状況は理解できた。言葉のわからない日本人でも、女性がいた方がいいということなのだろう。私としても、望むところだった。こんな機会は二度と巡ってこないはずだ。

「私たちでよかったら、喜んで」

ありがとうございます、とうなずいた佐々木氏が、報告のためにウォンのもとへ向かった。

6

　欠席者は二名だという。そして私たちは三人いた。もうひとつ席を作ってもらえるかと思っていたが、店の人の話によると、今日は十名様で予約を承《うけたまわ》っておりますので、十名分の材料しか用意しておりませんという。

　名門の寿司屋ともなると、格式の高いことを言うものだ。何とかなりませんか、と頼んでみたが、難しいです、という答えが返ってきただけだった。

　昼食会の様子を撮影しても構わないということだったので、草壁は残らなければならない。私か福永さんか、どちらかが諦めなければならないことになるのだが、福永さんには今日のインタビューを記事にするという大仕事が残っていた。

　インタビューが終わり次第、私たちは会社に戻って、その作業をする予定だったのだ。急遽《きゅうきょ》ページの内容を変更していたので、時間の余裕はまったくといっていいほどなかった。

　それは福永さん自身が一番よくわかっていたのだろう。未練がましい表情こそ浮かべていたものの、今回は佐伯さんに譲るわと言って店を後にした。

ただし、彼女は最後にウォンとのツーショット写真を撮影してほしいと強引に頼み込むことを忘れなかった。ウォンもそれを快《こころよ》く引き受けてくれた。

「では、奥の間にどうぞ」

大幸の若い職人さんが先に立って、私たちを案内してくれた。外から見るとそれほど大きくは見えないが、実際には奥行きのある店で、長い廊下をしばらく歩くと鶴の絵が描かれている襖があった。そこが昼食会のための個室だった。

部屋の中央にはかなり大きなテーブルがあり、そこに十名分の小皿と箸が置かれていた。韓国にも、やはり上座《かみざ》という概念はあるのだろう。当然のようにウォンが一番奥の席に座った。その左側に、指定席のように社長が腰を降ろした。

他のスタッフたちも、最初から決められていたようにそれぞれが席に着いていく。残っているのはウォンの右側の二つの席と、入口に一番近い席だけだった。

「あの、佐々木さん、私たちはどこに座れば……」

「あなたはウォンの隣へどうぞ。カメラマンの方は、逆に一番遠い席の方が撮影しやすいと思います。わたしはあなたの隣に座りますので、ウォンと会話をする場合にはすべて通訳します」

どうも、私の役目は接待係ということらしい。結局、佐々木氏の指示通りになった。というか、私も草壁もその指示に従うしかなかったのだ。

ウォンが微笑みを浮かべながら、座椅子の座布団を軽く手で叩いた。失礼します、と言って席に着くと、掘りごたつになっているのがわかった。

それにしても、と私はウォンの顔を盗み見るようにしながら、つくづく感心していた。ただ単に美しいというのではない。

何と表現するべきかわからないが、彼の顔はあらゆる意味で完璧だった。どの角度から見てもそうなのだ。パーフェクト・フェイス、という異名は決して大げさなものではなかった。

自分でも気づかないうちに、私はウォンの顔に見とれていたのだろう。何か？　というようにウォンが私の方に体を向けた。なぜかはわからないが、何だか懐かしい香りを嗅いだような気がした。おそらくは、彼のつけている整髪料の匂いなのだろう。

全員が席に着くのを待っていたように、着物を着た四人の仲居《なかい》さんたちが入ってきた。私たちの前にお茶と共に並べたのは、一種の付きだしのようなもので、赤貝を甘辛く煮付けたものだった。

これは何か、とウォンが尋ねた。佐々木氏が説明すると、納得したように食べ始めた。赤貝の上から、スダチを搾っているようで、後口の爽やかさは私が今まで経験したことのないものだった。

その後、前菜ということになるのか、蓴菜《じゅんさい》の吸い物、キュウリと白魚の酢の物、小さな器《うつわ》に盛られた茶わん蒸しなどが出てきた。ビールを飲んでいるスタッフもいたが、ウォン自身はお茶を飲んでいた。あまりアルコールには強くないんだ、と言い訳をするように彼が言った。

前菜が終わった頃、タイ、ヒラメなど白身の魚の刺身、コハダ、イワシの細工物の刺身が、別々の美しい皿に盛られ、運ばれてきた。ウォンをはじめとして、スタッフの誰もが盛り付けの美しさに感嘆の声を上げながら、刺身を食べ始めた。

「韓国の方は、お寿司とかも普通に食べるんでしょうか」

佐々木氏がウォンに話しかけた。ウォンが社長と話しながら、大声で笑った。

「お寿司は大好きだよ。韓国にも日本風の寿司屋はたくさんある。さっきも言ったけど、ぼくは料理が好きで、時には友人を自宅に招いて寿司パーティを開くこともあるんだ。握るのはぼくさ。韓国の魚は新鮮なものなら間違いなく美味しい。ただ、スメシっていったっけ、米に酢をかけて混ぜ合わせるよね。あれが難しい。何度も失敗して、みんなをひどい目に遭わせたこともあるんだ。ところであなたは、料理は作るの?」

ウォンが私に向かって聞いた。正直なところ、料理は下手な方なのだが、日本人女性の代表として、そう答えるわけにはいかなかった。

「まあ……それほど得意ではありませんが、一応は……」

「どういうものを作るの? 何か好きな食べ物とかは?」

まるで私がインタビューされているようだ。ウォンもそれに気づいたのか、照れたような笑みを浮かべた。

「いや、単なる好奇心なんだけどね。それに、いつもぼくは質問されてばかりいるだろ？　だから、一度ぐらいインタビュアーになってみたかったんだ」

「得意な料理は……そうですね、パスタとか、シチューとか、そういう洋食系のものが多いです。外食する時は必ずケーキかフルーツを食べますね」

「それは女性と？　それとも、男性と？」

「どちらの場合もあります」

うまく逃げたな、というようにウォンが微笑んだ。正直に言うと、最近は草壁を除けば、外で食事をするのはいつも女性とばかりだったが、それを認めるわけにはいかなかった。

「何歳なの？」

「二十四歳です。ウォンさんは？」

引っかけのための質問だったが、そんなに違わないよ、という曖昧な答えしか返ってこなかった。これぐらいの誘導尋問に引っかかってくれるほど、甘い相手ではないということなのだろう。

「ずっと、エディターなのかい？」

「いえ、一昨年入社して、最初は別の部署にいました。今の雑誌編集部に移ってきたのは、一年半ほど前です」

「仕事は大変？」

「……そうですね。でも、どんな仕事でも大変だと思います。ウォンさんにとっても、俳優という職業は大変ではありませんか？」

「もちろん、大変さ。責任もあるしね。でも、エンジョイしてるつもりだよ。あなたは？　仕事に満足している？　楽しく働いてる？」

どうなのだろう。微妙なところだ。

「辛いこともありますが、今日のように素敵なハプニングもあったりしますから、どちらかといえば楽しく過ごしています」

「友人は多い？」

「そうですね、多い方だと思います」

別に私は何の取り柄もない女だが、友人だけは多い。小学校から大学までの仲間とは、今でも頻繁に連絡を取り合っている。

会社内でも、オリビアをはじめとして他部署の友人も少なくない。ただ、少し問題があるとすれば、その中にほとんど男性がいないということだ。

「じゃあ……はっきり聞くけど、恋人はいるの？」

どう答えていいのかわからないまま、とりあえず笑っていると、いるんだね、とウォンが指を鳴らした。

「残念だな。もしいないんだったら、ぼくが立候補しようと思っていたんだけど」

ありがとうございます、と私は礼を言った。もちろん、彼が言っているのが社交辞令であることはわかっていた。私もそこまで図々《ずうずう》しいわけではない。ウォンと社長が何か話しながら笑い合っていた。

「彼氏とはうまくいってる?」

「おかげさまで。少なくとも、私の方はそう思っています」

その間、私は一瞬たりとも草壁の方を見なかった。にもかかわらず、ウォンは驚くべき洞察力を見せて、こう言った。

「君がつきあっているのは、あのカメラマンだろ? そうだね?」

何も答えられずにいた私に、そんなのすぐわかるさ、とウォンが言った。

「何ていうのかな、二人の間に流れている気のようなものを、強く感じたんだ。いや、ぼくは別に超能力者でも何でもないよ。でも、勘は鋭い方だと自分でも思ってる。何となく、わかってしまうんだな、そういうことが」

それでも、私は否定も肯定もしなかった。大丈夫なのかい、とウォンが声を潜めた。

「彼は君よりずいぶん年上に見える。十歳ぐらい上だろう? 本当にうまくいってるのかい？」

本気で心配してくれているような口ぶりだった。十歳も上の男に騙されている若い女、というような構図を頭の中に思い浮かべていたのかもしれない。

確かに、世間ではよくありがちな話だ。でも、私と草壁は違う。たまにケンカをしたり、時には口も利かなくなることさえあるけれど、基本的にはお互いに好きだと思っているし、相手のことを信じている。

「ご心配いただかなくても大丈夫です。それなりに、うまくいっていますので」

それならいいんだけどね、とウォンがまだ心配そうな表情のまま言った。好意には感謝したいが、直接的に関係があるわけでもないのに、そこまで気を遣わなくてもいいのではないだろうか。私には彼の質問の意図がよくわからなかった。

7

仲居さんたちが空いた皿を下げにきた。それが終わると、店の主人と若い職人さんたちが現れて、襖の敷居のところで深く頭を下げた。本日はお出《い》でいただきありがとうございます、というようなことを言っているのはわかったが、声が低いためにそれ以上は何を言っているのか、私にも聞こえなかった。

彼は何を言っているのか、とウォンがしきりに佐々木氏に尋ねていたが、佐々木氏もうまく聞き取れなかったようだ。一種のお祈りのようなものでしょう、と答えたようだった。なるほどね、とウォンもうなずいていた。

韓国にはクリスチャンが多いと聞いている。ウォンがクリスチャンであるかどうかはわからないが、食前の祈りという風習については理解できたようだ。

それでは、と店の主人が立ち上がった。職人さんたちもその後に続いていく。戻ってきた時には、握り寿司を載せた色鮮やかな絵皿を両手で持っていた。彼らは素早く丁寧な手つきで、ウォンを中心にその皿をスタッフたちの前に並べた。

九谷焼《くたに》でしょうかと私が尋ねると、古伊万里《こいまり》かもしれませんね、と佐々木氏が言った。こんな高級芸術品のような皿で食事をしたことなど一度もない。

全員の前に皿が行き渡ったところで、食べるようにとウォンが促したが、だからといって、スタッフの側から先に箸をつけるわけにもいかないだろう。

苦笑したウォンが、白身の魚の握りを器用に箸を使って口の中に入れた。どうですか、というようにまだ若い付き人のような男の人が見つめている。これはすごい、とウォンがテーブルを叩いた。

「寿司にしてよかったよ。こんな素晴らしいもの、食べたことがあるかい?」

スタッフたちがそれを聞いて、我先にと箸を伸ばした。ため息が部屋に満ち、その後沈黙が訪れた。一種の感動のためだった。

最後に私も食べてみた。カンパチの握りだった。私だって、高級寿司屋で寿司を食べた経験は何度かある。会社の役員に連れられて行ったり、あるいは食い道楽だった冬子さんと一緒に、銀座の超一流の店に行ったこともあった。

でも、今食べた寿司は、そのどれとも違っていた。何と言えばいいのだろう。食感、味、ネタとシャリのバランス、形の美しさ、すべてが完璧だった。ある意味で官能的ですらあった。

「これはもう一種のアートだね。そうは思わないかい？」

二貫目の青柳《あおやぎ》を食べながらウォンが言った。はい、と私はうなずいた。見て美しく、食べて美味しい。たぶん、いやきっと一生忘れられない経験となるだろう。

「カメラマンの方も、撮影は一時中断して、食べてくださいとウォンが言っています」

佐々木氏が言った。カメラを構えていた草壁が私の方を見た。食べた方がいいよ、と思わず私は言ってしまった。

編集者にはあるまじき発言だったかもしれないが、せっかくウォンが勧《すす》めてくれているのだし、好意を無にすることもないだろう。それではお言葉に甘えて、と草壁が着座した。

それからまたウォンが質問を始めた。どこで生まれたのか、ご両親は健在なのか、子供の頃はどんな感じだったのか、東京にずっと住んでいるのか、そんなことだ。

正直なところ、私は寿司のあまりの美味しさに、仕事という意識がどこかへ飛んでしまっていた。問われるままに答えていたが、普通の二十四歳の女の人生など、語るべきことはそれほどない。それでも、ウォンは興味深く私の話を聞いていた。

私も私なりに頑張って、ウォンからいろいろな話を引き出そうと努力はしたつもりだ。だがウォンの話術は巧妙で、何を聞いてもはぐらかされるか、うまく切り返されてしまうかのどちらかだった。質問をしたつもりが、いつの間にか逆に質問される側に回ってしまうことが何度も続いた。

こんなはずではないのに、と焦れば焦るほど、ウォンの術中にはまっていく、そんな感じだ。気がつけば、私は物心ついた時から今日までの自分の歩んできた人生を、ほとんどすべて話していた。

その中には、高校時代や大学の時の恋愛の話もあり、当然それは草壁にも聞こえていただろう。後でどうやって言い訳しようかと思ったが、勢いというのは恐ろしいもので、ウォンが誘導する方向に向かって、何でも話さずにはいられなくなっていた。

ひとつには、ウォンの目に宿っている一種の神秘的な輝きのせいでもあった。世界中の女性を虜《とりこ》にしているフィル・ウォンがその気になれば、どんなことでも聞き出すのは簡単だっただろう。私が何でも聞かれるままに答えてしまったのは、そのためもある。

その後も一品ものの口直し、カラスミの握り、そして最後によく冷えた白玉とアイスクリームのデザートが出てきて、それでコースは終わった。結局、私はほとんど何ひとつウォンの口から重要な情報を聞くことはできなかった。

編集者失格だと思いつつも、まあ仕方がないか、と諦めた。誌面を埋めるに十分なだけの話は、さっき福永さんが聞き出していた。これ以上何かを望むのは、贅沢が過ぎるというものだろう。

午後三時、昼食会はお開きになった。ウォンはホテルに戻り、しばらく休むということだ。他のスタッフたちの中には、東京の名所巡りをしたり、買い物をしたいという者もいたりして、佐々木氏はその対応に大童《おおわらわ》だった。

私は草壁がカメラや照明類などの機材を片付け終わるのを待って、まず朴社長に挨拶をした。もちろん言葉が通じているわけではないが、感謝の気持ちは伝わっただろう。わかっている、というように社長がうなずいて、私の肩を何度か叩いた。

それから私たちは再びウォンの前に行き、やはり感謝をこめて礼をした。今日の再取材については、ウォン自身の意向が強く働いていたという。しかも、昼食会にまで出席させてくれた。どれほど感謝しても足りるものではない。

ウォンが静かに手を伸ばした。握手だとわかるまで、数秒かかった。ありがとうございました、と繰り返して、その手を握った。とても柔らかい手だった。

「ササキサン」

ウォンが声をかけた。すぐに佐々木氏が人の輪の中から出てきた。ウォンが何か囁くと、うなずいた佐々木氏が私を見た。

「今、幸せですか？　とウォンが聞いています。今、というのは今日のことではなく、今までのあなたの人生について、という意味のようです」

不可解な質問だったが、普通に考えて、私は幸せな方だろう。母こそ早くに亡くしていたが、父の深い愛情を受けて何不自由することなく育った。

大学にも進学したし、希望していた出版社に入社することもできた。恋人もいる。仕事はまだようやく慣れたぐらいのレベルだし、面倒臭い上司がいるのも確かだけれど、そんなのはよくある話だろう。

「幸せだと思います」

それならよかった、とウォンがうなずいてから草壁と握手をし、空いていた左手で肩を強く叩いた。大きな音がした。

最後に私たちはもう一度深くお辞儀をしてから、彼らより一足先に店を出た。この数時間のことが、まるで夢のようだった。

「……いったい何だったんだ」

草壁がバッグを抱え直しながらつぶやいた。わからない、と私は首を振った。とにかく、会社へ戻らなければならない。こんなに長引くとは思っていなかった。今頃、福永さんは必死でパソコンに向かっていることだろう。電源を切っていたのでわからなかったが、私の携帯にも何度か電話を寄越しているのではないか。

草壁が通りかかった空車を停めた。そのまま私たちはタクシーに乗り込んだ。

8

会社に着くと、資料を作業机の上に広げた福永さんが、不機嫌な顔でパソコンのキーボードを叩いていた。タクシーの中で確認したのだが、一時と二時半の二回、福永さんから留守電が入っていた。最初の電話はともかく、二度目の電話に残されたメッセージには、ほんの少しではあるけれど、殺意に近いものが感じられた。

「遅い」

「すいません」

謝った私に、まあいいけど、と福永さんがうなずいた。草壁は私を会社の前で降ろしてから、そのまま事務所へ直行していた。どうでしょうか、と作業机の反対側に座りながら尋ねた。

「順調。逆に順調すぎて困ってる」福永さんが言った。「材料が多すぎちゃって、どうやってまとめればいいのかわからない」

その可能性は大いにある、と私もタクシーの中で考えていた。今日、フィル・ウォンのインタビューで彼の口から語られた言葉のほとんどは、それこそレア中のレアといっていい情報ばかりだった。

日本どころか韓国マスコミでさえも知らないことばかりだろう。私たちのような映画雑誌には似合わない単語だが、これは明らかにスクープと呼べるものだった。

「あの、思ったんですけど……思い切ってフィル・ウォンのトリビアを全部外しませんか？」

ページ数は巻頭の八ページと決まっている。もう締め切りも迫っているこの段階で、台割の変更は利かない。この八ページの中で、すべてをやりくりするしかない。

そして、カラーグラビアのページだから、写真も大きく使いたい。贅沢な話だが、私たちは材料を持て余し気味になっていた。昨日までは、どうやってページ内容を水増しするか悩んでいたが、今日になってみるとどこを削《けず》るかで困っているという不思議な現象が起きていた。

「トリビア、やめるか」あんなに調べたのにね、と福永さんが腕を組んだ。「もったいないといえばもったいないけど……仕方がないかもね」

トリビアというのは、結局のところ豆知識だ。早い話、時間さえあれば読者でも調べることが可能だろう。

それに対して私たちが持っているのはフィル・ウォン本人のインタビューだ。これは読者にはどうしたって手に入れられないはずのものだった。

マスコミだから、雑誌だから手に入れることができた情報だ、それをメインにするのが、読者のためだろう。

「わかった。トリビア、捨てよう」福永さんが断を下した。「最初から最後まで、完全に彼のインタビューを採録しよう。それが一番いいね」

幸い、私たちは二人ともインタビューの際、ICレコーダーを回していた。万が一、どちらかの機材に不調があった場合のためだったが、どちらもきちんとインタビューの内容を拾っていた。

私たちはそれを前半と後半に分け、質問とその回答を手書きでノートに書き込んでいった。それぞれの分担する時間は三十分程度だったが、これは意外と時間のかかる作業で、終わった時には夜の六時になっていた。

その間、草壁から何度か連絡があった。彼はデジタルカメラと通常の一眼レフで撮影をしていたが、そのどちらにも問題はないという。

デジカメの写真については、事務所からデータの形で私のパソコンに送ってもらったが、あまりの容量の大きさに、すべてを読み込むまでには相当な時間がかかりそうだった。

「いったい何枚撮ったわけ？」

「自分でもわからないけど……たぶん、千回はシャッター切ったんじゃないかな」

この先三年間、フィル・ウォンが来日しなくても、ジョイ・シネマが彼の写真について困ることはないだろう。凄まじい量だった。

福永さんと私は、それからも黙々と作業を続けた。食事をする時間も惜しかった。

七時過ぎに戻ってきた草壁が買ってきてくれたコンビニのサンドイッチを食べながら、自分たちの書いたデータ原稿をパソコンで清書していった。時間さえあれば、専門の業者にやってもらうこともできるのだが、そんな時間などあるはずもなかった。

九時過ぎ、私たちの作業は終わった。後は今日のインタビューを採録したものをまとめ、再構成して記事にしなければならない。前回のわずか数分のインタビュー、あるいは合同記者会見での話なども使えないわけではなかったから、それも入れ込むことにした。

ここまでくれば、後はライターである福永さんの仕事で、私がするべきことは一応終わった。レイアウトは決まっていたから、写真のセレクトをするぐらいしか残っている仕事はない。

とはいえ、この業界の常ではあるけれど、原稿を書いているライターを放って家に帰るわけにはいかなかった。朝までに終わるでしょうかと尋ねると、まあどうにかなるでしょ、というちょっと投げやりな答えが返ってきた。

福永さんの考えている朝と、私の考えている朝が一致していることを祈りながら、私は草壁と共に写真を選び始めた。

「……よくこれだけ撮れたね」

「まあ、自由に撮影していいってことだったからね。それに社長も本人も、撮るなとか言わないもんだから、調子に乗ってこんなことになっちまった」

膨大な写真の山が目の前にあった。全部チェックしていくだけでも、かなりの時間が必要になるだろう。

とはいえ、見ていかなければ何も始まらない。私と草壁は写真を一枚ずつ確認していくことにした。

「それにしても、今日のフィル・ウォンは大サービスだったな。よくあんなことまで話したもんだよ」

草壁が言った。私もそう思う。もしかしたらちょっと酔っ払っていたのではないかと思えるほど、彼の口は滑《なめ》らかだった。

「何かよくわからないけど、ずいぶんお前のことも気に入ってたみたいだしな。ずっとお前のことばっかり聞いてただろ？」

それも不思議なことだった。いつも質問されてばかりだから、たまには質問する側に回ってみたいんだ、という気持ちはわからないでもない。だが、それにしても妙な話だ。私のことなど聞いて、いったい何が面白いのだろう。

「どうする? ウォンに、韓国に来ないかって誘われたら」

「もちろん、行くわよ」

おや、そうですか、と首をすくめた草壁が再び写真に目をやった。私もそれにならって、写真を見直し始めた。長い夜になりそうだった。

9

夏草や兵《つわもの》どもが夢の跡、ではないけれど、編集部は惨憺《さんたん》たる有り様《あさま》だった。

私のデスクはもちろんのことながら、二つの作業台の上にはフィル・ウォンに関するありとあらゆる種類の資料、写真、そのカラーコピー、レイアウト用紙、ICレコーダーから起こした手書きの原稿、更にそれをパソコン上で清書し、プリントアウトしたものなどが、所狭しと散らばっていた。

この最終入稿作業に当たって、基本的なレイアウトは事前にデザイナーによって決められていた。写真の大きさ、文字数、書体に至るまでの指示もあったのだが、昨日の再取材を経て、急遽トリビアのコーナーを全面的に差し替え、更に新しい原稿を作ることにしたため、その部分に関するレイアウトは捨てざるを得なくなっていた。

逆に言えば、捨てた代わりに新しいレイアウトを作らなければならない。そこで私は土曜日の夜だというのにデザイナーの携帯、そして自宅にまで電話を入れ、ようやく捕まえた彼に、とにかく会社へ来てデザインのやり直しをしてほしいと文字通り懇願した。

さんざん不平を並べつつも、深夜十二時近くになってやってきたデザイナーは、私たちの状況を見て何を言っても無駄だと悟ったのだろう。やや諦めに似た表情を浮かべながら、マッキントッシュのディスプレイに向かった。

それから八時間後、入稿作業のすべてが終わった。私はデザイナーが出力してくれた原稿類と写真の突き合わせをして、間違いがないかどうか確認した上で、厳重に梱包《こんぽう》したMOと共に封筒に入れ、印刷会社の担当者が回収していくための社内ポストにそれを置いた。

気がつくと、起きているのは私だけで、福永さんもデザイナーも、それぞれ机に突っ伏し、あるいは椅子に腰掛けたまま寝ていた。ちなみに、草壁は床に倒れていた。

（……終わった）

ため息と欠伸が同時に漏れた。どういうわけか、私に限っていえば、それほど眠気は感じていなかった。むしろ気分が高揚しているのが、自分でもわかるほどだった。

おそらく、今回のフィル・ウォンの記事は、新聞、雑誌、他の映画雑誌なども含め、そのどれよりも密度の濃いものとなるだろう。当然の話で、他社と比較して数倍以上の取材時間を与えられたのだから、そうでなくてはおかしいぐらいだ。

ただし、これで何もかもが終わったというわけではない。約四時間後、日曜日の正午からフィル・ウォンは日本を去るに当たり、最後の合同記者会見を六本木のグランド・ハイアットホテルで行うことになっていた。約一時間の予定だというが、それが終わり次第彼は成田《なりた》空港へと直行し、そのままアメリカへと渡る。今回の映画のプロモーションのためだ。

合同記者会見において、目新しい発言が出るようなことはない。それはわかっていた。フィル・ウォンの側にしてみれば、日本における最後のプロモーションという位置付けだろうし、それ以外の何物でもないはずだ。

とはいえ、これは日本におけるフィル・ウォンの最後の公的な活動だ。写真を撮り、談話を紹介するのはマスコミの義務だろう。既に各社の取材陣は、現場に向かう準備を始めているはずだった。それは私たちジョイ・シネマにとっても同じことだ。

ただ、私たちに限っていえばやるべきことはすべて終わっていた。残っていることといえば、正午からの合同記者会見でフィル・ウォンの写真を撮影するぐらいのものだ。

そのためには十一時までにグランド・ハイアットに着いていなければならないが、少なくとも二時間ほどはこのまま彼らを休ませておいた方がいいだろうと思った。特に草壁は、休息を与えなければ使い物になりそうもなかった。

私は携帯のアラームを十時にセットしてから、応接用のソファで横になった。眠りにつくまで、十秒とかからなかった。

10

携帯のアラーム音と同時に目を覚ました私は、真っ先に草壁を起こした。めったにないことだが、彼はある限界を超えてしまうと電池の切れた人形のように何をしても動かなくなってしまうことがあるからだ。

まだカメラ機材などの準備も済んでいないはずだったから、それも含めてまず彼を起こさなければならない。口と鼻を本気で塞いでいたら、約一分後に半ば暴れるようにして目を覚ました。

「殺す気か」

「場合によっては」

本気だから怖い、とつぶやきながら、フロアを出ていった。トイレにでも行くのだろう。

デザイナーは姿を消していた。帰ったのか、それとも仮眠室かどこかで本格的に眠っているのか。いずれにしても彼の役目は終わっていた。

最後に福永さんの肩を強く揺り動かして起こそうとしたが、ギブアップ、という擦《かす》れた声と共に目をつぶった。目覚める気配はなかった。

今朝までの作業の中で、獅子奮迅《ししふんじん》とも言える働きをしていたのは彼女だ。動けなくなるのも仕方がない。いずれにしても、正午からの合同記者会見に出るのは、私と草壁だけで十分だった。

福永さんをそのままにしておいて、私はトイレに行き、顔を洗い、メイクを直してから編集部のフロアに戻った。ちょうど、草壁が機材をバッグに詰め終わったところだった。十時二十分を回っていた。

「昨日と同じ服だね」

そりゃ仕方がない、と草壁が肩をすくめた。

「誰も気がつきゃしないさ。フィル・ウォンだって、おれたちの服のことなんか覚えちゃいないよ」

それもそうだ。今から着替えを取りに行く時間はない。

私たちは会社を飛び出し、タクシーでグランド・ハイアットホテルへと向かった。やや出遅れていたのはわかっていたが、それでも十一時前には草壁と共にホテルの記者会見場に着いた。

そこには、人しかいなかった。おそらく五百人は超えているだろう。凄まじい熱気が溢れていた。

「何時から来てるんだ、こいつらは」

半ば呆れたように草壁がつぶやいた。周囲の人たちの話を聞いていると、八時前からスタンバイしていた社もあるという。空席は後ろの方にしかなかった。仕方がないよ、と私は言った。

「この合同記者会見は、来ることに意義があるんだから。別に目新しい発表があるわけでもないだろうし、とりあえず写真を押さえておくぐらいしか、することはないんだし」

基本的にこの記者会見は映画の配給会社と資本参加しているテレビジャパンの主導の下、行われている。私たちのような映画専門誌にできることは何もなかった。

その時、私の携帯が鳴った。液晶表示に、横川、という文字が並んでいた。配給会社のプロモーター、横川嬢からだった。

「佐伯です」

「今、どちらですか？」

少し焦ったような声がした。記者会見場ですがと答えると、すぐに前列まで来てください、と言われた。

「前列？」

「ジョイ・シネマさんのために席を設けてあります。一番前の席、フィル・ウォンの正面です」

「あの……どうしてそんな……」

わかりません、と横川嬢が言った。指示しておいてわかりませんとは、どういうことなのか。

「上からの命令なんです。昨夜、ウォンの事務所からそのように手配してほしいという要請があり、弊社もそれを了解しました。他社との関係上二席しかありませんが、構いませんね」

はい、と答える間もなく、乱暴に通話が切れた。彼女も大変なのだろう。どうした、という草壁に事情を説明すると、よくわからんな、と眉をひそめた。

「どういうことなんだ、それって」

弱小出版社の哀しさで、私たちは好待遇に慣れていない。本当にそんな席に座っていいのだろうか。

「あれか、フィル・ウォンがお前に一目ぼれでもしたのか?」

かもしれない、とつぶやきながら、私たちは横の通路を通って、前へと進んだ。横川嬢の言った通り、ステージの正面に〝ジョイ・シネマ様〟という白い紙の貼ってある椅子が二つ並んでいた。

「マジかよ、これ……危なかったな、望遠しか用意してなかったら、逆に近すぎて撮影できなかったぜ」

草壁がバッグからカメラを取り出した。それにしても、いったいなぜなのだろう。なぜ、フィル・ウォンの事務所は私たちジョイ・シネマに好意を示し続けてくれるのだろうか。

確かに、数多い日本の映画雑誌の中で、かなり早い時期からジョイ・シネマはフィル・ウォンについて注目してきた。もしかしたら、一番早かったかもしれない。その意味でジョイ・シネマはその先見性を評価されてもいいが、まさかフィル・ウォンやそのスタッフがその事実を知っていたとも思えない。

特に最近では、大手の出版社が発行している映画雑誌も、ウォンについての特集を大きく組むことが多くなっている。むしろジョイ・シネマは目立たなくなっているはずだ。それなのに、なぜだろう。

「長いことやってりゃ、たまには運が巡ってくることだってあるさ」カメラのスタンバイを終えた草壁が言った。「いいじゃないか、せっかく良くしてもらってるんだから、こっちとしてはそれに応えていい記事を作ればいいんだよ。それで貸し借りはチャラさ」

そうかもしれない。でも、私の中には何か釈然《しゃくぜん》としないものが残っていた。いったいどういうことなのか。

十一時五十分、テレビジャパンのアナウンサーが現れた。今回は男性のアナウンサーだった。その若いアナウンサーは明らかに緊張していた。本日は、という言葉を言い出すまで、一分ほどかかったぐらいだ。

「……本日はお忙しい中、また日曜日にもかかわらず、数多くの皆様にお集まりいただいたことを、関係者一同感謝しております。わたくし、本日進行役を務めさせていただきますテレビジャパンの桐島《きりしま》と申します。よろしくお願いいたします」

場内からまばらな拍手が起きた。

「あと十分ほどで、フィル・ウォンさんが登場いたします。皆様、盛大な拍手をもってお迎えください。その前に、今回の新作映画『愛についての物語』の配給会社シネラック常務取締役安本亨《やすもととおる》様、韓国でフィル・ウォンさんが所属している事務所、韓相舎《かんそうしゃ》社長朴正《セイ》優《ユウ》様、本日の通訳を務めていただきます佐々木良平《りょうへい》様をご紹介させていただきます」

もう私にとってはおなじみとなった通訳の佐々木氏、そして昨日も会っていた事務所の社長が現れた。これで彼の姿を見るのは三度目だが、黒の服しか持っていないらしい。昨日のネクタイは渋い茶色だったが、今日は濃紺だ。違いといえばそれだけだった。

最後にでっぷりと太った背広姿の男の人が出てきた。彼が配給会社の常務なのだろう。

まず朴社長が短い挨拶をし、それを佐々木氏が通訳した。今回、ウォンにとっては初めての海外プロモーションだったが、大成功に終わったのは日本のマスコミの皆さんのおかげであり、それに対し深く感謝しています、というようなお決まりの内容だった。その次に配給会社の常務が挨拶をするはずだったのだろう。マイクを渡されて、小さく咳払いをするのが見えた。

だが、彼が口を開くことはなかった。突如、という形でフィル・ウォンがステージの上に現れたからだ。会場は騒然となり、大きな拍手が沸き起こった。

細身のスーツ、黒のネクタイ、濃いグレーのシャツ。モッズファッションというべきなのか、一挙一動がすべてモデルのように決まっていた。

彼にしては珍しく、機嫌のいい笑顔を浮かべながら片手を上げて席に着いた。対照的に、常務が不快そうな表情でマイクをアナウンサーに渡した。

「……もうご紹介の必要はないでしょう。韓国映画界のスーパースター、フィル・ウォンさんです。もう一度拍手をお願いします」

アナウンサーが言った。会場の隅から隅までが、割れんばかりの拍手で包まれた。

「それではただ今より、合同記者会見を行いたいと存じます。ご質問のある方は、挙手していただければ私の方から指名させていただきます。社名とお名前をおっしゃった上で、ご質問の方をお願いいたします」

会場にいたほぼ全員の記者が一斉に手を挙げた。

11

アナウンサーが腕時計に目をやった。

「申し訳ございません、皆様、挙手のままお待ちください」

最初に指名されたのは、今回の映画に資本参加しているテレビジャパンのキャスターだった。例によって例のごとく、今回の映画『愛についての物語』の見所について、というようなありきたりの質問が始まった。

このような場合、ありきたりであることが何よりも重要なのだ、ということを私は経験的に知っていた。合同記者会見とは、ある種のセレモニーであり、無事に終わることに意義がある。

ウォンがその質問に答え、佐々木氏が通訳した。そんなやり取りが何度か続いた。

私の隣でシャッターを切っていた草壁が、絵になる男だなあ、とつぶやいた。確かに、どんなポーズを取っても様になるという点で、フィル・ウォンは私が過去に取材してきた誰よりもスタイリッシュだった。

「そりゃあ、そういう仕事なんだから当然でしょうよ」

そう言った私を草壁がちらりと見て、小さく笑った。何も笑うことはないだろう。

「何よ、そんな。比べちゃいけないよ、みたいな顔して」

「そんなこと言ってないだろうが」草壁が額の汗を拭った。「だいたい、奴は男だぜ。女のお前と比べてどうするんだよ」

「そりゃそうだけど」

「しかしなあ、同じアジア人なのに、日本人と韓国人ってだけで、どうしてこうも違うかね。羨ましい限りだよ」

草壁が肩をすくめた。どう答えていいのかわからないまま、そんなことないよ、と慰めるように言った。ふん、と草壁が鼻息で返事をした。私はフォローの言葉を捜した。

「ほら、目だって二つあるし、鼻だって口だってひとつずつだし……」

「おれはね、数の話をしてるんじゃないの。顔のパーツとか、総合的な意味での整い方のことを言ってんだよ」

それはわかっていた。ただ、私にも良心というものがある。黒を白とはさすがに言えない。ウォンと草壁を比較しても、ほとんど意味がないのは言うまでもなかった。

「あ、だけど……鼻の下の溝みたいなとこは少し似てるかも……」

うるさい、と苦笑した草壁がカメラのファインダーを覗き込んだ。

「そんなに無理してまで言ってほしくないね。それに似ているっていうんだったら、前にも言ったかもしれないけど、お前とウォンの方が、似ているところがあるぜ」

「どこよ」

「耳」草壁が自分の耳たぶに触れた。

「形とか、角度とかそっくりだよ」

前に言われた時もそう思ったのだが、あまり嬉しくない。どうせなら目とか、顔の造りだとか、そういうメインになる部分が似ていると言ってほしかった。

「いや、まあ、そこまでは……」急に草壁が咳き込んだ。「まあいいじゃないの。少なくとも鼻の下の溝のところが似てると言われるより、耳の方がまだましなんじゃないか？」

私たちがそんな話をしている間にも、ウォンと記者たちのやり取りは続いていたが、時間は刻々と過ぎていき、余すところ十分ほどとなっていた。記者たちは飽きもせず、まだ質問のため挙手を続けていた。

それではそろそろ時間もなくなってまいりましたので、これを最後の質問にさせていただきたいと存じます、とアナウンサーが中段の辺りにいた男の人を指名した。東洋新聞社の貴田《きだ》と申します、とその男が名乗った。

「今回、ウォンさんの来日について、日本でも女性ファンを中心に大変なブームともいうべき現象が起きました。そこで伺いたいのですが、ウォンさんは日本について、あるいは日本人ファンについてどのような印象を持たれましたか」

その質問を佐々木氏が通訳すると、ウォンがマイクを手元に引き寄せた。

「皆さん、こんにちは。フィル・ウォンです」

日本語で挨拶をした。大きな拍手が起きた。海外のスターがこのような形で挨拶をするのは決して珍しいことではないが、やはりその国の言葉を使ってくれるというのは嬉しいものだ。

だが、驚くべきことが起きた。日本の印象についてということですが、とウォンが流《りゅう》暢《ちょう》な日本語で話し始めたのだ。

12

「日本という国について、あるいは日本人に対して、ぼくは子供の頃から好意と憧れを持っていました。これは社交辞令などではなく、本当にそう思っています。今回、このような形で来日する機会を与えていただいたわけですが、その想いに変わりはありません。マスコミの皆さんの誠意ある対応、ファンの方々の応援、どれを取っても感謝したい気持ちでいっぱいです」

わずかに発音の乱れこそあったものの、ウォンの使っている日本語は正確なものだった。むしろ日本人でも、もっと間違った日本語を使う人の方が多いのではないか。

会場は騒然となっていた。ウォンが日本語を話すことができると思っていた記者は、誰一人としていなかっただろう。私だってそうだ。通訳の佐々木氏も呆然とした目で見つめていた。

「ウォンさん、我々は非常に驚いています」進行役のアナウンサーが言った。「あなたが日本語を話せることを、私たちはまったく知らされておりませんでした。いったいどのような経緯で日本語を覚えるようになったのか、教えていただけませんか」

喜んで、とウォンがマイクに向かった。

「かつて、日本と韓国の間に大きな問題があったことは歴史的な事実です。ただ、個人的な意見ですが、ぼくはそれは過去の話だと考えています。ぼくが子供の頃から、韓国では若者たちを中心に、日本の音楽、アーチストの人気が大変高くなっていました。そして、それより前から、ぼくは独学で日本語を学び、文法や発音についても勉強をしてきました。ある時期からは、日本からの観光客などに、自分の日本語の理解度を増すために話しかけるようなこともしました。彼らのほとんどが、日本語について興味があるといえば、親切にいろいろな言葉を教えてくれたり、発音の誤りを指摘してくれたものです。また、わからないことがあれば親類や同じ町内に住んでいた老人などに尋ねたこともあります。彼らは日韓併合の時代を生き抜いてきた人でしたので、日本語を話すことができました。そんな環境の中で、ぼくは日本語を学んできたのです」

「よくわかりました。では重ねてお伺いしますが、なぜ日本語を話せるという事実を伏せていたのでしょうか。また、この合同記者会見において突然日本語でスピーチを始めた理由を教えてください」

「ひとつはイメージ戦略の問題です」ウォンの答えに淀みはなかった。「韓国人であるぼくが、日本語を話すことができるというのがイメージとしてプラスなのか、マイナスなのか、自分でもはっきりとわからなかったという意味です。ですが、来日してから数日の間に、ファンの方々、マスコミの皆さんの反応を見ているうちに、まったく問題がないということがよくわかりました。そこでぼくはこの最後の段階になっていきなり日本語で話し始めたというわけです。もっと正直に言えば、皆さんを驚かせたかったんですね。どうですか、皆さん。フィル・ウォンが日本語を喋っていることに、驚きを感じませんでしたか？」

会場から大きな拍手が起きた。確かに、誰もが驚きを禁じ得なかっただろう。そしてその拍手は、ウォンの独特なユーモア感覚に対して向けられたものでもあった。

この段階になって、ようやく記者たちも落ち着きを取り戻し始めていた。何人もの記者たちが質問のために手を挙げたが、申し訳ございません、とアナウンサーが頭を下げた。

「既に予定されていた時間をオーバーしております。ウォンさんが日本語でスピーチをしてくれるという、我々にとっては嬉しいハプニングがあったわけですが、そのために時間がなくなってしまったことも確かです。本日の記者会見はここまでということで……」

「ウォンさん」記者の一人が大声で叫んだ。「また、日本に来ていただけるのでしょうか」

微笑を浮かべながら、ウォンがその記者の方を見た。

「もちろん、機会があれば何度でも来日したいと願っています。ただし、しばらくその機会はないでしょう」

なぜですか、という問いが会場のあちこちから飛んだ。理由は、とウォンが口を開いた。

「まず、ぼくは今年の夏から次の映画の撮影に入るためです。そしてもうひとつ、ぼくは来年の三月十日に二十五歳の誕生日を迎えます。ぼくの職業は、皆さんもご存じの通り俳優ですが、その前にぼくは韓国人であり、韓国人としての義務を果たさなければなりません。早ければ今年の冬、遅くても来年の誕生日までには、軍隊に入ることが決まっているからです」

「徴兵ですか」

貴田という記者が尋ねた。そうです、とウォンがうなずいた。

「これは国民の義務ですから、従うのは当然だと考えています。二年、あるいは三年の間、ぼくは軍務に就くことになるでしょう。無事にその期間を終え、ファンの皆さんが望むのであれば、再び俳優という職業に戻りたいと考えています。そして日本の皆さんが待っていてくれるのであれば、また日本へ来たいと願っています」

「韓国人ってのも大変だな」ファインダーを覗きながら草壁が言った。「兵役があるってのは、辛い話だ」

その声が私の頭の上を通り過ぎていった。無反応な私に、どうした、と草壁が不思議そうな顔を向けた。

「もう忘れたの？　あたしの誕生日。去年あたしと一緒にいたのは誰でしたっけ」

「ぼくです、はい……」すいません、と草壁が頭を下げた。「ああ、そうか。お前の誕生日も三月十日だもんな。ついでに、今度の誕生日でお前も二十五歳になる。つまり、お前とウォンはまったくの同い歳ってわけだ」

偶然ってのはあるものだと言って、またファインダーを覗きこんだ。そうなのだろう。それは偶然なのだろう。

過去、一度もオープンにしたことのない自分の年齢、そして誕生日を今ここで口にしたのは、たまたまということなのだろう。母国韓国ではなく、彼にとって異国である日本で自分の誕生日について触れたのは、草壁の言う通り偶然なのだろう。

違う。

絶対に違う。そんなこと、あるはずがない。ウォンには、日本で、しかも今、それを言わなければならない理由があったのだ。

おぼろげながら、私にはその理由の見当がついていた。でも、そんなことが。まさか。

「ウォンさん、それでは最後に日本のファンの方々にメッセージをいただけたら幸いですが」

アナウンサーがもう一度時計を見た。うなずいたウォンがゆっくりと口を開いた。

13

「まず、今回の新作映画のプロモーションのため、動いてくれた多くの関係者に感謝したいと思います」

会場は静まりかえっていた。そして、とウォンが言葉を継いだ。

「ぼくを歓迎してくれたファンの方々には、最大限の感謝を捧げたいと思っています。日本に着いた時、空港で何千人ものファンの方々がぼくを待っていてくれたのは、ぼくにとって驚きであり、ある種感動的でさえありました。残念ながら時間がなかったために、皆さんと話をすることはできませんでしたが、今後はそのような機会を作り、なるべく多くの方々と触れ合うことを望んでいます。皆さんの温かい励ましの言葉が、ぼくに勇気を与えてくれました。ありがとうございます。先ほど申しました通り、夏からクランクインする映画を一本撮った後、ぼくは軍務に就くことになりますが、できれば戻ってくる日を待っていていただければ、というのがささやかな、そして唯一のぼくの願いです」

ありがとうございます、とアナウンサーが言った。会場から割れんばかりの拍手が起きた。それを制するように、ウォンが片手を上げた。その拍子に、彼が手首に巻いていたブレスレット状のチェーンがほどけて、テーブルの上に落ちていくのが見えた。

「すみません、最後にもうひとつよろしいでしょうか」

再び拍手が起きた。ウォンが落ちたチェーンを自分の手首に巻き直しながら静かに語り始めた。

「この数日、日本で過ごしたわけですが、毎日とても忙しく、休む時間もありませんでした。もちろん、これはプロモーションのための来日ですから仕方のないことです。ただ、昨日一日だけオフをもらい、いつもより早く休むことができました」

記者たちが首を捻《ひね》っているのがわかった。ウォンはいったい何を言いたいのか。そんな表情を誰もが浮かべていた。

「そのためもあったと思いますが、今朝は早くに目が覚めました。夜明け前だったと思います。ホテルの窓から見た朝の光景は、本当に美しいものでした。薄紫の光に照らされた街。これほど美しい朝を見たのは、生まれて初めてだったかもしれません」

次の一瞬、ウォンが視線を私に向けた。錯覚だという人もいるだろう。思い込みと言われるかもしれない。

だが、間違いなく彼は私のことを見た。本当に一瞬のことだったけれど、確かに私たちは視線を交わしていた。そして、その時私はすべてを理解していた。

「その時、ぼくが感じたのは日本というこの国に対する深い愛情です。母のように、姉のように、妹のように、優しい感覚でぼくを包み込み、愛し、癒してくれる。それがはっきりとわかりました。今朝のことを、ぼくは一生忘れないでしょう。それほど印象的な、美しい朝でした。あの朝の美しさを言葉で表現することはできません。日本という国を、ぼくは韓国と同じぐらい愛しています。皆さん、ありがとうございました」

ウォンが立ち上がって深々と頭を下げた。万雷《ばんらい》の拍手が沸き起こった。その中でただ一人、私はウォンの姿を見つめていた。

時間がない、というように朴社長が促し、彼らはステージの奥へと向かっていった。フィル・ウォンさんにもう一度拍手を、とアナウンサーが叫ぶように言った。

「……そうだったんだ……」

私はつぶやいた。

「何？」

ステージを去っていくウォンの後ろ姿に向けてシャッターを切っていた草壁が言った。わかったような気がする、と私は答えた。

「だから、何が？」

「おかしいと思わなかった？」

私の言葉にようやくファインダーから目を離した草壁が、何のことだ、と尋ねた。

「今回の来日に関するすべてが。ウォンは過去、プロモーション活動について、非協力的とさえ言っていいぐらい、何もしてこなかった。自分のプロフィールについても、明確にしたことはなかった。にもかかわらず、今回に限って唐突《とうとつ》とさえいっていいような形で精力的に動き、来日までした。不自然な話だと思わない？」

ウォンたちがステージ上から舞台の袖へと消えていった。未練がましくカメラを構えていた草壁が、しょうがない、というようにその腕を下ろした。

「そうかもしれない。でもさ、それだけ今回の映画に懸けてるってことじゃないか？　それに、スターってのは気まぐれなもんだぜ。何が起きてもおかしくないのがショービジネスの世界だってことぐらい、お前にもわかってるだろ」

「じゃあ、もうひとつ。今、日本には二十誌以上の映画専門誌がある。ジョイ・シネマは売れ行きでいえば上の方だけど、トップってわけじゃない。そして創刊されてから、それほど年月が経っているわけでもない。もっと有名で、歴史もあって、部数が多い雑誌はいくつもある。でも彼らはジョイ・シネマに個別取材の機会を与えてくれた。それって、プロモーションという意味からいえば変じゃない？」

「そりゃ、お前の努力の成果だろう」草壁がカメラを席に置いた。「こんなこと今さら言うのもあれだけど、編集に移って一年半、おれの目から見ても、お前は頑張ってたと思うよ。横川さんとかも含め、いろんな映画会社の人と積極的につきあい、たくさんの映画を見て、編集の技術も一生懸命学ぼうとしていた。そんなお前の熱意が買われて、選ばれたってことじゃないのか」

まさか、と私は首を振った。

「冷静に考えればすぐわかることよ。ビジネスって、そんなに甘くない。ジョイ・シネマにチャンスを与えても、彼らに見返りはない。それは横川嬢だってわかってたはず。でも、彼女はジョイ・シネマを選ぶしかなかった。上からの命令だったから」

「上からの命令？　それこそどんな見返りがあるっていうんだ？　それとも磯山編集長が底力を見せたってことか？」

そうじゃない、と私は言った。

「フィル・ウォンの事務所サイドから、強い申し入れがあったんだと思う。グランド・カールトンホテルでの個別取材について、ジョイ・シネマを必ず選ぶようにって。だから、横川嬢はあたしたちを選んだ。そうするしかなかった」

「よくわからんな……なぜ、そんな面倒なことをしなければならなかったんだ？」

あたしがジョイ・シネマの記者だったから、と私は答えた。

14

意味がわからん、と草壁が言った。もちろん、まだ私にもわからないことはいくつかあった。

「あたしが陽光社に入ったことを、おそらくウォンは知っていたと思う。そして入社一年後、ジョイ・シネマ編集部に移ったこともね。それを知ることはウォンにとって、それほど難しいことではなかったはず。理由は後で話すけど、ウォンにとってあたしが映画雑誌の編集者になったということは、すごく重要なことでもあったし、もしかしたら運命的な何かさえ感じたかもしれない」

「女の想像力はすごいね」草壁が苦笑した。「まあいい。それで?」

「ウォンはあたしがジョイ・シネマ編集部に異動したことを知り、それを事務所の社長とか、絶対的に信頼できる人たちに伝え、協力を願い出た。過去、あれほどプロモーション活動に非協力的だった彼が、今回突然来日を決めたのは、それが理由だと思う。事務所的には、渡りに船の話だっただろうから、協力は惜しまなかったはずよ」

草壁の苦笑はそのままだったが、私は話を続けた。

「ウォンは事務所を通じて映画会社に対し、他の媒体に加えて、ジョイ・シネマに個別の取材許可を与えるよう要請した。映画会社としても、別に問題なかった。彼らの優先順位は、テレビだったり新聞だったり一般情報誌だったりが上位にくるわけで、映画専門誌なんてどうでもいいとは言わないけど、どこでもよかったはずだから。結果として、取材許可が出た。ただし、ウォンの事務所はその時ひとつの条件を付け加えた。取材について、ジョイ・シネマは佐伯朝美を担当編集者にするように、と。そしてそれはあくまでも映画会社からの要請だと言うように、と。だから、横川嬢はあたしを担当者にするように、磯山編集長を説得した。本来なら、フィル・ウォンの取材はもっとベテランの編集者がするべき仕事よ。人気絶頂の新進韓流スターの特集、しかも巻頭にくることまで決まっていたんだから。少なくとも、異動してまだ一年半しか経ってない新人編集者に任せる仕事じゃないはず。だから、横川嬢は編集長を説得するしかなかった。ジョイ・シネマが佐伯朝美を担当にしないのなら、来日自体を中止するぐらいのことをウォンの事務所から言われていたのかもしれない。あたしは横川嬢とのつきあいから、自分が担当になったと思っていたけど、実際はそうじゃなかった。横川嬢も必死だったと思う。そんなことで来日が中止になったら、責任を取らなければならないのは彼女だから。そして、熱心な横川嬢の説得に根負けする形で、磯山編集長は仕方なくあたしを担当者にすることを了承した。そういうことだったんだと思う」

ふうん、と生返事をした草壁がカメラをバッグにしまい込み始めた。構わず私は口を開いた。

「ねえ、個別取材の時のこと、覚えてる？　ウォンがアイスコーヒーをこぼして、取材が中止になってしまった時のこと」

「忘れたいぐらいだ」

そっけない声で草壁が言った。確かに、と私もうなずいた。

「あたしだって、そうだった。何でこんな時に、こんなアクシデントが起きるのかって、世界中を恨《うら》みたいぐらいだった。でも、おかしいと思うの。だって、フィル・ウォンよ。彼がアイスコーヒーのグラスを引っ繰り返すなんて、あり得ると思う？」

「ないとは言えないだろう。確かに、スクリーンの上で、彼はスーパースターさ。いつだってカッコイイし、それは認めるよ。体形から言っても運動神経は悪くないだろうさ。だけどさ、彼だって人間だぜ。コーヒーをこぼすぐらい、よくある話じゃないか」

「違うと思う」私は首を振った。「あれは演技だった。ストローにブレスレットを引っかけてグラスを倒すなんて、ありそうに思えて、実際にはめったにあるもんじゃない。あるとしたって、あんなに見事に自分の方に倒すなんて、逆に難しいと思う。横に倒れるか、テーブルの内側に向かって倒してしまうのが普通じゃない？　手前に倒してしまうなんて、確率的にはすごく低いと思うんだけど」

「でも、ないとはいえない」

きっぱりと草壁が言った。認めるわ、と私も答えた。

「だけど、あれは彼にとって、役者として一世一代の演技だったとあたしは思っている。そしてその演技があまりにも自然だったから、あたしたちはすっかり騙されてしまった。取材中止もやむを得ないと判断するしかないぐらいに」

「演技ねえ……そりゃ彼は役者だ。それぐらいのことはできたかもしれない。でも、何のために？」

初めて草壁が私のことを正面から見据えた。翌日の再取材の口実を作るために、と私は答えた。

「フィル・ウォンの個別取材には厳しい制限があった。一社七分間、質問内容は新作映画に関してのみ、プライベートについての質問は厳禁。それが条件だった。もちろん、あたしたちジョイ・シネマも同じ。だから、あたしと福永さんは入念にその準備をしていた。七分間じゃどうにもならない、とあたしたちは毎日のように嘆いていた。でも、本当は違っていた。七分間が短か過ぎたのは、本当はあたしたちではなくてウォンの方だったのよ」

どういう意味だ、と草壁が尋ねた。答えはひとつしかない。

「彼は可能な限り長くあたしと話していたかった。だから、そのために最初の七分間を捨てることにした。その翌日、迷惑をかけたから再取材のために三十分の時間を与える、という口実を作るために。彼らは新作映画のプロモーションのために来日していた。当然、各マスコミに対して平等でなければならない。ジョイ・シネマだけを特別扱いすれば、問題になるのはわかりきっていた。だから、どうしても口実が必要だったのよ」

理屈はわかるよ、と草壁がうなずいた。

「だけどさ、だったら最初から寿司屋なりどこにでも呼べばよかったんじゃないのか？　ホテルの部屋でもいい。あの日、彼はオフだったわけだろ？　それなら他社にわかるはずがないじゃないか」

どうかしら、と私は首を捻った。

「確かに、おそらく他社にわかるはずはなかったと思う。だけど、万が一、ウォンとその事務所がジョイ・シネマだけを特別扱いしたとわかれば、大問題になる。日本のマスコミは総出で彼を追いかけ回していたわけだから、他社がそれを知る可能性が絶対にないとは言い切れなかった。そのために、彼らには口実が必要だったのよ。前日の取材がアクシデントで中止になったので、別に席を設けることにしたのですと言えば、他社も納得せざるを得なかっただろうから。そしてもうひとつ、ウォンにとってもっと重要だったのは、なぜフィル・ウォンがジョイ・シネマだけを特別扱いにしたのか、その秘密を探ろうとするマスコミが出てくることだったんじゃないか、とあたしは思ってる」

周囲にいた各社の記者が、次々と席を立っていた。その中で私と草壁だけが座ったまま話を続けていた。

「秘密?」

「そう……秘密」脳がチューンナップされたばかりのエンジンのようにフル回転しているのがわかった。「ねえ、フィル・ウォンの取材が決定する少し前、興信所があたしのことを調べてるみたいって話はしたよね。お見合いがどうとかっていうあれ。あの時、あなたはかなり不機嫌になってたけど」

「いや、そんなことはないけどさ」慌てたように草壁が手を振った。「別に不機嫌になんかなってないよ」

そういうことにしときましょう、と私は小さく笑った。

「でも、誰があたしの素行調査をしているのか、ずっとわからなかった。お見合いの調査だって誰もが言ってたけど、結局そんな話は来なかった。じゃあ何でだろうって、調べられているあたし自身が一番わからなかった。あたしよ? 単なる二十四歳のOLで、平社《ひら》員の編集者よ? 何でって、ずっと思ってた。でも、今ならわかる。それがフィル・ウォンの指示によるものだったってことが」

何だか私は自分が巫女《みこ》になったような気がしていた。何にも考えていないのに、言葉だけが勝手に口をついて出てくる。そんな感じだ。

「……朝美、大丈夫か? 徹夜が続いて疲れてるのはわかるよ。よくわかる。だけどさ、フィル・ウォンが何のためにお前のことを調べる必要があるっていうんだ？」

「それが彼にとって何よりも重要なことだったから。彼が来日した理由、それはあたしに会うことだったから」

「そんな馬鹿な」草壁が笑いもせずに言った。「どうしてお前に会わなきゃならないんだ？　ウォンはお前の顔さえ知らなかったはずだぞ。そんな人間に、なぜ会う必要があるんだ？」

「そう。フィル・ウォンはあたしの顔さえ知らなかったと思う。写真とかでは見たことがあったかもしれないけど。でも、彼は直接あたしに会うことを望んだ。ううん、会わなければならなかった」

「だから、何でだよ」

「彼は……妹に会いたかったのよ」

ゆっくりと私は言った。

15

バッグのジッパーを静かに閉めた草壁が、妹？　と囁いた。そう、と私は答えた。

「もしかしたら、姉かもしれない。どっちにしても同じことだけど。フィル・ウォンは世界でただ一人の姉妹に会いたかった。話をしたかった。彼女のすべてを知りたかった。だから、あれほど拒否していたプロモーション活動をせざるを得なくなった。日本に来るためにはそうするしかなかったから。そういうことだと思う」

草壁が私の肩に手を置いた。

「どうしてそういう話になるのかわからんが……とにかくお前は疲れてるんだよ。だからそんなことを言い出しているんだ。そんなこと、あるはずないじゃないか。一種の妄想だよ」

「彼が言っていたことを聞いてなかったの？」思わず私の声が高くなった。「来年の三月十日、彼は二十五歳になる、とはっきり言ったのよ。今まで自分の経歴について一切沈黙していた彼が。そして、その誕生日はあたしとまったく同じ。あたしも来年の三月十日で二十五歳になる」

重症だな、と草壁がつぶやいた。

「世界中には、来年の三月十日に二十五歳の誕生日を迎える人が、それこそ何百万人といると思うね。早い話、この会場にだっていたかもしれない。お前以外にも」

ううん、と私は首を振った。

「繰り返すようだけど、彼は今日まで自分のプロフィールについて話したことはなかった。それこそデビュー以来、何度も質問されたはずだけど、答えたことはなかった。それが、今日、突然すべてを話した。おかしいとは思わない？」

「そりゃあ……」

そうかもしれないが、と草壁が口をつぐんだ。フィル・ウォンが自分のプライベートな部分について話したがらないのは有名な話だ。

それなのに、なぜ今日、突如として自分の口からそれを言ったのか。しかも異国である日本で。理由はひとつしかない。

「あれは、あたしに対するメッセージだった。ぼくたちは兄妹なんだよ、ということを示すための」

「飛躍し過ぎだ」

「あたしだって、自分で言ってて信じられないのよ。でも、証拠ならいくつでも挙げられる」私は指を一本立てた。「例えば、個別取材の前日になって、突然あたしたちジョイ・シネマが順番を最後に変更させられたこともそう。なぜそんなことが起きたのか、明確な理由が言える？」

「そりゃあ……先方にだって都合があったんだろう。あの時だって、話したじゃないか。どこか、例えば新聞社か何かが無理やり入ってきたからなんじゃないかって」

かもしれない。でも、と私は言った。

「こう考えることもできる。本当は最初からジョイ・シネマが最後のはずだった。だけど、どこかで連絡の不備とかがあって、順番が前の方に回されていた。それはもしかしたら、横川嬢の好意による判断だったのかもしれない。来日してからそれに気づいた彼らは、慌ててその順番を元に戻した。彼らはジョイ・シネマを最後にしなければならなかった。そうしないと、コーヒーをこぼしてズボンを汚すという手を使えなかったから」

なぜだ、と不審そうな声で草壁が尋ねた。答えは用意してあった。

「もし、最初の順番通りだとしたら、あたしたちは彼の着替えを待って、インタビューを続けることができた。そうでしょ？　でも、そうなると、翌日あたしたちを呼び出す口実がなくなってしまう。もうひとつ言えば、着替えのために数分間を空費することで、取材できないマスコミが出てくるという問題が起きてしまう。今回の来日について、ウォンは事務所の社長にすべてを話して、実現させたはず。もちろん、例の朴社長はウォンの事情を理解して、それに協力することを約束したと思う。でもその一方で、事務所の社長として、ビジネスとしてはプロモーションをしてくれる媒体は多ければ多いほどいい、とも考えていたはず。ひとつでもね」

当たり前の話だ。宣伝が行き届くほど、観客の数は増える。無理でも何でも、一社でも多くの媒体に取材をさせることは、事務所として当然の戦略だろう。

朴社長の判断は現実的であり、妥当なものだった。ウォンの願いをかなえ、更にプロモーションを万全なものにするためには、私たちジョイ・シネマの取材を最後に回すしかなかったのだ。

「あの時の騒ぎを考えると、その方が整合性があると思わない？　だって、順番を変えるっていうんなら、あたしたちを一番最後にすることはなかったんだもの。どこかの会社が無理やり割り込んできたとしても、それならひとつずつ順番をずらしていけばそれで済む話でしょ？」

「まあ、とにかくお説を拝聴しましょう。他には？」

もう一度私は指を立てた。

「さっきも言ったけど、ウォンは土曜日、オフにもかかわらず再取材の許可を与えてくれた。しかも三十分という他社と比べて遥かに長い時間をね。そして予定の時間より早く取材を始め、時間をオーバーしても話し続けてくれた。おまけに、スタッフが欠席したという理由で昼食を一緒に取るようにと提案し、実際にそうしてくれた」

きっと彼は義理堅い性格なんだよ、と草壁が言った。それだけの理由で部外者であるマスコミと食事を共にすることなんて考えられない。しかも、彼は私を隣に座らせたのだ。

「女好きなのかもしれない」

本気で聞いて、と私は言った。

「その間、彼はずっとあたしのこと、あたし自身のことばかりを聞いていた。あたしの生まれや育ち、あたしがどんなふうに暮らしてきたのか、恋人はいるのか、今の仕事に満足していたのか」

記者である私にとって、あれは千載一遇《せんざいいちぐう》のチャンスだった。フィル・ウォンの完全な形での独占インタビューの機会を与えられたも同然だった。

だけど、彼は私の質問を巧妙にはぐらかし、逆に私自身のことについて数多くの質問を重ねた。それはなぜだったのか。

「彼が最後に言った言葉を覚えてる？　今、幸せですか、と彼はあたしに聞いた。なぜそんなことを聞く必要があるの？　一介《いっかい》の雑誌記者に対して、妙な問いかけだとは思わない？　ほとんど初めて会う雑誌記者の幸せなんて、気にする必要があると思う？」

まあ、それはそうだな、と草壁が唇を尖らせた。それに、と私は先を続けた。

「あたしが、幸せですと答えると、本当に良かった、というような表情を彼は浮かべた。なぜだろうって思ったのを、はっきりと覚えてる。あたしが幸せだろうと不幸だろうと、彼にとってはどうでもいいはずでしょ？　それなのに、どうしてあんな表情を見せたのか。おかしいと思わない？」

「それは……確かにおかしな話かもしれない。でも彼の表情が、良かった、という意味だったのかどうかは、誰にもわからないことじゃないかな。お前の思い込みってこともあるだろう」

もうひとつあるの、と私は言った。

「彼の隣に座った時、何だかとても懐かしい感じがしたの。なぜだろうって思ったけど、すぐにわかった。彼が使っていた整髪料か、それとも香水かもしれないけど、その香りに覚えがあったの。それは、冬子さんが使っていたものと同じ香りだったのよ」

　偶然だ、というように草壁が肩をすくめた。まだあるわ、と私は彼を指差した。

「あなたが言ったのよ。あたしとウォンとは、似ているところがあるって。それは耳の形だって」

「……言ったな。確かに、お前と彼の耳はよく似ている。これでも一応カメラマンだ。それは間違いない。でも、だからどうだっていうんだ？」

「あたしもうろ覚えだから、間違っているかもしれないけど……耳の形って遺伝するって聞いたことがある。家族とか親族の場合、耳の形そのものとか、湾曲具合とか、そういうところが似ている場合が多いって」

「……朝美、世の中には偶然ってこともある」諭すように草壁が言った。「お前とウォンの耳の形は確かによく似ている。だけど、だからといって、お前たちが兄妹かどうかは何とも言えない。誕生日が同じであろうが何であろうが、それこそDNA鑑定でもしてみなけりゃ、確かなことは何とも言えないよ」

「ウォンはこうも言っていた」私は更に言葉を重ねた。「日本というこの国を、自分は大好きだと。そして、母のように、姉のように、妹のように自分のことを愛し、癒してくれていると」

「それはさ、一種の慣用句みたいなものだよ」草壁が反論した。「ウォンにとって、日本は重要なマーケットだ。その国に対して、社交辞令的なことを言うのは当然じゃないか。そんな場合、韓国人である彼が、父のようにとは言わないだろう」

「最後にウォンはこうも言った」草壁の言葉を無視して私は言った。「今朝、早く起きた時に見たこの街の美しさを忘れることはないだろう、と。一度だけじゃない。何度も何度も繰り返してそう言った。この朝の美しさを忘れることはないだろうって。それって、つまり……」

「……お前の名前を織り込んだって言いたいのか?」

そう、と私はうなずいた。あれが偶然だなんて、あるはずもない。

「……もし、今までのお前の話が想像でないとすれば……いったいどういうことになるんだ?」

結論はひとつしかなかった。そして、私はそれが事実であることを確信していた。

16

以下の話はすべて私の想像だ。思い込みと言われれば、それだけのことかもしれない。

ただ、事実であることを補強する材料はあった。冬子さんが遺した日記だ。

彼女の日記によれば、一九八三年の一月、彼女は藤城篤志と日本で再会した。彼は、その時初めて自分が韓国人であることを告白した。そして韓国人の義務である徴兵制のため、軍隊に入隊することを五月に伝え、しばらくの間、会えないだろうと言った。だから会いにきたのだ、とも言った。

二人はそれぞれの想いを抱きながら、彼らにとって思い出の地であった江ノ島へと小旅行に行った。彼が、そして彼女が何を考えていたのか、わかるような気もするし、わからない気もする。

いずれにしても彼らはそのまま江ノ島に宿を取り、そこで男女の関係を持った。彼らは互いに深く愛し合っていたのだから、それは当然のことだっただろう。そして軍務が終われば必ずまた会うことを約束して、彼は韓国に戻った。

その間、冬子さんと彼の間にやり取りがあったかどうかはわからない。何しろ今とは違う。一九八三年のことだ。携帯電話もなく、国際電話をかけるのも大変な時代だっただろう。しかも日本と韓国の関係はそれほど良好とは言えなかったはずだ。

手紙のやり取りぐらいはあったかもしれないが、藤城篤志が帰国後すぐ軍隊に入っていたとすれば、それさえ難しかっただろう。何らかの連絡手段があったとするなら、藤城の親元に対して、冬子さんが手紙を送り続けていたということぐらいではないか。

冬子さんが自分の妊娠に気づいたのはいつ頃のことだったのか。常識的に考えて、それはおそらくその年の六月か七月ぐらいだっただろう。

当時、彼女は静岡大学に通っていた女子大生だった。妊娠してしまった女子大生は、一九八三年でもいただろう。だが、今でもそうであるように、周囲から素直に祝福されることではなかったかもしれない。

特に冬子さんの場合、相手は日本にいなかった。日本人ですらなかったのだ。相手が誰かを言うことさえできなかった可能性もある。

繰り返すようだが、今とは時代が違う。女子大生の妊娠、しかも相手が韓国人ということであれば、少なくとも冬子さんの両親、つまり私の祖父母は大反対しただろう。堕胎《だたい》を勧めたことも十分に考えられる。本人も悩み、苦しんだはずだ。

だが、彼女は周囲の猛反対を押し切り、出産することを決めた。そして翌年の三月十日、冬子さんは双子を産んだ。その約一ヵ月後、彼女は大学四年生になった。

彼女には新聞記者になりたいという夢があった。だが、これもまた今でもそうだと思うが、二人の子供を抱えた女子大生を採用するほど、度量の広い新聞社というのはちょっと想像しにくい。しかも、当時は今より倫理的な問題についてうるさい時代だったはずだ。

基本的に、子供のいる女子大生の就職は難しかったのではないか。ましてや、その子供の父親が韓国人であるとすれば、なおさらだろう。

その時救いの手を差し伸べたのが、私の両親だったことはまず間違いない。私の両親は冬子さんの産んだ双子を、自分たちの子供として出生届を出した。

これは父に確かめる以外ないが、例えば友人の医師に頼んで、そういうことにしてもらったのかもしれない。もっとはっきり言えば、父はおそらく市役所職員としての自分の職権を利用したのだと思う。父は当時、静岡市役所の戸籍係だったはずだ。もちろんこれは立派な公文書偽造だが、父にもそれなりの覚悟があったのだろう。

私の母は体が決して丈夫な方ではなかった、という話は父からも聞いたことがある。出産できない体だったのかもしれない。そういうこともあって、両親は私たち双子を自分の子供として届け出ることにしたのではないか。そのようにして、私と双子の兄は佐伯家の子供として育てられるようになった。その後、一年間の就職浪人期間を経て、冬子さんは大学を卒業し、念願だった東京の新聞社への入社を決めた。

韓国の徴兵制度は、調べればすぐにわかったと思うが、二年以上、三年以内ということになっている。藤城篤志が戻ってくれば、彼女はそのまま彼と結婚し、子供を引き取って暮らすつもりだったのではないか。

だが、何もかもがうまくいったわけではなかった。フィル・ウォンが昨日語っていたことが事実であれば、彼の父親、つまり藤城篤志は彼が幼い頃事故で亡くなったという。例えばだが、軍の訓練中に、何らかの事故で亡くなったということも考えられるだろう。

その知らせがどのような形で冬子さんの元へ届いたのかはわからない。冬子さんが藤城の親と、何らかの形で連絡を取っていたのは、まず間違いない。例えば妊娠の事実や、出産したことについて、藤城宛の私信として送っていたと思われる。

冬子さんの性格をよく知っている私には、彼女が喜びに溢れた手紙を書き綴《つづ》っている姿が容易に想像できた。そして藤城の死後、彼の父は冬子さんからの手紙を読み、藤城に子供がいることをその時初めて知ったのではないか。

その後、藤城の家と私の両親との間でどのような話し合いが持たれたのか、それはわからない。母も冬子さんも亡くなっている今、知っているのは父だけだろう。

ただ、その際、藤城の父や祖父母、あるいは親類が跡取りとして、双子のどちらかを渡して欲しいと要求したことは十分に考えられる。最終的に私の父は二人いた子供の片方を引き渡すことに同意した。同意せざるを得なかった、というのが実際のところだったのかもしれない。

父は後にフィル・ウォンとなった男の子のパスポートを取り、韓国へと送り出した。娘である私ではなく、息子であるウォンを選んだのは、韓国の親族たちの要請によるものだったのではないか。跡取りには男の子の方が望ましい、というのはよくある話だ。

その後、父は再び市役所職員としての職権を使い、佐伯家の戸籍からウォンの存在を消した。おそらくそれは、私に対する配慮だったのだろう。例えば就職に当たって私が戸籍謄本を取り寄せた場合、私に兄がいたことが明らかになってしまう可能性もあったはずだ。

その場合、私は父に何があったのかを問い質《ただ》しただろう。そうすれば私が父の娘ではなく、冬子さんと本名を金春成という韓国人との間に生まれた子供であることを認めざるを得なくなってしまうかもしれない。父はそれを恐れたのではないか。

これは高校時代、藤城篤志が冬子さんに直接言っていたと日記にも書いてあったが、藤城の母親は早くに亡くなっていた。父親が医者だったというのは、本人が日本に研究生として留学していたことからも確かだろう。

ただし、先日の個別取材において、ウォン自身が言っていたことだが、ウォンの実父、藤城篤志は事故で死んでいたし、祖父にあたるその父親も早くに亡くなったようだ。その後、彼は親戚の間をたらい回しにされることとなった。

それから彼がどのような経緯を経て、俳優を目指すに至ったのか、そしてその夢をかなえたのかについて、私にわかっていることは何もない。それはウォン本人しか知らないことだ。ただ、彼は父親である藤城篤志、そして母である吉野冬子の血を色濃く引き継いでいた。

彼らに共通しているのは、強い意志の持ち主だということだ。父母がそうであったように、ウォンは最後の最後まで諦めることなく夢を追い、それを現実のものにしたのだろう。その結果として、彼は人気スター、フィル・ウォンとなった。

彼の中にはさまざまな葛藤《かっとう》があったはずだ。形として、彼は実母である冬子さんに捨てられていた。恨んだこともあったかもしれない。だが、母親に会いたいというのは、世界中の子供たちに共通する願いではないだろうか。

おそらく、彼は機会を窺《うかが》っていたのだろう。自分の本当の母親が日本人であること、そして彼女が日本の新聞社で働いていることも、親族などから聞いていたのかもしれない。少なくとも調べてはいただろう。

その間も彼は努力を続け、韓国映画界のニュー・スターとして、確固たる地位を築くに至った。だが、いつでも日本へ行ける、という時に届いた知らせは、彼にとって最悪のものだった。冬子さんがくも膜下出血で死亡したという知らせだ。最後まで、彼は親子の縁に恵まれない男だった。

ただ、彼にはもう一人会うべき人間がいた。血を分けた実の妹だ。その存在も知っていたのだろう。そしてその娘が母親の跡を継ぐようにマスコミの世界に入り、その出版社で映画雑誌の編集部に配属されたことも。

それでも、彼は待たなければならなかった。妹はまだ新人編集者に過ぎず、それに比べて自分の立場が大きくなり過ぎていることを、彼は知っていた。もちろん、新作映画の撮影が始まっていたため、時間が取れなかったという現実的な理由もあったのだろう。

彼は忍耐強くベストのタイミングを待ち続けた。日本へ行くことが不自然ではない時期、そして新人編集者が彼を取材できる立場になるまでの時間。すべてが合致しなければ意味はない。

その間、彼はあらゆる手段を講じて、妹である私のことを調べたはずだ。そして彼は、妹が自分の取材担当者になるように周到な準備を整えた上で、プロモーションのため来日することを決めた。

さまざまな困難もあったのだろうが、彼は事務所の社長や信頼できるスタッフなどに事情を話し、助力を求めた。社長やスタッフたちも、彼の心情を思いやる気持ちはあっただろう。もちろん、金の卵である彼の意向を無視することができないということもあったはずだ。

彼の出自《しゅつじ》について、彼の事務所が徹底的に秘密にしていたのは、韓国映画のニュー・スターが、実は日本人と韓国人のハーフであることを知られるのを恐れていたためだと思われる。

その事実が露見した場合、さまざまなリスクが考えられたはずだ。今後韓国映画界を背負っていく立場にある俳優が、日本人と韓国人のハーフであると知られた場合、人気が一気に下落《げらく》する恐れもあっただろう。

それでもウォンの決心は揺るがなかった。日本へ行き、妹と会う。それが彼にとって最も重要なことだった。

結果として、彼の計画はすべてその通りになった。彼は自分の妹と会い、直接話し、決して不幸な人生を歩んでいるわけではないこと、むしろ幸せであることを自分の目と耳で確かめた。つまり私のことだ。

そして彼は、最後にひとつのメッセージを残した。日本の美しい朝を忘れることはない。妹である朝美のことを忘れることは決してない、と。

彼が私に伝えたかったのは、そのひと言だった。それを伝えるだけのために、彼は来日したのだ。

17

私の話を黙って聞いていた草壁が、なるほど、とつぶやいた。

「お前の言う通りかもしれない……少なくとも可能性はあるな。いろんな意味で辻褄《つじつま》は合う。矛盾もない」

「ウォンが自分のプライベートについて、過去、一切触れなかったのは、今も言った通りウォンが韓国人と日本人のハーフであるという事実を、韓国の人たちに知られたくなかったからだと思う。もちろん、昔と比べたら、対日感情は良くなっているし、文化交流も進んでる。だけど、やっぱり何らかの抵抗があるのは事実なんじゃないかな。だから、年齢や学歴、出身地なども含めて、過去について一切語ろうとしなかった。映画人としては当然の配慮なんだと思う。日本の芸能界でもそうだけれど、自分のルーツが朝鮮半島にあることをカミングアウトする人はそんなにいない。そうでしょ？　同じ感覚なのかもしれない」

そうかもしれないが、とうなずいた草壁が、それでも納得できないな、と言った。

「可能性として否定できない、というところまでは認めるよ。だけどさ、本当にそんなことがあったんだろうか」

私は自分のバッグを探った。捜しているものはすぐに出てきた。それは一枚の写真だった。私が冬子さんのマンションへ遺品の整理をしに行った時に見つけた、私と冬子さんのツーショット写真だ。

「一年ぐらい前に、あたしたちは二人でソウルに行ったんだけど、その時撮った写真」

うん、とうなずいた草壁が、それで？　というように私を見つめた。

「冬子さんの胸元のところを見て。銀色のペンダントをしてるのがわかる？」

「そうだな。これは何だ？　龍か何かの彫りものがしてあるみたいだが……」

「後は自分で確かめた方が早いと思う」私はカメラバッグを指差した。「そこにすべてがあるはずよ」

眉をひそめながら草壁がカメラバッグを開いた。デジタルカメラを、と私は言った。

「あなたがプロのカメラマンなら、絶対に撮影しているはず。記者会見の時、ウォンは拍手を遮《さえぎ》るために手を上げた。その時、手首に巻いていたチェーンが外れてテーブルの上に落ちた」

デジタルカメラを操作していた草壁が、その手を止めた。指だけで液晶ディスプレイを動かしていく。倍率を拡大していくと、例のチェーンが写し出された。

その先端には、冬子さんがしていたペンダントとまったく同じ形の龍の彫りものがあった。驚いたな、と草壁がつぶやいた。

「これは……同じものだ」

そう、と私はうなずいた。今までの私の想像を、偶然のひと言で片付けることはできるかもしれない、だが、このペンダントについては、偶然では済まされないはずだ。

冬子さんは、このペンダントを、ホテル近くの店で買ったと私には言っていた。だが、事実はそうではなかったのだろう。

ウォンから直接渡されたのか、それとも届けられたのか。おそらくは後者なのではなかったか。もし冬子さんがウォンと会っていたのだとしたら、その場に私を連れていかないはずがないからだ。

冬子さんは自分の息子が韓国で有名なスターになっていることを、ちょうどその頃知ったのだろう。彼女の性格から考えれば、すぐに連絡を取ったはずだ。ウォン自身も、母親のことを捜していたはずだから、ソウルで会おうと決めていたのかもしれない。

だが、それには様々な障害があった。冬子さんとウォンが会った場合、何らかの形でその情報が漏れる可能性がある。韓国マスコミがその理由を調べていけば、ウォンが日韓のハーフであることがわかってしまうかもしれない。

それだけは避けたい、というのが事務所の社長など関係者たちの考えだったのではないか。ウォンは周囲の説得を受け入れ、冬子さんと会うことは止めた。その代わりに、このペンダントを贈り、自分も身につけるようにしたのだろう。

わかったよ、と草壁が私の肩にそっと手を置いた。

「お前の言う通りだ。お前とウォンは双子で、冬子さんの子供なんだろう」

間違いない。私には確信があった。ただ、そうするとひとつ新たな問題が生まれてくることになる。

「あの……もし、あたしの想像が当たっているとすれば、の話だけど……あたしは日本人と韓国人のハーフってことになる。どう思う？」

別に、と草壁が首を振った。

「あ、そうって。それ以外、何の感想もないね。どう言ってほしいんだ？」

「……だから、純粋な日本人じゃないってことで……」

「なるほど。じゃあおれも秘密にしていたことを話すことにしよう」真剣な顔で草壁が言った。「実は、おれの親父は新潟出身、オフクロは鹿児島県人だ。だからおれは新潟と鹿児島のハーフってことになる。日本人と韓国人のハーフと、どう違うんだ？　おれにはちっともわからんね」

「……そう言ってくれるって、思ってた」

私は草壁の手をそっと握った。汗ばんだ手だった。何を言ってんだか、と笑いもせずに草壁が言った。

「さあ、社に戻ろうぜ。まだ仕事は残ってるんだ」

今になってみると、なぜ冬子さんがあれほど私に対して親身になってくれたのか、愛してくれたのかがよくわかった。もちろん、自分の実の娘だからそれは当然なのだが、それ以上に、藤城篤志との間に生まれた子供だったから、という理由の方が大きかったのかもしれない。彼女はきっと、藤城篤志という男性に、自分の持っていた愛情をすべて注いでしまったのだろう。

恋愛にはさまざまな形がある。そしてその中には、高校二年生の時に運命の相手と出会ってしまう者もいる。例えば、冬子さんと藤城篤志がそうであったように。

それが幸福なことなのか、不幸だったのか、私にはわからない。ただ、はっきり言えるのは、冬子さんも藤城も、おそらくは互いに愛し合ったことを一度も後悔しなかったということだ。

だから、彼女は他の男性からどんなに誘われても、目もくれなかった。彼女の中にあったのは、亡くなってしまった藤城への想いと、自分の子供である私とウォンのことだけだったのだろう。いつでも恋はしています、と常に言っていた理由もよくわかった。

冬子さんは、亡くなってしまった藤城篤志への想い、そして韓国に引き取られていった息子への想いを含め、私を愛してくれた。私の母が早世したことも、こんな言い方は変かもしれないが、冬子さんにとっては好都合だったのかもしれない。

彼女は叔母という立場から、私を愛し、育てることができた。どんな時でも励まし、私のためになら何でもすると言っていたのも、決して嘘ではなかった。実の母なら当然だろう。

私はすべてに感謝していた。私を産んでくれた冬子さんにも、引き取ってくれた母にも、いつも見守ってくれていた父にも、そして実父である藤城篤志にも、実の兄であるフィル・ウォンにも。

彼らがいなかったら、今の私はない。彼らがいてくれたからこそ、私は私でいることができた。

そして、目の前にいる草壁にも感謝していた。彼は私の存在を認め、愛してくれている。私が日韓のハーフだと知っても、どうでもいいことだと即答してくれた。

その通りだ。そんなことは本当にどうでもいいことなのだ。国籍なんて関係ない。たとえ彼が本当は火星人だったとしても、私は彼を好きでい続けるだろう。

好きだという想いが何よりも大切なのよ、と冬子さんはいつも言っていた。今、本当の意味で私は冬子さんの言葉が正しかったことを理解していた。

「会社にも行くけど……お願いがあるの」

まだあるのか、と草壁がちょっとうんざりしたような顔になった。

「正直に申し上げますがね、なるべく早く仕事を終えて、さっさと寝たいっていうのが本音なんだ。おれはもう三十六なんだぜ。疲れてるんだよ」

わかってる、と私はうなずいた。疲れているのは私だって同じだ。でも、どうしても言わなければならないことがあった。

「そうじゃなくて……父に会ってほしいの。できれば、なるべく早く」

草壁の表情がほんの少しだけ硬くなった。私の意図を察したのだろう。そして、彼の想像している通りのことを私は考えていた。

「三十六だぜ」

草壁が言った。うん、と私は答えた。

「離婚歴もある。子供もいる」

「知ってる」

「フリーのカメラマンだ。稼ぎもたかが知れている」

それでもいい、と私は言った。草壁が頭を掻いた。

「お父さん……前に会った時、あんまりいい顔してなかったぞ。はっきり言って大反対って顔だったな。その気持ちはよくわかる。おれだって、もし娘がおれみたいな男を連れてきたら、猛反対するね」

「でも、会ってほしいの」

父の気持ちもわかる。血はつながっていないかもしれないけど、父は私のことを包み込むようにして愛してくれていた。だからこそ、十二歳も年上の、離婚歴のある子連れ男との交際に反対するのも無理はない。

でも、父なら必ずわかってくれる。時間をかけて話せば理解してくれる。許してくれる。

だって、父だから。あの人は私の父だから。血はつながっていなくても、父だから。

「何度でも、会ってほしいの。話してほしい。あたしたちのことを。父ならわかってくれる。絶対に」

「……長い戦いになりそうだ」

立ち上がった草壁が私の手を取った。その通りだ。父に認めてもらえるまで、許してもらえるまで、どれぐらいの時間がかかるかわからない。

でも、最後には必ず何とかなる。そうだよね、冬子さん。

「……だけど、どうする？　話し合いがうまくいかなかったら」

草壁が言った。私はしばらく考えてから答えた。

「兄に相談するわ」

いい考えだ、と草壁がうなずいた。私たちは席を立ち、記者会見場を後にした。

解　説――「たった一度の恋」をドラマチックに描いた著者初の恋愛小説

豊川堂本店　書店員　林《はやし》　毅《たけし》

我が家の夜、午前零時。

「もう寝たら」と机に臥《ふ》してしまった娘に声をかけると（寝ているのに寝なさいというのもヘンだけれど）、なぜだか「んーん、やってるのー」と一言返ってくる（でも起きているわけではない）。まあ高校三年生にとって受験勉強は一大事だとは思うけれど、夢の中で覚えられるくらいなら苦労はしないよね。三十年前の高校三年生だった頃の私といえば、クリスマス会だ新年会だとかいっては何かと遊び歩いたり、家にいればいたでただ本を読んでるくらいだったので（勉強なんてそっちのけだった）、あんまりエラそうなこと言えませんけどね。

八〇年代の高校生の日々がリアルに綴《つづ》られた『Ｆｏｒ　Ｙｏｕ』は、五十嵐貴久《いがらしたかひさ》さん初の恋愛小説ということで、いやこれが、かなりの共感を誘う物語である。

五十嵐貴久さんといえば、ホラーサスペンス大賞受賞の『リカ』でデビューし、二作目がサスペンス警察小説『交渉人』、三作目が時代小説の『安政五年の大脱走』ときて、野球青春小説『1985年の奇跡』、10億円賭けたポーカーゲームに挑むコンゲーム小説『Fake』、理系青春小説『2005年のロケットボーイズ』と続き、ジャンルを跨《また》いで書かれる多彩な作風は一作ごとに驚きを与えてくれた。『For You』にも、また新たな感動があった。

五十嵐作品の特徴的なところは、設定の面白さもさることながら場面の映像が頭に浮かんでくるところだろうか。父娘が入れ替わってしまう物語『パパとムスメの7日間』の四十七歳の父が会社で「あたしね」と口走ってしまう場面は想像するだけでかなり可笑《おか》しい、『TVJ』のテレビ局ジャック犯とOLとが戦う場面はひ弱な女性なだけにダイハード以上にダイハードだ。総理大臣の孫を攫《さら》った『誘拐』では身代金奪取の場面が大胆だし、最新作の『YOU!』ではどういうわけかあのジャ〇ーズを髣髴《ほうふつ》とさせる事務所のオーディションに女の子が受かってしまい、男性アイドルとして活躍する破目になる。五十嵐さんはつねにドラマチックな場面作りを前提にした文章が書ける人なんだと思う。主人公が女性であることも多く、男性作家にもかかわらずなぜだか女性の心理描写が妙にウマい。

本作『For You』も主人公は二人の女性。二十四歳の佐伯朝美《さえきあさみ》が、四十五歳で急逝《きゅうせい》した叔母・吉野冬子《よしのふゆこ》の青春時代を彼女の日記から辿《たど》るという物語で、二編が交互に綴られていく。現在と過去、二つの物語が並行して進むという構成は珍しくないかもしれないが、冬子が過ごした八〇年代の時代の空気が生き生きと描かれ、朝美が過ごす現在とうまく対比していて面白い。

母を早くに亡くした朝美には、叔母・冬子が母親代わりだった。その冬子が急逝。独身だった叔母の遺品のなかから彼女の日記を見つける。そこには高校から大学にいたる彼女のまぶしいほどの青春の日々が綴られ、キャリアウーマンで恋愛とは縁遠く見えた叔母の意外な一面が記されていた。そして誰にも言えなかった「たった一度の恋」があった。

高校生活を謳歌《おうか》する冬子。そこに現れたのが転校生の藤城《ふじしろ》。互いに好意を抱きながらも、あと一歩が踏み出せない二人。目線が合うだけでドキドキしたり、いっしょに喫茶店に入るのが特別だったり、グループでデートした時も二人っきりになって話せなくなったり、彼が聴いていた山下達郎《やましたたつろう》を聴こうと思ったり、彼のことを何でも知りたいと思ったり……。あまりにいじらしい光景でひとつひとつの場面の描写は輝いている。そのまま、自分の記憶と重なり合い、なんだかその中の一部になったかのように物語に入り込んでしまう。10代のころの自分も、こんなふうにグループでデートに出かけたり、偶然を装《よそお》ってバイト上がりの彼女を待ちぶせたり、手紙を書いたりもらったりしていたなと、懐かしい記憶を思い出し、なんだかその頃がとても愛《いと》おしく思えてくる。

そして、もどかしい思いを抱えながら二人は別々の大学に入ることになるのだが、地元に残った冬子と東京に戻った藤城はなぜか連絡が取れなくなってしまう。彼女は彼の居場所を探し続けるが、音信不通のまま二年が過ぎたある日、大学の校門の前に突然藤城が現れた――。

一方、現代に生きる朝美は、映画雑誌の駆け出し編集者。大物韓流スターの来日のインタビューに向けて奔走《ほんそう》中である。ところがアクシデントもあって、マスコミ嫌いで有名な彼の取材に失敗してしまう。叔母の物語ののんびりした感じと違って、働きマンな物語が展開されていく。

八〇年代の叔母の日記と朝美の現在の日々は、それぞれ恋愛小説としても十分読ませるのだけれど、交互に綴られていく二つの物語には意外な伏線が張られていて、それが最後には交錯《こうさく》することになる。これまでもどんでん返しで読ませてきた著者特有の奇跡劇。まるで絵に描いたようなドラマチックな展開には、思わず震えてしまうばかり。「いつでも恋はしていなさい」と朝美に言っていた冬子。彼女が抱えていた一途な気持ちが、朝美に届いて気持ちが前向きになるラストは、何ともいえず爽《さわ》やかだ。

（この作品『Ｆｏｒ Ｙｏｕ』は平成二十年三月、小社より四六判で刊行されたものです）

For You

一〇〇字書評

切り取り線

購買動機（新聞、雑誌名を記入するか、あるいは○をつけてください）	
□（　　　　）の広告を見て	
□（　　　　）の書評を見て	
□ 知人のすすめで	□ タイトルに惹かれて
□ カバーが良かったから	□ 内容が面白そうだから
□ 好きな作家だから	□ 好きな分野の本だから

・最近、最も感銘を受けた作品名をお書き下さい

・あなたのお好きな作家名をお書き下さい

・その他、ご要望がありましたらお書き下さい

住所	〒				
氏名		職業		年齢	
Eメール	※携帯には配信できません		新刊情報等のメール配信を　希望する・しない		

この本の感想を、編集部までお寄せいただけたらありがたく存じます。今後の企画の参考にさせていただきます。Eメールでも結構です。

いただいた「一〇〇字書評」は、新聞・雑誌等に紹介させていただくことがあります。その場合はお礼として特製図書カードを差し上げます。

前ページの原稿用紙に書評をお書きの上、切り取り、左記までお送り下さい。宛先の住所は不要です。

なお、ご記入いただいたお名前、ご住所等は、書評紹介の事前了解、謝礼のお届けのためだけに利用し、そのほかの目的のために利用することはありません。

〒一〇一‐八七〇一
祥伝社文庫編集長　坂口芳和
電話　〇三（三二六五）二〇八〇

祥伝社ホームページの「ブックレビュー」からも、書き込めます。

www.shodensha.co.jp/bookreview

祥伝社文庫

For You《フォーユー》

平成23年2月15日　初版第1刷発行
令和2年4月15日　第11刷発行

著者　五十嵐貴久《いがらしたかひさ》
発行者　辻　浩明
発行所　祥伝社《しょうでんしゃ》
東京都千代田区神田神保町3-3
〒101-8701
電話　03（3265）2081（販売部）
電話　03（3265）2080（編集部）
電話　03（3265）3622（業務部）
www.shodensha.co.jp

印刷所　堀内印刷
製本所　ナショナル製本
カバーフォーマットデザイン　芥　陽子

Printed in Japan ©2011, Takahisa Igarashi ISBN978-4-396-33639-4 C0193

祥伝社文庫の好評既刊

安達千夏　モルヒネ

在宅医療医師・真紀の前に七年ぶりに現れた元恋人のピアニスト克秀は余命三ヶ月だった。感動の恋愛長編。

本多孝好　FINE DAYS

死の床にある父から、僕は三十五年前に別れた元恋人を捜すよう頼まれた…。著者初の恋愛小説。

江國香織ほか　LOVERS

江國香織・川上弘美・谷村志穂・安達千夏・島村洋子・下川香苗・倉本由布・横森理香・唯川恵

江國香織ほか　Friends

江國香織・谷村志穂・島村洋子・下川香苗・前川麻子・安達千夏・倉本由布・横森理香・唯川恵

本多孝好ほか　I LOVE YOU

伊坂幸太郎・石田衣良・市川拓司・中田永一・中村航・本多孝好

石田衣良、本多孝好ほか　LOVE or LIKE

この「好き」はどっち？　石田衣良・中田永一・中村航・本多孝好・真伏修三・山本幸久…恋愛アンソロジー

祥伝社文庫の好評既刊

伊坂幸太郎
陽気なギャングが地球を回す
史上最強の天才強盗四人組大奮戦！　映画化されたロマンチック・エンターテインメント原作。

伊坂幸太郎
陽気なギャングの日常と襲撃
天才強盗4人組が巻き込まれた4つの奇妙な事件。知的で小粋で贅沢な軽快サスペンス第2弾！

石持浅海
扉は閉ざされたまま
完璧な犯行のはずだった。それなのに彼女は――。開かない扉を前に、息詰まる頭脳戦が始まった……。

瀬尾まいこ
見えない誰かと
人見知りが激しかった筆者。その性格が、出会いによってどう変わったか。よろこびを綴った初エッセイ！

森見登美彦
新釈　走れメロス　他四篇
誰もが一度は読んでいる名篇を、大人気著者が全く新しく生まれかわらせた！　日本一愉快な短編集。

中田永一
百瀬、こっちを向いて。
「こんなに苦しい気持ちは、知らなければよかった……！」恋愛の持つ切なさすべてが込められた小説集。

祥伝社文庫の好評既刊

柴田よしき　ふたたびの虹

小料理屋「ばんざい屋」の女将の作る懐かしい味に誘われて、今日も集まる客たち…恋と癒しのミステリー。

柴田よしき　観覧車

行方不明になった男の捜索依頼。手掛かりは愛人の白石《しらいし》和美。和美は日がな観覧車に乗って時を過ごすだけ…。

柴田よしき　クリスマスローズの殺人

刑事も探偵も吸血鬼？　女吸血鬼探偵メグが引き受けたのはよくある妻の浮気調査のはずだった…。

柴田よしき　夜夢《よるゆめ》

甘言、裏切り、追跡、妄想…愛と憎しみの狭間に生まれるおぞましい世界。女と男の心の闇を名手が描く！

柴田よしき　貴船菊の白

犯人の自殺現場を訪ねた元刑事は、そこに貴船菊の花束を見つけ、事件の意外な真相を知る…。

柴田よしき　ゆび

東京各地に〝指〟が出現する事件が続発。幻なのかトリックなのか？　やがて指は大量殺人を目論《もくろ》みだした。